ISLA DEL COCO
(COCOS ISLAND)

Wolfgang Schreyer · Die Beute

Wolfgang Schreyer

Die Beute

Hinstorff Verlag

Für Paul zur Erinnerung an Simon

ISBN 3-356-00258-9

© VEB Hinstorff Verlag Rostock 1989
1. Auflage 1989 · Lizenz-Nr. 240/37/89
Printed in the German Democratic Republic
Ausstattung: Heinz Holzgräbe
Gesamtherstellung: Karl-Marx-Werk Pößneck V 15/30
Bestell-Nr.: 522 9722

00980

Inhalt

Das Goldstück 9
Die »Cap Trafalgar« 15
Am Silberfluß 20
Die bittere Wahrheit 26
Die »Saõ Gabriel« 33
Das Kaperschiff 40
Die zwölf Apostel 46
Begegnung im Atlantik 53
Blick aus der Höhe 60
Jäger und Gejagte 68
Der menschliche Faktor 75
Das erste Gefecht 80
Das Leben geht weiter 87
Der wunderbare Brief 92
Der Held von Kap Hoorn 98
Wiking du Kühner 106
Katze und Maus 113
Seltsame Spiele 117
Inseln der Enttäuschung 125
Das Malheur von Uka 130
Rache für Tsingtau 137
Zeitungen zum Tee 145
Alle nach Hause 152
Der letzte Versuch 159
Verschwörung? 166
Von Mann zu Mann 173
Geheimquadrat QS 9916 181
Kurs auf Clarion 186
»Taifun« jagt »Sibirjak« 192
Asche und Öl 197
Töne aus dem Äther 205
Unternehmen Clipperton 211

Münchhausen und Mozart 216
Bahía de Chatham 224
Was bleibt uns übrig? 232
Das Komplott 238
Klar zum Gefecht 246
Weg mit dem Gold! 254
Am langen Draht 258
Laßt jede Hoffnung fahren 265
Träume im Mondlicht 270
Das Duell 279
Auf nach Walhalla 287
Wieder am La Plata 295
Zagt im Regen nie 301

Erstes Buch:

Schiff »17«

»Der ewige Friede ist ein Traum
und nicht einmal ein schöner Traum.
Der Krieg ist ein Element der von Gott eingesetzten Weltordnung.
Die edelsten Tugenden des Menschen
entfalten sich daselbst.«

Helmuth von Moltke

»Nicht ein Werk Gottes,
sondern des Teufels sind die Kriege.«

*François Marie Arouet
de Voltaire*

Mephistopheles:

»Das freie Meer befreit den Geist.
Wer weiß da, was Besinnen heißt!
Da fördert nur ein rascher Griff,
Man fängt den Fisch, man fängt ein Schiff...
Man hat Gewalt, so hat man Recht.
Man fragt ums Was, und nicht ums Wie.
Ich müßte keine Schiffahrt kennen:
Krieg, Handel und Piraterie,
Dreieinig sind sie, nicht zu trennen.«

Johann Wolfgang Goethe, Faust II

Mit den Vätern haben es die Söhne schwer. Anfangs sind sie deren Stolz, ihr ganzes Glück. Später – wenn es so geht wie bei mir – der beste Freund. Dann aber ändert sich das, unmerklich oder mit einem Schlag, als ob da Wärme verfliegt. Die Zeit der Kameradschaft, des Vertrauens und Geborgenseins endet mit Enttäuschung. Das Band wird dünn, nichts steht mehr fest. Streit liegt in der Luft, Protest, vielleicht sogar Weggang und Trennung.

Eines Tages fängst du an, den Vater zu beobachten. Wer ist er eigentlich, was für ein Mensch? Und während du dich das fragst, spürst du seinen Blick und ahnst, daß auch er dir mißtraut. Er beginnt, dich als Wesen wahrzunehmen, das unabhängig von seinem Willen, seinen Wünschen existiert. Seine Macht hat Grenzen. Irgendwann wirst du ihm nicht mehr folgen – spätestens dann, wenn dir aufgeht, daß er gar nicht der ist, für den du ihn hältst. Kein großes Vorbild, sondern ein schwacher und fehlerhafter Mensch ... Jede Generation entdeckt das aufs neue. Die schmerzlichen Erfahrungen wiederholen sich. Ich schreibe dies auf, um vor blindem Glauben an die Väter (und an deren Stellvertreter) zu warnen. Erkenntnis ist besser als Verehrung.

Das Goldstück

All das lag noch vor mir, damals, Pfingsten 1914. Ich war im Winter fünfzehn geworden und dabei, etwas anderes zu entdecken: die Welt der Mädchen und den verwirrenden Reiz, der von ihr ausgeht. Nicht der Vater beschäftigte mich, sondern die Tochter seines Geschäftsfreunds. Sie hieß Anni Greve und war schon sechzehn, gut ein Jahr älter, was ich recht störend fand. Sie war die Schwester von Manfred, dem

Klassenbesten unserer Untersekunda; ihr Zeugnis sollte gleichfalls glänzend sein. Noch mehr als das schüchterte mich ihre Ruhe ein, diese Leichtigkeit, die anmutige Art, zu lachen, sich zu bewegen und wie eine Erwachsene mit meinen Eltern zu plaudern. Sah sie mich an – unter dem mittelblonden, gescheitelten Haar, dessen dicke Zöpfe zu Schnekken aufgesteckt waren –, verschlug es mir manchmal die Sprache. Obwohl fast einen Kopf größer als sie, glaubte ich, in ihren Augen wie ein dummer Junge dazustehen.

Manfred Greve bemerkte es. Überschätz sie nicht, riet er mir, sie tut nur so gelassen und gescheit. Die Weiber machen dir was vor, sie schauspielern meistens. Es stimmt zwar, sie sind früher reif, unser Grips soll ja erst mit achtundzwanzig Jahren komplett beisammen sein, ihrer schon mit achtzehn, aber er ist dann auch danach, wie Schopenhauer schreibt... Manfred war sehr belesen. Er suchte meine Freundschaft, weil ich der Stärkste in der Klasse war.

Unsere Familien verbrachten ein paar Ferientage auf dem Greifswalder Bodden. Vaters kleine Jacht »Nordstern« hatte uns hingebracht. Zum Baden war es noch zu kalt, deshalb kreuzten wir Männer zwischen Mönchsgut und der Insel Vilm, wo die drei weiblichen Mitglieder an Land hausten. Für meinen Vater, den Rostocker Grundstücksmakler Albert Harms, zählte nämlich außerhalb des Büros nur zweierlei: das Segeln und das Münzsammeln. Von Anfang an versuchte er, mich für seine Passionen zu begeistern, und natürlich war es ihm geglückt. Ich schätzte ihn als Segler genauso wie als Münzkenner. Daß erst sein Geschäftserfolg ihm zu beidem verholfen hatte, darüber sprach man nicht, es war ja selbstverständlich.

Am Pfingstmontag lud er Anni Greve ein, mit uns an Stelle ihres Vaters, den ein Telegramm vorzeitig heimrief, an Bord zu gehen. Er zwinkerte mir dabei zu, als hätte er meinen heimlichen Wunsch erkannt, Anni mit meiner Segelei zu imponieren. »Aber nicht aufs offene Meer«, bat ihre Mutter, und mein Vater versprach es ihr. Wir Jungs jedoch steckten die Köpfe zusammen, der Bodden hing uns zum

Hals heraus, vom letzten Sommer her kannten wir jeden Winkel. Die »Nordstern« brauchte ein anständiges Ziel. Wenn schon nicht Saßnitz oder die Seebrücke von Binz – die Greifswalder Oie mußte es wenigstens sein.

Als wir nach dem Mittagessen im Gasthaus von Vilm mit dem Beiboot zur Jacht übersetzen wollten, die draußen dümpelte, legte am Steg der Käpten Dippel mit seinem Kutter aus Lauterbach an. Von ihm erfragten wir, wie man den Hafen der Insel Oie anläuft, in der stillen Hoffnung, daß der Südostwind uns leichter dorthin als nach Peenemünde bringen würde. Lieber nicht, sagte mein Vater, da liegt ein Gewitter im Westen. »O wat««, winkte Dippel ab, »ehe dat rup kömmt, sünd ji lang door.«

Die Frage blieb offen. Unter der Küste von Mönchgut kreuzten wir gegen den schlappen Südost an. In der Hagenschen Wiek lag ein kleines Kriegsschiff, der Artillerie-Tender »Fuchs« mit seinen vier Geschützen. Vater befahl zu grüßen, und ich zog die Flagge des Stralsunder Heimathafens hoch. »Seefahrt ist not«, rief er, worauf Manfred den Kaiser zitierte: »Deutschlands Zukunft liegt auf dem Wasser!« Das waren so unsere Scherze, respektlos, doch letzten Endes glaubten wir daran. Vater war Leutnant der Reserve und, wie jeder gute Deutsche, ein Patriot.

Aber diesmal sank ihm der Mut. Nahe dem Zicker See blieb der Wind weg, am Horizont kroch es dunkel hoch. Vater wollte in diesen Nothafen rudern, um das Gewitter abzuwarten. Wir jedoch murrten. Die »Nordstern« ist eine Segeljacht mit zwölf Zentnern Blei im Kiel. Was werden die Leute sagen, wenn wir rudern. Ja, wenn wir eine Maschine hätten wie der Stralsunder Oberfischmeister! Doch mein Alter nahm einen Riemen und fing an, das träge Wasser umzurühren. »Über allen Wimpeln ist Ruh', auf allen Segeln spürest du kaum einen Hauch«, sagte er zu mir. »Der Albert rudert vernünftig, warte nur, künftig ruderst du auch.« Wir fühlten uns vor Anni blamiert, machten das Beiboot klar und schleppten mühsam die Jacht – allerdings südwärts, bis unter Thiessow.

Auf dem Thiessower Haken kräuselte sich die See, Wind sprang auf, Nordwind. Jubelnd stiegen wir wieder ein, das Wasser rauschte am Bug, knapp acht Seemeilen vor uns lag die Oie, in einer Stunde würden wir dort sein, gefolgt von Donnergrollen. Ein Wagnis, ein Wettlauf mit dem Wetter. Anni schien stark beeindruckt. Vor ihren Augen hatte ich mich gegen Vaters Schwanken durchgesetzt. Ohne sie hätten wir uns wohl kaum in dieses Abenteuer gestürzt.

Bald türmten sich hinter uns, bis zu 45 Grad Höhe, prachtvolle Gewitterwolken, die Ränder von der Sonne vergoldet. Je näher wir dem Ziel kamen, desto flauer wurde mir. Das Wetter zog um ganz Rügen, es kreiste uns ein, denn auch über der pommerschen Küste stand eine schiefergraue Wand mit gelblichen, scharf hochgekämmten Fransen: ein Zeichen für Sturm.

Wir passierten die Signaltonne zwei Meilen vor der Oie. Verblüffend rasch kam der Abend. In dem Zwielicht blitzte der Leuchtturm auf und, ein Stück südlich, das Hafenfeuer. Gott sei Dank, es wies uns die Einfahrt. Schon lag sie dicht vor uns, da setzte der Wind aus. Wie ein Bündel Pfeile waren flockige Wölkchen, mir wohlbekannt, jetzt über uns. Wir hatten das Rennen verloren. Ohne daß ein Wort fiel, senkte ich die Gaffel, ließ das Großsegel herunter und zurrte es fest. Vater deckte das Cockpit ab, Manfred verteilte mit zitternden Fingern das Ölzeug.

Kaum hatten wir es angezogen, fuhr heulend ein Windstoß in das Vorsegel und drückte uns auf die Seite. Die Fock knallte und schlug, gleichzeitig klatschte der Regen so dicht nieder, daß die Insel samt Hafenfeuer und Leuchtturm verschwand. Solch ein Unwetter hatte ich noch nie erlebt. Aus allen Richtungen fielen Böen ein. Unser Versuch, zu ankern, mißlang im Peitschen und Schmettern der Blitze. Jedes Aufzucken zerriß die Finsternis und warf auf die gepeinigte Netzhaut ein Momentbild vom Toben der Elemente: Wellen, starr wie Mauern, hinter Hagelkörnern, die in der Luft stillzustehen schienen.

Anni Greve kauerte in der Kajüte, so überreizt und geblendet, daß sie schwarze Blitze sah, wenn sie sich die Augen zuhielt. Vorbei der Spaß an unserem Sport! Die Angst vor dem Meer wurde sie nie mehr los. Auch mich packte das Grauen, doch ich hatte ja zu tun. Kentern würde die »Nordstern« nicht dank ihres Bleikiels, aber sie konnte stranden. Vater hielt sie vor dem Wind, ansonsten ließ er alles über sich ergehen. Der Schrecken machte ihn eigentümlich teilnahmslos. Ich hing unten über Karte und Kompaß und gab ihm den Kurs. Manfred schöpfte stumpfsinnig das Cockpit aus.

Es ging auf die See hinaus, nördlich an der Oie vorbei. Als wir aus ihrem Schutz kamen, wurden die Wellen höher, die Kämme klatschten aufs Deck. Wir kehrten um, liefen am Wind wieder in den Bodden ein, das Thiessower Kliff an Steuerbord und den Großen Stubber, die Sandbank mit den drei Steinen, unsichtbar vor uns. Einziger fester Punkt in dem Chaos war das Leuchtfeuer der Oie. Hier und da geisterte die Ankerlaterne eines Schiffs oder eines Baggers durch die Nacht; in der Ferne Flammenschein wie von brennenden Gebäuden... Rechtzeitig wendeten wir, und nun lagen der Ruden oder das Steinriff der Oie bedrohlich in unserem Kurs.

Nach Mitternacht ebbte der Aufruhr ab, Vater rief mich ans Ruder. Er kroch mit nassen Sachen in die Koje, todmüde wie er war. Wie hatte auch ich es satt! Ich bebte vor Kälte und Furcht vor Strafe, all dies war meine Schuld, leichtfertig hatte ich uns in Gefahr gebracht. Später hörte der Regen auf, nur noch fern über Usedom blitzte es. Gegen vier Uhr, nach ungezählten Manövern, lag vor mir wieder die Oie, jetzt im Morgenrot, und das Heck der Jacht platschte in eine schon kraftlose See.

Anni erschien blaß aus der Kajüte, mit einem Becher Kaffee. »Willst du, Richard?« fragte sie.

»Danke dir. Alles in Ordnung da unten?« Das kam mir recht mannhaft aus der Kehle; zum ersten Mal war ich ihr gegenüber unbefangen.

»Ich glaub schon. Du hast es geschafft.«

»Wir sind noch mal davongekommen, meinst du.«

»Nein, du hast es geschafft«, beharrte sie. »Wer weiß, ohne dich ...« Ihre Lippen streiften mich, das Wunder geschah, sie gab mir einen Kuß. Es war wie im Traum, ich stand nicht mehr als dummer Junge, sondern als Retter vor ihr da! Kälte und Mattheit fielen von mir ab. Wir waren allein an Deck, rot überhaucht vom Morgenlicht. Ich legte den Arm um sie und küßte ungeschickt zurück. Sie liebt mich also, verzeiht mir die schlimme Nacht, vielleicht mußte der Schock sogar sein, damit sie nicht länger verbirgt, was ich für sie bin! Alles, alles würde nun gut werden ... Nie zuvor und nie mehr danach habe ich die Sonne in solcher Pracht aufgehen sehen.

Was im Glanz des Maimorgens so glücklich begann, wurde der schönste Tag meines Lebens. Heute, ein Vierteljahrhundert später, läßt sich das wohl schon sagen. Seltsamerweise kam Vater, als gäbe es weit Wichtigeres für ihn, nicht mehr auf unsere Irrfahrt zurück; weder lobend noch tadelnd. Mein Leichtsinn schien vergessen, kein Mensch warf mir etwas vor. Auf Vilm hatte der Sturm Bäume entwurzelt, den Fischern Netze und Boote zerstört, man war heilfroh, uns unversehrt landen zu sehen. Spät abends, daheim in unserer Villa, schenkte Vater mir auch noch ein Goldstück: völlig unverdienter Lohn. Ich bin ihm nie so nahe gewesen wie in dem Augenblick, als er mich zu sich rief und die schwere Kassette aufschloß, die seinen Schatz enthielt.

Bis dahin waren es nur Silbermünzen gewesen, die er mir überlassen hatte, wenn auch schon mal seltene, wie der mexicanische Silberdollar, den ich zum Geburtstag bekam; geprägt im Jahre 1842. Jetzt nun beschämte er mich mit einem goldenen Dreirubelstück, dem sogenannten Imperialdukaten. Es wog zehn Gramm, zeigte vorn den Zaren Nikolaus II. im Profil und auf der Rückseite den gekrönten Doppeladler. Allein das Gewicht! Vater hatte mir gesagt, daß Gold fast sechzehnmal wertvoller als Silber war. Hinzu kamen für den Sammler der Erhaltungsgrad und der Seltenheitswert. (Sein bestes Stück war eine 25-Rubelmünze, von der es nur 475 Exemplare auf der ganzen Welt gab.)

Leicht zerstreut erklärte er mir, dieser Dukaten habe, was seinen Erhaltungsgrad betreffe, das Prädikat »sehr schön«. Einer Gewohnheit folgend, wiederholte er die Note auf Englisch und Spanisch: *very fine* und *muy bien conservada*. Der Metallwert dieser Münze, so merkte er an, sei um drei Prozent höher als ihr Nennwert; das erst mache sie interessant.

»Meinst du wirklich, ich hab das verdient?« fragte ich etwas beklommen.

»Warum denn nicht?« Er lächelte matt. »Hör auf, an dir zu zweifeln. Übrigens, was heißt das schon – verdient ... Meist geht es ungerecht zu auf Erden. Gut für dich, das zu wissen. Inzwischen betrachte die Münze als Unterpfand, als Garantie unserer Freundschaft.«

»Die braucht keine Garantie.«

»Wer weiß, was uns bevorsteht, mein Junge. Versprich, daß du zu mir hältst, komme was wolle.«

»Komme, was wolle«, sagte ich dumpf, wohltuend überschauert: ein Wort unter Männern, wie ein heiliger Schwur. Ich fiel ihm um den Hals. Was für ein Tag! Es würde mir nicht schwerfallen, zu diesem Wort zu stehen.

Die »Cap Trafalgar«

Das war ein Frühling wie noch keiner. Auf den Wallanlagen duftete süß der Flieder. Dem Unwetter war ein Schwall milder Luft gefolgt, sie ermunterte alle Verliebten zur Zärtlichkeit. Ich traf mich heimlich mit Anni, so oft sie aus der Klavierstunde kam. Wir schrieben uns Briefe, um Tage der Trennung zu verschmerzen. Ihr Bruder war der Bote, die Eltern sollten nichts wissen. Oft schlich ich abends an die Rückseite ihres Gartens in der Steintor-Vorstadt. Dort hörte ich Anni Chopin spielen, Schubertlieder oder die »Träumerei« von Schumann, sah ihren Umriß durch die Gardinen und wußte, jetzt denkt sie an mich. Das war mir Trost genug.

Die paar Wochen verflogen wie im Rausch. Mich kümmerten weder Schulzensuren noch das, was in der Zeitung stand über die große Politik. Zwar spürte ich im Elternhaus eine gewisse Nervosität. Gespräche brachen ab, wenn ich ins Zimmer trat. Mein Großvater kam, was selten geschah; er hatte ein Fuhrgeschäft in der Neustadt und verstand sich mit seinem Schwiegersohn, meinem Vater, nicht besonders gut. Wir sahen ihn sonst nur zu Weihnachten. Aus dem Herrenzimmer drangen Stimmen, Kurt Greve war auch da. Großvater ging als erster, türenschlagend – er war halt ein grober Klotz, für meinen eleganten Vater »ein Bauer«. Am Abend brach meine Mutter plötzlich in Tränen aus, sie verließ den Raum. Mein Vater murmelte etwas von der Gewitterwolke, die über Europa hing: Mutter habe Angst vor einem Krieg. Das klang weit hergeholt, es überzeugte mich nicht, doch war mir mehr darum zu tun, rechtzeitig an Annis Gartenzaun zu sein, ihr Klavierspiel zu hören, die »Träumerei«.

Niemand fragte nach meinen Klassenarbeiten oder den Hausaufgaben. Trotzdem erwarteten wir sehnlich die großen Ferien. Unsere Familien würden sie, wie im letzten Jahr, gemeinsam auf Rügen verbringen. Doch obwohl der große Kabinenkoffer, vorzeitig vom Boden geholt, schon im Schlafzimmer stand, war keine Rede mehr von Binz oder Sellin ... Manfred brachte mir ein Briefchen zurück: Sein Vater habe es entdeckt und ihm verboten, noch länger den Postillon d'amour zu spielen. Das ist keine Kinderfreundschaft mehr, hatte er gesagt, für einen Flirt sei es bei uns beiden entschieden zu früh.

Und dann stieß ich daheim auf eine Kartenrolle, die Karte des Greifswalder Boddens, sah auch das Fernglas, das gleichfalls zur Ausrüstung der Jacht gehörte, und fand, mißtrauisch forschend, in Vaters Schreibtisch die Kopie eines Kaufvertrags. Er hatte die »Nordstern« verkauft! Für 1700 Mark an den Stralsunder Rechtsanwalt Lehmann. Es war nicht zu fassen. Ich lief zu meiner Mutter – sie wußte schon Bescheid. »Glaub mir, Richard, es ist nur vernünftig von ihm«, sagte sie. »Dein Vater kann sie diesen Sommer ja gar nicht nutzen. Er muß geschäftlich ins Ausland.«

»Wohin denn?«

»Nach Übersee. Das muß dir vorläufig genügen.«

»Aber unser Boot! Es ist doch mehr wert. Und überhaupt, hätte ich euch nicht segeln können?«

»Dazu wird kaum Gelegenheit sein. Ich hab mich entschlossen, ihn zu begleiten. Und natürlich nehmen wir dich mit.«

»Für wie lange, Mutter?«

»Das steht noch nicht fest. Ein paar Monate schon.« (Ein paar Monate! Der Sommer war verloren. Die Welt stürzte für mich ein.) »Du darfst zu keinem darüber sprechen; das ist sehr wichtig, mein Junge.« Sie fügte matt hinzu: »Die Art von Geschäft, die er im Auge hat, verträgt nun mal kein Aufsehen.«

Viel mehr enthüllte mir auch Vater nicht. Tiefernst erinnerte er mich an das Wort, das ich ihm am Tag nach Pfingsten gegeben hatte. All das wirkte feierlich, geheimnisvoll, ein Jahr früher, und es hätte mich riesig gefreut, der Schule fernzubleiben, und außerdem hätte es meine Phantasie beflügelt. Offenbar handelte es sich um Landkäufe großen Stils in Südamerika. Kam es heraus, würden die Bodenpreise steigen. Ein Abenteuer also, womöglich wurde man reich ... Ich aber sah nur die Trennung von Anni. Was sollte aus uns und unserer Liebe werden?

Es wurde sorgsam verhindert, daß ich Abschied nahm. Der nächste Tag schon war mein letzter in der Schule. Ich hatte dem Ordinarius ein Schreiben zu geben. Er nahm es wohl für die Antwort auf den Mahnbrief, in dem er meine Leistungen speziell in Latein beklagt hatte, und öffnete es nicht in meinem Beisein. Ich habe ihn nie wieder gesehen. Er soll ein halbes Jahr später in Frankreich gefallen sein.

Am selben Abend noch setzte mein Vater uns, Mutter und mich, in den D-Zug nach Hamburg. Sobald er »die laufenden Geschäfte abgewickelt« habe, hieß es, komme er schleunigst nach. Nun, da ich halbwegs eingeweiht war, hatten sie es eilig, mich aus Rostock wegzubringen. Während Mutter aber drei Plätze zweiter Klasse auf einem Schnelldampfer der Hamburg–Südamerika–Linie buchte, gelang es mir doch, einen Brief an Anni in den Kasten des Hotels zu werfen. Unter dem Siegel der Verschwiegenheit schrieb ich ihr alles, was ich von dem jähen Aufbruch wußte, und bat sie, mir zu verzeihen. Auch wenn unsere Eltern dagegen wären, möge sie auf mich warten. Ich jedenfalls würde in der Fremde kein Mädchen anschauen, für mich gebe es nur sie.

Ende Juni, kurz bevor wir ausliefen, meldeten Extrablätter das dann so folgenschwere Attentat auf den Erzherzog Franz Ferdinand. Über den Tod des österreichisch-ungarischen Thronfolgers in der bosnischen Landeshauptstadt Sarajewo wurde an Bord unseres Luxusliners endlos spekuliert. Mich langweilte das Gerede im Speisesaal und auf dem Promenadendeck. Sonst hätte eine Seereise in so nobler Umgebung mir gewiß mehr imponiert. Jezt nahm ich, mit meinem Blick für Schiffe, nur das Bild des schwarzweißen Ozeanriesen in mich auf. Er hieß »Cap Trafalgar«, hatte drei mächtige Schornsteine, war 180 Meter lang, 18 Knoten schnell und galt als das beste Schiff der Hamburg–Südamerika–Linie. Vor zwei Jahren erst gebaut, verkürzte es mit seinen 19000 Pferdestärken die Fahrt nach Buenos Aires glatt um acht Tage. 5000 Tonnen Steinkohle konnte es laden. Solch ein Schnelldampfer brauchte durchschnittlich je Knoten Geschwindigkeit in der Stunde fast eine Tonne Kohle – unser Schiff weit über 300 Tonnen, am Tag. (Schwach in Latein, war ich ganz gut in Mathematik.)

Wir fuhren durch den Ärmelkanal. Am zweiten Tag ragten auf Steuerbord die Kreidefelsen von Dover, später lag backbord der französische Kriegshafen Cherbourg, dann Brest, fern hinter all den Inseln und Klippen der Bretagne, an die der Atlantik schlägt. Auf halber Strecke, bei den Capverdischen Inseln, wurde es tropisch. In einer schwülen Nacht kam Vater mit dem Zweiten Offizier ins Gespräch. Dem hatte er einmal geholfen, ein ererbtes Haus in Warnemünde günstig zu verkaufen. Der Offizier erzählte ihm, vom deutschen Admiralstab seien 13 Handelsdampfer im Kriegsfall dazu bestimmt, in Hilfskreuzer verwandelt zu werden; nämlich alle, die mehr als 17 Knoten liefen. Die »Cap Trafalgar« stand entsprechend ihrer Größe auf Platz acht der Liste, die mit der »Vaterland« begann.

Anderntags zeigte er uns stählerne Unterbauten vorn und achtern im Zwischendeck. Sie dienten als Fundament von 15-Zentimeter-Decksgeschützen. Es gab auch Munitionsaufzüge für die zentnerschweren Granaten. Das war übrigens gar kein Geheimnis. Die Briten hatten seit Anfang des Jahres drei Dutzend ihrer Schnelldampfer sogar schon bewaffnet! – »Ein Krieg mit England käme zu früh«, sagte der Zweite Offizier zu meinem Vater. »Unsere Hochseeflotte ist erst in drei Jahren soweit.«

Nach gut zwei Wochen erreichten wir die berühmte Bucht von Río de Janeiro. Ein Teil der Passagiere ging an Land – wir nicht. Den Zeitungen, die frisch an Bord kamen, entnahm mein Vater, daß die Balkankrise weiterschwelte. »Es spitzt sich zu, Elisabeth«, sagte er, und meine Mutter seufzte: »Vielleicht ist's gut, da heraus zu sein.« Es fiel mir auf, daß mein Vater dazu schwieg. Ich kannte doch seine Haltung, als Patriot hätte er dem widersprechen müssen. Er hielt es wohl für zwecklos, mit ihr über etwas zu streiten, wovon sie nichts verstand.

Bevor das Schiff in Buenos Aires am Ziel war, lief es noch Montevideo an, die Hauptstadt Uruguays an der Mündung des Río de la Plata. Und obgleich unsere Kabine bis Buenos Aires bezahlt war, stiegen wir hier schon aus. Wieder ein Haken, den Vater schlug, zur Täuschung der Konkurrenz. Auch zog er mit uns in kein Hotel, sondern in ein bescheidenes, dünnwandiges Haus am südöstlichen Stadtrand, nahe dem Leuchtfeuer Punta Brava. Ein älteres Mulatten-Ehepaar bediente uns dort. Vater sprach mit ihnen ganz leidlich Spanisch, er riet auch mir, mich darin zu üben.

Unglücklicherweise gab es in Montevideo eine deutsche Schule. Kinder unserer Diplomaten und Firmenvertreter besuchten sie, auch die der zahlreichen Auslandsdeutschen.

Und bestürzt merkte ich, hier war gar nicht Ferienzeit, wir kamen vom Frühsommer in den südamerikanischen Winter. So atmete ich auf, als Vater beschloß, mich wegen des langen Wegs ins Stadtzentrum nicht zur Schule zu schicken. Als Hauslehrer warb er einen Studenten an, der gerade genug Deutsch konnte, um den Anschein zu erwecken, er gebe mir Unterricht. Immerhin, mein bißchen Spanisch lernte ich von ihm. Zum Strandbad Playa Ramirez – um diese Jahreszeit schwach besucht – war es nicht weit. Ich hätte froh sein können, wäre nur Anni bei mir gewesen.

Am Silberfluß

Der Río de la Plata, entstanden aus dem Zusammenfluß der Ströme Paraná und Uruguay, ist in Wirklichkeit ein Meer – an der Mündung in den Ozean hundert Meilen breit. Vom argentinischen Südufer war natürlich nichts zu sehen. *Plata* heißt Silber, so sagte mein Lehrer; *argentum* im Lateinischen. Auf diesen Wogen waren einst die spanischen Eroberer nach Argentinien gekommen. Das Wasser ist allerdings gelblich, der Silberfluß hat – außer gegen die Abendsonne – niemals silbrig geblinkt. Die Spanier nannten ihn so, weil er sie in gold- und silberhaltige Berge führen sollte; was jedoch nicht geschah.

An diesem Ufer wurde auch mein Vater offenbar nicht reich. Was er eigentlich tat, blieb mir ein Rätsel. Er bekam weder Briefe noch Telegramme und schrieb auch selbst nicht. Nie lud er einen Menschen zu uns ein. Mehrmals holte ihn eine Droschke ab, meist aber nahm er nur das Fernglas und verließ das Haus zu Fuß. Besichtigte er die Ländereien, die er in fremdem Auftrag kaufen sollte? Ich folgte ihm unbemerkt und sah ihn einen Hügel ersteigen; er spähte nordwestwärts zum Hafen und hinaus aufs Meer. Seltsam, wir lebten so zurückgezogen, daß es mich an die Einsamkeit des alten Seebären in meinem Lieblingsbuch erinnerte, der »Schatzinsel« von Stevenson. Auch dieser

Mann zog, bewaffnet mit einem Messingfernrohr, tagtäglich ans Meer.

Vater war selber schuld, wenn ich ihn im stillen mit Billy Bones verglich, jenem abgewrackten Piraten. Weshalb verschloß er sich vor mir? Sein Schweigen bedrückte mich fast so wie der Umstand, daß ich Anni nicht schreiben durfte und folglich von ihr nichts mehr hörte. Sie glaubte uns in Buenos Aires, hatte keine Adresse. Und was nun kam, das verstärkte noch mein Gefühl, heimatlos und von dem, was ich liebte, abgeschnitten zu sein: Österreich-Ungarn erklärte am 28. Juli Serbien den Krieg. Am 1. und 3. August zog Deutschland mit Kriegserklärungen an Rußland und Frankreich nach. Als am 4. August unser Heer in das neutrale Belgien eindrang, um den linken Flügel der französischen Armee zu umgehen, antwortete England noch am gleichen Tag mit Krieg. Schließlich folgte am 5. August Österreichs Kriegserklärung an Rußland. Damit stürzten sich die zwei mächtigsten Staatengruppen der Welt in einen Krieg von bis dahin unbekanntem Ausmaß.

Es war, als falle dröhnend ein Tor hinter uns zu. Der Heimweg schien versperrt, die Postverbindung zerschnitten. Würde die britische Flotte mit ihren Stützpunkten auf allen Meeren Deutschland nicht blockieren? Vater beruhigte mich: Durch neutrale Nachbarn wie die Schweiz, Holland oder Dänemark lief der Verkehr doch weiter. Auch werde ein Sieg über Frankreich, wie er am Monatsende uns schon winkte, das Problem rasch lösen. Nein, wir stünden nicht auf verlorenem Posten; unser Platz sei hier, mehr lasse sich noch nicht sagen.

Wie sehnte ich diesen Sieg herbei! Meine Gedanken schweiften heimwärts. Lieb Vaterland, dachte ich und sah die Rostocker Wallanlage vor mir – das Laub färbte sich, fiel herab, schon roch es herbstlich, während mich die immergrüne subtropische Natur, der träge Silberfluß und fremde Menschen umgaben. Unser tapferes Heer. Deutschland, Deutschland über alles ... Doch der September verstrich, in Europa erstarrten die Fronten, Frankreich hielt stand, der erhoffte Blitzsieg blieb aus. Unglaublicherweise existierte dies zur selben Zeit: das heldenhaft kämpfende Vaterland und die Einsamkeit, das Schäbige dieser Vorstadt, in der überhaupt nichts geschah.

Mit Hilfe des Hauslehrers las ich in den Zeitungen. Mein Herz schlug für die Marine. Ein deutsches Schiff machte gleich von sich reden. Der Schlachtkreuzer »Goeben« hatte aus seinen 28-Zentimeter-Geschützen zwei französische Küstenstädte in Nordafrika beschossen und sich dann mit dem Kreuzer »Breslau« der Verfolgung entzogen, um am 10. August in die Dardanellen einzulaufen. Sein Erscheinen bestärkte die schwankende Türkei in dem Entschluß, an Deutschlands Seite zu treten. Ein Kriegsschiff machte Geschichte, wie mein Vater fand.

Aber die Sensationspresse von Montevideo feierte auch einen britischen Seesieg bei Helgoland. Dort waren am 28. August im Feuer einer Übermacht drei unserer Kreuzer gesunken, darunter die moderne »Mainz«. Wir hatten sie im Jahr zuvor während der Kieler Woche besichtigt. Ihr Liegeplatz war gegenüber der Universität vor der Mole des Werfthafens. Ein schmuckes Schiff, 4350 Tonnen schwer und 27 Knoten schnell, mit fast 400 Matrosen. Nun lag es auf dem Grund der Nordsee! Die Flotte des Kaisers hatte, glaubte man den Schlagzeilen, über 1200 Mann verloren. Großadmiral Tirpitz, der sie nicht führen durfte, sprach von einem *dies ater*, einem »schwarzen Tag«.

Der Krieg kam uns näher, und das Glück blieb auch dem Feind nicht treu. Von der Südsee her glitt das Fernostgeschwader des Vizeadmirals Graf von Spee auf die Rückseite Südamerikas zu. Sein Kern waren die Panzerkreuzer »Scharnhorst« und »Gneisenau«, bestückt mit je acht Kanonen vom Kaliber 21 Zentimeter, deren Geschosse zweieinhalb Zentner wogen. Mitte Oktober vereinigte es sich, dank der Führungskunst und Funktelegrafie, an einem der entlegensten Punkte des Erdballs mit drei kleineren Kreuzern und dampfte auf Chiles Küste los. Dort, nahe dem Hafen Coronel, traf das Geschwader am 1. November auf vier britische

Schiffe und schlug sie nach Sonnenuntergang, als ihre Umrisse sich scharf gegen den roten Abendhimmel abhoben. Mit den großen Panzerkreuzern »Good Hope« und »Monmouth« versanken 1500 Offiziere und Mannschaften im kalten Pazifik. Auch der englische Admiral kam ums Leben.

Übrigens schrieb mein Vater die Verluste an Kriegsschiffen immer gleich auf. Er hatte ein Buch mit den Flottenlisten aller Seemächte und hielt es auf dem letzten Stand. Vor jedes Schiff, das man als versenkt meldete, setzte er ein Kreuz; schwere Beschädigung markierte er durch ein Dreieck. Und ich ertappte mich dabei, die Verluste der Feinde viel öfter als die eigenen zu studieren: Am 9. September der britische Hilfskreuzer »Oceanic« vor Schottland gestrandet; am 20. September der Kreuzer »Pegasus« vor Sansibar von der »Königsberg« versenkt; zwei Tage später drei englische Panzerkreuzer bei Hoek van Holland von dem U-Boot U 9 in Grund gebohrt; am 27. Oktober das Linienschiff »Audacious« vor Irland durch Minentreffer gesunken; tags darauf der russische Kreuzer »Jemtschug« und der französische Zerstörer »Mousquet« im Hafen von Penang nordwestlich von Singapore vom Kreuzer »Emden« tödlich überrascht ... Das las ich so oft, daß ich es noch heute auswendig weiß.

Vater aber wußte mehr. Zum Beispiel, was aus unserer stolzen »Cap Trafalgar« geworden war. Sie hatte Ende August Montevideo noch als Handelsschiff verlassen, randvoll mit Kohlen. Inmitten des Atlantik, vor der brasilianischen Felseninsel Trinidade, war sie dann von dem kleinen Kanonenboot »Eber« zum Hilfskreuzer aufgerüstet worden. Mühsam machte man die Fundamente passend, die für 15-Zentimeter-Geschütze gebohrt waren: Die »Eber« hatte nur zwei 10,5-Zentimeter-Kanonen abzugeben. Auch ihr Kommandant stieg über. Er ließ das Bild durch Neuanstrich verändern und den dritten Schornstein kappen, der blind war. »Das Dümmste, was man dem Gegner anbieten kann«, sagte mein Vater dazu. »Da hilft kein Umschminken. Deutsche Passagierschiffe haben soviel bauliche Eigenheiten, daß der Fachmann sie auch erkennt, wenn ein Schornstein fehlt.«

Nach seinen Worten spürte der englische Hilfskreuzer »Carmania« tatsächlich schon Mitte September die »Cap Trafalgar« am alten Ankerplatz vor Trinidade auf, beim Rendezvous mit einem Kohlendampfer. Sie hatte einen Streifzug nach Norden hinter sich und war, ohne auf Beute gestoßen zu sein, wieder dabei, ihren Brennstoff zu ergänzen. Es begann ein ungleicher Kampf: zwei 10,5-Zentimeter-Geschütze und ein paar 3,7-Zentimeter-Kanonen gegen fünf britische 12-Zentimeter-Geschütze in der Breitseite der »Carmania«, die trotzdem 79 mal getroffen wurde und 35 Mann verlor. Ihr Vorschiff qualmte so stark, daß sie, vor dem Wind laufend, das Duell abbrechen mußte. Die »Cap Trafalgar« hatte zwölf Volltreffer erhalten, auch in die ungepanzerte Wasserlinie, sie brannte gleichfalls und neigte sich derart nach Steuerbord, daß die Backbordschraube auftauchte. Das Schiff war nicht mehr auf Gefechtskurs zu halten, sein verletzter Kommandant ließ es sprengen. Beim Untergang fand er mit zwei Offizieren und zwölf Mann den Tod.

»Woher weißt du das?« forschte ich; all dies hatte in keiner Zeitung gestanden.

»Von einem Überlebenden«, erwiderte er. »Der Kohlendampfer ›Eleonore Woermann‹ hat die gerettete Besatzung hergebracht ...«

Er traf also doch, anders als ich, irgendwelche Leute. Mich hielt man von allem fern ... Weitere Hilfskreuzer wie die »Kronprinz Wilhelm« (bewaffnet durch den Kreuzer »Karlsruhe«) waren durchaus noch am Feind. Sie störten dessen Handel frech wie Piraten und wichen vor der alliierten Flotte unauffindbar in die Weite des Weltmeers aus. Meine Phantasie regte sich, wenn ich solche Meldungen las. Welche Abenteuer bestand dort eine Handvoll von Draufgängern! Was dagegen tat ich? Ich verfolgte ihren Weg auf Karten und dem Globus. Das sollte für mich alles sein?

Der springende Punkt bei den Auslandskreuzern, verriet

mir Vater, war deren Versorgung. Stützpunkte gab es nicht; die letzten Häfen in den Kolonien, die sich noch hielten, waren längst von See her blockiert. Die Chance der Kreuzer im Handelskrieg stieg und fiel mit dem Kohlebestand an Bord. In jahrelanger verdeckter Arbeit hatte das Marineamt abgelegene Plätze für eine Kohlenübernahme erkundet und Troßschiffe verpflichtet, ein weltumspannendes Netz zur Versorgung mit Brennstoff, Nachschub und Nachrichten geknüpft. Aber der Feind schlief nicht, sein Geheimdienst deckte allmählich die Fäden auf. London übte so lange Druck auf die Neutralen aus, bis die »Marineetappen« – so nannte Vater das Netzwerk – Stück für Stück zerfetzt wurden. Dies erst besiegelte das Schicksal der deutschen Schnelldampfer. Sie fraßen einfach zuviel Kohle, als daß sie sich von dem Vorrat der feindlichen Handelsschiffe, die sie aufbrachten, hätten selbst versorgen können.

Bevor aber die erste Welle unserer Hilfskreuzer von den Meeren verschwand, scheiterte das Geschwader des Grafen Spee bei den Falklandinseln. Der Admiral stieß dort am 8. Dezember 1914 frühmorgens bei dem Versuch, die britische Funkstation und das Marinearsenal zu zerstören, verblüfft auf acht Feindschiffe. Sie lauerten hinter den Hügeln von Port Stanley, geführt von den zwei Schlachtkreuzern »Invincible« und »Inflexible«. Diese waren Spees Panzerkreuzern von England entgegengeeilt: artilleristisch dreifach überlegen, durch stärkere Panzerung geschützt und außerdem schneller, also imstande, einen Gefechtsabstand zu wählen, der die größere Schußweite ihrer 16 Geschütze vom Kaliber 30,5 Zentimeter (mit den acht Zentner schweren Granaten) zur Geltung brachte.

Spees Geschwader focht sieben Stunden lang, bis zum grausigen Ende. Das Flaggschiff »Scharnhorst« sank im Geschoßhagel mit dem Admiral und seinen 800 Mann. Die »Gneisenau« ging zwei Stunden später unter, wobei die Engländer kaum ein Viertel der Besatzung retteten – in ihrem Drang, den Rest des Geschwaders auch noch zu erwischen. Von den drei Kleinen Kreuzern entkam ihnen einzig das

Turbinenschiff »Dresden«, während die »Leipzig« und die »Nürnberg«, durch bewachsenen Schiffsboden und Kesselrohrbrüche in ihrer Geschwindigkeit gebremst, von den Verfolgern ereilt wurden und sich nochmals heftig wehrten. Von den 650 Seeleuten überlebten nur 25.

Es ist schwer, nach so vielen Jahren meine Gefühle zu schildern. Damals erschien es mir besonders heldenhaft, daß alle Schiffe mit wehender Flagge sanken; also bis zuletzt den Feind nicht etwa baten, das vernichtende Feuer zu stoppen. Noch beim Sinken der gekenterten »Nürnberg« hielten vier Mann, auf dem Kiel schon im eisigen Wasser stehend, die Reichskriegsflagge hoch! Das vielfach kopierte Ölbild »Der letzte Mann« stellt eine ganz ähnliche Szene dar.

Mit vierzig ist man nüchterner und skeptischer als mit fünfzehn, auch was den Patriotismus betrifft. Heute weiß ich, dieser maßlose Stolz kostete nur noch mehr Menschenleben. Weit über zweitausend deutsche Matrosen waren tot; zerrissen, erstickt, ertrunken. Darunter auch jene 127 Reservisten und Kriegsfreiwilligen, die Graf Spee an Bord genommen hatte, als er nach dem Sieg von Coronel für 24 Stunden in Valparaiso eingelaufen war – unter dem Jubel der dortigen Auslandsdeutschen. Jetzt hörte man die Engländer in Montevideo ebenso feiern. Ihre Grand Fleet hatte die Scharte von Coronel ausgewetzt. Ja, es schien, als befänden sich sämtliche Handelswege nunmehr fest in britischer Hand.

Die bittere Wahrheit

Allmählich dehnte ich meine Streifzüge gegen das elterliche Verbot bis ins Stadtzentrum aus. Der Weg führte auf eine Anhöhe zum Rennplatz; von dort brachte mich die Straßenbahn für fünf Centavos über den palmengesäumten Boulevard »18. de Julio« zur Plaza de Independencia, wo mit der Markthalle und dem Theater die Altstadt begann. Montevideo hatte eine Viertelmillion Einwohner, fast viermal soviel wie damals Rostock, zur Hälfte übrigens Fremde: Basken, Italiener, Franzosen, Deutsche und Briten. Es gab einen Deutschen Klub, dem Vater fernblieb, und sieben verschiedene Zeitungen, darunter zwei englische ... Mich aber zog es stets zum Postamt und zum Hafen.

Die Hauptpost, *Central de Correos,* lag zwischen der aus Backsteinen erbauten Kathedrale und dem Englischen Hospital. Schon Anfang Oktober hatte ich einen Brief an Anni geschickt, versehen mit dem Hinweis *via Italia*: die schnellste Verbindung lief über das damals noch neutrale Italien. Darin bat ich meine Freundin, mir auf demselben Weg an die Hauptpost von Montevideo zu schreiben, *poste restante,* was »postlagernd« heißt. Voller Ungeduld fragte ich ab Ende November jede Woche klopfenden Herzens am Schalter nach, ohne daß etwas für mich kam.

Vom Postamt schlenderte ich immer ans nahe Meer, um meinen Kummer zu vergessen. Beim Zollhaus, nördlich des Forts San José, begannen die Docks und die Schiffsliegeplätze. Die Bucht von Montevideo, anderthalb Seemeilen im Quadrat, war hier kaum vier Meter tief. Große Schiffe ankerten deshalb auf Reede inmitten der Bucht, täglich dampften an die drei ein oder liefen in den Silberfluß hinaus. Kohlen nahmen sie auf der Westseite, wo sich unterhalb des Monte Video (150 Meter hoch, von einem Fort und dem Leuchtturm gekrönt) auch die Schlachthäuser mit ihren Piers befanden. In der Bucht lag auf Isla de los Ratos, der Ratteninsel, das Zuchthaus für jugendliche Verbrecher. Dahinter, am Norufer, erstreckten sich die prächtigen Gärten der ausländischen Kaufleute mit deren Villen.

Elf Schiffahrtsgesellschaften hatten den Hafen bedient, darunter die Hamburg-Südamerikanische und der Norddeutsche Lloyd. Jetzt waren es bloß noch acht, die deutschen Linien fehlten, ihre Büros waren verödet. Keines unserer Schiffe lief mehr ein: Die feindlichen Agenten, von denen es in der Stadt wimmeln sollte, hätten es ja sofort über Funk der Royal Navy mitgeteilt. Die Briten kreuzten im Südatlantik oder kamen sogar her, um Kohlen, Wasser und Proviant zu nehmen. Nur 24 Stunden durften Kriegsschiffe nach dem Seerecht in neutralen Häfen bleiben; doch für die mächtigen Briten galt das nicht ... Sehnsüchtig sah ich den Frachtern nach, die nach Europa gingen, beladen mit Wolle, Häuten, Trockenfleisch und Büchsen voller Fleischextrakt. Was hätte ich für meine Überfahrt und Heimkehr, zum Beispiel *via Italia*, nicht alles hergegeben!

Kurz vor Weihnachten sah ich am Kai hinter dem Bahnhof einen Herrn, der durch die drückende Wärme eine Aktentasche trug. Ehe er mich wahrnahm, erkannte ich meinen Vater. Gedeckt von den Kistenstapeln der Ladestraße folgte ich ihm unbemerkt zur Plaza Flores. Dort betrat er ein Juweliergeschäft, in dem er sich längere Zeit aufhielt. Wählte er vielleicht ein Geschenk für Mutter aus? Zwar schämte ich mich, ihn so zu beobachten, konnte es aber auch nicht lassen, denn schließlich war klar, daß ein Geheimnis ihn umgab. Später sah ich ihn in eine Straßenbahn steigen, die um die ganze Bucht herum zu den besseren Vorstädten Paso Molino, Aguada und Pocitos fuhr. Wen besuchte er dort wohl?

Abends fand ich in seiner Aktentasche das Fernglas, in der Rocktasche ein Billett der Straßenbahn, gelöst bis zur Endstation am Monte Video. Von dem Berg aus blickte man weit übers Meer. Was bedeutete das? Spähte Vater auch bloß Schiffen nach, wehmütig wie ich? Anstatt unsere Rückkehr zu betreiben oder jene mysteriösen Landkäufe zu tätigen, an die zu glauben mir längst schwerfiel?

Am Heiligen Abend dämmerte mir etwas. Die englische Zeitung, die Vater hielt, berichtete mangels anderer Kriegserfolge groß von einem deutschen Spion. Er war in Scapa Flow, dem Haupthafen der Royal Navy auf den Orkney-Inseln, gefaßt und vor ein Kriegsgericht gestellt worden. Als Geschäftsmann getarnt, hatte er Schiffsbewegungen der Home Fleet, der britischen Heimatflotte ausgespäht und über Funk der deutschen Seekriegsleitung gemeldet. Da er immerhin Offizier war, hieß es, habe man ihm nicht ganz den Respekt versagt und ihn zum Tode durch Erschießen verurteilt. So starb er halbwegs wie ein Soldat.

Es überlief mich heiß. Auch Vater war Offizier, Leutnant der Reserve, und mit der See vertraut. Das Handbuch der Kriegsflotten fiel mir ein, viele britische Schiffe waren darin abgebildet, und er hielt es peinlich auf dem laufenden. Hinzu kam seine Kenntnis der »Marineetappen«, des deutschen Unterstützungsnetzes, das er mir beschrieben hatte. Und all die verstreuten Bemerkungen zum Einsatz der Hilfskreuzer, die ihm entschlüpft waren! Konnte es sein, daß man ihn kurz vor Kriegsausbruch, eben noch rechtzeitig, hergeschickt hatte, damit er den feindlichen Schiffsverkehr auf dem Río de la Plata beobachte? Warnte er eigene Schiffe im Südatlantik, die das Falklandunglück überlebt hatten, etwa vor britischen Kreuzern, wenn sie hier auftauchten, und signalisierte er auch das Auslaufen englischer Frachter, die so ein Opfer der deutschen Seekriegsführung wurden? Aber wo war sein Funkgerät? Womöglich saß ein Helfer dort oben am Monte Video.

Der Schatten verflog, der auf unserer Freundschaft lag. Vaters Schweigen wurde verständlich, er gewann meine Achtung zurück. Im stillen hatte ich ihm nämlich schon vorgeworfen, er verstecke sich im warmen Süden, während andere wehrfähige Deutsche im Ausland alles daran setzten, auf Schleichwegen heimzukehren und ungeachtet der Briten, die jedes neutrale Schiff nach Deutschen durchsuchten, zur Fahne eilten. Dabei tat er offenbar hier nur seine Pflicht, so schwer es ihm auch sein mochte. Zwar stand er nicht in Feindesland wie der zum Tode verurteilte Offizier. Doch angesichts der feindlichen Geheimagenten war das englandfreundliche Uruguay für ihn gewiß ein heißes Pflaster.

Mir fiel ein Stein vom Herzen. All das erklärte unsere Einsamkeit – Vaters Vorsichtsmaßregeln ebenso wie Mutters Tränen. Er war also ein Held. Nur, weshalb weihte er mich nicht ein? Mutter, die ihm kaum helfen konnte, wußte doch auch Bescheid ... Am Silvesterabend überraschte ich ihn über seinen Münzen. Ich hatte nicht geahnt, daß er sie mitgenommen hatte. Obwohl er den Deckel rasch schloß, sah ich, daß wertvolle Stücke fehlten – sogar die 25-Rubelmünze, von der es nur 475 Exemplare auf der ganzen Welt gab. Sechshundert Goldmark war sie wert, damals ein Vermögen. Die Kassette schien halb leer zu sein. Übrigens hatte Vater auch kein Geschenk beim Juwelier gekauft ... »Was ist denn, Richard?« fragte er.

»Du hast Nikolaus II. nicht mehr«, sagte ich.

»Ach, was soll mir noch der Zar«, scherzte er. »Dessen Tage sind gezählt.«

»Es ist dein bestes Stück gewesen!«

»Nein, das seid ihr – deine Mutter und du.«

»Bankfrisch«, bohrte ich, um ihn aus der Reserve zu locken. »Erhaltungsgrad ›vorzüglich‹, *extremely fine.*«

»*Si, señor, extraordinariamente bien conservada.*«

»Vater, können wir ernsthaft reden?«

»Nicht im alten Jahr«, sagte er, stets bereit, etwas ins Komische zu ziehen.

Und auch im neuen Jahr wich er mir aus, speiste mich leichthin ab, anstatt mir zu vertrauen. Trotzdem, er wuchs in meinen Augen: ein Mann, der sich in schwerer Zeit für Kaiser und Reich von seinen Schätzen trennt. Ich stellte mir vor, daß er von dem Gold das Funkgerät gekauft hatte, den Helfer besoldete oder auch den Hafenmeister bestach, damit der ihm Auskünfte gab. Eines seiner Marinebücher umriß die Forderungen, die an Seeoffiziere gestellt werden mußten, wie folgt: gebraucht würden »Männer mit Charakter, Fachkenntnissen, Persönlichkeitswert, Selbstverleugnung, Energie, Taktgefühl und Verschwiegenheit«. Ich fand, daß er diesem Ideal recht nahe kam, besonders im letzten Punkt ... Bis etwas ganz anderes geschah.

Am 26. Januar, dem Vorabend meines Geburtstags, der mit dem des Kaisers zusammenfiel, lag auf dem Postamt plötzlich ein Brief. Nachricht von Anni – das schönste Geschenk, das ich mir wünschen konnte! Doch man hielt den Brief zurück. Erst müsse ich mich ausweisen, darauf bestand der Beamte. Ich eilte nach Haus und kehrte mit Vaters Reisepaß zurück, in dem ich als sein Sohn eingetragen war. Mit einem unguten Gefühl legte ich das Büchlein vor, so als lüfte dies Vaters Tarnung und könne im schlimmsten Fall zu seiner Festnahme führen.

Der Schalterbeamte prüfte den Paß, ohne bis zu der Seite zu blättern, auf der mein Name stand. Dann nahm er das Couvert aus dem mit »H« beschrifteten Fach und gab mir beides, Brief und Paß, mit den Worten *señor Harms, por favor*. Ich sah, kaum sechzehnjährig, offenbar schon erwachsen aus, blieb aber, obgleich geschmeichelt und beglückt, auf der Hut. Mühsam bezwang ich meine Ungeduld. Vier Häuserblocks weiter erst, auf der Plaza Mayor, stand für mich fest, daß niemand mir folgte. Da sank ich auf eine Marmorbank gegenüber dem Regierungssitz und zog mit zitternden Fingern den Brief hervor.

Doch was war das? Meine Bestürzung konnte nicht tiefer sein, als ich die Anschrift las. Der Brief war nicht an mich, sondern an Albert Harms adressiert! Und nicht Anni Greve hatte das geschrieben, sondern ihr Vater Kurt. Überreizt und enttäuscht, ja ganz fassungslos las ich mehrmals die Namen von Absender und Empfänger. Nach all der Erwartung war das zuviel. Tränen stiegen mir in die Augen, Tränen der Wut. Hatte Kurt Greve meinen Brief vom Oktober wieder abgefangen und schrieb an Vater, um meinen Kontakt mit Anni erneut zu unterbinden? Das konnten sie, die Herren Väter, mit mir nicht machen. Ich mußte wissen, was gespielt wurde! In einer jähen Wallung fetzte ich den Umschlag auf, Klarheit ging mir jetzt über alles.

Erst wesentlich später hab ich es geschafft, solche Regungen von Jähzorn, stiegen sie in mir hoch, zu beherrschen. Mein Leben wäre anders verlaufen, hätte ich den Brief unversehrt meinem Vater gebracht, an den er schließlich gerichtet war. Aber es war schon passiert, nach der ersten Zeile mußte ich weiterlesen. Die Stunde der Wahrheit brach an.

Und sie war schlimm. Der Text lautete: »Rostock, den 22. November 1914 ... Lieber Albert, endlich haben wir ein Lebenszeichen von Euch, durch Deinen Richard, der Anni geschrieben hat. Ich hielt es freilich für besser, ihr den Brief nicht auszuhändigen. Sie hat unter Richards abruptem Weggang sehr gelitten, da möchten wir doch, daß die Wunde vernarbt. Immerhin, Dein Sohn war ihre erste Liebe; sie ist wochenlang krank gewesen.

Ihr werdet zweifellos verstehen, daß von einer Verbindung unserer Kinder, ganz abgesehen von deren Jugend, keine Rede mehr sein kann, nach all dem, was zu meinem größten Bedauern geschehen ist. Du hast dich mit den Grundstükken in Dierhagen-Neuhaus arg verspekuliert, sie sind praktisch wertlos, solange kein Mensch weiß, wann die projektierte Bäderstraße gebaut werden oder wenigstens eine Schiffsverbindung von Ribnitz zustande kommen wird. Daran ist jetzt im Kriege noch weniger als vorher zu denken. Wie konnte einem erfahrenen Makler wie Dir das nur passieren? Das Konkursverfahren der Gläubiger gegen Deine Firma, Albert, hat entsetzlich viel Staub aufgewirbelt. Sie ist im Handelsregister gelöscht worden.

Selbst mich, Deinen Freund, hat der Umfang Deiner Schuldenlast erschüttert. Du hast es bei unserem letzten Gespräch vermieden, wenigstens Deinem Schwiegervater und mir, die wir willens waren, Dir zu helfen, reinen Wein einzuschenken. Übel vermerkt wurde in der Bürgerschaft, daß Dein Haus bis unters Dach mit Hypotheken belastet ist und Du viel Mobiliar – wie auch die Jacht – noch vor dem Aufbruch zu Geld zu machen wußtest. Die Gläubiger gingen leer aus, zumal das wertvollste Pfand, Deine Münzsammlung, mit Dir verschwunden ist. Der Staatsanwalt erhob Anklage nach §239 Ziffer 1 und 4 der Konkursordnung. In der Fassung vom 17. Mai 1898 bedroht das Gesetz den zahlungsunfähigen Schuldner mit Zuchthaus, welcher in der Absicht, die Gläubiger zu benachteiligen, Vermögensstücke verheimlicht oder beiseite geschafft und seine Handelsbücher so geführt oder verändert hat, daß dieselben keine Übersicht des Vermögensstandes gewähren.

Und wenn auch die Strafkammer des Landgerichts mit dreieinhalb Jahren unter dem Strafantrag des Staatsanwalts blieb, so bist Du doch, *in absentia,* wegen betrügerischen Bankrotts rechtskräftig verurteilt, zu Zuchthaus, leider. Das düffte Dir die Rückkehr dauerhaft versperren, mehr noch als die dann fällige Wiedergutmachung des Schadens. Ich hab mich erkundigt, Albert: die Vollstreckung rechtskräftig erkannter Strafen verjährt bei Zuchthaus unter zehn Jahren, also in Deinem Fall, nach §70 StGB Ziffer 3 erst in fünfzehn Jahren, d. h. um das Jahr 1930! Trotz alledem wünsche ich Dir, mein Lieber, in Erinnerung an die alten Zeiten einen guten Start in der Neuen Welt. Möge das Schicksal Euch dort drüben gnädiger sein als hier in der Heimat, die schon unter den Opfern stöhnt, welche der große Krieg von uns fordert. Mein Schwager Erich ist bei Ypern gefallen... Gott schütze Euch! Dein Kurt.«

Die »São Gabriel«

Verstört fuhr ich zum Stadtrand und ging den Rennbahnhügel hinab auf das billige Häuschen zu, das uns nach dem Zusammenbruch geblieben war – die verwaschen graugrün und rötlich getünchte Schachtel mit der dürftigen Holzveranda und dem flachen Oberstock. Kein vorübergehendes Quartier: unsere endgültige Bleibe! Ein zerschmetternder Schlag. Ich war wie betäubt. Sollte ich denn »auf Dauer«, wie Kurt Greve schrieb, in der Fremde sein, für immer von allem getrennt, was mir lieb und teuer war? Nur weil mein Vater ein rechtskräftig verurteilter Bankrotteur war, der sich im Reich nicht mehr blicken lassen durfte? Wie hatte ich mich in ihm getäuscht! Nicht fürs Vaterland gab er sein Gold hin – wir fristeten jämmerlich das Leben damit. Nicht in Montevideo, sondern in Rostock drohte ihm Verhaftung.

Mir ging auf, daß Vater wirklich gar nichts tat, außer nach und nach seine Sammlung zu verkaufen, an reiche Leute unterhalb des Monte Video oder an jenen Juwelier. Weit davon entfernt, unserer Seekriegsleitung zu dienen, vertrieb er sich mit dem Fernglas und der Flottenliste bloß die Zeit. Er war kein Patriot, für ihn war der Krieg eher ein Spiel, spannend wie ein Sportereignis. Schlimmer noch, Geld ging ihm nicht nur über das Vaterland, sondern auch über die Redlichkeit. Wie ihm da in die Augen sehen? Wie morgen an meinem Geburtstag (und dem des Kaisers Wilhelm) seinen Glückwunsch ertragen und ein Geschenk empfangen, bezahlt von dem Geld, um das er die Gläubiger geprellt hatte?

Zu meiner Erleichterung fand ich nur die Köchin vor. Sie sagte, die Eltern seien nach Playa Ramirez gefahren. Da legte ich den verhängnisvollen Brief mitten auf den Tisch und schrieb dazu: »Da ihr also weder heimwollt noch es könnt, erlaubt wenigstens mir die Rückkehr. Ich probiere es jetzt auf eigene Faust.« Mit Überwindung schloß ich: »Bitte versteht mich und forscht nicht nach mir. Ich melde mich auf demselben Wege wie Onkel Kurt. Lebt wohl – Euer Richard.«

Ich spürte das Endgültige des Abschieds und beeilte mich, meine geringe Habe in der Reisetasche zu verstauen. Um Mutter tat es mir leid, dem Vater schuldete ich keinen Gehorsam mehr ... Wenig später verließ ich das kleine Haus nahe der Punta Brava. Ich sollte es niemals wiedersehen. Als mich nach einem Vierteljahrhundert das Schicksal wieder hierher verschlug, stand in dieser Gegend ein Villenviertel in noblem Weiß am Meer.

Was aber tun? Selbst der billigste Schiffsplatz war für mich unerschwinglich. Und welcher Kapitän würde Unannehmlichkeiten mit den Engländern riskieren, indem er einen jungen Deutschen an Bord nahm, der sich die Überfahrt durch Arbeit verdiente? Meine Hoffnung galt einem Schiff unter der grünroten Flagge Portugals, es hieß »São Gabriel« und lag seit Tagen auf Reede. Mit eigenem Ladegeschirr löschte es Landwirtschaftsmaschinen auf Leichter, die zum Bahnhofskai schwammen. Einer der Matrosen hatte mir erzählt, daß die Rückfracht – darunter lebendes Vieh – für Schweden bestimmt war. Wenn es mir nun gelang, auf einem Leichter unbemerkt an Bord zu kommen, im Durcheinander des Verladens? Machte ich die Reise als blinder Passagier, fanden mich auch die Briten nicht. Neuerdings zwangen sie jedes nach Skandinavien bestimmte Schiff dicht unter ihre Kanalküste, um es bequem nach sogenannter Konterbande durchsuchen zu können: Waren des Kriegsbedarfs für Deutschland.

Doch als ich zum Hafen kam, war das Entladen schon beendet. Die »São Gabriel« hatte südlich der Ratteninsel an einer Tonne festgemacht, für mich kaum erreichbar. Hinschwimmen, das hieß, auf meine letzte Habe zu verzichten. Stunde um Stunde verbrachte ich ratlos an der Pier neben dem Zerstörer »Uruguay« mit seiner blauweiß gestreiften Flagge. Das einzige Schiff der Marine des Landes – sechs Kanonen, zwei Torpedorohre und 120 Mann Besatzung, wie es in Vaters Flottenliste stand.

Inzwischen konnten die Eltern den Brief entdeckt haben, vielleicht suchten sie schon nach mir: zwischen Bahnhof und Zollhaus, wo sonst? Es führte nur der Seeweg nach Europa. Halb fürchtete, halb hoffte ich, daß sie mich fanden. Mir wurde angst vor dem eigenen Entschluß. Allein der Gedanke, wie Vater mich genarrt und daß er mit unserem Haus in Rostock auch mein Zimmer dort verschleudert hatte samt all den Dingen, an denen ich hing, bestärkte mich in der Absicht, ihm den Rücken zu kehren. Er konnte mich doch nicht an sich ketten, wenn er sich hier verkroch, während Anni vor Gram verging.

Als der Abend sank, stieß ich vor einem Ecklokal wieder auf den portugiesischen Matrosen. Das erschien mir als Wink des Schicksals. Ohne langes Zögern bat ich ihn, mich an Bord zu schmuggeln – es werde sich für ihn lohnen.

»Deutscher, he?« fragte er höhnisch; man höre es an meinem Akzent. »Kannst es nicht abwarten, für deinen Kaiser ins Gras zu beißen? Geh doch zu eurem Konsulat, das zeigt dir den Weg ins Massengrab.«

»Wollen Sie sich denn nichts verdienen?«

»Das kommt drauf an.« Er spuckte seinen Priem aufs Pflaster und musterte mich von oben bis unten. Meine Kleidung brachte ihn wohl auf die Idee, daß bei mir etwas zu holen sei.

»Worauf kommt's an?«

»Was dir die Reise wert ist.«

Ich klimperte mit dem Silbergeld in der Tasche, meinem ganzen Besitz – darunter auch die blanken Sammlerstücke, die Vater mir im Laufe der Zeit geschenkt hatte –, und zählte es vor ihm auf die Kaimauer. Mochte all das draufgehen, in Stockholm half mir ja der Konsul weiter.

»Nicht eben viel für das, was ich da riskiere.«

Ich legte meine Taschenuhr dazu.

»Reicht vielleicht für die Überfahrt, Kleiner. Aber was willst du essen?«

»Mir genügt ein bißchen Zwieback.«

»Quatsch. Fünf Wochen auf See, ich muß dich füttern, das erhöht mein Risiko ...«

Seine Augen glitzerten gierig im Schein der Gaslaterne. Er witterte bei mir noch mehr. Da zeigte ich ihm die Goldmünze, ohne sie aus der Hand zu geben – meinen Talisman, das Unterpfand einer Freundschaft, von der nichts mehr geblieben war. »Ein Imperialdukaten, bestens erhalten«, betonte ich. »*Muy bien conservada*, ohne Kratzer, Spuren von Abnutzung nur an den höchsten Stellen des Reliefs! Ein Sammlerstück, viel mehr wert als das, was draufsteht.«

Der Matrose griff nach dem Gold. Doch ich erklärte ihm, das gebe es erst an Bord. Dies sah er ein und führte mich zu einer Jolle, die sich am Landungssteg rieb ... Ich hatte ihn herumgekriegt. Fast alles auf der Welt wird für Geld getan, und Habsucht hat oft üble Folgen für den, der sie hegt, wie für den, der zahlen muß.

Wir ruderten in Richtung Punta del Rodeo über das dunkle, schmatzende Wasser, das vom Meer hereinschwappte. Die Lichter der Stadt flimmerten darauf. Der Mann hieß Pedro; ich sagte ihm, er solle mich Ricardo nennen. Wie finge er's denn an, mich unbemerkt auf das Schiff zu bringen? Keine Angst, erwiderte er, die Offiziere sind an Land, die Mannschaft hockt beim Abendbrot in der Messe, das Fallreep hat die Brückenwache nicht im Blick, und die döst sowieso im Hafen.

Düster wuchs der Rumpf des Frachters vor uns in die Höhe. Wir machten am Fallreep fest und kamen ungesehen auf das Hauptdeck. Am vorderen Ladebaum vorbei führte Pedro mich zur Back hinauf, öffnete das Schott zu einem Niedergang und stieg mit mir treppabwärts in die »Segellast«: einen Raum voller Tauwerk, Leinen, Persenninge und anderem Schiffszubehör.

Zwischen der Bordwand und aufgerollten Tampen wies er mir einen Platz an. Hier sei ich sicher, einigermaßen. So oft er Wache hätte, würde er mich beim Rundgang versorgen. »Keinen Mucks, Kleiner, der Käpten frißt dich roh, ihr Deutschen habt ihm sein voriges Schiff torpediert!« (Er sagte es drastischer: unterm Arsch weggepustet.) Er nahm mein Goldstück und ließ mich mit dieser Warnung im Finstern allein. Es war geglückt! Mein großes Abenteuer hatte begonnen.

Ich bettete mich auf geteertem Segeltuch; damit deckt man bei Sturm die Lukenöffnungen ab. Es war warm, das Metall der Bordwand schwitzte. Irgendwann kam der Matrose mit Kaffee und belegten Broten. Wie spät es war, wußte ich nicht, er hatte ja meine Uhr. Überhaupt verlor ich in der ständigen Dunkelheit bald jedes Zeitgefühl.

Einmal erschollen Rufe, die Maschine begann zu stampfen. Das Schiff setzte sich zitternd in Bewegung, doch nur für Minuten, dann fiel der Anker. Zu meinen Füßen rasselte und klirrte es, als liefe nebenan die Ankerkette hinab zum Kettenkasten. Später hob ein gewaltiges Poltern an – der Frachter bunkerte Steinkohle, er lag also an der Westseite, immer noch im Hafen.

Alpträume störten meinen Schlaf. Der Kapitän verfolgte mich durch die Gänge seines Schiffs bis hinab zu den Heizern; er sah meinem Großvater ähnlich, dem Fuhrunternehmer aus der Neustadt, der mir die Neigung zum Jähzorn vererbt hat. Dann die Eltern unter den Palmen von Playa Ramirez, dem Strandband unterhalb der Rennbahn, auf den

Knien vor einem, der ihnen zurief: Fünf Jahre Zuchthaus und Wiedergutmachung des Schadens! Das Bild kippte weg, Anni erschien, ihr Mund streifte mich, ich wollte sie packen, doch sie wandte sich ab und floh vor mir mit wehendem Haar, war gar nicht einzuholen und verschwand im Toben der Gewitternacht. Ich wachte auf und versuchte, mir ihr Gesicht vorzustellen – nicht einmal das gelang.

Nur das Toben blieb, ein Brüllen und Quietschen, es ging mir durch Mark und Bein. Aha, das Vieh wird verladen! Rinder und Schweine, so hörte es sich an, für das hungrige Europa. Man hievte sie wohl in Boxen an Bord, es nahm gar kein Ende. Ich legte das Ohr an die Trennwand zur Luke 1, die offenbar zum Stall geworden war. Das Ohr, nun mein wichtigstes Organ. Die Tiere grunzten und scharrten. Ich fühlte mich ähnlich eingepfercht, selbst wie ein Stück Vieh. Und doch bereute ich nichts ... Endlich rasselte über mir die Kette durch das Ankerspill, wir legten ab zur großen Fahrt.

Nach meiner Berechnung begann das Pech, als wir bei Punta del Este den offenen Ozean erreichten, wo der Südostpassat bläst. Der Frachter fing an, in der rauhen See zu rollen und zu stampfen. Er dampfte schräg gegen einen Starkwind an. Wellen schmetterten gegen den Bug, nebenan brüllte das Vieh, als müsse es verenden. Nach endlosem Schlingern in der Finsternis hob sich auch mir der Magen, ich spie in den Eimer, den Pedro mir hingestellt hatte. Und plötzlich fiel Licht in den Raum, das Schott ging auf, Matrosen stiegen ein, um Persenninge zum Abdecken der Lukenöffnungen zu holen. Ich verbarg mich hinter gestapeltem Tauwerk, doch sie stießen den Eimer um, fluchten über die Schweinerei und fanden meine Reisetasche. Im Handumdrehen war ich entdeckt.

Über das windumtoste Vorschiff trieb man mich aufs C-Deck hinauf in den Wohnraum des Kapitäns, der eigens von der Brücke kam: Ein feister, pathetischer Mann mit umschatteten Augen und wirrem, graumeliertem Haar, das ihm unter der Mütze hervor bis zum zweizipfligen Bart und in den Nacken quoll. Er überschüttete mich mit Drohungen und Fragen. Meine Behauptung, ich sei durch den Hafen zum Schiff geschwommen, wischte er einfach weg. Angesichts der Reisetasche kam ich natürlich damit nicht durch. Entweder, so brüllte er dramatisch, habe er einen Sträfling von der Ratteninsel vor sich oder einen der verdammten Deutschen, die gleichfalls dort hingehörten.

Sie stülpten meine Taschen um, rissen mir das Hemd vom Leib, banden meine Hände an ein Rohr und droschen mit einem nassen Ende Tau die Wahrheit aus mir heraus. Ich schrie sie ihnen ins Gesicht. Sollte ich mich für den Matrosen, der mein ganzes Geld genommen hatte, auch noch totschlagen lassen? Er wurde vor den Kapitän geführt. Der beschimpfte ihn schrill und ließ sich das Geld aushändigen, das nun in seinem Safe verschwand ... Zwei Spitzbuben, einer des anderen wert.

All das geschah auf der Höhe von Río Grande unweit der brasilianischen Küste, so daß ich schon glaubte, man würde mich dort aussetzen – zwar mittellos, doch nahe den Deutsch-Brasilianern, die in dem Bundesstaat Porto Alegre siedeln. Vermutlich hätten sie mich gut aufgenommen. Aber soviel Mühe gab man sich mit mir nicht. Ich wurde in die Luke I geschickt, zum Ausmisten und Füttern des verängstigten Viehs. Mein zerschlagener Rücken schmerzte, und da meine Kleidung bald ziemlich stank, duldete man mich weder an Deck noch gar in der Mannschaftsmesse. Ich hatte dort unten auf einer Schütte Stroh zu schlafen und kriegte bloß Speisereste herabgereicht. Wie sollte es erst werden, wenn wir bei Río de Janeiro in die Tropensonne kamen?

Einmal brachte Pedro mir den Fraß. Er haßte mich jetzt, wollte sich mit mir prügeln, doch entweder war er zu feige oder ich ihm zu dreckig, und so blieb es bei Worten, aber was für welchen! »Hast dich zu früh gefreut, du Verräter«, sagte er mit kalter Verachtung. »Meinst, es geht nach Stockholm, was? Steht auch so in den Papieren. Aber unser Ziel ist Liverpool! Dort wartet der Tommy auf dich. Du bist ihm schon per Funk gemeldet.«

»Liverpool?« fragte ich halb ungläubig, halb entsetzt; der wütende Nachdruck seiner Sätze ließ kaum einen Zweifel. »Das hast du gewußt, du Teufel?«

»Im Hafen noch nicht. Der Käpten hat sich halt überlegt, wo mehr rausspringt ...«

»Ihr seid alle gleich, ganz scharf aufs Geld!«

»Kann sein. Darum Liverpool! Und stell dir vor, es freut mich für dich.«

Das Kaperschiff

Obwohl die See sich glättete, blieb meine Lage fatal. Kein Mensch sprach mit mir, es gab bloß Befehle. Quälend verging die Zeit. Unter Deck wurde es ständig heißer, und nur zweimal täglich durfte ich hinauf – in der Frühe, wenn die Sonne sich pompös aus dem Meer erhob, und abends, wenn sie farbenprächtig vor der unsichtbaren Küste Südamerikas unterging ... Mir kamen die Wolkenbilder märchenhaft vor.

Doch der Anblick solcher Weite steigerte nur die Qual. Danach nämlich flog der Mist über Bord, und es hieß wieder treppab in den Gestank von Luke I zu gehen, wo immer gleich der Schweiß troff. Die Luft war ätzend, kaum zu atmen, nie schaffte es der Lüfter, sie zu erneuern. Unter dem Vieh hatte ich einen Freund, das Kalb Marthchen, mein einziger Zeitvertreib und Trost. Und am Ende der Reise würde Gefangenschaft drohen! Ich saß in der Falle, war aber längst unfähig, mein Pech zu beklagen. Der Mangel an frischer Luft ließ mich gähnen. Mattheit und Apathie betäubten mich.

Da, am Spätnachmittag des achten Tages, ertönten die Alarmhupen. Das Schiff kriegte Schlagseite, es legte sich jäh in die Kurve, wie um einem Eisberg auszuweichen. Ich prallte gegen eine Box, ließ die Mistgabel los und sah ein paar Tiere stürzen. Über mir war ein Pfeifen und Gerenne auf den Planken. Der Rhythmus der Maschine änderte sich, sie lief Höchstfahrt, der ganze Rumpf bebte unter ihrem

Stampfen. Das Vibrieren war so scheußlich wie der Bohrer des Zahnarztes auf einem kranken Zahn. Und dann erschütterte ein Knall den Raum, ein Schlag gegen die Bordwand, so als krepiere ganz nahe eine Granate im Meer. Was bedeutete all das? Das Vieh brüllte, der Ventilator fiel aus, ich rang in diesem feuchtheißen Keller nach Luft.

Es hielt mich nicht länger unten. Zitternd band ich eine zerschlissene Schwimmweste um, die man mir gegeben hatte, und stieg mit weichen Knien hoch. Waren wir auf eine Mine gelaufen? Das Luk ließ sich öffnen, niemand beachtete mich, also kroch ich an Deck. Es schien, als sei alle Fahrt aus dem Schiff. Die »São Gabriel« schaukelte sanft in der Abendbrise. Und auf Backbord, schräg unter der Sonne, lag ockerfarben ein Frachter, kaum halb so groß wie wir ... Hatte der uns etwa gestoppt – ein Holländer? Er zeigte seine Breitseite, bräunlicher Rumpf und beigefarbene Aufbauten. Am Vorsteven hing das Fähnchen des Heimathafens Rotterdam, am Schornstein hatte er eine grünweiße Reedereimarke und am Heck rotweißblau die Fahne der Niederlande.

In diesem Moment verschwand die Heckflagge wie von Geisterhand, ein weißes Bündel stieg dafür in den Großtopp empor. Oben angelangt, riß es auf, und zu meiner unbeschreiblichen Freude entfaltete sich – den Adler mitten im schwarzweißen Kreuz und den roten Streifen in der Gösch – Deutschlands Kriegsflagge! Weithin sichtbar wehte im Seewind das prächtige Tuch aus. Ein unvergeßlicher Augenblick. Und schon löste sich vom Rumpf des Hilfskreuzers, denn ein solcher mußte es sein, das Beiboot mit den Bewaffneten; es hielt auf uns zu.

Das Ende meiner Sklaverei auf der »São Gabriel« brach an. Ich lief zur Reling, dorthin, wo man jetzt eine Strickleiter ausbrachte, um das Prisenkommando gehorsam zu empfangen. Weder dem Bootsmann noch seinem Kapitän gelang es, mich da wegzudrängen. Dieser feiste Portugiese wagte es ja nicht mehr, Gewalt anzuwenden. Hatte er neulich noch den Racheengel gespielt, nach dem das Schiff hieß, und mich windelweich prügeln lassen, so dämmerte ihm nun wohl, daß das Blatt sich gewendet hatte.

An der Spitze der Marinesoldaten enterte ein junger Offizier, hellhäutig, blauäugig, mit flachsblondem Schnurrbart. Als er die Hand an den Mützenschirm hob, sah ich die dünne Goldborte am Unterärmel mit der goldenen Krone darüber: also ein Leutnant zur See. »Leutnant Dorn! Ich bin Prisenoffizier dieses Hilfskreuzers«, sagte er da auch schon, etwas schnarrend, in klarem Englisch; von Kopf bis Fuß korrekt uniformiert, trotz der Hitze makellos in blaues Tuch gehüllt.

»Galvão, Kapitän der ›Saõ Gabriel‹.«

»Warum haben Sie nicht gleich gestoppt? Kapitän, ich muß prüfen, ob Sie Bannware fahren.«

»Nein, Sir, tun wir nicht. Wir sind streng neutral. Mein Schiff läuft mit Nahrungsgütern nach Stockholm.«

»Keineswegs«, rief ich auf deutsch dazwischen. »Herr Leutnant, er lügt! Das Schiff geht nach England.«

Der Offizier wandte sich mir zu, befremdet auch vom Zustand meiner Kleidung. Leicht angewidert fragte er, wer ich sei; ich erklärte es ihm in aller Kürze. Da nahm er mich mit in die Kammer des Kapitäns. Der riskierte keinen Protest. Eilfertig wies er die Schiffs- und Ladepapiere vor.

»Die sind gefälscht«, sagte ich; mein Herz klopfte oben im Hals. »Das Ziel ist Liverpool, ich weiß es von der Mannschaft ...«

»Was schwatzt dieser Mann?« Der Kapitän unterbrach mich, er nannte mich einen blinden Passagier, der sich für seine Bestrafung rächen wolle, doch ich merkte, es half ihm nichts. Leutnant Dorn glaubte mir, Röte stieg ihm ins Gesicht, er nahm mich in Schutz, ich war ein wichtiger Zeuge – dabei, meinem Vaterland nützlich zu sein.

»Ich hab die Überfahrt bezahlt«, versicherte ich nicht ganz wahrheitsgemäß. »Da im Tresor liegt auch mein Geld ... Er haßt uns Deutsche, Herr Leutnant. Er hat mich ausgeplündert und den Engländern gefunkt, daß er mich an sie ausliefern wird.«

»Öffnen Sie den Geldschrank«, befahl Dorn.

Der Kapitän wagte keinen Widerstand, klagte aber wortreich und rang die Hände. Sein Rock stand offen, das Hemd quoll aus einer mit Speiseresten befleckten Hose, deren Bauchweite beträchtlich war. Unterdessen stieß mein Retter wie ein Habicht zu. Vier oder fünf schwere Lederbeutel riß er aus dem Safe, und der deutsche Bootsmaat, der ihm gefolgt war, warf sie unbesehen in einen Seesack. Klirrend schlug es darin auf. Mein Gold und Silber mußten dabei sein! Doch ich hätte mir eher die Zunge abgebissen, als dies nochmals zu erwähnen.

Der Portugiese freilich schluchzte um seinen Besitz. So unglaublich es klingt, bar jeden Schamgefühls brach er in Tränen aus. Die Wegnahme seines Eigentums (oder des Bargelds der Reederei) sagte ihm wohl, daß auch das Schiff verloren sei. Trotzdem feilschte er würdelos, ganz in Jammer aufgelöst, um diese Habe und brachte es fertig, vier Barren grauen Metalls, die man zuunterst fand, als Ballastblei zu bezeichenn.

»Immer schön ruhig durch die Nase atmen.« Die Mütze aus der Stirn gerückt, kauerte Dorn vor dem Geldschrank. »Halten Sie uns mal nicht für blöd.«

Der Maat kriegte den Seesack nur mit meiner Hilfe hoch. Wir schleppten ihn zur Reling und seilten ihn behutsam ab. Inzwischen fiel drüben auf dem Hilfskreuzer die Entscheidung, sie wurde dem Prisenoffizier durch Flaggensignal mitgeteilt. Die portugiesischen Seeleute schickte Dorn an die Rettungsboote, während die eigenen Männer im Maschinenraum Sprengsätze legten.

»Sie nehmen uns gefangen?« fragte der Kapitän.

»Durchaus nicht. Ihre Leute rudern Sie nach Brasilien, kaum vierzig Meilen bei glatter See.«

»Demnach setzen Sie uns aus, Sir?«

»Das ziehen Sie einer Fahrt mit dem Ihnen so verhaßten Feind doch vor.«

»Mag sein«, erwiderte der Mann; vor dem Unabwendbaren fand er seine Haltung wieder. »Vielleicht aber werden auch Sie dies eines Tages noch bereuen.«

»Ach, Sie drohen mir?«

»Dazu fehlen mir die Mittel, Sir.«

»Sonst noch etwas, Kapitän?«

»Nur eine Frage. Wie habt ihr mich aufgespürt? Ich bin doch abseits der Route.«

»Wir sind einfach dem Mist gefolgt, den dieser junge Freund ins Meer kippen mußte.« Der Leutnant grüßte sarkastisch und ging mit mir von Bord.

»Ein Kerl wie'n Schwamm«, sagte der Bootsmaat zu ihm.

»So hab ich ihn auch angefaßt, Lemke. Sauber ausgepreßt, wie?«

»Es ist Silber, ja?« fragte ich.

Dorn stieß Luft durch die Nase aus. »Platin, Junge! Der Barren zu dreißigtausend Mark.«

»Am Ende sein Erspartes«, höhnte der Bootsmaat. »Und er hat Herrn Leutnant weismachen wollen: Blei!«

»Ja, ganz schön frech.«

»Eher marschiert ein Kakerlak im Laufschritt über 'ne frisch geteerte Persenning, als daß ein Käpten Blei in den Geldschrank packt.«

Unter solch witzigen Reden langten wir an. Auch ich sprach abgehackt, instinktiv um militärischen Stil bemüht, erfüllt von dem Wunsch, einer von ihnen zu sein. Hoch über uns an der Bordwand, die da und dort eingebeult war, stand der Name »Stella« golden auf bräunlichem Grund. Dorn führte mich vor den Kommandanten, einen hageren Mann von Mitte Vierzig mit bartlosem Kinn und großen Ohren; ihm machte er schneidig Meldung. Den Abzeichen nach – drei Ärmelringe und geflochtene Schulterstücke ohne Stern – war es ein Korvettenkapitän. Unter den gesträubten, fast dreieckigen Brauen steckten fuchsschlaue Augen. »Daheim ausgebüxt, was?« fragte er mich.

»Zu Befehl«, antwortete ich, die Hände stramm an der Hosennaht.

Die Herren schmunzelten. Mein Auftreten belustigte oder rührte sie sogar: ein Bursche, der heim will und nach viel Pech auf den Planken eines deutschen Kriegsschiffs landet, die ja so gut wie Heimatboden sind ... Doch wie nun weiter? Ich faßte mir ein Herz und sagte: »Als Segler kenne ich die See, Herr Kapitän. Darf ich bei Ihnen mitkämpfen? Bitte nehmen Sie mich als Kriegsfreiwilligen in Ihre Mannschaft auf.«

»Wie alt bist du denn?«

»Achtzehn Jahre«, log ich. Sie kamen unmöglich dahinter. Sie mußten mich nehmen! Mit achtzehn war man, wie ich annahm, schon wehrpflichtig.

Neben dem Kommandanten stand in weißer Litewka lässig sein Stellvertreter, der Erste Offizier, ein sonnverbrannter, breitschultriger Mann von Ende Dreißig – so schätzte ich – im Range eines Kapitänleutnants. Er wippte auf Sohle und Absatz und zwinkerte mir zu, als durchschaue er meine Lüge und billige sie. Er trug einen kurzen braunen Vollbart. Etwas an seiner Erscheinung zog mich an; vielleicht bloß sein männliches Profil, das sparsame Lächeln, der Schwung seiner Mütze oder das kraus wuchernde Haar um den harten, dünnlippigen Mund. Ich fand ihn geradezu verwegen, so ähnlich hatte ich mir immer einen Freibeuter vorgestellt: einen Seemann, der mit dem Kaperbrief seines Königs für die gerechte Sache stritt, welcher Art sie auch sein mochte.

Schneller hat die Marine des Kaisers wohl nie einen Mann eingestellt. Der Erste Offizier schickte mich in den Waschraum, dann zum Arzt und zum Verwaltungsoffizier, der meine Personalien aufschrieb (auf Treu und Glauben, mangels Unterlagen) und mir eine Erklärung diktierte. In frischem Drillichzeug stieg ich zur Vereidigung an Deck, als es auf Steuerbord heftig krachte. Fontänen stiegen hoch, der Sprengstoff zerfetzte den fingerstarken Stahl des Frachters. Erst langsam, dann rascher sackte die »Saõ Gabriel« über den Bug weg. Man sah die Unterbodenfarbe, den grünen Bewuchs und die mächtige Schraube am Heck. Jemand sagte: »Sie verbeugt sich vor uns.«

Fauchend entwichen dort drüben Luft und Dampf aus dem geborstenen Rumpf. Und so froh ich war, da herunter zu sein, der Anblick berührte mich seltsam. Die Tiere fielen mir ein, die jetzt in der Luke I jämmerlich ertranken, darunter das Kalb Marthchen, mein Trost ... Nicht weich werden, Krieg ist Krieg! Du findest Freunde hier an Bord. Eine Wolke aus Rauch und Wasserdampf hing über der Unglücksstelle. Ab und zu schoß noch ein Balken aus der Tiefe, mit solcher Wucht, daß er drei Meter aus dem Wasser flog. Kein Windhauch bewegte die Luft.

»*Requiescat in pace*!« bemerkte der Stabsarzt.

»Was sagten Sie, Dr. Rosen?« fragte der Erste Offizier.

»Ruhe in Frieden, Herr Asmann. Ist lateinisch.«.

»Das Schiff hätte es auch auf deutsch kapiert ... Enorm, was man alles wissen muß, um anderen den Hals mit Jod auszupinseln.«

Ich dachte an die Lateinstunden, denen ich nun endgültig entrann. Ich war Soldat, einer der jüngsten Matrosen! Und diese Versenkung, war sie nicht mein Werk? Der Portugiese wäre mit seinen Papieren glatt durchgeschlüpft, er hätte den Feind versorgt, hätte es mich nicht gegeben. Das ließ mein Herz nun doch höher schlagen.

Die zwölf Apostel

Ein Traum hatte sich erfüllt, endlich war ich wieder unter Deutschen; Matrosen noch dazu. Diese Umgebung und das blaue Tuch im Spind machten mich stolz. »Stella« hieß das Schiff übrigens erst, seit es listig unter Hollands Flagge fuhr. Mit 2300 Bruttoregistertonnen war es, so sagte man mir, der zweitkleinste Hilfskreuzer Deutschlands. Der Deckname war S. M. S. »17« – Seiner Majestät Schiff »17«. Nie erfuhr ich den ursprünglichen Namen. Die Schiffsleitung hielt ihn geheim, auch vor uns, um ein zufälliges Erwähnen und das Erkennen durch den Feind zu erschweren.

Nachdem sich nämlich die Schnelldampfer der ersten Welle im Handelskrieg wenig bewährt hatten, kam nun bei ihren Nachfolgern, den unauffälligen Frachtern, alles auf perfekte Tarnung an. Wer notfalls nicht davonlaufen konnte, der mußte den Feind halt täuschen, das war klar. Als Fruchttransporter im Verkehr mit Kamerun hatte das Schiff keine fünfzig Mann Besatzung gehabt. Jetzt gab es darauf weit über zweihundert Blaujacken, darunter zwölf Offiziere, elf Feldwebel und über zwei Dutzend Unteroffiziere, »Maat« genannt. Eine Truppe, ganz auf sich gestellt, in der Weite des Ozeans – dem Hinterland des Gegners. Der gab vor, die Meere zu beherrschen, und ohne uns hätte es auch gestimmt.

Bis meine militärische Grundausbildung beendet war, hatte ich die Offiziere zu bedienen. Mein Vorgänger in dem Amt, der neunzehnjährige Matrose Rudi Rahn aus Greifswald, lag in der Nachbarkoje. Er hatte Spaß daran, mich Neuling in die Verhältnisse an Bord einzuweihen. Es ging ihm speziell um die Offiziere, unsere Führer. Von den zwölf Aposteln, sagte er, seien nur vier für unser Schicksal wichtig: Boehnke, der Kommandant; Asmann, sein Vize; Cramer, der Navigator; und Dorn, der Prisenoffizier. Dorn sei ein scharfer Hund, er eifere Asmann nach, der ihn meist decke, während Boehnke sich auf Oberleutnant Cramer stütze. Der war der einzige, dessen rundes Gesicht kaum an einen Seeoffizier denken ließ; eher an den dicken Kopf eines Katers. Doch in der Kunst der Orts- und Kursbestimmung sollte er unschlagbar sein. – »Das sind schon Männer, die übrigen kannst du vergessen«, vertraute Rahn mir flüsternd an. »Der Leitende Ingenieur, der Funkoffizier, der Artillerieoffizier, die machen den Mund ja kaum auf. Ebenso der Gefangenenoffizier und die zwei Ärzte. Entscheiden tun die vier – aber es gibt Spannungen. Das merkst du erst aus nächster Nähe.«

»Boehnke braucht Rückhalt, wieso?« fragte ich. »Der Kommandant hat das Sagen, er ist die höchste Autorität weit und breit. Ihm kann doch keiner widersprechen.«

»Warte es ab. Asmann bringt das fertig.«

»Das läßt der Alte zu?«

»Bei wem soll er sich denn beschweren, bei der Seekriegsleitung in Berlin? Per Funktelegramm aus der Ferne? Bevor das heraus ist, haben die Engländer uns eingepeilt. Und wie überhaupt den Ersten ablösen lassen? Nee, den wird er nicht los, das wissen sie beide und versuchen, das Beste daraus zu machen ... Für wen bist du denn?«

»Mir imponiert Asmann.«

»Mir gleichfalls. Ein Teufelskerl.«

»Nicht mal den Stabsarzt nimmt er ernst.«

»Dr. Rosen spielt keine Rolle, aber alle sind nett zu ihm, weil sie ihm ja mal in die Hände fallen können. Bloß der Erste nicht! Als ob er sicher wäre, ihn nie zu brauchen ... Richard, laß dir sagen, wenn's an Bord mal schlimm kommen sollte, dann ist es Asmann, der bestimmt. Das hab ich so im Urin. Dann geht es einfach nach dem Alphabet: Asmann, Boehnke, Cramer, Dorn! Genau in dieser Reihenfolge. Der Rest tanzt nach deren Pfeife.«

Anderntags ging mir auf, daß die Behandlung der »São Gabriel« bei den Aposteln, wie Rahn das Offizierskorps nannte, keineswegs unumstritten war. Nach zwei früheren Versenkungen zwischen Dakar und Pernambuco war es erst der dritte Erfolg; doch einige Herren hatten Bedenken. Während ich in der Pantry, dem Anrichteraum vor der Offiziersmesse, noch Gläser polierte, hörte ich den Kommandanten sagen: »Wir führen Kreuzerkrieg nach der Prisenordnung. Wie Sie wissen, sieht die vor, den Frachtbriefen und Schiffspapieren grundsätzlich Glauben zu schenken. Ausnahmsweise sind wir gestern davon abgewichen. Na, das kommt nicht wieder vor.«

Ich bekam heiße Ohren. Zweifelten sie dort drin meine Aussage an? Asmanns Antwort war schwer zu verstehen, er sagte ungefähr, angesichts der völkerrechtswidrigen Hungerblockade der Briten sei Rücksichtnahme schädlich.

»Der Befehl zur Eröffnung des rücksichtslosen Handelskriegs gilt noch nicht.« Oberleutnant Cramers hohe Stimme. »Eine gefährliche Waffe, zweischneidig! Man trifft damit auch die neutrale Schiffahrt. Ist schon ein Akt der auswärtigen Politik! Dazu ist kein Soldat ermächtigt.«

»Portugal wird nicht mehr lange neutral sein«, erwiderte

ihm Leutnant Dorn. »Schon im November hat das Parlament in Lissabon für den Kriegseintritt an Englands Seite gestimmt.»

»Kaum unsere Sache, das noch zu beschleunigen«, hielt Boehnke dem entgegen. »Dann könnten Sie auch gleich Yankees kapern.«

»Wenn sie Konterbande fahren, Herr Kapitän?«

»Hüten wir uns, die USA in den Krieg zu ziehen.«

»Glauben Sie nicht, ich gehe in einer Art Hurra-Stimmung an die Sache heran«, ließ Asmann sich vernehmen. »Aber wir sind dazu da, Ergebnisse zu bringen. Versenkungsziffern, auf deutsch gesagt.«

»Die Mannschaft ist tatendurstig«, stieß Dorn nach. »Wer da Antennen hat für ihre Stimmung ... Sie war schon in ein Tief gesackt. Dank des letzten Erfolgs – nun helle Begeisterung.«

»Wir versenken kein Schiff, um Stimmungskrisen zu beheben«, stellte der Kommandant fest. »Wenn der Horizont wochenlang leer bleibt, neigt die Mannschaft zur Ungeduld. Strafferer Dienst heißt das Rezept! Der vertreibt die Langeweile.«

»Aber nicht das Mißvergnügen«, sagte Asmann. Und wieder fand ich, er hatte recht. Je länger ich so lauschte, desto stärker beeindruckte er mich. Mehr als durch die beiläufig hingestreuten Sätze wirkte er durch seine trockene Art zu reden. Nie hob er, wie Cramer, die Stimme. Das hatte er einfach nicht nötig. Ihm glaubte man, auch wenn die Worte der anderen klüger gesetzt und besser durchdacht zu sein schienen. Woran lag das? Er gab mir stets das Gefühl, hinter seiner Lässigkeit, den ungezwungenen Äußerungen – ja, noch hinter seinem Schweigen – stehe ein ganzer Mann; ein Kerl, mit Leib und Seele Soldat.

»Untergebene neigen leicht zu Mißvergnügen, solange wenig Ablenkendes geschieht«, hielt ihm der Navigator vor. »Kein Wunder, so ohne Neuigkeiten, ohne Post von daheim ewig auf hoher See! Sie können unsere Überlegungen schon deshalb nicht würdigen, weil sie nicht die volle und letzte

Verantwortung tragen. Die liegt allein beim Kommandanten, der ständig den operativen Zusammenhang vor Augen hat, wenn ich daran erinnern darf.«

»Sie dürfen, Herr Cramer.«

»Danke, daß Sie mir dies zugestehen, Herr Kapitänleutnant. Ihr Wahlspruch lautet: ›Vorwärts und drauf‹ – sehr ehrenwert, aber reicht das aus?«

»Mir reicht es schon.«

»Der Verantwortliche an Bord eines Hilfskreuzers ist oft gezwungen, den natürlichen Tatendrang seiner Offiziere und Mannschaften zu bremsen. Er allein hat die Gesamtaufgabe in der Tiefe erfaßt.«

»Es reicht jetzt wirklich, meine Herren«, sagte der Alte. Es wurde fast schon peinlich, wie Cramer sich für ihn ins Zeug legte. So was hob ja kaum seine Autorität. Wozu eigentlich die stützen? Boehnkes Machtbefugnis war doch grenzenlos. Er hatte den Portugiesen versenkt und mich auf die Fahne vereidigt, im großen wie im kleinen geschah sein Wille ... Auf See war jeder Kapitän ein Halbgott, das hatte Vater mich gelehrt. Der Kommandant eines Hilfskreuzers aber mußte, fern jeder Obrigkeit, geradezu allmächtig sein.

Leider nicht auch allwissend. Er hatte keine Ahnung, wo der Feind oder die nächste Beute stand. Er kämmte die Route La Plata – Freetown in langen Kreuzschlägen ab, bereit, sich jedem Kriegsschiff nicht nur durch hurtiges Wegdampfen zu entziehen, sondern es möglichst (mit den guten Ferngläsern der Firma Carl Zeiss Jena) zuerst zu erspähen und ihm ganz verborgen zu bleiben. Mehrmals stand Qualm am Horizont. Und während die Mannschaft gern über jedes Schiff hergefallen wäre, dessen Mastspitzen auftauchten, wog der Alte alles ab: den Ort, den Kurs, die Art der Masten und Aufbauten, die sich über die Kimm schoben – um dann von Frachtern abzulassen, deren Kaperung Ruhm und Erfolg gebracht hätte. Schon ein Neutraler, ein Handelsdampfer, der seine Funktelegrafie benutzte, konnte uns verraten. Um nicht das ganze Unternehmen zu gefährden, wich Boehnke oft aus; fuchsschlau oder zaghaft, je nachdem, wie man zu ihm und seiner Taktik stand. Eben dies minderte sein Ansehen im Kreis der zwölf Apostel.

»Es geht nicht darum, möglichst viel Tonnage zu versenken, auf Teufel komm raus«, hörte ich Cramer bei Tisch ein andermal sagen. »Durch unser bloßes Dasein stören wir den Feind, zwingen seine Schiffahrt zu Umwegen, binden Flottenkräfte, nicht wahr? Erwischt er uns, ist's damit aus.«

»Die Reichsregierung hat am 18. Februar den uneingeschränken Handelskrieg erklärt«, bemerkte Leutnant Dorn dazu. Asmann selber würdigte den Navigationsoffizier gar keiner Antwort. Er war nie auf Streit aus – kein Mann des Wortes, sondern der Tat.

Nur mit dem Kommandanten legte der Erste sich manchmal an, im Rahmen des gerade noch Erlaubten; meist ging es um Belangloses. Einmal konnten die zwei sich beim Nachtisch nicht einigen, wie der englische Torpedobootzerstörer hieß, der ihnen beim Ausbruch aus der Nordsee vor Norwegens Küste im Nebel flüchtig begegnet war. »Einer der G-Klasse zweifellos«, meinte Boehnke. »Der dritte Schornstein war ganz dünn! Ich tippe auf die ›Bulldog‹.«

»Mir kam der erste Schornstein mager vor«, sagte Asmann. »Das weist auf die ›Tipperary‹ hin.«

»Unsinn, so groß war das Schiff nicht. Außerdem, die ›Tipperary‹ ist versenkt.«

»Sie ist als ›Riveros‹ für Chile gebaut und bei Kriegsausbruch übernommen worden. Ich fürchte, ihre Versenkung steht noch aus.«

»Egal, die G-Klasse hab ich klar erkannt. So ist das von mir auch im Kriegstagebuch vermerkt worden.«

»Jawohl, Herr Kapitän.« Asmann verzog keine Miene. »Das Kriegstagebuch, natürlich. Es war ein Zerstörer der G-Klasse, womöglich die ›Bulldog‹ ... Aber ›Tipperary‹ stand dran.«

Ein Teil der Herren amüsierte sich verstohlen auf Kosten des Kommandanten. Der saß wortkarg da, verärgert, als spüre er, daß das Zepter ihm entglitt. Es war wie in der

Schule, wenn man heimlich über den Lehrer lacht, der das merkt, doch dagegen kein Mittel hat.

Später mußte ich Boehnkes Wohnraum putzen. Er befand sich unterhalb der Brücke an Steuerbord, wie auf Handelsschiffen üblich. Wiederum gab es einen Tresor, der nun auch mein Goldstück enthielt. Die Einrichtung war preußisch karg. Ein Bild der Familie des Kommandanten schien der einzige persönliche Gegenstand zu sein. Alles sonstige war weggesperrt. Er hatte eine füllige Frau und zwei – wie ich fand – schon heiratsfähige Töchter.

Eine Tür weiter, mittschiffs auf dem C-Deck, lag die Kammer des Ersten Offiziers, genauso spartanisch möbliert, doch nicht so peinlich aufgeräumt. Dort wehte ein fremder Hauch, es roch nach türkischem Tabak und dem fernen Afrika. An der Wand hing ein Beduinendolch, Tierfiguren aus Elfenbein standen auf dem Bord und, aus kaffeebraunem Hartholz geschnitzt, die Büste einer Negerin; sie trug einen Früchtekorb graziös auf dem Kopf. Statt des Familienbilds ein Foto von Asmann selber. Ganz überraschend zeigte es ihn nicht als Marineoffizier, sondern in heller Uniform mit Tropenhelm und Hauptmannssternen. Auf der Rückseite stand geschrieben: »Adjutant beim Kommandeur der Schutztruppe in Duala.«

Was bedeutete das? Duala war ein westafrikanischer Hafen, wohl die Hauptstadt unserer Kolonie Kamerun ... Mit im selben Rahmen steckte, viel kleiner, das Foto eines Jungen. Er hatte etwas Ähnlichkeit mit mir. Allerdings war er im Konfirmandenanzug und sah ein bißchen ängstlich aus. Ich zog das Bild heraus, drehte es um und las: »Schwerin, Ostern 1913. Vergiß mich nicht! Dein Jochen.« Woher meine Neugier? Nebenan bei Boehnke hatte ich nichts angefaßt.

Hier aber lockte es mich, zu bleiben. Es war, als hafte ein Reiz, ein stiller Zauber all den Dingen an. Zumal das Standbild der jungen Negerin hatte es mir angetan. Es war von unten festgeschraubt, damit es bei Seegang nicht umfiel. Da die Figur sich nicht in die Hand nehmen ließ, berührte ich sie wenigstens, strich mit dem Finger über ihre spitzen Brüste und dachte an Anni Greve, die mir das auch erlaubt hatte ... Dies war der einzige Raum, den ich zum Saubermachen gern betrat.

Begegnung im Atlantik

Meine Ausbildung war ebenso vielseitig wie hart: Exerzieren, militärisches Grüßen, Meldung erstatten, Schießen, den Karabiner reinigen und aus tiefstem Schlaf flink in die Klamotten und kampfbereit sein. Während der Infanteriedienst sinnlos erschien, bloß zum Heer passend, machte der Drill am Geschütz mir Spaß. Meine Gefechtsstation war die vordere Backbord-Kanone, eine 10,5-Zentimeter-SK der Firma Friedrich Krupp mit fünf Meter langem Rohr. Das Geschoß wog 16 Kilo, die Kartusche gut fünf, kein Problem für mich, als Ladekanonier damit zu hantieren.

Vom Artillerieoffizier Hirsch erfuhr ich, daß die Granate zwölf Kilometer weit flog und dann immer noch einen armstarken Panzer durchschlug. Solche Mitteilungen begeisterten mich, ich fühlte mich für voll genommen, ja ins Vertrauen gezogen. Das Geschütz stand, auf Hochglanz poliert, im Zwischendeck der Luke I hinter der Bordwand versteckt, die sich beim Kommando »klar zum Gefecht« durch einen schlauen Mechanismus wegklappen ließ. Dabei kam es auf die richtigen Handgriffe, Schnelligkeit und Körperkraft an. Leutnant Hirsch ließ uns Salvenfeuer im 5-Sekunden-Rhythmus üben. Wie brannte ich darauf, das bald wirklich zu erleben!

Neben praktischen Dingen wie Seemannsknoten, die ich längst hatte knüpfen können, lehrte man mich auch dummes Zeug. Zum Beispiel, daß vier große Schiffe eine Division bilden, geführt von einem Konteradmiral. Die Division zerfällt in zwei Treffen. Zwei Divisionen sind ein Geschwader (unter einem Vizeadmiral), zwei Geschwader eine Flotte, den Admiral an der Spitze, und so weiter. Obwohl wir

stets allein operierten, hatte ich mir die Grundformationen
– Kiellinie, Dwarslinie, Staffel – und deren viele Marschmanöver einzuprägen. Lückenloses Wissen war gefragt. Dies erinnerte mich an das Realgymnasium zu Rostock, das einen unter der Losung »Nicht für die Schule, sondern für das Leben lernen wir!« gleichfalls mit Überflüssigem geplagt hatte.

Die Freizeit verging mit Brettspielen, bis mein Freund Rudi einen dritten Mann zum Skat fand, den Funkgefreiten Hein Harder aus Wismar. Der war schon zwanzig, strohblond und im Besitz von Geheimnissen, an denen er uns zögernd teilhaben ließ. So kannte er offenbar aus internationalen Pressetelegrammen die Einzelheiten der Seeschlacht auf der Doggerbank. Beim mißglückten Vorstoß des Schlachtkreuzergeschwaders war dort in der südwestlichen Nordsee bei nebligem Regenwetter Ende Januar unser Panzerkreuzer »Blücher« gesunken, mit über tausend Mann; fast achthundert ertranken in der kalten Flut.

»Admiral Hipper konnte ihn nicht heraushauen, weil sein Flaggschiff brannte«, erklärte uns Hein in gedämpftem Ton. »Eine dreizehn-Zoll-Granate hatte den achteren Geschützturm der ›Seydlitz‹ getroffen, wißt ihr? Das Geschoß brach ein Panzerstück los und schleuderte es in glühendem Zustand durch den Turm. Es kam zum Kartuschbrand! Der griff auf den Nachbarturm über. Sechs Tonnen Pulver sind verbrannt, stellt euch das vor, in Stichflammen, mit der Besatzung beider Türme ... Nur weil der Erste Offizier achtern die Munitionskammern sofort fluten ließ, kam das Schiff davon.« Es schauderte ihn bei dem Bericht.

In der Offiziersmesse hieß es dazu: »Hippers Aktion muß verraten worden sein. Oder der Feind hat den Funkbefehl der Seekriegsleitung entschlüsselt.«

»Jedenfalls triumphiert er nun«, bemerkte Boehnke grimmig. »Er wertet den Erfolg als Sieg seiner Schiffsbauprinzipien – hohes Tempo, mittlerer Panzer, schwerstes Kaliber – über unsere: geringere Geschwindigkeit, schwere Panzerung, mittelschweres Kaliber.«

»Solange er das ›Stella‹-Prinzip nicht kennt«, warf Asmann ein. »Mäßiges Tempo, leichte Bewaffnung, gar kein Panzer.«

Man lachte verhalten. Wieder einmal steckte der Erste die Runde an mit seinem Schwung. Nur Oberleutnant Cramer krähte: »Die Tragödie auf der Doggerbank – kaum ein Stoff für Scherze.« Dies verstrickte ihn in das übliche Geplänkel mit Leutnant Dorn, dem er an Schlagfertigkeit unterlegen war.

»Hast du eigentlich schon Post geschrieben?« fragte mich Hein Harder später hinter vorgehaltener Hand. Die Idee war mir noch nie gekommen. Wozu auch, wir liefen ja keinen Hafen an, wer sollte da Post befördern? Hein aber sagte, es ginge doch. Manchmal träfen wir ein Kohlenschiff, das uns in aller Stille mit Nachschub versorge und Briefe mitnehme. Es sei zwar gefährlich und anstrengend, auf hoher See Kohlen zu nehmen; die Beulen in der Bordwand stammten vom Längsseitsgehen eines Kohlendampfers. Eine Strafe für die ganze Mannschaft, zugleich jedoch die einzige Möglichkeit, den Lieben daheim etwas mitzuteilen, wenn's auch noch so wenig sei.

Stand uns solch ein Treffen bevor? In der Kantine gab es genormtes Papier für Feldpostbriefe, ein Blatt, dessen Rückseite leer blieb, weil sie nach dem Falten gleich als Umschlag diente. Da kam dann die Adresse drauf. In der Hoffnung, daß Kurt Greve es nicht fertigbrachte, den Brief eines Soldaten zu unterschlagen, schrieb ich ganz zärtlich an Anni. Es tröstete mich sehr, in Erinnerungen zu schwelgen und ihr ewige Treue zu versichern ... Der zweite Gruß galt meinen Eltern. Ich bat sie, sich um mich nicht zu sorgen. Ein paar Wochen der Trennung hatten genügt, mich weicher zu stimmen, auch dem Vater gegenüber. Kein Vorwurf floß da mehr hinein, wohl eher der heimliche Wunsch nach Versöhnung. Noch immer aber war ich tief von ihm enttäuscht und bereute meinen Aufbruch nicht.

Vorschriftsmäßig, das heißt unverklebt, gab ich die Briefe beim Verwaltungsoffizier ab, dem Marinezahlmeister Heul. Der wirkte bedrückt, vielleicht, weil er aus Sicherheitsgründen verpflichtet war, all das Geschreibsel zu lesen. Zwei Tage später rief mich Asmann zu sich. Vor ihm auf dem Tisch lag meine Post – geöffnet.

»Setz dich«, sagte er zu meiner Verblüffung; gehörte es sich doch, daß man vor jedem Vorgesetzten stand. »Junge, ich muß ein Wort mit dir reden ... Du hast also das Fräulein Greve gern.«

»Jawohl, Herr Kapitänleutnant.«

»Deshalb mußt du dich aber nicht Matrose nennen, wo du tatsächlich erst Schiffsjunge bist, Richard.«

Ich wurde rot. Trotzdem tat es mir gut, daß er meinen Vornamen kannte. Während ich ihm kerzengerade gegenübersaß und er zu mir sprach, zog er mich völlig in seinen Bann. – »Besser, man läßt den Dienstgrad weg«, fuhr er fort. »So, wie in unserer Lage auch das Schiff unerwähnt bleiben muß und alles, was damit zusammenhängt. Hilfskreuzer sind Fliegende Holländer.«

»Was darf man dann überhaupt schreiben?«

»Na, es steht ja noch genug drin. Liebe ist ein dankbares Thema, militärisch neutral. Beschäftigt junge Damen auch entschieden mehr ... Was soll übrigens der Satz: ›Ich will mich hier auszeichnen und durch meinen freiwilligen Einsatz den Fleck von unserem Familienschild wischen‹?«

Mir steckte ein Kloß in der Kehle. »Mein Vater ist Reserveoffizier, aber er hat nicht versucht, sich mit uns nach Hause durchzuschlagen.«

Meine Stimme schwankte wohl, denn Asmann stieß nach: »Das soll ein Schandfleck sein? Ist das alles? Ihr Söhne seid verdammt anspruchsvoll. Was verlangst du von ihm? Er ist doch sicher über vierzig und hat gewiß auch an euch gedacht, an seine Familie, das kann man verstehen.«

»Eher noch an sich und seine Freiheit...« Und da brach es auch schon aus mir heraus. Was ich keinem je erzählt hätte, weder Rudi noch Hein, das gestand ich Asmann im Nu. Es war, als hypnotisierte mich sein Blick. Ich nannte ihm also den Anstoß zur Flucht und gab mich damit ganz in seine Hand.

»Großer Gott!« Er rieb an seinem krausen Bart. »Die Macht des Schicksals. Der Papa hat pleite gemacht. Die Ehre, ach ja, und die Schmach. Man ist unten durch, die besseren Kreise rümpfen die Nase: kein makelloser Makler mehr!« (Er schien das Wortspiel zu genießen.) »Dabei kann das jedem Geschäftsmann passieren. Denk da mal nicht gleich schlecht von ihm. Es war doch auch zu eurem Wohl, zu deinem und dem deiner Mutter, daß er nach Übersee und nicht ins Loch gewandert ist, stimmt's?«

»Ich weiß nicht, Herr Kapitänleutnant. Muß man nicht für seine Schulden geradestehen? Und für alles bezahlen? In diesem Sinne nämlich hat mein Vater mich erzogen.«

»Letztlich bezahlst du für alles, dafür sorgt schon das Leben. Schön, er hat dich gelehrt, geraden Kurs zu halten, und plötzlich schert er selber aus der Kiellinie. ›Üb immer Treu und Redlichkeit bis an dein selig Grab, und weiche keinen Finger breit von Gottes Wegen ab‹. Soweit die Theorie. Aber merk dir, nichts ist beständiger als der Wechsel. Wenn sich die Lage ändert, ändern sich die Beschlüsse. In der Praxis ist Ausweichen besser als Auflaufen.«

»Danke. Herr Kapitänleutnant wollen mich trösten.«

Asmann schüttelte den Kopf; er steckte sich eine seiner türkischen Zigaretten an. »Ich bin kein Pastor, mein Sohn. Man muß die Dinge im rechten Verhältnis sehen. Was ist ein Bankrott gegen die Wunden, die der Krieg jetzt schlägt? Dein Vater hat ein paar Geldleute geschädigt, um, sagen wir mal, dreihunderttausend Mark. Die ›Saõ Gabriel‹, auf deine Aussage hin versenkt, ist mit der Fracht rund sechs Millionen wert gewesen. Ja, da kriegst du runde Augen. Wer von euch beiden, Vater oder Sohn, ist denn nun der größere Bandit? Mir scheint, du hast härter zugehackt.«

— Mir blieben die Worte weg.

»Darfst den Mund wieder schließen«, hörte ich ihn sagen. »Denk da mal locker drüber nach. Das Leben geht weiter. Und noch etwas: Wenn jemand im Ausland abgetaucht ist, wär es besser, ihm postlagernd zu schreiben, allenfalls. Niemals Klartext, keine Adresse – verschwiegen wie die Marine. Sonst hat er seine Gläubiger auf dem Hals, gleich nach dem Sieg unserer Waffen.«

Er schob mir die Briefe zu und entließ mich mit einer Handbewegung. Erwärmt von dem Gespräch, kehrte ich in das Mannschaftslogis zurück; aufgewühlt von seinen Ratschlägen. Was auch immer davon zu halten war, mich trug das Gefühl, an Bord jetzt außer den zwei fast gleichaltrigen Freunden einen väterlichen Gönner zu haben – den Mann, dem meine Bewunderung galt und der mir so deutlich sein Wohlwollen zeigte.

Tags darauf sichteten wir Trinidade, die einsame Felseninsel 650 Seemeilen ostwärts des brasilianischen Hafens Vitória. Mitte September war dort die stolze »Cap Trafalgar« beim Kohlen überrascht und zerstört worden. Vor zwanzig Jahren, so hieß es, hatte England die Insel besetzt, dann jedoch wieder geräumt, da ihr eine schützende Bucht fehlte und Brasilien darauf Anspruch erhob. Seitdem galt sie als unbewohnt.

Uns aber erwartete hinter dem Nordkap, in Lee des Südostpassats, der auf 20 Grad südlicher Breite bläst, jenes Schiff, das Hein Harder gemeint hatte: kein Kohlenschiff allerdings, sondern der ehemalige Reichspostdampfer »Prinz Eitel Friedrich«. Hoher Rumpf, zwei Schornsteine, vier 8,8-Zentimeter-Kanonen am Bug und am Heck, 17 Knoten schnell und mit seinen 8800 Tonnen viermal so groß wie wir. Es grenzte ans Tollkühne, diesen kompromittierten Fleck erneut als Treffpunkt für Hilfskreuzer zu nutzen. Wir näherten uns behutsam, da die Gipfel der Insel höher als Schiffsmaste sind. Doch wie so oft in Krieg und Frieden galt die Losung: »Dem Mutigen gehört die Welt.« Rudi sagte es kürzer: »Frechheit siegt.«

Lärmend gingen wir längsseits. Die Besatzungen winkten sich zu, während unsere Apostel übersetzten, um Erfahrungen auszutauschen. Welch schönes Gefühl, hier Kameraden zu begegnen! Unser schnittiger Nachbar war bei Kriegsausbruch im Hafen von Tsingtau – der deutschen China-Kolonie – zum Hilfskreuzer gerüstet worden, durch zwei Kanonenboote, deren Männer und Geschütze er bekam. Zunächst folgte die »Prinz Eitel Friedrich« dem Kreuzer »Emden«; sie wurde dann zum Kaperkrieg nach Australien entlassen. Ihr Fahrbereich betrug 10000 Seemeilen, trotzdem litt sie bald unter Brennstoffmangel. Nirgends gab es Kohlen in der Südsee; Japaner, Briten und Franzosen hatten sämtliche Depots besetzt.

So begann die Irrfahrt. Vor Chile erst fand die »Prinz Eitel Friedrich« Spees Kreuzergeschwader, füllte in Valparaiso ihre Bunker und half im November, Spees Aufbruch durch Kaperfahrten zu verschleiern. Ein englischer Dampfer fiel ihr in die Hand, dann ein französischer Segler, dem sie bei der Oster-Insel 3000 Tonnen bester Cardiff-Kohle entnahm. Dann ging sie um Kap Hoorn, versenkte acht Feindfrachter, aber nun nach sieben Monaten neigte sich die Odyssee dem Ende zu. Die Leute waren erschöpft, der Zustand der Kessel und die Kohlenlage hoffnungslos. Die Seekriegsleitung hatte ihr erlaubt, in einem neutralen Hafen Schluß zu machen.

Der Gedanke, ihr Briefe mitzugeben, lag nahe. »Ein Postschiff, bei ihr sind die in guten Händen«, sagte Hein. Es klang ein bißchen gedrückt. In unsere Freude mischte sich ein bitterer Hauch. Zum ersten Mal spürten wir etwas von dem Vergeblichen, der Vergänglichkeit militärischer Erfolge.

Abends bei den Offizieren hörte ich manches, das diesen Eindruck noch vertiefte. Sie sprachen über einen weiteren Hilfskreuzer der ersten Welle, den 15000-Tonner »Kronprinz Wilhelm«, vormals Passagierdampfer des Norddeutschen Lloyds. Fünfzehn Schiffe, hieß es, habe er schon aufgebracht und sich mit seiner Höchstfahrt von 23 Knoten jedem Verfolger entzogen.

»Gut, zu wissen, man ist nicht allein«, bemerkte Oberleutnant Spalke, der Torpedooffizier. »Der Kommandant drüben meint, da schwimmt sogar noch mehr von uns herum, zum Beispiel der Kreuzer ›Karlsruhe‹. Der hat ja die ›Kronprinz Wilhelm‹ damals bei den Bahamas erst ausgerüstet.«

»So, meint er das?« Der Erste blickte auf. »Etwas naiv, der Mann.«

»Wieso?« fragte Cramer. »Die ›Karlsruhe‹ ist ein modernes Turbinenschiff, sie läuft nahezu dreißig Knoten. Sie hat den Panzerkreuzer ›Suffolk‹ kaltlächelnd abgehängt und bis Ende Oktober sechzehn Frachter versenkt. Weshalb soll sie nicht wieder im Atlantik operieren?«

»Weil sie Anfang November ostwärts von Trinidad gesunken ist, durch eine ungeklärte Explosion«, sagte Asmann. »Das überlebende Drittel der Besatzung hat auf dem Begleitschiff Kiel erreicht, kurz bevor wir ausgelaufen sind.«

»Was Sie nicht sagen.«

»Es gelang bisher, dem Feind diesen Verlust zu verbergen, so daß er weiter nach der ›Karlsruhe‹ sucht. Sie nützt uns noch, bindet Flottenkräfte. Darüber hinaus sollten wir nicht mehr mit ihr rechnen.«

»Die Grenze der Geheimhaltung scheint mir da erreicht«, sagte Boehnke, »wo sie uns selber in die Irre führt.«

»Ihr Wort, Herr Kapitän, in das Ohr der Admiralität.«

Was ich von diesem Gespräch aufschnappte, ließ mich frösteln.

Blick aus der Höhe

Wir waren demnach mit dem siechen Postdampfer – und vielleicht noch der »Kronprinz Wilhelm« – auf diesem Ozean ganz allein. Wie das durchstehen? Die halbe Nacht saß ich grübelnd an Deck, unter der von Hitze zitternden Dunkelheit des Tropenhimmels. Kein Mond schien, nur die Sterne flimmerten, und die abgeblendeten Lichter unseres Nachbarn schwankten leise, bewegt von einer Dünung, die aus den Weiten des Weltmeers kam.

»Harms«, sagte da jemand neben mir, »los, hau dich hin! Du begleitest mich morgen Punkt fünf auf die Insel ...« Es war der Signalmaat Lüdecke, ein Mann in den Dreißigern mit breitem, ruhigem, wenn auch nicht gerade gutmütigem Gesicht. Sein Befehl ließ keine Frage zu.

Vor Sonnenaufgang ruderten wir an Land. Endlich fester Boden unter den Füßen, nur was für welcher – Fels, bewachsen von Gestrüpp, das zäh aus jeder Ritze sproß, noch den steilsten Absturz mit lianenhaft hängenden Wurzeln umspann. Schwer drückten uns das Stativ, der Proviant, die Ferngläser und das Bündel Signalflaggen; damit hatten wir jedes Objekt am Horizont zu melden. Obwohl ein Pfad zum Gipfel führte, erschöpfte uns der Aufstieg.

Von oben bot sich ein denkwürdiges Bild. Die Besatzungen beider Schiffe waren zum Abschied in gleichmäßigem Anzug – weiß mit blauem Käppi – an der Reling angetreten. Dann lief die »Prinz Eitel Friedrich« feierlich nordwärts aus. Dazu noch Musik, und es hätte in Kiel sein können. Da sie halbe Kraft fuhr, um Kohle zu sparen, behielten wir sie noch lange im Glas. – »Herr Maat, was ist denn bei uns los?« rief ich, als mein Blick wieder auf die »Stella« fiel. Das Schiff hatte Schlagseite, die Maste neigten sich seewärts. Und man ging schon in die Boote!

»Immer ruhig bleiben«, sagte Lüdecke. »Die Backbordtanks sind geflutet. Man kippt den Eimer an, um den Bewuchs abzukratzen.«

Die »Stella« war um zehn bis fünfzehn Grad gekrängt worden, nur ein Teil der Bordwand kam so ans Licht, doch gerade unterhalb der Wasserlinie haftete das, was unser Tempo bremste. Von oben schien es, als wimmelten Ameisen auf dem Schiff. Der Maat erklärte mir, auch das Umtarnen beginne jetzt. Schon einmal, nach den ersten Versenkungen, habe es sich verwandelt: von einem Norweger in einen Holländer. Nun werde ein Grieche daraus. Höchste Zeit, denn die Besatzung der »São Gabriel« sei längst in Brasilien, ihre Beschreibung der »Stella« den Briten bekannt.

Eine flinke Maskerade. Ich sah, wie aus Blechen ein zweiter Schornstein entstand. Aneinandergeschweißte Fässer markierten neue Entlüftungsschächte. Die beiden Maste ließen sich teleskopartig verlängern oder verkürzen, das Heck und die Back wurden mit Segeltuch erhöht. All das veränderte den Umriß – zu keinem beliebigen Anblick, sondern zu dem eines Schiffs, das es wirklich gab ... »Spezialität des Alten«, sagte Lüdecke. »Er hat ein dickes Buch mit Schiffsfotos. Nach solch einem Bild macht er die Dublette.«

»Was macht er, bitte?«

»Die Nachbildung eines Schiffs, das unter dem Namen, den er ihm gibt, tatsächlich in Lloyd's Register steht.«

»Und da fällt der Tommy drauf rein?«

»Das gebe Gott, mein Junge.«

Als man uns mittags ablöste, war der Rumpf zur Insel hin geneigt, seewärts wurde er abgekratzt, und die übrige Besatzung malte die Aufbauten hellblau. Sie »pöhnte«, wie es bei der Flotte heißt; ein gräßlicher Job in der Glut. Das Hauptdeck war über hundert Meter lang und dreizehn breit; ich begriff, wozu all die Farbfässer und Pinsel im Vorschiff nötig waren. Auch mir wurde solch ein Quast in die Hand gedrückt ... Am Schluß hingen an die hundert dicke Quaste ausgewaschen an den Ladebäumen, sie baumelten im Abendwind.

Wir waren so fertig und benommen von den Dämpfen, daß man uns in der Frühe hochtrieb mit Rufen wie: »He, Makker, reise, reise!« Leutnant Dorn trompetete: »Ein jeder weckt den Nebenmann, der letzte stößt sich selber an!« Oder: »Setz ein das Glasaug, schnall an das Bein, ein jeder muß er erste sein.« Er hatte halt auch seinen Humor ... Über schwankende Bretter trieb man uns außenbords an den Rumpf, dessen Ockerton nun im Terpentindunst unter weißem Lack verschwand. Bis zum Kriegsausbruch war die gesamte Hochseeflotte weiß gewesen, dann wurde sie hellgrau gepöhnt – der Überschuß an weißer Farbe schien auf die Hilfskreuzer gelangt zu sein. Am Bug entstand in armlangen Messinglettern der Name »Daphne«. Der Alte, so hörte ich, liebte keine Namen, die mehr als sechs Buchstaben hatten. Das Umtarnen ging ihm nie schnell genug, der Vorrat an Metallbuchstaben war begrenzt.

Ich war dem Signalmaat dankbar, daß er mich am späten

Vormittag von dieser Fron erlöste. Wir setzten wieder über und kletterten bergan. Von oben sah ich, es wurde gepfuscht; da und dort am Rumpf blieben braune Tupfer stehen. Aber Lüdecke erklärte, das sei Absicht, es wirke nämlich wie Rost: »Zu 'nem echten Griechen gehören Rostflecke an den Bordwänden und Aufbauten genau wie buntes Zeug an der Wäscheleine auf Deck.«

Wir suchten den Horizont ab. Die Sicht betrug fünfzig Meilen, doch die Kimm blieb leer. Ein verlassenes Seegebiet fernab der Handelsrouten. Der Maat zeigte mir die Reste der »Cap Trafalgar«, die vor einem halben Jahr drei Kabellängen vom Ufer gesprengt worden war. Das Meer brandete dort, und als die Sonne senkrecht stand, glaubte ich in dem glasklaren Wasser das mächtige Schornsteinpaar zu sehen. – »Schnelldampfer sind Einwegschiffe heutzutage«, sagte er. »Sie kehren nicht zurück in diesem Krieg.«

»Aber wir haben doch die Chance?«

»Das schon, mit etwas Glück.«

»Glück hat auf die Dauer immer nur der Tüchtige, nach Moltke. Und tüchtig sind die Apostel, Herr Maat.«

»Das muß der Neid ihnen lassen.«

Später beobachtete ich im Gestein zwei heuschreckenähnliche Insekten, die mit ihren Fühlern und den zuschnappenden Kiefern um die Beute kämpften, einen buntschillernden Käfer, der zappelnd auf dem Rücken lag. Mich fesselte der Vorgang, ich war auf den Sieger gespannt, doch es gab keinen, die Tiere bissen sich bloß Glieder ab; ein ekliges Bild. Es stimmte mich so nachdenklich wie die Trümmer der »Cap Trafalgar«. Ging es denn immer so weiter mit der Welt, Kampf ums Dasein, auf jeder Entwicklungsstufe?

Willi Lüdecke konnte ein Lied davon singen. Während die Sonne sank, taute er auf, und ich erfuhr, dies war schon sein dritter Krieg. Als blutjunger Matrose hatte er um die Jahrhundertwende geholfen, von Tsingtau aus den Aufstand chinesischer Geheimbündler niederzuwerfen, die man »Boxer« nannte. Zweimal war das 1. Seebataillon bis Peking vorgerückt. Lüdeckes dreijährige Dienstzeit war einfach verlängert worden, weil anschließend, im Frühjahr 1902, in Deutsch Südwest-Afrika die Hereros geschlagen werden mußten – ein rebellisches Negervolk, das erst aufgab, als man es in die Wüste trieb und ihm dort die letzten Wasserstellen nahm.

»Die wären eher verdurstet als daß sie sich ergeben hätten«, sagte er. »Das ist schlimmer gewesen als alles, was du auf See erlebst! Und es zog sich hin, erst 1906 bin ich heimgekehrt. Kennst du den letzten Grund, Junge, der uns von der Heimat trennt? Ich nenne ihn das Habenwollen. Die Profitgier! Das ist die älteste Religion. Sie hat die besten Pfaffen und die schönsten Kirchen.«

Nicht gerade patriotische Töne. Das hörte sich an, als setzte Lüdecke uns mit dem Gegner gleich. Ich verstummte, denn ich fand auf einmal, daß er fast wie ein Sozialdemokrat sprach. Die Profitgier, das Habenwollen! Natürlich wollten auch wir Deutsche teilhaben an den Reichtümern der Welt, und die lagen nun mal in Übersee. Auch uns stand das zu, ein Platz an der Sonne, das Reich brauchte Märkte, Rohstoffe und Kolonien. Bei den Sozis klang es immer so, als würden nur die Millionäre etwas davon haben und nicht das ganze Volk. Vaterlandslose Gesellen, Nestbeschmutzer, so hatten meine Lehrer sie genannt. Auf ihr Konto ging es, daß unsere Marine nicht stärker war, sie hatten im Reichstag um jedes Kriegsschiff gefeilscht, bis Tirpitz das Flottengesetz von 1900 durchbrachte; und da war's schon zu spät. Hatte nicht England im letzten Jahr über eine Milliarde Mark für seine Flotte aufgewandt, das Reich kaum die Hälfte? Auf den Kopf jedes Deutschen, das wußte ich von Vater, kamen sieben Mark für die Rüstung zur See, auf den Kopf jedes Briten zweiundzwanzig!

Das hielt ich dem Maat mit allem Respekt schließlich doch entgegen. Er aber meinte bloß: »Der Tommy hat ja so gut wie kein Heer.«

»Dafür hat er die Russen und Franzosen!«

»Tja, ganz schön schlau von ihm, wie?«

Unser Gespräch riß ab. Lüdecke muß gespürt haben, daß

er bei mir auf Granit biß und daß ein Versuch, mich zu beeinflussen, ihn sogar gefährden konnte ... War ich alt genug, seinen Gedanken zu folgen? Nein. Ich hätte ihm zuhören sollen, anstatt zu diskutieren. Was aber bedeutete mir der Krieg? Eine Herausforderung der Tugenden des Gehorsams, des Mutes, der Pflichterfüllung und Vaterlandsliebe; dazu ein männliches Abenteuer, ein welterschütterndes Ereignis, viel gewaltiger als die träge Friedenszeit – und ich, ich war dabei! Was ich wirklich entdeckte, war etwas, von mir im stillen »die große Gleichgültigkeit« genannt: Ich war, fern vom Elternhaus, nur ein winziges Rädchen (oder ein Sandkorn) im Getriebe, nichts, gar nichts drehte sich mehr um mich. Mein Wohl und meine Wünsche kümmerten keinen außer mir ... Das begreifen hieß freilich weiter nichts als langsam erwachsen werden. An Verstand nahm ich's mit Lüdecke auf, der auf kein Gymnasium gegangen und eigentlich Zimmermann war; nur nicht an Erfahrung. Anders als ich hatte er schon getötet, auf Befehl, und Kameraden sterben sehen.

Kurz nach vier Uhr gewahrte der Maat etwas am Horizont. Sein Fernrohr, das wegen des Gewichts auf einem Dreibein ruhte, wies nach Ostsüdost. Dort kroch ein Rauchwölkchen empor. Während er dies nach unten signalisierte, dem Mann auf dem Peildeck der »Daphne«, starrte ich auf die beklemmende Erscheinung. In dem Kreis, den das Fernglas mir zeigte, stand die Rauchsäule still. Weder nach links noch nach rechts wanderte sie aus, schien aber zu wachsen. Wenig später schoben sich darin Mastspitzen und ein Schornstein glasig über die dunstige Kimm, wie Vorboten eines Unheils. Gegen die Sonne hätten wir sie kaum so früh erkannt. Kein Zweifel, da kam etwas auf uns zu. Vielleicht ein Handelsschiff, das von Kapstadt nach Bahia lief?

»Nein«, sagte Lüdecke, »niemals so weit südlich und auch nicht so schnell ... Junge, das gilt uns. Es kann ein Kreuzer der ›Bristol‹-Klasse sein.«

»Mit einem Schornstein? Die haben doch vier!«

»Ja, von der Seite. Ich sehe den Gefechtsmast. Hält genau

auf uns zu, aus der Windrichtung, als wüßte er, wir liegen hier in Lee.«

Kaum hatte er das hinabgewinkt, da erging von unten der Befehl zum Aufbruch. Der Maat schickte mich mit dem Stativ voraus, er wollte noch bis zum letzten Moment beobachten. Der Gipfel war viel höher als das »Krähennest« auf dem Schiff, jener Ausguck, der auf der Saling-Plattform im oberen Mast aus angeschweißten Stangen, Tauwerk und Segeltuch gebaut worden war, um die Sicht zu verbessern.

Am Ufer lag außer unserem Dingi noch ein Rettungsboot, zum Transport von Frischwasser aus den Quellen der Insel. Darin ruderte ich mit den anderen eiligst zurück. Unterwegs kam mir der Verdacht, Lüdecke wolle uns gar nicht folgen. Mangelte es ihm nicht an Haß auf den Feind, mit dem er uns ja irgendwie gleichsetzte, also an Kampfgeist, an der rechten Haltung? Ein verkappter Sozialdemokrat konnte kein Patriot sein. Das war die Gelegenheit für ihn! Er würde in den Sack hauen und sich dem Feind ergeben, der da im Schaum seiner Bugwelle herantritt. Hatte der Maat das Signalzeug bloß behalten, um sich ihm bemerkbar zu machen?

Unsere Lage war zu verzweifelt, als daß mich dies noch hätte kümmern können. Die »Bristol« (und jedes ihrer vier Schwesterschiffe) war etwa so groß wie wir, doch ungleich schwerer armiert: zwei 15,2-Zentimeter-Geschütze und zehn 4-Zoll-Kanonen statt unserer sechs. Panzerung schützte ihre Wasserlinie, die Munitionsaufzüge, die Kommandobrücke, den Funkraum und das Kartenhaus. Sie lief 26 Knoten, neun mehr als wir. In einer Stunde war sie hier! Wir hatten keine Chance. Uns fehlte sogar der zur Höchstfahrt nötige Dampf.

In dieser Not verlor niemand an Bord die Nerven. Ungeachtet der verräterischen Rauchentwicklung entfachte man mächtige Feuer unter den Kesseln und lief – unter der blauweiß gestreiften Flagge Griechenlands – nach Westnordwest ab, so daß Trinidade möglichst lange zwischen uns und dem Feind blieb. Bei Sonnenuntergang erschien der Verfolger am Nordkap der Insel und blinkte uns an mit dem Spruch *what ship*? (Was für ein Schiff?) Boehnke ließ antworten: »Daphne, Saloniki«. – »Stop«, wurde ihm befohlen; natürlich dachte er nicht im Traum daran, der Aufforderung zu folgen. Das war der kritische Augenblick. Die Entfernung betrug zwölf Meilen, das sind 222 Hektometer. Noch erreichten uns die beiden 6-Zoll-Geschütze des Gegners nicht. Doch er staffelte steuerbords auf, um seinen Heckturm einzusetzen, in dem die weittragenden Rohre steckten.

Inzwischen bebte das ganze Schiff, die Welle riß an den Lagern. Wie bei der »Saõ Gabriel« erinnerte mich diese Vibration an das Bohren des Zahnarztes auf einem kranken Zahn. Und trotzdem verringerte sich die Distanz! Mit aller Kraft dampften wir hinein in den Abenddunst, flehten eine Nebelwand herbei, die in jenen Breiten selten ist, und verfluchten die weiße Farbe unseres Rumpfes; machte sie uns doch zur Zielscheibe. Nunmehr angefunkt, reagierte der Kommandant nicht mehr, als fehle ihm die FT-Anlage. Der Stoppschuß, mit dem man uns bedachte, lag zwar der Seite nach exakt, aber um sechs Hektometer zu kurz, wie es später in der Offiziersmesse hieß. Und dann nahm uns ein tropischer Regenguß, der abends oft niederging, gnädig auf. Die Sicht sank rapide, der Feind verschwand hinter dichten Schleiern, ebenso wir für ihn. Es war gerade noch gutgegangen… Während der mondlosen Nacht drehten wir südwärts ab und entkamen ihm.

Da mein Geschütz auf dem Backbordbug im Verlauf unserer Flucht nicht hätte feuern können, wurde ich als Meldegänger abgestellt für den Fall, daß eine Telefonleitung riß. Dabei sah ich Willi Lüdecke auf Gefechtsstation und schämte mich meines Verdachts. Er hatte vom Peildeck aus kaltblütig den Signalverkehr besorgt, und zwar keineswegs zackig, sondern ganz leger, um ein Frachtschiff vorzutäuschen. Mein Argwohn war absurd gewesen. Auf See ist, soviel ich weiß, nie ein Mann desertiert. Im Unterschied zum Heer gab es kaum Fälle von Zurückweichen oder gar Feigheit. Der Grund liegt auf der Hand. Wir saßen alle in einem Boot und hatten keine Wahl.

Jäger und Gejagte

Auf den Routen Kapstadt–Río de Janeiro und La Plata–Dakar begann die erregende Zeit. In diesem Revier brachten wir fünf Dampfer auf. Sie hatten Edelhölzer, Baumwolle, Kaffee, Kakao, Häute, Weizen, Erze oder wertvolles Stückgut geladen. Und all das versank im Meer, bis auf einen Teil ihrer Kohlen und des Proviants sowie den Inhalt der Tresore. In einem Geldschrank fand Leutnant Dorn den Code der britischen Handelsmarine. Das half uns, die Funkweisungen der Grand Fleet an die zivile Schiffahrt zu entschlüsseln. Wir hörten Warnungen vor unserem Schiff und dessen Beschreibung; sie beruhte noch auf den Angaben der Besatzung der »Saõ Gabriel«.

Zwei Frachter fingen wir dank ihres Funkverkehrs. Stand das Opfer zu weit ab von der Küste oder war die See rauh, nahmen wir die Besatzung an Bord. Unter der Aufsicht des Gefangenenoffiziers, Leutnant Wessel, hausten die Inhaftierten in der Luke II; sie durften täglich für eine Stunde an Deck. Auch ein paar Frauen waren darunter, so die Gattin des französischen Marineattachés in Buenos Aires und ihre Tochter; sie war siebzehn, mandeläugig, eine brünette Schönheit. Es erging der Befehl, die Damen in keiner Weise zu belästigen, doch wurden sie bei ihrem Rundgang beglotzt wie Wesen von einem fremden Stern. Mich pfiff Wessel an, als ich einmal mein armes Französisch an der Tochter des Attachés erprobte. Das stand nur dem Leutnant selber zu.

Hein Harder versah unsere Skatrunde mit Nachrichten aus der Funkbude. Nicht alle Neuigkeiten nämlich gab die Schiffsführung bekannt, sie traf da ihre Auswahl. Zwar hörten wir von ihr, die »Prinz Eitel Friedrich« habe am 10. März den Hafen von Newport News im US-Staat Virginia erreicht, acht Stunden südlich von Washington; unsere Post sei *via Italia* heimgesandt worden, in neuen Umschlägen, ordentlich frankiert ... Auch als tags darauf London seine Blockade verschärfte, wurde uns das mitgeteilt. England unterband jetzt jeden Warenverkehr über Holland und Skandinavien, es trug neutrale Firmen, die dem zuwiderhandelten, in »schwarze Listen« ein. »Das Reich soll wie eine belagerte Festung vollständig von der Welt abgeschnitten sein«, rief der Kommandant. »Nicht nur unsere Streitmacht, nein, das ganze Volk will man durch Hunger auf die Knie zwingen!« – Aber daß die »Dresden«, unser vorletzter Auslandskreuzer, drei Tage später elend zugrunde ging, verschwieg er uns.

Durch amerikanische Presseagenturen erfuhren wir es. Als einziges Schiff aus Spees Geschwader war die »Dresden« der Falkland-Tragödie entgangen. Sie hatte sich in den Fjorden um Feuerland versteckt, um dann mit lahmer Maschine und wenig Kohlen auf dem australisch-südamerikanischen Seglerweg zu kreuzen. Ganze 16000 Bruttoregistertonnen hatte sie dabei erwischt. Es gelang ihr nur noch, Segler einzuholen. Am 14. März aber fanden die englischen Kreuzer »Kent« und »Glasgow« (ein Schwesterschiff der »Bristol«) sie vor einer chilenischen Insel, wo sie mangels Brennstoffs festlag, und eröffneten das Feuer. Acht Mann fielen auf der »Dresden«, dreißig waren schwer verletzt. Ihren zehn 10,5-Zentimeter-Geschützen standen sechzehn 15,2-Zentimeter-Geschütze gegenüber, und die trugen so weit, daß die Briten unerreichbar auf Distanz bleiben konnten.

Ein deutscher Seeoffizier fuhr als Parlamentär hinüber, er sagte dem britischen Befehlshaber, die Beschießung sei völkerrechtswidrig, das Schiff liege in neutralen Gewässern. Der Engländer erwiderte: »Ich habe den Auftrag, die ›Dresden‹ zu vernichten, wo immer ich sie treffe. Den Rest werden die Diplomaten Großbritanniens und Chiles regeln.« Darauf flutete der deutsche Kommandant die Bodenventile und ließ sich mit seinen Männern in Chile festnehmen. Weshalb sollten wir das nicht wissen? Ihm war doch keine Wahl geblieben.

Ende April schließlich gab der große Hilfskreuzer »Kronprinz Wilhelm« nach 250 Einsatztagen auf; ein Viertel der Zeit verstrich mit mühsamem Kohlennehmen auf hoher See. Er hatte zehn Dampfer und vier Segler versenkt, auch in unserem Jagdrevier. Fünf weitere Schiffe waren von ihm gestellt, überprüft und entlassen worden. Zufällig lief er gleichfalls in Newport News ein, wo schon »Prinz Eitel Friedrich« lag. Seine Vorräte waren bis auf Corned Beef verbraucht, 25 Tonnen Kohle und zehn Tonnen Wasser waren noch vorhanden, aber auch 86 an Skorbut erkrankte Matrosen gab es an Bord ... Das entnahmen wir einer erbeuteten Zeitung.

Der Handelskrieg mit Kreuzern und Schnelldampfern war zu Ende. Wir standen endgültig allein. Doch fast noch mehr bedrückte uns, daß eine Woche später, Anfang Mai, Italien den Dreibund Berlin-Wien-Rom verließ, dem es seit dem Sommer zuvor nur noch zum Schein angehörte. Die Vorstufe zum Kriegseintritt? Wenn es sich auf die Gegenseite schlug und Österreich-Ungarn angriff, was wurde dann aus unserer Post?

Im kleinen Kreis sprach man oft von zu Hause, von den Familien. Meine zwei Freunde hatten soviel Heimweh wie ich. Rudi Rahns Vater stammte aus Westpreußen, einem Dorf bei Posen. Als Jungknecht hatte er dort ein Mädchen geschwängert, das er weder heiraten wollte noch konnte. Das hatte er dem Priester gebeichtet. Doch der meinte, diese Sünde sei so schwer, daß allenfalls die Geistlichkeit der Provinzhauptstadt ihm die nötige Buße auferlegen und Absolution gewähren könne. Er packte daraufhin sein Bündel und ging nach Posen. Als man ihn aber auch da endlos ins Gebet nahm, reichte es ihm; er kehrte der Kirche den Rücken und wanderte westwärts bis Greifswald – »aus Gnatz«, wie Rudi sagte. Da er mit Pferden umgehen konnte, wurde er Bierkutscher, heiratete die Tochter eines Hafenarbeiters und wurde zur Stütze der Sozialdemokratischen Partei.

»Er ist Sozi?« fragte Hein, dessen Vater Postbeamter, deutschnational und pensionsberechtigt war. Es klang ziemlich fassungslos. Wie konnte der Vater eines kriegsfreiwilligen Matrosen auch ein Roter sein?

»Gewesen«, war die Antwort. »Wißt ihr, mein Alter ist tot. Seine eigenen Pferde haben ihn überfahren, im Winter vor acht Jahren. Die Nachbarn sagten natürlich, er wär blau gewesen. In den Kneipen, die er belieferte, hat er schon mal 'nen Kurzen gekippt – na klar, bei scharfem Frost. Sitz du da mal den ganzen Tag auf dem Kutschbock. Nee, es war ein Arbeitsunfall. Sonst hätten wir ja aus der Gewerkschaftskasse wohl keinen Pfennig gekriegt – meine Mutter mit ihren fünf Gören. Mit einer Heißmangel und 'ner Wäscherolle von dem Geld hat sie uns recht und schlecht durchgebracht.«

»Wie ist es denn aber passiert?«

»Ganz einfach, er kommt aus der Kneipe, lädt das leere Bierfaß hinten auf, schnappt sich die Zügel, setzt den Fuß auf die Deichsel, ruft ›hüh‹ – und rutscht ab durch den Schnee am Stiefel! Die Gäule aber ziehen an, das eisenbeschlagene Rad geht ihm über den Bauch.«

Wir waren betroffen. Nüchterne Worte, gar nicht weinerlich, trotzdem spürte man, wie Rudi zu dem Mann stand. Über den Tod hinaus blieb er ihm treu, ließ nichts auf seinen Vater kommen ... Und ich? Was ließ sich denn von Albert Harms mehr sagen, als daß er ein großer Segler vor dem Herrn war? Ich hütete mich, auch nur sein zweites Steckenpferd zu erwähnen, das Münzsammeln; ein Hinweis auf verflossenen Wohlstand hätte die Kameraden bloß gekränkt. Nach Herkunft und Bildung waren wir so verschieden, daß wir uns im Frieden schwerlich angefreundet hätten. Hier schweißte uns der Dienst auf Gedeih und Verderb zusammen. Einer für alle und alle für einen, nirgends gilt das mehr als auf See. Das Kriegsschiff glich einer stählernen Klammer.

Immer öfter drohte uns Gefahr. Meist gaben die Schiffe, die wir stoppten, gegen unsere Weisung noch Funksprüche ab. Sie morsten QQQQ (viermal lang-lang-kurz-lang) und setzten noch ihre Position dazu, die geographische Breite und Länge. Der Buchstabe »Quatsch« im Morsealphabet hieß bei den Briten: Werde von deutschem Hilfskreuzer verfolgt. Nachts wurde einmal auf RRRR gemorst: R stand für *raider* – »feindliches Kriegsschiff als Handelsstörer«; da hielt man uns sogar für einen regulären Kreuzer; (*raider* heißt eigentlich Plünderer oder Beutemacher).

Im Funkraum versuchten sie stets, den Sender des Opfers zu übertönen, was aber selten restlos gelang. Fingen die englischen Stationen in Freetown oder Kapstadt, auf Barbados, Ascension oder St. Helena den Notruf auf, blieb uns nur noch übrig, ihn zu widerrufen. Dies mußte aber mit dem Sender des Schiffs geschehen, das wir kaperten, möglichst auch von dessen Funker; sonst hätte der Feind das deutsche Gerät und die veränderte Handschrift des Funkers erkannt. Fast nach jeder Aktion schwirrte es im Äther.

Wo stand der Brite? Aus seinem Funkverkehr, dessen militärischer Teil sich kaum deuten ließ, schlossen die Apostel, daß vier bis fünf englische Kreuzer oder Hilfskreuzer im westlichen Südatlantik nach uns jagten. Nach dem Ausscheiden von »Kronprinz Wilhelm« stürzte sich die ganze Bande nun auf uns. Wir kreuzten auf der Breite von Pernambuco, 150 Seemeilen von Brasilien entfernt. Wurde es nicht Zeit, das Revier zu wechseln? Die Ansicht der Schiffsführung war geteilt.

»Der Tommy nimmt an, wir glauben, er sucht uns im Gebiet der letzten Versenkungen, so daß wir deshalb nach Osten ausweichen«, hörte ich den Kommandanten bei Tisch sagen. »Indem wir das nicht tun, meine Herren, lassen wir ihn dort ins Leere laufen.«

»Nicht Ihrer Meinung, Herr Kapitän«, bemerkte der Erste Offizier.

»Sondern, Herr Asmann?«

»In Kenntnis Ihres Charakters, Herr Kapitän, kommt der Feind eher zu dem Schluß, daß wir genau dort bleiben, wo wir sind.«

»Woher soll er mich denn kennen?«

»Durch Spionage. Er weiß, wer dieses Schiff führt und hat Ihr Charakterbild bei den Akten.«

»Dann ist ihm vielleicht auch Ihre Persönlichkeit bekannt«, gab Boehnke zurück. »Und er weiß, wie Sie mich beraten.«

»Und daß Sie es vorziehen, das Gegenteil zu tun.«

»Also wohin soll die Reise gehen?« fragte Cramer, der Navigator. »Ewig hält das schöne Wetter nicht an.«

»Wenn man nicht weiß, welchen Hafen man ansteuert, ist kein Wind der rechte«, warf Dr. Rosen lächelnd ein.

»Dies ist kein Segler, Herr Stabsarzt«, sagte Leutnant Dorn.

»Ich habe lediglich Seneca zitiert.«

»Was soll uns dieser Schöngeist? Keine Zeit zum Philosophieren!« Dorn geriet in Rage. »Mir scheint, man müßte härter rangehen: Nicht mehr so lange fackeln! Jedes Schiff, das verdächtig wirkt oder gar abgeblendet fährt, als feindliches ansprechen – auf Anruf und Stoppschuß verzichten und es gleich mit Artillerie überfallen, ohne Rücksicht auf Verluste. Das würde schocken, mundtot machen, sendeunfähig, ja? Es muß Schluß sein mit der Funkerei.«

»Breitseite und volles Rohr«, stimmte Leutnant Hirsch ihm bei.

Oberleutnant Cramer sagte: »Das widerspricht total der Prisenordnung.«

»Hält sich der Feind denn noch daran?« rief Dorn. »Der hungert uns doch erbarmungslos aus! Erweitert ständig die Liste der Bannware! Und die Folgen? Im Februar hat man im Reich die Vorräte an Brotgetreide beschlagnahmt. Danach den Hafer. Im März die Gerste erfaßt. Im April eine Reichskartoffelstelle gegründet. Jetzt folgt die Reichsfuttermittelstelle. Das Brot ist rationiert – all das spricht doch Bände! Ein Kampf auf Leben und Tod. Die Ideen von Humanität und Ritterlichkeit sind passé! Wer gewinnt den Krieg? Die Partei mit den besseren Nerven. Der Siegeswille des zum äußersten Entschlossenen!«

»Wir sind nicht im Reichstag, meine Herren, sondern auf See.« Der Kommandant hob dämpfend die Hände. »Von uns wird erwartet, daß wir mit Sachverstand handeln.«

Doch die Reden hatten ihn beeindruckt. Das nächste Opfer war ein Brite, der unter spanischer Flagge lief. Boehnke erkannte das Schiff nach seinen Silhouettentafeln als die

»Empire Light«. Gemäß der neuen Taktik beschatteten wir sie bei Tage aus großer Entfernung und schoben uns nachts überraschend heran. Ein perfekter Überfall. Zum ersten Mal feuerte mein Geschütz, der Knall betäubte mich fast. Noch ein Blitz, der Flammenstrahl, das orgelnde Brausen in der Luft ... Es stank stechend nach Schwefel und heißem Eisen. Schon die zweite Salve lag deckend, auf der »Empire Light« ging das Licht aus, ihr Vorschiff brannte, sie drehte hart ab, schoß aus einer Heckkanone zurück, ohne in der Hast zu treffen, konnte aber nicht funken, da ihre Antenne zerfetzt war. Nach der dritten Salve stoppte sie und gab auf.

Während das Prisenkommando übersetzte, strahlten wir sie mit dem Scheinwerfer an. Leutnant Dorn fand auf der Brücke eine Weisung der Londoner Admiralität, wonach die Kapitäne beim Sichten fragwürdiger Schiffe auf jeden Fall funken sollten, sonst drohe ihnen das Kriegsgericht. Wir erbeuteten 280 Kisten mit je 360 Eiern – hunderttausend Eier! Außerdem sammelte Dorn sämtliche Wecker und auch die Radiergummi ein. Die Wecker brauchte der Sprengmeister, Zeitzünder waren besser als unsere überlagerten Zündschnüre, die Radiergummi bekam der Steuermann zum Säubern seiner Karten von all den Bleistifteintragungen.

Nach dem Sprengknall sackte das Schiff schlagartig um zwei Meter ab, bis über die Lademarke *North Atlantic Summertime*, schwamm aber noch auf der Fracht, die hauptsächlich aus Holz bestand. »Schiet an'n Boom«, sagte mein Geschützführer. Leutnant Hirsch, die erloschene Pfeife zwischen den Zähnen, trat zu uns. »Lat mal seihn, min Jong ...« Er stand hinter der Kanone und zielte über den Daumen. »Klar ssso. Füüüer!« Wieder warf der Abschuß mich beinah um. Das Geschoß detonierte in der Wasserlinie, doch das Schiff, dessen Crew wir inzwischen (zum Teil verletzt) aus den Booten übernommen hatten, rührte sich nicht. »Düwel ook«, knurrte Hirsch, wie toll ließ er weiterschießen, im 5-Sekunden-Takt ... Aber erst ein Zweierfächer des Torpedo-Leutnants Spalke schickte in turmhohen

Fontänen, zerbrochen in zwei Stücke, das Opfer auf den Grund.

Dies war meine Feuertaufe. Vorher hatte immer nur das Anhaltegeschütz auf der Back geschossen, eine 8,8-Zentimeter-SK, die dort getarnt hinter einer umklappbaren Reling aus Segeltuch stand. Jedes Schiff sank anders, oft schwer ächzend, seufzend, pfeifend oder blubbernd, je nachdem, wie die Luft entwich. Jeder Untergang war ein Drama, das mir wie eine Hinrichtung vorkam. Da der Gegner sich nicht mehr wehrte, konnte es kaum Stolz sein, was man dabei empfand.

Der menschliche Faktor

Die »Daphne« setzte sich nun gen Süden ab. Sie suchte ein stilles Revier zum Reinigen des Rumpfes und der Kessel. Es begann die Zeit der Eier. Wir aßen sie gekocht, gebraten, im Kuchen, als Rührei oder schlürften sie roh; den Aposteln wurden sie in Rotwein gequirlt und als Prärieoyster serviert, bis sie davon genug hatten.

»Wie wünscht man sich den Feind?« fragte mich einmal der Smutje. »Er soll reinlich sein, nicht zurückschießen, und viel Obst, Gemüse, Zigaretten und Rum geladen haben. Und neue Kartoffeln. Oh, Mann, einmal wieder Pellkartoffeln mit grünem Salat! Oder Walderdbeeren mit Schlagsahne ...«

So eintönig wie die Kost war der ganze Tag; einer glich dem anderen. Der Soldat im Heer hat Abwechslung, er sieht Tiere, Pflanzen, ein Stück Landschaft, mag es auch zerschossen sein. Der Hilfskreuzer blieb sich immer gleich. Er war hundertelf Meter lang und dreizehn breit. Zum Auslauf gab es nur die Decksplanken, kein Gras wuchs darauf, keine Blume. Oben der Himmel und die Wolken, unten die See, das war die ganze Natur. Stabsarzt Dr. Rosen, der Menschenfreund, wies uns einmal milde auf die Unterschiedlichkeit des Wassers hin. Wechselte es nicht seine Farbe je nach Sonnenstand und Wind für den, der zu sehen verstand? Und die Wolken, welche Vielfalt! Solchen Seelenbalsam spendete er uns so gern wie Fußpuder und Jodtinktur.

Die Schiffsführung – ihr harter Kern – hatte da andere Mittel. Ihr Rezept gegen die Langeweile lautete: Divisionsdienst. Die Leutnante Dorn, Hirsch und Spalke schliffen uns auf und unter Deck, beim Geschützreinigen und Exerzieren. Wer nicht auf Zack ist, verludert, hieß es; ja, sind wir denn Piraten? Wir übten den Bajonettkampf, am Maschinengewehr und jene Marschformationen aus der Zeit Friedrich des Großen, die nur noch für Paraden gut sind.

Bloß das Eingraben ließ sich an Bord nicht befehlen. Dafür aber hielt uns Hirsch in der Mannschaftsmesse mit schneidender Stimme Vorträge über »Seeschießlehre« und das »deutsche Schiffsartillerie-Material«. Seine Fragen waren gefürchtet. Die elf Typen von Schiffskanonen (der Kaliber 5 bis 38,1 Zentimeter) paukte ich wie früher lateinische Vokabeln, samt den verwirrenden Ziffern ihrer Rohrlänge, des Kartusch- und Geschoßgewichts, der Reichweite, Mündungsgeschwindigkeit und Stärke der Panzerung, die sich durchschlagen ließ, falls die Granate im rechten Winkel aufkam.

Weil Hirsch uns dermaßen plagte, spielten wir ihm manchen Streich. Hein bestrich seine Türklinke mit Geschützfett, Rudi vertauschte ihm die Stiefel, so daß er zum Apell einen Schuh anhatte, der deutlich länger war als der andere und einer Gurke glich. Er nannte das Sabotage, da es ihn bei Alarm behindert hätte, und forschte mit furchterregender, gelegentlich überschnappender Stimme einen Tag lang nach dem Täter; vergebens. Szenen aus meiner Schulzeit wiederholten sich, nur gröber: Hirsch drohte uns die barbarische Strafe des Kielholens an. Dabei wird das Opfer unter dem Schiffsrumpf durchgezogen, ein Verfahren, das man bei fünf Metern Tiefgang und Muschelbewuchs kaum heil übersteht.

Mir kam die Idee, den ebenso reizbaren wie humorlosen Mann vollends lächerlich zu machen. Aus Pappe schnitt ich sehr verkleinert das Geweih eines Zwölfenders aus und verbarg es, an drei schwarze Zwirnsfäden gehängt, nahe Hirschs

Platz an der Decke des Unterrichtsraums. Die Fäden liefen über Kerben im Gebälk und mündeten bei uns. Während der Leutnant vom Seeschießen sprach, konnten Rudi, Hein und ich das Geweih direkt über ihn bringen und es vorsichtig herabsenken, bis es fast seinen Kopf berührte. Es wunderte ihn, daß sein Vortrag diesmal auf heitere Zustimmung stieß. Er schöpfte Verdacht und tastete blind aufwärts, dorthin, wo sich die Blicke seiner Zuhörer trafen, doch es gelang uns, das Geweih seinem Zugriff zu entziehen.

Zunächst unternahm er nichts. Er hatte wohl nur einen Schatten gesehen oder einen Hauch am Kopf verspürt und wollte sich weiter keine Blöße geben. Vor der nächsten Belehrung aber suchte er die Balken ab, fand das Geweih und zerfetzte sämtliche Fäden. Wir hatten das befürchtet und einen davon durch ein Blatt geführt, mit dem eine Handvoll Fußpuder unter die Decke gepinnt war. Der Faden zerriß das Papier, Hirsch stand weiß überstäubt da, im Gelächter. Das war zuviel, er tobte und hetzte uns über das heiße Hauptdeck, mit »Volle Deckung!«, »Sprung auf marschmarsch!« und »Gasalarm!«. Statt uns weiter die Finessen seines Handwerks zu lehren, ließ er uns auf dem Bauch liegen, im Zustand artilleristischer Beschränktheit.

Sein Gebrüll aber war auf die Brücke gedrungen. Die Apostel werteten den Vorfall in der Messe aus. Wirklich, sie dachten laut nach über uns. Ich servierte ihnen Eierbrühe, als Hirsch erklärte: »Die Disziplin geht zum Teufel, man tanzt mir auf der Nase rum, Herr Kapitän. Ich bitte um Erlaubnis, den Unterricht absetzen zu dürfen. Das sind doch Perlen vor die Säue ... Den jungen Burschen fehlt es an Respekt. Ich lasse mich von denen nicht länger verarschen.«

Asmann fragte: »Haben Sie Kinder?«
»Nein, Herr Kapitänleutnant.«
»War es Ihnen zu beschwerlich?«
»Weshalb fragen Sie mich das?«
»Weil ich die Antwort wissen will.«

Hirsch lief rot an, er empfand dies als kränkend. Von jedem an Bord wußte man, ob und wie viele Kinder er hatte.

Man sah ja Tag für Tag ewig die gleichen Gesichter um sich herum, Gesichter von Menschen, deren Schrullen, Probleme und Geschichten man längst kannte, die sich kaum noch etwas Neues zu sagen hätten und denen man nicht entrinnen konnte ... Stabsarzt Rosen sprang dem Leutnant bei: »Die Fortpflanzung ist ein Akt der Selbstliebe, glaube ich. Vielleicht liebt Herr Hirsch sich nicht genug, um Kinder haben zu wollen.«

In die Belustigung hinein sagte der Kommandant: »Es reicht, meine Herren. Die Mannschaft braucht soldatische Führung ohne Lärm und Geschrei. Ich schätze keinen Kasernenhofton. Auch wenn die Kimm wochenlang leerbleibt: Wir sind eine Kampfgemeinschaft.«

»Sehr richtig«, bekräftigte Oberleutnant Cramer.

»Daher erwarte ich mehr inneres Verbundensein, nicht bloß stolze Haltung. Jeder Vorgesetzte soll sich unaufdringlich um die Freizeit seiner Männer kümmern. Ihnen das Gefühl einer gewissen Gleichberechtigung geben. Das Herz seiner Leute muß man haben, dann hat man die beste Disziplin ... Ferner lege ich Wert darauf, daß meine Offiziere überall dabei sind. Daß sie selbst keine Arbeit scheuen – alles besser können als der beste Mann an Bord.«

Als ich den Eierpudding auftrug, der das Mahl beschloß, hörte ich den Ersten sagen: »Sich um die Freizeit kümmern, *all rigth*. Aber lassen wir die Männer ruhig auch allein, damit sie über uns schimpfen können. Zur Seefahrt gehört auch das Dampfablassen.«

Abends befahl Asmann mich zu sich. Er war in Hemdsärmeln, sein knittriger, keineswegs landfeiner weißer Rock hing über der Stuhllehne. Ein durch und durch lässiger Typ. Nie ging die Maskerade ihm weit genug; seit Wochen war er ganz in die Rolle des Offiziers auf einem verlotterten Griechen geschlüpft. – »Richard, bist du das gewesen?«

Ich schaffte es nicht, ihn zu belügen. Er hatte doch ganz andere Sorgen, das sah man ihm an. Auf seiner Koje lag eine knallrote Akte mit gelbem Streifen diagonal von rechts oben nach links unten, dem Zeichen für Geheime Kommandosache. Vielleicht Anweisungen für den nächsten Treff mit einem Versorgungsdampfer, der uns auch Post brachte, vielleicht eine versiegelte Order wie in meinem Lieblingsbuch, der »Schatzinsel«? Von Hein wußte ich, daß unsere Hilfskreuzer mit Befehlen ausliefen, die man erst viel später auf hoher See öffnen durfte. Es konnte auch ein erbeutetes Dokument des Feindes sein. Das Prisenkommando hatte neulich gehört, wie der Erste den Leutnant Dorn anwies, nicht immer nur Wertpapiere und Geld aus den Kapitänskajüten zu holen, und zwar mit dem Satz: »Was nützt dem Seemann das Geld, wenn er dann ins Wasser fällt.«

»Hirsch ist ein Tollpatsch, na, das bleibt unter uns«, sagte Asmann ganz beiläufig. »Aber seine Artillerie hat er im Griff. Da könnt ihr euch alle 'ne Scheibe abschneiden. Schießen tut der Tommy auch, nur – euer Leutnant trifft. Und das kann bald mal entscheidend für uns sein, kapiert?«

»Jawohl, Herr Kapitänleutnant.«

»Also Schluß mit dem Scheiß! Abtreten.«

Ein Ergebnis der Sache war, daß die Apostel sich nun öfter zu etwas, das »fröhlicher Umtrunk« hieß, zu uns gesellten; jeder in seinem Befehlsbereich. Es wurde verdünnter Rum oder Eierlikör gereicht – aus dem Rest der Eier fabriziert, bevor sie uns verdarben, und vom Seegang gut durchgemixt. Hirsch stieß also mit seiner Geschützstaffel an. Wir wurden nie recht warm mit ihm, trotzdem ließ sich dabei manches vorbringen, das im Dienst ungesagt geblieben wäre.

»Der Erfolg dieser zwanglosen Zusammenkünfte«, las ich später im Kriegstagebuch des Kommandanten, als es einmal aufgeschlagen auf seinem Tisch lag, »von denen die Mannschaft begeistert ist, bringt es mit sich, daß kameradschaftliche Begegnungen zwischen allen Teilen der Besatzung häufiger werden und mit dazu beitragen, das Gemeinschaftsgefühl zu heben.«

Mein Streich hatte die Klammer gefestigt, die uns zusammenhielt. Selbst Hirschs Position war gestärkt. Die Schiffsführung verstand ihr Fach ... Ihre »zwanglosen Zusammenkünfte« waren hauptsächlich ein Ventil für die Crew, um Überdruck kontrolliert abzulassen.

Das erste Gefecht

Die »Daphne« setzte ihren Marsch nach Süden fort, sie stand Ende Mai nordostwärts des Río de la Plata, als der Funker ständige SOS-Rufe eines italienischen Frachters auffing, der Maschinenschaden meldete. Die Rufe wurden eingepeilt, wir begannen, ihn zu suchen. Spätnachmittags kam er – unter der grünweißroten Trikolore mit dem Wappenkreuz – in Sicht: ein großer Dampfer namens »Piemonte«; anscheinend trieb er bewegungsunfähig in der langen Dünung.

Der Kommandant war mißtrauisch, ihm wurde da zuviel gefunkt. Weder die Lage des Schiffs noch das Wetter rechtfertigten in seinen Augen dies Geschrei. Es konnte ja eine Falle sein. Neuerdings traten im Nordatlantik feindliche Hilfskreuzer als Neutrale auf, die Schäden vortäuschten, um deutsche U-Boote anzulocken – weshalb nicht auch uns? Zwar hatte Italien am 23. Mai 1915 Österreich-Ungarn den Krieg erklärt, von einem Kriegszustand mit dem Reich aber war noch nichts bekannt. Nachrichten aus Deutschland empfingen wir nie direkt, nur durch Vermittlung von Funkstellen deutscher Agenten in Südamerika, daher mit Verspätung.

Auf der Brücke überwog der Wunsch, den Italienern, diesen abtrünnigen Verbündeten, einen Hieb zu versetzen, ohne dabei viel zu riskieren; schon gar nicht das Leben des Prisenkommandos. Die »Daphne« signalisierte, sie würde Hilfe leisten, doch Leutnant Spalke schoß einen Fächer ab, aus ziemlicher Distanz. Danach erst ging die Reichskriegsflagge hoch, was eigentlich vor jeder Kampfhandlung zu geschehen hatte. So standen wir diesmal nach dem Seerecht (oder dem, was davon noch galt) als Piraten da.

Obgleich die Torpedos lange liefen und ihre Blasen eine deutliche Spur legten, versuchte die »Piemonte« nicht, dem Fächer zu entkommen. Sie schien ebenso arglos wie hilflos zu sein. Wir erzielten auf ihr zwei Treffer, worauf das Schiff Schlagseite bekam und langsam in einer Rauchwolke versank. Die Besatzung war in drei Boote gegangen, doch eins geriet in den Sog des Wracks, das zweite zerschlug ein Lukendeckel, der nach dem Untergang wuchtig aus dem Wasser schoß.

Das sah man von unserer Brücke aus, man hätte die Opfer retten können. Jede Versenkung macht Gegner zu Schiffbrüchigen, deren man sich erbarmt vor dem gemeinsamen Feind des Seemanns, dem Meer. Da aber erschien am Horizont der Mast eines Schiffes auf Kollisionskurs. War es ein Frachter, der das SOS gehört hatte, oder ein britischer Hilfskreuzer? Sein Tempo wies auf ein Kriegsschiff hin, auch der Dreibeinmast. Der Kommandant überließ die Italiener ihrem Schicksal. Er nahm an, sie würden in der vielbefahrenen La Plata-Mündung bald entdeckt und aufgefischt sein. Tatsächlich half ihnen niemand, nur fünf Seeleute, so stellte sich später heraus, erreichten lebend das Festland. Für diese sinnlosen Opfer und die ganze Aktion sollte Korvettenkapitän Boehnke übrigens später vor ein Militärgericht der Sieger kommen.

In der sinkenden Dämmerung liefen wir mit aller Kraft südostwärts ab. Anfang sah es nicht so aus, als würden wir verfolgt. Doch zahllose Funksprüche kreuzten sich im Äther, und um Mitternacht blinkte man uns plötzlich an mit der Frage *what ship?* Ein moderner englischer Zerstörer der M-Klasse lag backbord im Mondlicht auf Parallelkurs.

Kapitänleutnant Asmann, der Wache hatte, gab Alarm. Absichtlich langsam und fehlerhaft ließ er zurückblinken: *Daphne from Montevideo to Cape Town, good night.* Während wir fieberhaft das Geschütz klarmachten, fragte der Zerstörer nochmals an: *Where from?* Wir wiederholten es ihm, er gab weitere Blinkzeichen ab, die Asmann nicht verstand und mit einigen sinnlosen Signalen beantwortete – wie ein Handelskapitän, dem diese Art der Verständigung nicht liegt. (Es war wohl die Frage nach dem geheimen Rufzeichen, das alle Schiffe hatten, die im Dienst der Westmächte fuhren; und natürlich kannten wir das Rufzeichen der echten »Daphne« nicht.) Ohne sich uns zu nähern, lief der Zerstörer mit hoher Fahrt ab, ja, er richtete nicht einmal seinen Schweinwerfer auf die falsche »Daphne«. Nachdem der Dunst ihn verschluckt hatte, ging im Funkraum noch sein Gruß ein: *I wish you a happy voyage,* glückliche Reise! Der stilvolle Abschied verriet den Gentleman. Die Gefahr war vorüber, erleichtert kroch ich zurück in meine Koje.

Am nächsten Vormittag tauchten 18 Seemeilen querab am Horizont Mastspitzen auf, ohne daß selbst in der großen Optik des Entfernungsmessers sichtbar wurde, was sich darunter verbarg. Luftspiegelungen täuschten das Auge, eine Zeitlang glaubte man auf der Brücke an eine Fata Morgana. Plötzlich wurden die zwei Maste zu einem, die Erscheinung hielt auf uns zu. Boehnke, durch den nächtlichen Vorfall gewarnt, zeigte dem fremden Schiff sogleich das Heck und lief mit Höchstfahrt vor ihm her, wie es ein Kriegsschiff in unklaren Situationen stets tun soll. Doch der Versuch, zu entkommen, mißlang. Bald traten ein Schornstein und Aufbauten aus der Kimm heraus, der Fremde war nach Cramers Berechnung drei Knoten schneller. Huptöne riefen mich auf die Gefechtsstation im Zwischendeck. »Großes Schiff«, seufzte mein Geschützführer nach der Klarmeldung. »Am Ende noch ein Kreuzer.«

»Quatsch«, sagte Leutnant Hirsch. »Kein Kreuzer. Die Aufbauten sind braun gepöhnt.« Er kam vom Hauptdeck zu uns herab, das Fernglas vor der Brust; die Pfeife hing ihm kalt zwischen den Zähnen. »Vielleicht ein Musikdampfer! Passagierliner im Truppentransport.«

»Was denn für Truppen, vor Argentinien?« fragte ich. Hirsch gab keine Antwort. Wir waren alle nervös. Uns war klar, wir hatten die schlechteren Karten.

Der andere kam aus dem Süden, womöglich von den Falkland-Inseln. Zermürbend langsam verstrich die Zeit. Das

Fluchtmanöver allein machte uns noch nicht verdächtig, galt doch für die Schiffahrt des Gegners der Befehl, Unbekannten aus dem Weg zu gehen. Gelang uns wieder die Täuschung über Frage und Antwort per Signalflagge oder Funk? Um elf Uhr betrug die Entfernung zehn Meilen, also 185 Hektometer. Wenn der andere als großer Hilfskreuzer 6-Zoll-Kanonen hatte, war er bald auf Schußweite heran, während wir ihm noch nichts anhaben konnten. Sollte uns das Schicksal der »Dresden« blühen? Ohne zu ahnen, was draußen geschah, hockten wir unerträglich gespannt an den Blechen und Klappen, klar zum Enttarnen.

Von oben kam der Befehl: »Backbord Kriegswache Mittagessen, Steuerbord Kriegswache bleibt auf Station ...« Die halbe Geschützstaffel faßte Essen, stocherte darin und wußte gar nicht, was sie aß. Jemand riet uns, wenig zu futtern, mit vollem Magen verwundet, das sei schlimm. Mir blieb gleich der Bissen im Halse stecken. Gedränge auf dem WC, jeder wollte austreten, bevor es begann.

Da – ein Kurswechsel, die »Daphne« rauschte nach Steuerbord, zurück auf den alten Kurs. Das Katz-und-Maus-Spiel ging zu Ende. Kaum lagen wir auf Ostkurs, da drehte der Verfolger nach. Uns stockte der Atem bei diesem Anblick: In der langsamen Drehung nahm sein Rumpf gar kein Ende! Scharf zeichneten sich drei mächtige Schornsteine, die enorme Fläche der Bordwand und all seine Aufbauten ab, vorher nur über den Bug mehr zu ahnen als sichtbar, nun jedoch lang und hoch! Kein Zweifel, dies war ein Ozeanriese, zehnmal so groß wie wir.

Mir schlug das Herz oben im Hals. Die Rechnung war schrecklich einfach: Größeres Schiff und höhere Geschwindigkeit, das hieß auch schwerere und mehr Kanonen. Nur Leutnant Hirsch schien sich zu freuen. »Doppelt so lang und dreimal so hoch wie wir«, tönte er, »das ergibt ein sechsmal größeres Ziel, Männer. Wir werden folglich viel öfter treffen.«

Dr. Rosen trat zu uns. »Das müßt ihr auch«, sagte er. »Mit der gleichen Trefferzahl in der Wasserlinie braucht das

Schiff dort wesentlich länger, um zu sinken ... Na, es hat ja auch David den Goliath besiegt.« – Niemand fuhr ihm diesmal über den Mund. Es konnte ja sein, daß dies bald ein Schlachtfeld war, mit dem Stabsarzt darauf als der Hauptperson.

Ein Oberbootsmann riet uns mit schiefem Grinsen: »Zieht reine Wäsche an! Ihr wollt doch sauber vor Neptun erscheinen?« Hinter dem Gewitzel stand nackte Angst. Die letzten von uns legten die Schwimmwesten an.

Kurz vor zwölf fiel die Tarnung, die Wände neigten sich, wir drehten hart nach Backbord ab. Der Kommandant schien entschlossen, den Kampf als Heckgefecht zu führen. Dabei konnten zwar nur drei Geschütze wirken, doch man bot ein noch kleineres Ziel. Mit dem Stoppschuß, der über uns hinwegpfiff, eröffnete der Feind das Feuer. Doch was war das? Die »Daphne« bremste gehorsam, verlor ihre Fahrt! Die Maschine keuchte schwer, die Schraubenwelle stand still, lief neu an und erhöhte ihre Umdrehung. Alles zitterte und dröhnte im Geschützstand, die Deckplanken klapperten. Höchste Fahrtstufe! Durch das außenbords abgesenkte Teil der Schiffswand, unser Schußfeld, sah man, wir liefen mit Volldampf rückwärts. Das Heck voran, stießen wir dem Feind entgegen und verringerten auf solch ausgekochte Art im Handumdrehen die Distanz.

Der unheimliche, hochbordige Brite begriff das Manöver zu spät. Seine Granaten flogen sämtlich viel zu weit, da er ja glaubte, wir liefen von ihm weg – während unsere zweite Salve ihn schon eindeckte. Mit der dritten erzielten wir die ersten Treffer auf dem riesengroßen Ziel. Unser Vorsprung in der Waffenwirkung war beträchtlich. Mit ihrem Schachzug hatten Boehnke und Asmann die offenbar weniger erfahrene englische Schiffsführung für den Anfang überlistet.

Was nun kam, war das Werk der Meßstaffel, des Artillerieoffiziers und seines eisernen Drills am Geschütz: das Wunder an Präzision und Schnelligkeit, die Hirsch uns antrainiert hatte. Durch eine Vierteldrehung brachte Boehnke die Steuerbord-Breitseite ins Spiel. Der Rumpf erbebte unter den Abschüssen im 5-Sekunden-Takt. Von diesen Salven wurden, wie es später hieß, die Vorkante der Brücke, der Feuerleitstand und der Funkraum des Briten erfaßt. Der zeigte uns die schmale Silhouette, um dem Hagel zu entgehen, und lief so noch mehr in den Schußbereich der »Daphne«. Dann drehte er auf etwa 30 Grad ab, so daß sich sein Umriß wieder öffnete und die Rohre seiner Breitseite wirken konnten.

Rötliche Abschußblitze. Hart rauschten die Vollsalven des Gegners über uns hinweg. Noch immer lag sein Feuer etwas zu weit, doch gabelte er uns schießtechnisch ein. Ewig blieben wir kaum ungeschoren! An Backbord, wo die Granaten in Feuerlee krepierten, rückten die Wassersäulen näher. Ihr Ausmaß verriet das größere Kaliber. Wenn sie tosend in sich zusammenfielen, hing über der Gischt gelbgrüner Qualm. Dicht am Bug schlug es ein, warf uns eine Wasserwand vor das Rohr. Sie nahm mir für Sekunden die Sicht und durchnäßte mich. Von dem Geheul in der Luft drehte sich mein Magen um. Das fontänenhaft aufgewühlte Meer war von grimmig grauer Farbe, wie mit Stahl vermischt.

Der erste Treffer ging durch unseren blinden Schornstein, zerschlug die Attrappe, explodierte auf dem Bootsdeck und durchsiebte das Kartenhaus, in dem auch Rudi Rahn getroffen wurde. Es war, als falle ein Hammer auf das Schiff. Der nächste Einschlag riß die Bedienungsmannschaft des Buggeschützes um. Einer starb. Wir hörten die Schreie nach der Detonation. Beißender Qualm von Lyddit, dem Sprengstoff der britischen Granaten, drang durch ein Luk und trieb uns Tränen ins Gesicht. Das dritte Geschoß zerplatzte nicht, jaulend fuhr es durch das Blech eines Luftschachts, durchbohrte die Wand des Gefangenenquartiers in Luke II, zerschlug dort kreischend Inventar, ohne wen zu verletzen, spaltete den Fußboden und trat im Deck darunter zur anderen Bordwand hinaus. Die Leckwehr maß später ein Loch von sechs Zoll, gut 15 Zentimeter.

Inzwischen hatte es den Feind wohl dutzendfach erwischt. Er schoß nicht mehr in Salven. Zwischen seinem dritten

Schornstein und dem achteren Mast wütete ein Brand. Bestrebt, ihm den Rest zu geben, versuchten wir es mit Torpedos, denen er auswich. Durch dieses Manöver schnitt er unseren Kurs und lief hinter dem Heck der »Daphne« vorbei, so daß nur die Backbord-Breitseite gefordert war. – »Haltepunkt Wasserlinie«, hörte ich Hirsch schreien, als der Ladekanonier »Geschlossen!« rief und die Feuerglocke schrillte.

Endlich kam mein Geschütz zum Schuß – ausgiebiger, als mir lieb war, und mit mörderischem Krach, zwölfmal pro Minute. Wir Munitionsleute litten unter dem Dauerfeuer. Meinem Nebenmann, dem Ansetzer Häberle, riß das Trommelfell. In ätzendem Dunst, bald behindert durch all die heißen, leeren Kartuschhülsen, die sich polternd um uns häuften, schossen wir derart schnelle Salven, daß ich einmal mit der Granate nicht nachkam. Du bist schuld, bohrte es in mir, wenn dein Geschütz ausgesetzt hat ... Die Hülsen rollten im Takt der Dünung klirrend hin und her. Der Wind trieb den Qualm zurück, Pulverschleim verschmierte uns Gesicht und Hände. Für die Gefechtsführung aber war es gut, daß der Qualm nicht feindwärts zog; es half, den Feind zu beobachten.

Und dort gab es was zu sehen. Der Brite war verstummt, er kurvte planlos, anscheinend war die Ruderanlage beschädigt. Die Heckkanonen zeigten bewegungslos nach Feuerlee. Das Achterschiff stand in Flammen, und nahe der Wasserlinie zischte Dampf aus seinem Riesenleib. Nur vereinzelt löste sich drüben noch ein Schuß. Er hatte genug, nebelte sich ein und drehte von uns weg, machte jedoch nur noch wenig Fahrt. Wir schwammen fünf Meilen neben ihm und feuerten weiter, bis unsere Rohre glühten und klemmten; sie liefen nicht mehr in die Abschußstellung zurück.

Es trat eine Pause ein. Mit rund 800 Granaten hatten wir ein Drittel unserer Munition verbraucht. Das feindliche Schiff mußte ein einziges Trümmerfeld sein. Lohnte es noch, näher heranzugehen, es durch Torpedos zu vernichten und dabei das eigene Leben zu riskieren? Asmann war dafür, getreu seinem Wort zu handeln: »Vorwärts und drauf!« Der Kommandant aber verbot es, er hatte wohl recht. Noch wehrte sich der Brite. Was aber, wenn ein Geschoß unsere Dampfkessel traf, einen Munitionsbunker oder die gleichfalls ungeschützte Brücke mitsamt den Führern und dem nautischen Gerät? Inzwischen hatte der Feind gefunkt; Hilfe für ihn konnte unterwegs sein ... Wir brachen das Gefecht ab und liefen mit Volldampf davon.

Wir atmeten auf. Völlig erschöpft und verschwitzt, mit schmerzenden Lungen und brennenden Augen stiegen wir hoch an die frische Luft. Ich spürte jeden Knochen, mein Gesicht und die Handflächen schienen aus Papier zu sein. Wo war der Feind? Viel war nicht mehr von ihm zu sehen. Er blieb achtern zurück hinter einer Wand aus Rauch und künstlichem Nebel, in der es unheilvoll glomm. Wer auch immer uns jetzt verfolgte, der mußte sich erst einmal um das Wrack kümmern und um dessen unglückliche Crew.

Das Leben geht weiter

Später kam die Qualmwolke im Nordosten außer Sicht, nachts auch der zuckende Feuerschein. Zu dieser Zeit saß ich bei Rudi Rahn im Bordlazarett. Er wollte mich sprechen, und Marineassistenzarzt Diebitsch erlaubte es. Zusammen mit Dr. Rosen hatte er Rudi eine Bluttransfusion gegeben, zweifelte aber am Erfolg. Zu zahlreich waren die Wunden, nicht alle Splitter ließen sich entfernen hier auf dem Schiff. Lange hielt ich seine Hand. Man hatte ihm Morphium gespritzt, das Sprechen fiel ihm schwer. Mit seinen Gedanken war er daheim in Greifswald. »Sollte ich draufgehen, Richard«, sagte er, »schreib du meiner Mutter, überlaß es nicht dem Kapitän. Du kennst mich besser als der.«

»Du gehst nicht drauf«, erwiderte ich.

»Wenn aber doch, dann wenigstens nicht so sinnlos wie Vater, was meinst du? Dem Briten haben wir's ja gezeigt.«

Ich nickte, den Tränen nahe. Er war mein bester Freund.

Noch nie hatte ich einen Menschen sterben sehen ... Der Arzt schickte mich hinaus. Er wollte die Verbände wechseln. Um Mitternacht schlief Rudi ein, für immer. Ich schwor mir, seine Mutter aufzusuchen, sollte ich je wieder in der Heimat sein. Nach den Schrecken dieses Tages schien mir das nicht mehr so gewiß.

Rudi Rahn wurde kurz nach Sonnenaufgang beigesetzt, zusammen mit dem am Backgeschütz gefallenen Kanonier. Auf dem Achterdeck trat die Mannschaft an, Dorns Prisenkommando sogar unter Gewehr. Der Erste Offizier meldete dem Kommandanten. Der stand nun vor den Toten. Nach Seemannsbrauch waren sie, mit Gewichten beschwert, in Segeltuch eingenäht, bedeckt von der schwarz-weiß-roten Fahne.

Boehnke grüßte erst sie, dann uns. Er ließ rühren und sprach von dem gestrigen Gefecht, das der Hilfskreuzer mit Schneid bestanden habe. Der Sieg über den zehnmal größeren Feind ... Über ihm wehte, halbmast gesetzt, die Reichskriegsflagge im Morgenlicht. Seine Worte rauschten an mir vorbei, nur Fetzen nahm ich auf und dachte, man lernt auf der Militärakademie wohl auch, bei solch einem Anlaß zu reden. Der Kommandant sprach ziemlich lange. Er lobte »die flinke Arbeit auf jeder Station«, besonders »das gute Schießen«. Unser Einsatz schwäche England, störe dessen Zufuhr. Und er fügte hinzu: Weder sei es sein Auftrag noch habe er vor, sich mit feindlichen Kriegsschiffen anzulegen. Greife uns aber nochmal eines an, würden wir ihm dank besserer Ausbildung und des Kampfgeistes, der uns beseele, wieder eine Abfuhr erteilen – ihm die Nase blutig hauen, uns fern vom Reich für die Heimat tapfer schlagen. Gott strafe England! Deutschland, Deutschland über alles.

Dann wandte Boehnke sich so an die Toten, als könnten sie ihn noch hören. »Euch entbieten wir Dank und Anerkennung für treue Pflichterfüllung in dieser Gemeinschaft«, rief er aus. »Unser herzliches Mitgefühl gilt euren Angehörigen. Zusammen mit ihnen trauern wir um zwei gute Kameraden. Auch wenn sie daheim noch nicht wissen, daß ihr euer junges Leben für Kaiser und Reich gelassen habt, geopfert für die Zukunft des ganzen deutschen Volkes!«

Stille ringsum. Nur die Lüfter summten leise. Das Schiff lag gestoppt, als »Mütze ab« befohlen wurde und man nach gedämpften Kommandos die Toten behutsam an die Reling trug. Dort betete Boehnke laut wie ein Pastor das Vaterunser. Auf ein Zeichen Leutnant Dorns legte das Prisenkommando den Karabiner an und schoß drei Salven schräg in die Luft, während man die Leichen dem Meer übergab... Kein Echo kam aus der Weite des Ozeans.

Der Kommandant setzte die Mütze als erster wieder auf. »Ruhige See«, hörte ich ihn nach dem Wegtreten sagen, in ganz normalem Ton. »Das bißchen Dünung...«

»Atem der Ewigkeit möchte ich sie nennen«, bemerkte Dr. Rosen.

»Sind Sie sicher, der Rest kommt durch?«

»Ganz sicher, Herr Kapitän.«

»Gut. Sonst hätte ich mit der Feier noch gewartet.«

Nachmittags hatte ich das Quartier des Ersten Offiziers zu putzen und nahm mich zusammen, um nicht wie gewohnt an der hölzernen Negerin herumzuspielen. Es wäre nicht recht gewesen, an solch einem Tag ihren Busen zu befingern. Auf dem Wandbord lag das Kriegstagebuch des Schiffes. Die Neugier trieb mich, es aufzuschlagen. Unter dem Datum des Tages fand ich den geografischen Ort 36° 18' Süd, 52° 04' West vermerkt, dazu die Namen der zwei Gefallenen! Bedrückt starrte ich auf die Eintragung. Sie war von militärischer Kürze.

Plötzlich, ohne daß ich ihn hatte eintreten hören, stand Asmann hinter mir. »Das ist ihr Grab.« Er tippte auf die Notiz. »Präg dir's ruhig ein, mein Freund.«

»Zu Befehl«, stammelte ich verstört, bei etwas Verbotenem ertappt.

»Na, Kopf hoch«, sagte er anstatt mich zu tadeln. *»The show must go on, you understand?«*

»Jawohl, Herr Kapitänleutnant.«

»Nämlich, was heißt das?«

»Das Leben geht weiter ...«

Obgleich immer klarer wurde, daß er mich vorzog, verließ ich ihn diesmal enttäuscht. Hatte ich mehr erwartet, ernsthaften Zuspruch, ein väterliches Wort? 36 Grad Süd und 52 Grad West – nach all den Sätzen, früh in den Wind gesprochen, war dieser Tod der Schiffsführung kaum eine Zeile wert.

Auch Hein Harder schien unfähig, zu trauern. »Wen's trifft, den hat's getroffen«, bemerkte er trocken, in seiner den älteren Matrosen abgeguckten kaltschnäuzigen Art. »Gejammer macht ihn uns nicht wieder lebendig; wir brauchen 'nen neuen Mann zum Skat.« Ein Ausspruch, der mich eine Zeitlang von ihm entfernte. Da war es wieder, das Beklemmende. Ich nannte es »die große Gleichgültigkeit«. Der einzelne galt nichts, auch wenn ein Kommandant noch so feierlich tat. Man stumpfte ab, ob Offizier oder Soldat ... Trost war auf See nicht zu haben, so wenig wie im ganzen Krieg oder auch im Leben überhaupt; so kam es mir in dunklen Stunden vor.

Und diese Stunden häuften sich. Die Tage wurden allmählich kürzer und kühler. Nach der Tropensonne und dem milden Hauch der La Plata-Mündung wieder ein neues Klima. Wir dampften in den Spätherbst der Südhalbkugel hinein. In einem entlegenen Seegebiet gelang uns mit klammen Fingern gerade noch der Kulissenzauber: Die Reste des blinden Schornsteins flogen über Bord, der Rumpf wurde dunkelblau gepöhnt, die veränderten Aufbauten schneeweiß. Das Schiff hieß jetzt »Perla«, sein Heimathafen Cartagena, es fuhr mit greller Schornsteinmarke unter der rotgelben Flagge des Königreichs Spanien. Doch als wir es ankippen wollten, um den Bewuchs abzuschaben und es erneut 17 Knoten schnell zu machen, kam jener steife Westwind auf, der in diesen Breiten, den »brüllenden Vierzigern«, recht häufig ist.

Um vier Uhr nachmittags wurde es schon dämmrig. Die »Perla« arbeitete schwer und gierte stark. Asmann fand heraus, daß sie bei einem Seegang von Stärke 5 bis 6 am besten vor dem Wind lag. Eine Woche lang liefen wir ostwärts vor den rollenden Wogen her, im Waffeneinssatz dabei schon sehr behindert. An Deck wurden Halteleinen ausgespannt. Unfähig, noch Angriffe zu fahren, wichen wir Rauchfahnen aus und ließen mehrere Dampfer unbehelligt, die auf dem Großkreis zwischen Kapstadt und Buenos Aires liefen. Mitte Juni stieg vor uns gischtumtost die Gough-Insel aus dem Meer: ebenso britisch, einsam und verlassen wie der Vulkanfelsen Tristan da Cunha im Nordwesten, wo wenigstens noch Farne, Krummholz und Rohrgras gediehen. Alles, was wir im Fernglas sahen, waren Tausende von Seevögeln und Robben.

Der Plan, vor Gough zu ankern, Frischwasser an Bord zu nehmen und die Tanks abwechselnd zu fluten, scheiterte an der schweren See und dem auflandigen Sturm. Das Wetter verschlechterte sich sprunghaft bis zu einem Orkan, der uns mit fliegendem Schaum, Eisregen und Wellenbergen bei Seegang 9 zum Beidrehen zwang. Erst in Lee der Insel fanden wir etwas Schutz. Dennoch klatschten Wassermassen auf die Back und das Hauptdeck, unser Schiff nahm viel über, es zerrte in seinen Verbänden. Ein Dutzend Niete sprangen ab in einer höllischen Sturmnacht, die eigentlich kein Ende nahm, ging sie doch über in einen fast ebenso finsteren Tag. Die »Perla« taumelte wie unter gigantischen Fausthieben. Glitt sie talwärts, baute sich der nächste Wellenkamm mehr als dreißig Grad hoch vor ihr auf. Sie war kaum noch auf Kurs zu halten, kaum noch in Betrieb, ständig surrten die Lenzpumpen, den Heizern rutschte Glut aus der Feuerung, wenn sie im falschen Moment die Klappe aufrissen, und bei mancher Talfahrt glaubte ich, dies sei schon das Ende, jetzt würde uns der Ozean verschlingen.

Hein Harder kam mit grünem Gesicht aus der Funkbude und erzählte, daß vier Frachter zwischen Port Elizabeth, St. Helena und Tristan da Cunha SOS gaben. Britische Kreuzer im Südatlantik schienen bemüht, ihnen beizustehen. Für uns kam ein Notruf nicht in Frage, wir würden wohl lautlos untergehen zwischen zwei Gewalten, dem Feind und dem Meer, wehrlos gegen beide. Hätten wir das Geschütz im Zwischendeck freigelegt, der Geschützstand wäre vollgeschlagen, die »Perla« im Handumdrehen abgesoffen.

Bei abflauendem Sturm standen wir ostwärts von Gough tagelang auf und ab, wie man bei der Marine sagt. Aus dem Funkraum sickerte durch, der Kommandant rechne hier mit einem Schiff, das uns Proviant und Kohle bringen solle. Wie wir die bei dem Seegang an Bord nehmen sollten, blieb Boehnkes Geheimnis. Kiepenweise im Rettungsboot oder am Ladebaum, der dann drüben das Deck zerschlug? Durch das Mannschaftslogis schwirrten Gerüchte. Willi Lüdecke wußte Bescheid: Der Versorger, erklärte er uns, bringe zwei bis drei Wale mit, um sie als Fender längsseits zu hängen und derart die Schiffsrümpfe gegeneinander abzupolstern... Seemannsgarn? Ich erfuhr es nie, denn das erwartete Schiff blieb aus.

Der wunderbare Brief

Mit dem Rest unseres Vorrats an Brennstoff dampften wir in Richtung des Festlands zurück. Wenn nicht bald Hilfe kam, war mit uns Schluß. Das Glück hatte uns verlassen. Die Crew war erschöpft, der Gesundheitszustand besorgniserregend – bei den Verwundeten und einem Teil der Gefangenen sogar kritisch. Ihre Anwesenheit belastete uns sehr. Die Ärzte klagten über sie, und Marinezahlmeister Heul, der Verwaltungsoffizier, kürzte ihnen die Rationen.

Bei all den Sorgen hatte Asmann noch die Idee, mit einem erbeuteten Marconi-Sender eine falsche Spur zu legen. Er ließ von diesem Gerät, das nicht als zu einem deutschen Schiff gehörig erkannt werden konnte, fingiert QQQQ-Alarmrufe absetzen. Frachter, die vorher mit ihrem Namen in unserem Funkbild aufgetaucht waren und viel weiter im Norden liefen, meldeten angebliche Überfälle durch einen deutschen Hilfskreuzer, der auf sie gefeuert habe. Falls der Beschuß ihnen Zeit ließ, beschrieben sie ihn so, wie die »Daphne« ausgesehen hatte: zwei Schornsteine, weißer Rumpf, hellblaue Aufbauten, griechische Flagge vor dem Enttarnen.

Asmann entwarf die Texte, wie zu seinem Vergnügen, während der Freizeit im Quartier. Damit all das noch echter wirkte, ließ er manchen der Notrufe auch wieder annullieren (etwa durch den Spruch *Black Prince QQQQ cancel*, den ich einmal bei ihm sah). Die britischen Funkstationen von Port Stanley bis St. Helena griffen die Falschmeldungen sofort auf; es entstand ziemliche Nervosität beim Feind. Er hielt ein Dutzend Schiffe in Kapstadt zurück und stellte aus ihnen einen Geleitzug zusammen ... So wurde die »Perla« in Gestalt der »Daphne« zum Gespensterschiff. Mangelnden Erfolg auf See machte sie durch Siege im Äther wett.

Endlich, Mitte Juli, sichteten wir steuerbord voraus graugrünes, hügeliges Land. Die »Perla« lief, um Brennstoff zu sparen, kaum halbe Kraft. Für die 2500 Seemeilen von Gough bis Patagonien – dessen Küste mußte es sein – hatte sie gut zwei Wochen gebraucht. Und hier, am Eingang des Golfo San Jorge, kamen wir im Abendlicht eines Wintertags nach anderthalb Monaten nutzlosen Kreuzens wieder zum Schuß! Das Opfer war der englische Frachter »Royal Crown«, der langsam südwärts lief, in Ballast, wie man an der Lademarke sehen konnte.

Wir schoben uns in der Dämmerung abgeblendet hinter ihn, zerschossen ohne Warnung seine Funkantenne und machten ihn damit stumm. Von unserem Scheinwerfer erfaßt, stoppte er und benutzte sein Heckgeschütz nicht. Dorns Prisentrupp setzte über. Aus den Papieren ging hervor, das Schiff war nach Valparaiso und dem Salperterhafen Antofagasta bestimmt. Salpeter, ein Düngesalz an sich, brauchte der Feind für seinen Sprengstoff, das Lyddit. Zur Bezahlung der Fracht waren 25 000 Pfund Sterling Bargeld an Bord, in Banknoten und Goldmünzen, sogenannten Sovereigns; all das wechselte nun den Besitzer.

Bevor die »Royal Crown« vier Tage später versank, entrissen wir ihr in furchtbarer Plackerei noch den Brennstoff,

300 Tonnen bester Steinkohle aus Cardiff. Wir hatten sie hart vor den argentinischen Hoheitsgewässern dort erwischt, wo das Marinequadrat GS an das Quadrat HA grenzte. (Deutschlands Admiralität hatte zur Befehlsübermittlung die Weltmeere wie ein Schachbrett unterteilt, die Felder etwa 450 Meilen lang und breit.) Versenkt aber wurde das Schiff ein ganzes Stück südwärts nahe dem Cabo Tres Puntas, einer besonders einsamen Gegend. Dort ruderten wir die englische Crew an Land. Der nächste Ort, Puerto Deseado, lag sechs bis acht Tagesmärsche weg. Von den Hügeln pfiff ein kalter Wind, im Inneren fehlten Wege, man mußte am Strand entlangziehen. Es würde also reichlich Zeit verstreichen, bis die Engländer ein Postamt fanden und ihrem Marine-Attaché in Buenos Aires telegrafieren konnten, was geschehen war. Boehnke gab ihnen genügend Kleidung und Proviant aus den Beständen der »Royal Crown«, ja sogar zwei Gewehre mit, so daß sie Wild erlegen konnten. Außerdem halste er ihnen den gehfähigen Teil unserer Gefangenen auf. Das drückte ihr Marschtempo erheblich, und wir wurden lästige Esser los.

Die »Perla« wandte ihren Bug nordwärts. Während das Land auf Backbord zeitweilig unter der Kimm verschwand, erreichte sie in zehnstündiger Fahrt die Tova-Inseln östlich des Kaps Aristizábal, wo zu meiner Verblüffung ein Frachter mit pechschwarzem Rumpf vor Anker lag. Die Farben Chiles, mit dem weißen Stern im blauen Feld, prangten ihm groß an der Bordwand. Der Dampfer hieß »Almirante Lynch« – niemand lief dort aufgeregt über das Deck, nur der Wimpel der Woermann-Linie erschien grünweißblau am Mast, als wir sehr frühzeitig die Reichskriegsflagge hißten. Und obwohl das Schiff ganz regungslos verharrte, ließ der Kommandant das Buggeschütz abfeuern... Schwärme schwarzer und grauweißer Vögel stoben von den Inseln auf.

Der Schuß war in Wirklichkeit dem Rest unserer Gefangenen zugedacht, die bei der Annäherung unter Deck saßen und wie üblich nicht wußten, was draußen vorging. Damit wurde ihnen vorgetäuscht, wir hätten nun auch diesen

Frachter aufgebracht. Tatsächlich aber hatte der uns genau an dem Ort erwartet. Es handelte sich um jenen Versorger, den die deutsche Marineetappe in Chile mühsam gechartert und ursprünglich zur Gough-Insel geschickt hatte, ein Ziel, das die »Almirante Lynch« wegen des Orkans verfehlte. Hier, im Marinequadrat GS, lag der Reserve-Treffpunkt! Die Freude war groß. Noch ahnten wir nicht, daß dies unser letzter Treff mit einem Hilfsschiff war.

Neben Obst, Gemüse, Mehl, Frischwasser und chilenischen Kohlen, die unsere Bunker bis zum Rand füllten, hatte die Heimat uns auch zwei Dutzend Auszeichnungen geschickt. Das Eiserne Kreuz I. Klasse wurde Korvettenkapitän Boehnke, Kapitänleutnant Asmann und Oberleutnant zur See Cramer zuerkannt. Der Kommandant seinerseits hatte freie Hand, die restlichen Orden zu verleihen. In einem Festakt heftete er sie den Leutnanten Hirsch und Dorn an die Brust, dazu ein paar Feldwebeln und Unteroffizieren wie dem Signalmaat Lüdecke, sowie elf Mannschaftsdienstgraden. Sie alle erhielten das EK II. Ein paar Leute beförderte er bei der Gelegenheit aus eigener Befugnis, darunter auch mich. So wurde nach sechs Monaten Dienst der Schiffsjunge zum Matrosen Harms.

All das geschah erst, nachdem unsere Verletzten und die restlichen Gefangenen zur »Almirante Lynch« geschafft worden waren. Sie dienten ihr übrigens als Alibi dafür, daß wir sie unbehelligt entließen. Ihr Auftrag war, die Menschen 800 Seemeilen nordostwärts nach Uruguay in ein Hospital zu bringen. Mit den Kranken setzten auch die Frauen über, unter ihnen Gattin und Tochter des französischen Marine-Attachés in Buenos Aires. Für sie mußte es die Erlösung sein. Das Vierteljahr zwangsweisen Aufenthalts bei uns hatte ihrem Äußeren sehr geschadet. Verhärmt, in knittrigen Kleidern, sahen wir sie von Bord gehen, frierend in der Winterluft. Der rauhe Kriegsalltag ließ von ihrer Schönheit wenig übrig. Wie mußten sie während des Gefechts und im Orkan gelitten haben!

Tief in Gedanken blickte ich hinter der »Almirante

Lynch« her. Sie nahm nach Montevideo eine zweite Nachricht, postlagernd, für meine Eltern und wieder einen Brief an Anni Greve mit. Was aber in den folgenden Stunden geschah, überwältigte mich. Nach dem Leeren des Postsacks, zu dem wir alle hingeschielt hatten, rief Leutnant Heul meinen Namen auf. Ich rang nach Luft und starrte auf das Couvert in meiner Hand. Zwar nicht die Eltern hatten mir geschrieben, denen das wohl kaum möglich war, dafür aber Anni! Erst im Logis schaffte ich es wieder, durchzuatmen, und riß den Umschlag auf.

Heraus glitt ein Porträt von Anni in dem warmen gelbbräunlichen Ton, den man *chamois* nennt, und das Stück einer Haarschleife, malvenfarben. Ich schnupperte daran, doch da war kein Parfüm, kein Hauch mehr von ihr; der Stoff hatte auf dem weiten Weg über Chile den Geschmack der Tropen angenommen, er roch nach überreifen Früchten, ebenso wie ihr Bild und das Briefpapier ... Auf dem Foto fand ich Anni unverändert. Dreizehn Monate lang hatten wir uns nicht gesehen, siebzehneinhalb war sie inzwischen.

Ich las: »Mein lieber, lieber Richard! Dein Brief aus rätselhafter Ferne hat mich so froh und glücklich gemacht, wie ich's seit langem nicht mehr gewesen bin. Vielleicht ahnst Du, welch ein Kummer Dein Verschwinden damals für mich war. Euer Aufbruch und daß ich durch Vaters Schuld nichts mehr von Dir hörte, hat mich verzweifeln lassen; ganz krank bin ich geworden. Die einzige, die meine Eltern zu mir ließen, war meine Freundin Edith. Sie hat es auch geschafft, daß ich wieder anfing zu essen. Mit ihr konnte ich über alles reden. Vater hatte mir sogar verboten, Euren Namen zu erwähnen. So sieht also Freundschaft unter den Erwachsenen aus! Edith hat einen Verlobten, auch bei der Marine, aber sie sehen sich wenigstens ab und zu und schreiben einander viel.

Ich machte mir solche Sorgen und bin zur gleichen Zeit stolz auf Dich. Die meisten Mädchen aus meiner Klasse haben im Winter Tanzstunde gehabt und dort ihre ›Herren‹ – ich nicht, mir paßte es nicht, dorthin zu gehen; und außerdem hab ich ja Dich. Wo bist Du überhaupt, auf einem Schiff? Ich schreibe dies an eine Feldpostnummer, die auf dem Couvert Deines Briefes stand. Edith meint, daß dahinter das Marineamt oder der Admiralstab in Berlin steckt. Warst Du denn nicht noch zu jung, um als Kriegsfreiwilliger akzeptiert zu werden? Täglich lese ich die Meldungen über das Marinekorps und die Hochseeflotte, nur noch ein Schiff von uns gibt es auf der Südhalbkugel, den Kleinen Kreuzer ›Königsberg‹. Aber der liegt in Deutsch-Ostafrika, wie solltest Du da hingelangt sein?«

Es folgten drei Zeilen, von der Militärzensur mit schwarzer Tinte ausgemerzt, dann schloß der Text: »Seit Dein Brief da ist, denke ich ständig an Dich. Den kann ich auswendig, so oft hab ich ihn gelesen. Nur bei einem wird mir angst, nämlich, daß Du etwas wieder gutmachen willst, wofür Du gar nichts kannst. Richard, was gehen uns die Geschäfte, Affären und Auffassungen der älteren Generation an? Hat die denn Verständnis und Antworten auf das, was wir sie fragen? Sei also vorsichtig, um Gottes willen, und unternimm nichts, um Dich hervorzutun. Es war schon mutig genug, überhaupt in diesen schlimmen Krieg zu ziehen. Was hätten wir beide davon, wenn Du daraus nicht heimkehrtest? Ediths Bruder Werner ist kürzlich beim Einmarsch in Libau gefallen. Denk doch an die allzu kurze Zeit, in der wir zwei so glücklich gewesen sind! Soll es für uns keine Zukunft geben? Weißt Du noch, wie Du uns in jener schrecklichen Nacht auf der Ostsee sicher durch den Sturm brachtest? Möge das Dir und Deinen Kameraden stets ebenso gelingen. Jeden Abend um acht spiele ich auf dem Klavier für Dich die ›Träumerei‹. Bedenke den Zeitunterschied, den nur Du kennst, schließ dann die Augen und stell Dir vor, Du hörtest die Melodie ... Es küßt Dich ganz innig, jetzt und immerdar, Deine Anni.«

Ich ließ das Blatt sinken, ein Würgen im Hals.

Neben mir sagte Hein Harder: »Typisch für die Apostel, uns die Post erst zu geben, wenn unsere schon davonschwimmt. Geradezu idiotisch. Wie denn nun darauf antworten? Aber die Gefangenen sollten ja nichts merken. Und außerdem, das Schiff ging vor. Erst Kohle trimmen, dann Briefe lesen! Ein Hoch auf die militärische Notwendigkeit.«

Der Held von Kap Hoorn

Am letzten Julitag gingen wir ankerauf. Mit sauberer Wasserlinie und frisch gepöhntem Rumpf nahm die »Perla« Kurs auf Feuerland. Allerdings hieß sie jetzt »Peer Gynt«, lief unter der Flagge des Königreichs Norwegen, hatte das Zeichen der Forenede Dampskibs-Selskab am Schlot und die Farben von Stavanger vorn in der Gösch. Das blutrote Rechteck mit dem blauen Kreuz war groß auf beide Flanken gemalt. Erstmals führten wir das Heckgeschütz offen, wie mehr und mehr üblich auch auf neutralen Frachtern, die in britischer Charter fuhren – Asmanns kühne Idee. Die »Almirante Lynch«, so schnappte ich in der Messe auf, hatte uns gefälschte Papiere gebracht; danach sollten Valdivia und Puerto Montt im südlichen Chile unsere Zielhäfen sein.

Falls der Dienst es zuließ, schloß ich jeden Nachmittag um drei die Augen. Dann war es in Deutschland acht Uhr abends und Anni spielte unser Lied. Wenigstens wußte ich sie in der Geborgenheit ihres Heims, während sie sich über mich den Kopf zerbrach. Das Schiff nämlich, das ihr Brief erwähnte, lag inzwischen auch schon auf Grund.

Eine englische Zeitung, die wir der »Almirante Lynch« verdankten, beschrieb das Schicksal des Kleinen Kreuzers »Königsberg«. Das wackere Schiff hatte gleich bei Kriegsausbruch im Hafen von Sansibar den britischen Kreuzer »Pegasus« versenkt und sich dann zur Reparatur in ein Flußdelta an der Küste Deutsch-Ostafrikas gelegt. Dort wurde es von einem ganzen Kreuzergeschwader blockiert. Erst am 11. Juli 1915 rang der Feind das tief landeinwärts verankerte Schiff, nach Flugzeugbeobachtungen feuernd, in wildem Duell nieder. Von der eigenen Besatzung gesprengt, sank die »Königsberg« in dem Flußbett bis zum Oberdeck.

Die Überlebenden bauten die Kanonen aus dem Wrack, sie nahmen noch immer am Kampf der ostafrikanischen Schutztruppe teil.

In Deutsch-Südwest freilich hatte die Schutztruppe am 9. Juli vor dem General Botha kapituliert. So stand es in den Blättern, die unsere Apostel ausgelesen wegwarfen. Ich strich sie glatt und übersetzte den Kameraden der Geschützstaffel, was da aus britischer Sicht im fernen Europa geschah: Beratung der Regierungschefs Englands und Frankreichs in Calais, die »Lusitania« mit zwölfhundert Menschen (darunter Nordamerikanern!) von deutschem U-Boot versenkt, deutscher Giftgas-Angriff bei Ypern, erste und zweite Schlacht am Isonzo, Vormarsch der Deutschen und Österreicher in Polen, Rücktritt des russischen Kriegsministers ... Leider war unter den Zuhörern der Waffenwart Huber, dem das nach Feindpropaganda roch. Er schwärzte mich wegen dieser Presseschau bei der Schiffsführung an.

Eines nachmittags Mitte August wurde ich zum Ersten Offizier bestellt. Es war trübe, bitter kalt, und wir lagen nördlich von Kap Hoorn in einer Felsenbucht mit Maschinenschaden still. Ein Dampfrohr war geplatzt und hatte zwei Heizer verbrüht. Seit Tagen kam immer öfter Treibeis in Sicht, harmlose Schollen, aber auch mal einer der majestätischen Tafeleisberge, wie sie für die Antarktis charakteristisch sind – meistens flach, manchmal gekippt, bis zu sechzig Meter hoch und eine Seemeile lang, was sich mit dem E-Meßgerät vom Peildeck aus ermitteln ließ. Boehnke hatte es nicht gewagt, die stark befahrene Magallanes-Straße zu nehmen, und so liefen wir langsam gegen den Westwind zwischen den Felsen von Feuerland und der Eisgrenze dahin, gleichsam wie ein Blinder den Weg ertastend. »Aufpassen, daß das Zeug an Backbord bleibt«, hatte ich den Kommandanten beim Frühstück sagen hören. »Andernfalls kehrt, sonst frieren wir noch fest.«

»Und ab durch den Beagle-Kanal«, riet Asmann.

»Sehr gut ... Was würde ich bloß ohne Sie machen?«

»Alles ganz genauso«, hatte der Erste erwidert.

Eine seltsame Stimmung ergriff mich an Deck. Der verhohlene Triumph in Hubers Blick ... Ringsum düstere Berge, schroff, schneebedeckt, schütter bewachsen; kein Mensch wußte, ob sie noch zu Argentinien oder schon zu Chile gehörten. Dünner Nebel, schwebende Dünste, ganz glatt lag die See, eisvermischt und am Ufer überfroren, in diesem geschützten Fjord. Irgendwo sang jemand das Lied dieser Tage: »Wem Gott will rechte Gunst erweisen, den schickt er dreimal um Kap Hoorn, dort kann er seine Wunder preisen, da hat er stets den Wind von vorn!« Ach, was suchten wir am Ende der Welt? Trübe Ahnungen plagten mich. Wenn sich das Eis vor die Mündung schob, saßen wir in der Falle. Ich steckte hier durch eine unerklärliche Schuld. Die Welt wurde mir immer rätselhafter.

Asmann schrieb im Kriegstagebuch, minutenlang ließ er mich unbeachtet. Das war kein gutes Zeichen. Mir ging durch den Kopf, was über ihn erzählt wurde. Vor zehn Jahren sollte er sich als Oberleutnant zur See von einer Frau getrennt haben, der Tochter eines Vorgesetzten. Der brachte ihn wegen seines Lebenswandels, natürlich Weibergeschichten, vor ein Ehrengericht von Offizieren, das seine Verabschiedung empfahl. Darauf war er nach Afrika gegangen, in die Schutztruppe, und hatte sich dort im Kampf gegen die Kamerun-Neger zum Hauptmann hochgedient. Der Krieg überraschte ihn auf diesem Schiff, einem Bananendampfer mit Passagierkabinen, während der Urlaubsfahrt ins Reich. Als militärischer Berater des Kapitäns hatte er es durch die englische Blockade gebracht. Dafür war er mit seiner Wiederverwendung belohnt und bald zum Kapitänleutnant befördert worden. Aber es hieß von ihm, sein Ehrgeiz reiche weiter, er wolle trotz des Karriereknicks höher steigen als Boehnke, der Kommandant. Er habe »Halsschmerzen«, es dürste ihn nach wahrem Ruhm, dem Orden *Pour le merite*. Daher sein Drang, den Feind neulich restlos zu vernichten, ihn tollkühn in Grund zu bohren, gemäß dem Wahlspruch: »Vorwärts und drauf!«

Ähnliches erzählten gestandene Männer wie Willi Lüdecke hinter vorgehaltener Hand von ihm. Und wie er so dasaß, schien etwas dran an dem Gerücht, er wolle es in diesem Krieg zum Kapitän zur See bringen, einen Rang unter dem des Konteradmirals. Er wirkte zielbewußt, beherrscht bis in die Fingerspitzen, äußerst gefährlich ... Da klappte er das Buch zu und richtete den Blick auf mich. »Steh bequem! Junge, du bist mir gemeldet worden. Verbreitest Feindpropaganda!«

»Es war gut gemeint ... Die Kameraden möchten wissen, was draußen vorgeht.«

»Kein Wunder, was?« Seine Stimme klang plötzlich warm. »So fern der Heimat, ohne Kontakt mit den Familien, bei Sturm und Nebel, Affenhitze oder Polarkälte ... Auf ein paar Tage voller Kampferlebnisse folgen Monate, wo nichts passiert, nichts die Langeweile vertreibt. Außer dreckigen Witzen und deinen Berichten zur Lage. Du kannst genug Englisch dafür?«

»Es reicht gerade hin, Herr Kapitänleutnant.«

»Na fein. Habe selbst schon daran gedacht, finde bloß keine Zeit ... Da soll sich aber nicht nur die Geschützstaffel dran erbauen. Künftig legst du alle zwei Tage dem Zahlmeister Heul einen Nachrichtenüberblick vor. Der teilt den dann der ganzen Mannschaft mit.«

Während ich noch über diese Wendung staunte, fuhr Asmann in beinahe vertraulichem Ton fort: »Wir gehen in den Pazifik, da nimmt die Eintönigkeit noch zu. Der Indische Ozean wär mir lieber gewesen, wenn das Revier schon gewechselt werden muß. Verstehst du, warum?«

»Weil man notfalls in Deutsch-Ostafrika landen und zu Oberstleutnant von Lettow-Vorbeck stoßen kann, wie die Besatzung der ›Königsberg‹?«

»Unter anderem. Wird auch stärker befahren. Man kommt eher an den Feind. Aber es geht nicht. Das ganze Kartenmaterial hat's zerfetzt, von Madagaskar bis Sumatra, im Gefecht! Folgen wir also Charles Darwins Spuren ... Für deine Initiative hast du dir eine Belohnung verdient. Los, wünsch dir was.«

Seine Art, sich zu öffnen, machte mir Mut. Oder wollte er mich nur prüfen? Zögernd bat ich um das Goldstück und meine Silbermünzen aus dem Geldschrank des Kommandanten.

»So jung, Richard, und schon scharf aufs Geld?«

»Es sind Erinnerungen an meinen Vater ...«

»Ja, dann«, sagte er. »Das klingt schon besser. Im übrigen ist's ja dein Eigentum. Und wenn du meinst, bei dir im Spind liegt es sicherer als im Tresor, kriegst du's natürlich wieder.«

Aber Asmann vergaß es. Er gab den Wunsch nicht weiter. Denn das, was jetzt geschah, löschte schlagartig alles übrige aus. In diesem Moment riß Leutnant Dorn die Tür auf und meldete ihm atemlos, ein britischer Zerstörer der F-Klasse laufe mit hoher Bugsee in die Bucht. Man habe ihn durch den Dunst zu spät entdeckt. –

»Wir müssen kämpfen«, rief Dorn, »er ist nicht stärker als wir! Befehlen Sie Alarm?«

»Den Teufel werd ich«, sagte Asmann. »Damit er das hört? Wie weit steht er noch ab?«

»Zwölf Hektometer höchstens.«

»Na also. Uns bleibt nur, auf die Tarnung zu bauen. Da der Kapitän schläft, vertrete ich ihn.«

»Wenn Sie gestatten, bleibe ich an Ihrer Seite.«

»Mit Ihrem preußischen Schnurrbart verschwinden Sie unter Deck und setzen den Alarmplan S in Kraft. Außer Herrn Heul und Dr. Rosen wünsche ich keinen auf der Brücke zu sehen, ist das klar?«

»Zu Befehl!« sagte Dorn.

»Lautlos, ohne Hast, niemals zackig«, schärfte der Erste ihm noch ein. Er hatte das vorsorglich üben lassen. Die Alarmpläne S und B waren überhaupt sein Werk, sie galten für den Fall einer jähen Gefahr von Steuerbord oder Backbord her. Das Signal S rief die Steuerbordwache zum Einsatz: geräuschlos auf Gefechtsstation, klar zum Enttarnen. Ein Teil der übrigen Mannschaft sollte an der dem Feind zugewandten Seite stumm an der Reling stehen und gaffen.

Asmann hatte bedacht, daß ein fremdes Kriegsschiff stets Neugier erweckt, zumal in einer verlassenen Gegend. Ein leergefegtes Deck konnte da bloß verdächtig sein.

Trotzdem, beim Heraustreten stockte mir das Blut in den Adern. Die Falle war zugeschnappt. Nur vier, fünf Hektometer neben uns schwamm der Zerstörer am anderen Ufer des Fjords, dunkelgrau unter dunklen, weiß gesäumten Felshängen und dem trostlosen Grau des Himmels, alle vier Geschütztürme auf uns gerichtet. Jetzt stieß das Boot mit dem Prisenkommando von ihm ab. Er war sehr viel flacher, auch etwas kürzer als wir, hatte vier Schornsteine, die zwei äußeren recht dünn, und ein Torpedo-Doppelrohr, gleichfalls auf uns gedreht. Aus solcher Nähe waren wir erledigt, bevor es uns gelang, die erste Breitseite abzufeuern. Das Prisenboot kam tuckernd auf uns zu, es hatte einen Petroleum-Motor. Ich begriff, hielten wir der Kontrolle nicht stand, drohte ein Kampf auf Leben und Tod. Es gab kein Entrinnen! Der Feind lief 33 Knoten, wir null, weil die Maschine unklar war. Die Flagge streichen und sich ergeben – unmöglich, das tat Asmann nie.

»Bleib bei mir«, befahl er, als die Engländer anlegten. »Als Melder. Sobald ich sage: ›Darf ich Ihnen ein Glas Rum anbieten?‹, heißt das: Enttarnen und Feuer frei, kapiert?«

Ich nickte verkrampft und sah, wie er den britischen Leutnant empfing, und zwar mit den Worten: »Kapitän Solglimt. Sir, was kann ich für Sie tun?«

»Lieutenant Kirkpatrick von HMS ›Swift‹«, erwiderte der Offizier, die Hand am Schirm seiner dunkelblauen Mütze, die mit einem Kinnriemen befestigt war. Er blickte sich witternd um. Ein Dutzend schwer bewaffneter Matrosen folgten ihm an Deck; sie trugen Eierhandgranaten am Gürtel und Maschinenpistolen, die ich noch nie gesehen hatte ... »Sie ankern hier?«

»Ja, mir ist ein Dampfrohr geplatzt.«

»Kann ich Ihnen irgendwie helfen?«

»Danke, wir haben's bald geschafft.«

Während seine Männer die Brücke und den Funkraum

besetzten, zwei von ihnen sogar zum Heckgeschütz liefen, ging Kirkpatrick die Schiffspapiere und Frachtbriefe der »Peer Gynt« pedantisch durch. Er hatte ein rötliches, glattrasiertes Gesicht und rostfarbene Brauen, die er bei jedem neuen Blatt Papier und jeder Frage argwöhnisch hob. »Sie laufen nicht durch den Panamá-Kanal, bitte, aus welchem Grund?«

»Es ist kaum kürzer, Sir. Wir sparen die Kanalgebühr.«

»Aber die Magallanes-Straße kostet nichts. Haben Sie die Einfahrt vielleicht im Nebel verpaßt?«

»Nein, ich ziehe die Kap-Hoorn-Route vor.«

»Für ein Dampfschiff merkwürdig. Wozu Ihr Geschütz, Kapitän?«

»Gegen die U-Boote rings um England.«

»Wissen Sie, daß die Deutschen ein Frachtschiff, das ihnen Widerstand leistet, als Piraten betrachten?«

»Für mich sind sie die Piraten.«

Der Leutnant nickte, trat hinaus auf die Brückennock und spähte zum Peildeck hoch, wo das Entfernungsmeßgerät stand – getarnt in einer Blechtrommel, die einem Wasserkessel glich. »Ich wußte nicht«, sagte er frostig, »daß Norwegen 4-Zoll-Geschütze hat. Bei Ihnen gibt's doch bloß Rohre von drei und von sechs Zoll, wenn ich mich nicht irre.«

»Es ist ja auch eine Krupp-Kanone«, entgegnete Asmann dreist. »Von dem Hilfskreuzer ›Berlin‹. Der hat bei uns in Stavanger Schluß gemacht.«

»Davon hab ich gehört.« Bei diesem Satz sah ich den Leutnant lächeln. Da beschlich mich das Gefühl, Kirkpatrick rede heuchlerisch, mit einem Anflug von Nervosität, weil er plötzlich anfing, uns zu durchschauen. Er nickte zustimmend, dabei stieg ihm noch mehr Röte ins Gesicht. Seine Fragen hatten, so fand ich, ein paar Schwachstellen unserer Tarngeschichte bloßgelegt. So dumm konnte er nicht sein, alles zu übersehen, was an uns sonderbar war. Und während das Gespräch weiterlief – nicht mehr schleppend, sondern wie geölt von falscher Freundlichkeit –, überlegte ich, was wohl in ihm vorging. Vielleicht war er schlau und feige zugleich. Wir waren ihm bestimmt verdächtig, ja unheimlich. Falls der Kampf jetzt begann, so mochte er sich sagen, fiel er entweder im Handgemenge oder er flog mit uns in die Luft. Also verstellte er sich, hatte nur noch im Sinn, mit seinem Trupp heil von Bord zu kommen, um drüben Alarm zu schlagen und den tödlichen Torpedofächer auszulösen.

»Nehmen Sie sich in acht in dieser Gegend, Kapitän«, hörte ich ihn zum Abschied sagen.

»Vor dem Eis, Sir?«

»Nicht nur. Da treibt sich ein deutscher Hilfskreuzer herum, vor Patagonien, vielleicht auch schon bei Feuerland. Etwas größer als Sie, siebzehn Knoten, dunkelblauer Rumpf, die Aufbauten weiß. Schräger Vorsteven, ein Schornstein, kurze starke Masten. ›Perla‹ hieß er zuletzt, aber das kann sich ändern. Vier Kanonen in der Breitseite, vier Zoll, Reichweite zwölftausend Yards, auch Torpedos, legen Sie sich lieber nicht mit dem an.«

»Danke, Sir. Ich hoffe ihm nicht zu begegnen.«

Obwohl mich das hätte beruhigen müssen, war ich voller Angst. Der Mann schauspielerte doch? Er pfiff seine Leute zusammen, stieg mit ihnen ins Boot, grüßte herauf und legte ab. Wir blickten ihm nach. »Rohre geflutet?« fragte Asmann den Leutnant Spalke, der hinter uns trat. Er teilte also meinen Verdacht! Ich umklammerte die Reling, mein Herz schlug oben im Hals. Die Spannung wurde unerträglich, als das Boot hinter dem Heck des Zerstörers verschwand. Lösten sich dort jetzt Torpedos, dauerte es rund vierzig Sekunden, bis sie uns trafen: Zeit genug zur Vergeltung! Unsere Torpedorohre lagen unter der Wasserlinie quer zur Schiffsachse, die »Swift« war im Bereich des Fächers.

Doch nichts geschah; weder spritzte drüben das Wasser auf, noch rasten Blasenbahnen mit fünfundzwanzig Knoten auf uns los ... Der Feind drehte ab, ohne uns aus seiner günstigen Position anzugreifen. Die wechselseitige Vernichtung fand nicht statt. Wir hatten Kirkpatricks Scharfblick überschätzt und zuviel Phantasie entwickelt. Asmann klopfte mir auf die Schulter. »Na, Junge, nun hast du mal das Weiße im Auge des Gegners gesehen.«

Für mich war er ein Held. Sein Streich aber blieb nicht ungerügt. Nur schwer verzieh ihm Boehnke, als Kommandant übergangen, die Eigenmächtigkeit. »Weshalb haben Sie ihn nicht torpediert, wenn er so schön dalag?« fragte er beißend.

»*Aquila non captat muscas*«, antwortete Dr. Rosen für den Ersten Offizier. »Ein Adler fängt keine Fliegen. Die ›Swift‹ war ihm viel zu gering.«

»Im Gegenteil«, sagte Asmann. »Sie hat hundertfünfzig Mann Besatzung. Wo sollten wir mit so vielen Gefangenen hin?«

Wiking du Kühner

In der Bahía Nassau wurde unser Weitermarsch durch Starkwind und Eis behindert. Vom Spritzwasser fror das Deck glatt, es bildeten sich Eiszapfen an der Reling und der Takellage, sogar die Funkantenne vereiste. Anstatt um Kap Hoorn zu gehen, bogen wir nordwärts in die Ponsanby-Bucht, dampften – ständig lotend – durch einen beklemmend schmalen Fjord und erreichten bei schlechter Sicht und tiefhängenden Wolken den Beagle-Kanal gegenüber dem Fischernest Lapataia, das nahe dem 55. Grad südlicher Breite die letzte Ansiedlung Argentiniens auf *Isla Grande de Tierra del Fuego* war, der großen Insel Feuerland.

In dieser engen, aber halbwegs geschützten und ziemlich verlassenen Wasserstraße hatten wir um ein Haar Pech. Zwischen dem achttausend Fuß hohen Darwin-Gipfel, den Wolken verhüllten, und der felsigen Gordon-Insel kam uns ein norwegischer Frachter namens »Heimdal« entgegen. Wir grüßten ihn mit dem Dampfhorn und Flaggenzeichen, er passierte uns notgedrungen so dicht, daß man von drüben durch einen Schalltrichter etwas herüberrief, das wir natürlich nicht verstanden. Niemand sprach norwegisch auf der »Peer Gynt«, wir blieben die Antwort schuldig. Aber die »Heimdal« schöpfte kaum Verdacht, zumindest setzte sie keinen Funkspruch ab. Das Funkbild blieb normal, wie Hein Harder sagte. Es bestand in jenen Tagen zumeist aus chiffrierten Texten der englischen Falkland-Kräfte; obendrein verstümmelt durch den schlechten Empfang der Morsesignale in den Nadelöhren von Feuerland. Das britische Geschwader stand, acht Monate nach der tragischen Schlacht, 400 Seemeilen nordostwärts von uns in Port Stanley. Die »Swift« hatte ihm angehört. Zum Glück liefen wir allmählich aus dem Aktionsbereich seiner Zerstörer; und ein Kreuzer wäre uns durch all die Engpässe schwerlich gefolgt.

Der Chef meines Freundes Hein war übrigens Oberleutnant zur See von Keyserlingk, einziger Adliger an Bord. Ein kleiner drahtiger Kerl mit flachem, in Stirnhöhe etwas zu großem Schädel. In der Offiziersmesse eher schweigsam und scheu, war sein Steckenpferd das Entziffern verschlüsselter Funksprüche. Er schonte sich nie, sondern gehörte zu den Vorgesetzten, die Boehnkes Weisung wörtlich nahmen, überall dabeizusein und keiner Arbeit aus dem Weg zu gehen. Bei der Kohlenübernahme schaufelte er stets wie ein dürrer schwarzer Springteufel und beschämte kräftigere Männer. Das Quartier teilte der Funkoffizier mit dem Leitenden Ingenieur, Marineoberingenieur Michelsen. Es machte Spaß, dort zu putzen, weil die Kajüte vorbildlich aufgeräumt war.

Über von Keyerlingks Koje hing, versehen mit einem Trauerband, das Bild seines jüngeren Bruders, der als Fähnrich zur See am 24. Januar im Wrack des Panzerkreuzers »Blücher« auf der Doggerbank versunken war. Das Foto, vor der Marineschule Mürwik aufgenommen, zeigte den Bruder in Ausgehuniform mit Ehrendolch und weißem Stehkragen, die Ecken über der schwarzen Halsbinde umgelegt. Darunter stand in steilen Buchstaben: »Nicht verzichten und verzagen, kühn aufs Meer uns wieder wagen! Dein Armin.«

Manches Bild in den Offizierskabinen zierte eine Widmung. Keyserlingk aber schien solche Verse zu sammeln oder sogar selbst zu ersinnen. Im Laufe der Zeit fand ich bei ihm weitere Zeilen wie: »Es fallen die Freunde / Es stirbt ein jeder der Menschen / Eines weiß ich, das nimmer stirbt / Des Menschen Tat, der Großes geleistet im Leben.« Das klang, als sei es aus dem nordischen Sagenlied »Edda« geschöpft. Ein anderer Satz, wohl von ihm selber verfaßt, lautete: »An der brausenden Meeresküste entscheidet sich, ob ein Volk dienend oder als Herrenvolk in der Welt stehen wird.«

Die Sprüche prägten sich mir gerade durch ihre Knappheit ein. Am meisten ergriff mich ein Gedicht in Keyserlingks eckiger Handschrift, die der seines Bruders glich, es schien von dessen Tod zu handeln: »Wiking, du Kühner / Wo ist dein Grab? / Wo sank dein grüner / Lorbeer hinab? / Wo ist die Stätte / Vom Wogenschnee / Verweht – dein Bette / Tief unter der See?« ... Er versucht nicht bloß, Funksprüche zu entschlüsseln, dachte ich; ihn beschäftigen die Rätsel des Lebens und der Welt genauso wie mich.

Als wir Ende August an der zerlappten Londonderry-Insel den Ausgang des Beagle-Kanals erreichten, wurde das Wetter schlechter; die Winde kälter und rauher, die Wellen länger und höher, von Schaumfeldern durchsetzt. Vorboten des Weltozeans, der ja zwischen dem 50. und 65. Breitengrad die ganze Südhalbkugel umfaßt, ohne von Land behindert zu sein – ausgenommen Feuerland. Atlantik, Pazifik und Indik verschmelzen zu einem kalten, erdumspannenden Meer, und sogar das Wasser verfärbt sich, sein schimmerndes Blau oder lockendes Smaragdgrün wird zum windgepeitschten Grau ... Die Könige unter den Seevögeln, die prächtigen Albatrosse, blieben zurück; statt ihrer tauchten kleine Sturmvögel und Tausende von Möwen auf. Schrill kreischend umschwirrten sie das Schiff.

Vierundzwanzig Stunden später zwang uns der Westwind, in Lee des dreitausend Fuß hohen Mount Hart Dyke Schutz zu suchen, dem Gipfel einer Insel, deren Steinwüsten und Schneefelder uns erschreckten. Sie hieß auf der Karte *Isla*

Desolación, Insel der Trostlosigkeit oder der Verheerung. Hier, am chilenischen Ende der Magallanes-Straße, war das Meer eisfrei und trotz der schlimmen Jahreszeit häufiger befahren. Um nichts zu riskieren, ließen wir drei Frachter unbehelligt, die wir hätten aufbringen können, wenn auch gewiß nur mühsam in der aufgewühlten See. Der Verzicht fiel jedem von uns schwer. Aber ein Notruf, den die Funkstation in Port Stanley womöglich dabei auffing, hätte ja genügt, den Engländern zu enthüllen, daß wir dabei waren, in den Stillen Ozean zu wechseln.

Am Abend dieses Tages, der so trübe und tatenlos verstrich, wurde ich in der Pantry Ohrenzeuge eines Gesprächs zwischen dem Stabsarzt, dem Funkoffizier und dem Leitenden Ingenieur. Es dunkelte jetzt erst gegen halb sechs, die drei hatten wachfrei und sich auf ein Glas Bordeaux (aus dem Vorrat der »Royal Crown«) zusammengesetzt. Ich hörte sie die Situation von neulich erörtern, als uns der Zerstörer in jenem Fjord überraschte.

»Ich weiß wirklich nicht«, sagte Dr. Rosen, »wie es Asmann über sich brachte, die ›Swift‹ nicht schlankweg zu torpedieren, wo sie genau im Schußfeld hielt. Nachdem er schon mal den Alten vertrat und am Drücker war, stand das doch in seiner Macht.«

»Sie meinen, es hätte zu ihm gepaßt?«

»Ja, Herr Michelsen. In dem Moment war er der Kommandant. Er hat das gar nicht richtig ausgenutzt.«

»Ist Boehnke Ihnen zu vorsichtig?« fragte mit seiner dünnen Stimme der Funkoffizier. »Im Sinne von ›zu weich‹?«

»Mir nicht, Herr von Keyserlingk – Asman schon. Der hebt gern auf die wachsende Härte des Krieges ab und meint im Hinblick auf Boehnke wohl: Wer nicht mit der Zeit geht, der geht mit der Zeit, jaja ... Sein erster Schritt zur Übernahme des Kommandos, weshalb tat er ihn nur halb?«

»Spalkes Torpedos sind auf drei Meter Wassertiefe fixiert«, warf Michelsen ein, der Leitende Ingenieur. »Falls die ›Swift‹ nun nicht ganz so tief lag, wären die Aale glatt unter ihr durchgeflutscht.«

»Das war ihm wohl kaum bewußt«, sagte von Keyserlingk. »Nein, er zögerte natürlich wegen des unausweichlichen Gegenschlags. Der Zerstörer hätte noch Zeit zur Antwort gehabt. Stellen Sie sich vor, zwei Schiffe, die einander sekundenschnell vernichten, vierhundert Menschen hilflos im eiskalten Wasser zwischen den Felsen und keiner da, der sie auffischt!«

»Ein klassisches Patt wie beim Schachspiel. Und Sie meinen, er hat es erkannt?«

»Eindeutig. Dieses Risiko war ihm zu hoch.«

»Na, das beruhigt. So leicht führt selbst so fette Beute wie ein Zerstörer, dessen Versenkung einen Orden bringt, den Ersten also nicht in Versuchung. Dann ist ja noch nicht alles hin, falls er mal das Ruder übernimmt.«

»Zweifeln Sie ernstlich an seiner Vernunft?«

»Früher gelegentlich. Nun nicht mehr, mein Lieber. Im Grunde möchte man dann den Staatsmännern der Welt bloß auch soviel Vernunft und Besinnung wünschen.«

»Wie meinen Sie denn das wieder?«

»Ähnelt die Weltlage nicht unserer in dem Fjord? Zwei Machtblöcke, imstande, einander zu vernichten! Wenn es dazu auch Jahre statt Sekunden braucht, das Resultat kann dasselbe sein.«

»Wenn Ihre Kritik die Reichsleitung oder gar die Person des Obersten Kriegsherrn einschließt«, sagte der Funkoffizier eisig, »weise ich sie zurück. Uns ist der Krieg doch aufgezwungen worden.«

»Die andere Seite sieht das ebenso. Und wenn jetzt nach reichlich einem Jahr klar wird, der Krieg ist von keinem zu gewinnen, müßte man da nicht nach Wegen suchen, ihn ehrenhaft zu beenden? So gescheit, wie sich Herr Asmann aus der ‹Swift›-Affäre zog.«

Eine Zeitlang verstand ich nicht mehr, was geredet wurde. Doch dann hob man nebenan die Stimme. »Friede erst durch den Sieg unserer Waffen?« hörte ich den Stabsarzt fragen.

»Nur so«, antwortete ihm von Keyerlingk scharf und fest.

»Jemand muß siegen, muß herrschen, anders sind die Menschen gar nicht friedensfähig.«

»Wir hatten dreiundvierzig Jahre Frieden!«

»In Europa, aber wo sonst auf der Welt?«

»Das geschah außerhalb unserer Zivilisation.«

»Die zivilisierten Nationen haben überall mitgemischt. Wir auch, siehe China und Afrika. Leben ist Kampf, nur ein gesundes Volk besteht.«

»Dies ist nun, frei nach Darwin, Ihre Philosophie.«

»So denkt jeder Mann in der Marine, vom Großadmiral bis zum Heizer, Herr Dr. Rosen. Die friedliche Gemeinschaft der Völker ist ein Phantom. Linke Schwätzer haben diese Utopie entwickelt und zur großen Lüge aufgebläht.«

»Sie kennen die Wahrheit hinter der Lüge?«

»O ja! Die Menschen sind einzigartige, aber isolierte und egoistische Geschöpfe. Sie haben gegensätzliche Interessen und prallen damit ständig aufeinander. Sie leben im Mißklang ihrer Wünsche und mißverstehen sich in ihren Hoffnungen. Alles, was zur Beschönigung dieses Zustands dient, sind Fiktionen, Lügenbilder.«

Michelsen rief: »Was wär aber ohne die? Ohne das Leitbild der Harmonie hätten wir längst Klassenkampf, den totalen Bürgerkrieg.«

»Statt dessen«, sagte der Stabsarzt, »nun der große Völkerkrieg ... Auch nicht erfreulicher, meine Herren.«

»Sie sind doch Jude?« fragte von Keyserlingk.

»Was hat das denn damit zu tun?«

»Sie halten Ihr Volk für das auserwählte, ja?«

»Mein Großvater hat das vielleicht noch geglaubt. Ich bin deutscher Protestant und fürchte eher die, die da sagen: ›Am deutschen Wesen soll die Welt genesen.‹«

»Herr von Keyserlingk meint«, bemerkte der Leitende Ingenieur, »auserwählt ist nicht die jüdische, sondern die germanische Rasse, und zwar geführt von uns Deutschen.«

»Nun, wir sind ja dabei«, sagte Dr. Rosen, »den Briten zu zeigen, wer von uns dazu berufen ist, das nordische Geschlecht zu führen ...«

In dem Moment zerbrach drüben ein Weinglas. Ich kehrte die Scherben auf, das Gespräch war zu Ende. Die Herren wirkten erhitzt, dem Funkoffizier stand Schweiß im Gesicht. Als ich nach dem Zapfenstreich Hein davon erzählte, winkte der ab. Es war zu hoch für ihn, auch ließ er auf seinen Chef nichts kommen. Er hielt von Keyserlingk für ebenso großartig, wie Asmann es in meinen Augen war. Wollten wir befreundet sein, mußte jeder das Vorbild des anderen schonen.

Mich freilich beschäftigte weiter, was ich da gehört hatte. Ein paar Tage später bot sich Gelegenheit, mit Willi Lüdecke darüber zu sprechen. »Der Mensch hat's noch nicht gelernt, friedlich zu sein, da haben die Herren schon recht«, sagte er zu mir. »Aber wer traut sich, das aller Welt zu zeigen? Doch nur die hohen Tiere, die Fürsten und Millionäre, mein Junge. Uns Kleine sperrt man sofort ein, reden wir mal von Gewalt oder greifen gar dazu ... Außer im Krieg! Da drückt man dir die Waffe kräftig in die Hand, und du hältst auch brav deinen Schädel hin. So ist's nun mal – der Krieg geht für die Reichen. Sie teilen die Schätze der Welt neu unter sich auf. Und wir sind's, die da in ihrem Namen um die Beute raufen.«

Ohne ihm beizustimmen, denn ich dachte ganz anders, fragte ich noch: »Und woher der Haß auf die Juden?«

»Aus Neid und Rivalität. Es kann ja bloß ein einziges ›auserwähltes Volk‹ in der Geschichte geben. Die Juden sind Außenseiter, sogar auf diesem Schiff. Geht was schief, sind sie meistens schuld ... An Dr. Rosens Stelle hielte ich vor Keyserlingk den Mund. Den ›letzten Wikinger‹ nennen sie ihn nämlich.«

»Sind das nicht kühne Seefahrer gewesen, Herr Maat?«

»Das war ein unberechenbares Kriegervolk.«

Katze und Maus

Anfang September besserte sich das Wetter, wir wurden wieder handlungsfähig. Der Kommandant beschloß, zu den Salpeterhäfen Chiles vorzustoßen, um Frachter in britischen Diensten abzufangen, ob sie nun nordwärts durch den Panama-Kanal oder südwärts zur Magallanes-Straße liefen. Das würde der Munitionserzeugung des Gegners gehörig Abbruch tun, sagte Leutnant Hirsch bei einem fröhlichen Umtrunk... Er folgte dabei der Absicht des Kommandanten, uns in seine Pläne einzuweihen, soweit ihm das als zweckmäßig erschien. Das schuf ja Vertrauen und erhielt den auf See so wichtigen Gleichklang zwischen Schiffsführung und Mannschaft.

Wir hatten aber das Kap Jorge kaum hinter uns, da spürte der Funkoffizier im Äther drei wandernde Stationen auf, die verschlüsselte Botschaften tauschten. Aus Richtung und Stärke der Morsezeichen schloß er, daß sie sich drei bis vier Tagesreisen nördlich von uns bewegten. Weit voneinander getrennt, schienen sie in breiter Bahn die Gewässer Chiles abzukämmen, zwischen Valparaiso und der Robinson-Crusoe-Insel 370 Seemeilen vor der Küste. Dort hatte im letzten Oktober das Geschwader des Grafen Spee Kohle gebunkert, ehe es in die Schlacht bei Coronel gezogen war.

Die drei kreuzten auf südlichen Kursen, liefen uns demnach entgegen, fast als seien sie beauftragt, uns abzufangen. Waren wir einem der Dampfer aufgefallen, die wir im Windschutz von Isla Desolación unbehelligt hatten passieren lassen? Dem Oberleutnant von Keyserlingk, der seine Lauschtechnik ständig verbesserte, gelang es mit einer Richtantenne, die Ziele grob anzupeilen. Entziffern konnte er ihre kurzen Sprüche kaum. Trotz aller Versuche, die seine Freizeit ausfüllten, fiel es ihm schwer, in die Geheimsprache des englischen Marinefunks einzudringen. Doch entdeckte er, die Schiffe kamen mit rund zwanzig Knoten vergleichsweise schnell auf uns zu. Das hieß, sie legten in zweieinhalb Tagen eine Strecke zurück, die der von Hamburg bis Lissabon entsprach. Keine Hilfskreuzer also! Bei dem Marschtempo mußten es reguläre Einheiten sein.

Offenkundig verraten, dem Feind gemeldet, ließen wir nach dem Motto »Der Hieb ist die beste Parade!« jede Rücksicht fallen und brachten in Sichtweite des Golfo Ladrillero rasch hintereinander zwei Frachter auf: den Kohlendampfer »Maimoa« aus Neuseeland und den großen Südafrikaner »Durban«, der 43 000 Sack zu je einem Doppelzentner Zucker im Gesamtwert von $1^{1}/_{2}$ Millionen Mark geladen hatte. Bevor Leutnant Dorn nach seinen Worten »den Golf versüßte« und das Schiff mit Sprengladungen auf Grund schickte, fand er zum Glück auch noch massenhaft Seife. (Unser Vorrat an Waschmitteln war arg geschrumpft, ein Mangel, der besonders das Maschinenpersonal plagte.) Es kamen auch wieder Kartoffeln und Frischgemüse an Bord.

Den Kohlendampfer aber versenkten wir nicht, er wurde unser Begleitschiff. Enthielt er doch 7 000 Tonnen Steinkohle, eine Menge, die uns auf lange Zeit aller Brennstoffsorgen enthob. Schon wegen der Eile, die geboten war, hätten wir nicht mal einen Bruchteil davon umladen können. Daher stieg ein Prisenkommando unter Leutnant Wessel über und nahm die »Maimoa« in seine Regie. Zwar lief der Tender höchstens elf Knoten, sechs weniger als wir, doch lohnte seine Ladung die Geduld – gute Kohle aus Wales! Die Kohle nämlich, die wir der »Almirante Lynch« verdankten, hatte die Kessel stark verschmutzt und, zumal bei hoher Fahrt, eine gewaltige schwarze Rauchfahne erzeugt; Dinge, die man gerne nur beim Gegner sieht.

Der rückte uns inzwischen immer näher. Waren wir ihm gemeldet, würden Handelsschiffe nicht mehr kommen. Dagegen war mit der Ankunft von Kriegsschiffen zu rechnen. In dem Rufzeichen des mittleren Schiffs sah von Keyserlinkg das Signal des modernen Kreuzers »Glasgow«, seit Kriegsbeginn in diesen Gewässern und Teilnehmer der Falklandschlacht. Er schien, den beiden anderen weit voraus, das Führungsschiff zu sein. Mit zwei 6-Zoll- und zehn 4-Zoll-

Kanonen ein schlimmer Feind, knapp 5000 Tonnen schwer und durch seine Dampfturbinen bis zu 26 Knoten schnell.

Vor dieser Übermacht wichen wir in das chaotische Inselgewirr Südchiles aus, versehen mit den nötigen Karten. Allerdings war ein halbes Jahr zuvor die gleiche Taktik der »Dresden« schlecht bekommen – die »Glasgow«, verstärkt durch den Panzerkreuzer »Kent«, hatte sie dort aufgespürt. Nur, wir waren nicht gelähmt wie die arme »Dresden«, sondern dampften tief im Inneren der Inselwelt, gefolgt von unserem Kohlentender, dicht unter unbewohntem Land behutsam nordwärts, in der Hoffnung, das Gewitter werde rasch vorbeiziehen, draußen auf See, da der Brite zumindest des Nachts kaum in die Inselkanäle mit ihren Riffen und Untiefen drang.

Wer aber beschreibt unser Erschrecken: Dieser Plan mißlang! Die schockierende Meldung kam aus dem Funkraum. Während des schwierigen Nachtmarschs vom 7. September war immer wieder ein Engländer zu hören, mit erheblicher, stets gleichbleibender Lautstärke, woraus hervorging, daß er auf Parallelkurs lag und hinter den Inseln mit ähnlicher Fahrt wie wir gleichlaufend steuerte – nordwärts! Im Morgengrauen schätzte der Funkoffizier die Entfernung auf höchstens zwölf bis fünfzehn Seemeilen. Damit kein Rauch uns verriet, schlichen wir uns hinter Klippen, so hoch wie Helgoland; nie ganz ohne Feuer, um jederzeit wieder Dampf aufmachen und fliehen zu können.

In zermürbender Spannung verstrich der nächste Tag. Wir fühlten uns erbärmlich – wie eine Maus, um deren Schlupfloch die Katze streicht. So oft Hein Harder aus dem Funkraum kam, flüsterte er uns bleich und atemlos etwas von Morsesignalen zu, die schwächer wurden oder stärker und sich kaum noch orten ließen, da die Felswände ringsum den Einfallswinkel verzerrten. Aber wenn sein Chef im Wirrwarr der Echos auch die Quelle nicht mehr fand, so glückte es ihm doch zum ersten Mal, ein Stück Text zu deuten! Einen Satz, dem er entnahm, daß der Feind Motorboote aussetzte, die nach uns suchten.

Nervös horchten wir auf ihr Tuckern, gegen Mittag kam es näher, um sich dann langsam zu entfernen. Anstatt etwas zu essen, hockten wir fröstelnd nahe den Gefechtsstationen, in quälender Alarmbereitschaft. Anders als an jenem fernen Tag vor der La Plata-Mündung blieb der Feind unsichtbar, das machte es so teuflisch. Dabei wußten wir, Unheil zog herauf, die Briten durchforschten ganz systematisch Bucht für Bucht. Bei jedem Laut, der nicht vom eigenen Schiff kam, sondern vielleicht von einem der schwarzen Fregattvögel, die über uns kreisten, oder von der »Maimoa« nebenan, sprang uns Furcht an die Gurgel. Das Fahrwasser war so unübersichtlich, daß jederzeit die »Glasgow« erscheinen konnte und der Zusammenprall möglich war, ein Geschütz- und Torpedoduell auf tödliche Distanz.

Der Erste Offizier ging von einer Geschützbedienung zur anderen, er sprach mit gedämpfter Stimme – alle redeten leise, als könne der Tommy uns hören –, lobte die Treffsicherheit der Batterie, das schnelle Salvenfeuer und die Brisanz unserer Sprenggranaten, deren Füllung aus Trinitrotoluol dem britischen Lyddit weit überlegen sei; ein Produkt aus Erfindergeist und deutscher Wertarbeit eben. »Ihr macht das schon, Jungs«, schloß er augenzwinkernd.

Leutnant Hirsch gab schneidig zurück: »Wir danken Herrn Kapitänleutnant für das in uns gesetzte Vertrauen!«

Dr. Rosen, der hinter Asmann ging, murmelte völlig respektlos: »*Salve, Caesar! Morituri te salutant.*«

»Halten Sie sich zurück«, herrschte Asmann ihn an.

»Was hat er gesagt?« fragte mich mein Nebenmann, der Ansetzer Häberle. Ich zuckte die Achseln, es schien mir besser, das nicht zu übersetzen. Nur Hein verriet ich später, daß der Stabsarzt einen Ausruf der römischen Gladiatoren zitiert hatte, die unten aus der Arena zum Platz des Herrschers emporzuschreien pflegten: »Heil dir, Kaiser! Die Todgeweihten grüßen dich.«

»Na, der traut sich was«, sagte Hein.

»Er kann nicht anders«, antwortete ich. »Das macht die klassische Bildung, da kommt dir oft so ein Spruch hoch ...«

Mir war nicht recht klar, weshalb ich Dr. Rosens Entgleisung zu entschuldigen suchte. Vielleicht, weil ich mit ihm den zweifelhaften Vorzug genoß, ein bißchen Latein gelernt zu haben.

Endlich sank die Dämmerung, der Kelch schien an uns vorbeizugehen. Die Schiffsführung entschied, den Ausbruch zu wagen. Auf Nordwestkurs den offenen Ozean zu gewinnen hieß die Losung; wir alle begrüßten den Befehl, als ob ein Ende im freien Meer erträglicher als in der Nähe des rettenden Ufers sei.

Aber es ging gut. Dank Oberleutnant Cramers Navigationskunst, des wolkenverhangenen Himmels und der noch immer mehr als zwölf Stunden langen Nacht gelang die riskante Aktion. Wir schnitten den Kurs der Briten, ohne auch nur einen Schatten zu sehen. Im heraufdämmernden Morgen des 9. Septembers standen wir schon 200 Seemeilen von Chiles zerrissener Küste ab. Zwar hatten wir die »Maimoa« weit hinter uns gelassen, doch schaffte auch sie den Durchbruch. Zwei Tage später trafen wir mit ihr an einem vereinbarten Punkt im Marinequadrat PY wieder zusammen – jubelnd, dem Feind entwischt, der sicheren Vernichtung.

Seltsame Spiele

So begann die große Pause, unser Marsch in die Einsamkeit. Einmal nur wichen wir nachts einem ungeheuren Eisberg aus, sonst lag beständig Nordwestkurs an. Der Eisberg, von der antarktischen Strömung weit verbracht, die Chiles Küste nordwärts berührt, kündigte sich durch einen Temperatursturz an, den Boehnke richtig zu deuten wußte. Das Schicksal der »Titanic« war jedem Seemann ein Begriff ... Tagsüber sahen wir ganze Rudel von Walen. Sie tummelten sich wild im Wasser, prall vor Lebensgier, stießen die Luft in Fontänen aus oder zeigten ihre mächtigen Buckel und die Schwanzflossen. Ein fesselndes Schauspiel. Noch ehe der Wal sich heraushob, erschien zwischen den Wellen sein

Atemstrahl. Dann brach der Kopf durch die Oberfläche, und während das Wasser kaskadenhaft von ihm ablief, füllte das Tier durch die geblähten Nasenlöcher seine Lungen und ging wieder für lange Zeit auf Tiefe.

Je weiter das Festland hinter uns blieb, desto entspannter und ruhiger wurde die Stimmung an Bord. Wir fühlten uns sicher, der Drohung des Krieges entronnen. Eigentlich sollten wir ja Krieger, Soldaten sein, trotzdem schöpften wir neuen Mut in dieser Friedenszone, befreit vom Druck uneingestandener Angst vor der letzten Stunde eines doch so kurzen Lebens.

Die See war verwaist. Der endlos weite Südostpazifik, einst durchfurcht von Seglern nach San Franzisco, Kap Hoorn oder Neuseeland, war wie leergefegt; ein wahrhaft stilles Meer. Selbst an Inseln fehlte es darin. Vor dem Globus in der Kapitänskajüte staunte ich über die riesige Wasserfläche zwischen Südchile und unserem Ziel, das man bei den Hawaii-Inseln vermutete. Wohl 10 000 Kilometer waren es bis dort, ein Viertel des Erdumfangs, und nur die Osterinseln lagen auf dem Weg ... Elf Monate zuvor, im Oktober 1914, hatte das Geschwader des Grafen Spee sie berührt und dabei erfahren, daß die Bewohner vom Krieg überhaupt nichts wußten.

Aus dem Funkraum sickerte das Gerücht, die Engländer glaubten uns wieder im Atlantik. In der Tarnsprache ihrer Handelsflotte, die von Keyserlingk verstand, ja sogar im Klartext erklärten sie das Seegebiet vor den Salpeterhäfen Arica, Iquique und Antofagasta für garantiert feindfei. Das stimmte zwar, doch geschah es so auffällig, daß der Kommandant annahm, man stelle ihm dort eine Falle, und den Lockruf überhörte.

Allmählich näherten wir uns dem gottverlassensten, von Europa am weitesten entfernten Meeresraum der Welt. Die Heimat lag auf der anderen Seite des Erdballs, wenn es bei uns Mittag war, herrschte in Deutschland schon die Nacht. Und so trat zu dem Empfinden, in der Weite des Stillen Ozeans verschont und geborgen zu sein, unaufhaltsam der

Eindruck wachsender Entfernung und des Abgeschnittenseins, so als falle mit der Abkehr vom Festland ein letztes Tor hinter uns zu. Der Brief, den ich von Anni hatte, war vier Monate alt ... Die Kimm blieb wochenlang leer, kein noch so dünnes Rauchfähnchen zeigte sich, selbst die Wale und die Vögel blieben zurück. Außer unserem Kohlenschiff war ringsum nichts mehr zu sehen. Schleichend breitete sich ein Hauch von Trostlosigkeit in der Mannschaft aus, ähnlich dem Gefühl, das die Leute des Christoph Kolumbus geplagt haben mochte und bis an den Rand der Meuterei geführt hatte.

Mit seinem Gespür für das Klima an Bord brachte Korvettenkapitän Boehnke dies auf den Punkt. »Das Hoch sackt uns weg, die seelische Belastung steigt schon wieder«, äußerte er in der Messe. »Aus den Gesprächen der Männer verschwindet alles, was sie so lange entbehren müssen. Frauen, das beliebte ›Thema eins‹, die Angehörigen daheim, der verwaiste Laden oder Bauernhof, persönliche Pläne für die Zeit nach dem Krieg, all das wird wie auf Verabredung nicht mehr erwähnt. Weiß Gott ein schlechtes Zeichen!«

»Für die Männer«, sagte Oberleutnant Cramer, »sind das halt Dinge, die sie so weit zurückgelassen haben, daß da jede Berührung schmerzt. Man sucht das mit sich allein abzumachen.«

»Aber das schafft doch keiner. Wir dürfen dies keinesfalls schleifen lassen, meine Herren. Ich erwarte von Ihnen Ideen und praktische Schritte, den unhaltbaren Zustand zu ändern. Der Hauptfeind heißt jetzt ›Eintönigkeit‹, rücken wir ihm zuleibe!«

Das geschah so planmäßig und beherzt wie bisher das Jagen von Schiffen. Ein paar Ansätze gab es ja. Wer aus der Handelsschiffahrt kam, hatte schon in seiner Freizeit Pullover und Mützen gestrickt, Regale gezimmert, Bilderrahmen gedrechselt oder in der Schlosserei der »Peer Gynt« kleine Kanonen und Schatztruhen gebaut – als Tauschobjekt oder künftiges Mitbringsel für die Lieben in der Ferne. Auch Meister im Buddelschiffbau waren hervorgetreten, Schöpfer sorgsam gebastelter Schiffe, die in leere Rumflaschen praktiziert und dort samt der Takellage mit Pinzetten vollendet und aufgerichtet wurden. Nun belohnte die Schiffsführung solches Tun, erhob es zur Pflicht, es wurde von Zahlmeister Heul »auf breiter Basis durchgeführt«, »wettbewerbsmäßig organisiert« und in langen Listen erfaßt.

Trotz des preußischen Geistes, in dem dies begann, blühte unter den Fittichen der Apostel jäh das Kulturleben auf. Die ganze Geschützstaffel sägte hölzernes Kinderspielzeug aus, fertigte Clowns oder Turner am Barren, imstande, sich zu drehen. Auch entstanden Häuser, Baukästen, Kaufläden; man schnitzte Tiere, Teller, Schalen oder malte, angeleitet von Marineassistenzarzt Diebitsch, einem Mann mit Geschmack und künstlerischem Sinn, Miniaturbilder von Landschaften und Schiffen im Gefecht. Zahlmeister Heul verlieh Brettspiele und Bücher aus der Bordbibliothek, während Leutnant Spalke den Preisskat pflegte, Leutnant Dorn eine Gesangsgruppe ins Leben rief und Leutnant Hirsch in Luke II, dem früheren Quartier der Gefangenen, eine Kegelbahn bauen ließ. Daß die Kugel abirrte, wenn das Schiff durch die Dünung ritt, vermehrte nur den Spaß und erhöhte den Reiz.

Den besten Einfall aber hatte Dr. Rosen. Der Stabsarzt riet zu einem »Lese- und Schweigeraum«, er erfand den »Urlaub an Bord« und drang damit auch durch. Für den Urlaub wurde ein Stück des D-Decks abgeteilt. Hier konnten die Urlauber in der Luft, die mit dem Näherrücken des 30. Breitengrads immer milder wurde, tagelang tun oder lassen, was ihnen behagte. Sie durften sich kleiden, wie sie wollten, schlafen, so lange sie wollten, essen, trinken und rauchen, wann sie wollten, und faul in der Sonne liegen. Die Grußpflicht war aufgehoben, kein Vorgesetzter und kein Dienst störte sie. Nur ein Gefecht galt als Urlaubsunterbrechung, doch dazu kam es vorerst nicht. Die »Peer Gynt« war das einzige Schiff des Kaisers, das diese Einrichtung kannte. Ob Seine Majestät sie gerade bei seiner Lieblingswaffe, der Marine, gebilligt hätte, steht dahin.

Für sich selber suchten die Offiziere eigene Wege der Zerstreuung. Oberleutnant von Keyserlingk, der wegen des wachsenden Abstands zu allen Stationen der Westhalbkugel kaum noch Funkempfang hatte, ging seinen poetischen Neigungen nach. Bei ihm fand ich Zeilen aus der »Edda« nun knapper verdeutscht. Aus »Eines weiß ich, das nimmer stirbt / Des Menschen Tat, der Großes geleistet im Leben«, gewann er den düsteren Stabreim *Ewig währt der Toten Tatenruhm* ... Ein Gedicht aus seiner Feder, das »Lied der Entschlossenen«, ging so: »Ob sie dich durchbohren / Trutze drum – und ficht / Gib dich selbst verloren / Doch dein Banner nicht! / Andere werden's schwingen / Wenn man dich begräbt / Und das Heil erringen / Das dir vorgeschwebt.«

Das Steckenpferd des Kommandanten war das Kriegstagebuch. Nüchtern notierte er: »Wir haben möglichst lange an immer wechselnden, weit auseinanderliegenden Orten den Feind zu beunruhigen, ihm zu schaden, seine Seeverbindung zu stören und seine Kräfte zu binden. Möglichst lange, das ist der Punkt. Mehr als das Material entscheidet die Fähigkeit der Crew, Strapazen zu ertragen, zumal seelische Lasten. Daran hängt die Seeausdauer unseres Schiffs. Dem Leben an Bord fehlt jede Entsprechung bei irgend einer Waffengattung an anderen Kriegsfronten. Das zwingt zu Sondermaßnahmen der Inneren Führung ...«

Er fragte sich also, ob seine Schritte höheren Orts Beifall fanden; doch einstweilen hatte er ja keinen über sich! Stolz auf sein Kommando und auf der Hut vor Asmann, dem Rivalen, traute er wohl keinem fremden Rat. Ich staubte den Globus ab und wunderte mich immer wieder, wie weit das Land weggerückt war. Nur ganz am Rande der Halbkugel schimmerten grün und braun die Küsten Australiens, Chiles und Kaliforniens. In all dem papiernen Blau schien Boehnke mir der Einsamste von uns zu sein.

Um diese Zeit wurde ich stundenweise zum Bürodienst abgestellt. Der Verwaltungsoffizier führte über jeden Vorgang Buch. Aus seinen Listen ging hervor, daß »Schiff 17« –

dies war der Deckname des Hilfskreuzers – Kiel am 10. Dezember 1914 mit 228 Mann Besatzung und folgenden Vorräten verlassen hatte: 950 Zentner Mehl, 400 Sack Kartoffeln, 30 Tonnen Hartwurst und Fleischkonserven, 13 Tonnen Fett, dazu massenhaft Hülsenfrüchte, Obst, Gemüse, Schokolade, eine Million Zigarren und Zigaretten sowie 80000 Liter Bier; insgesamt 250 Tonnen Proviant im Werte einer Viertelmillion Mark. Nicht eben billig! Der Feind aber war durch uns um bisher rund 60 Millionen geschädigt worden.

Als Heuls Gehilfe entdeckte ich, es existierte zu jedem Schiff, das wir versenkt hatten, ein ellenlanges Protokoll, das die Art und den Wert der Prise beschrieb. Das Logbuch, die Schiffspapiere und Frachtbriefe lagen bei, sie gaben Aufschluß über Namen, Nationalität, Reederei und Heimathafen, über Absender und Empfänger der Ware sowie über die beschlagnahmten Wertsachen. Da herrschte wirklich Ordnung, es blieb kein Raum für den Verdacht, wir rissen uns Dinge unter den Nagel; nicht einmal als Andenken. Ging es wohl im Landkrieg so pedantisch zu?

Privat studierte der Zahlmeister das internationale Recht, von der Pariser Seerechtsdeklaration vom April 1856 bis zur Londoner Erklärung vom Februar 1909. Auch die Texte der II. Haager Friedenskonferenz zur Hilfskreuzerfrage waren bei seinen Akten. Mit Genuß gab er sich dem Wirrwarr von Paragraphen hin, um am Schluß enttäuscht zu schreiben: »Diese seltsamen, ohnehin eher auf englische Interessen und die Ära des Segelschiffs zugeschnittenen Bestimmungen gehen Stück für Stück zu Bruch ... Erschütternd, zu sehen, wie Macht vor Recht geht heutzutage!« Sein Glaube an die Kraft des Buchstabens schien zu wanken.

Einem ganz anderen Laster fröhnte der Marineassistenzarzt Diebitsch. Dieser gutaussehende, gepflegte Mann – daheim gewiß ein Frauenheld – hütete einen Satz galanter Pariser Postkarten. Sie dienten ihm als Vorbild für kolorierte Aktzeichnungen, falls er die nicht nach dem Gedächtnis schuf. Ich wußte, er hob die Vorlagen im Spind unter seiner

Leibwäsche auf, die nach Juchtenparfüm roch. Manchmal entlieh ich eine der Postkarten für zwei, drei Tage und ließ sie in der Geschützstaffel kursieren. Das kam nie heraus; die Kameraden dankten es mir.

Man möge jedoch über den Dr. Diebitsch nicht die Nase rümpfen. Das Fehlen alles Weiblichen hatte ernste Mangelerscheinungen zur Folge. Dagegen war kein Kraut gewachsen, auch der Kulturplan der Schiffsführung half da nichts. Es begann mit harmlosen Freundschaften unter den Matrosen und bescherte uns schließlich ein übles Problem.

Wie die meisten Schüler meiner Klasse war ich zu Beginn der Pubertät in einen Jungen vernarrt gewesen, so sehr, daß ich häufig durch die Straße ging, in der er wohnte, um ihm nahe zu sein und dieselben Dinge zu sehen wie er. Bald half ich ihm bei den Schularbeiten, wir spielten miteinander und freundeten uns an. Eine erotisch getönte Beziehung entspann sich zu meiner Verwirrung, Wonne und Bestürzung. Damals ahnte ja keiner von uns, daß dies sehr vielen geschah... Inzwischen hatte ich das längst hinter mir und war erstaunt, als mich ein ähnliches Gefühl, wenn auch weniger heftig, trotz meiner Liebe zu Anni noch einmal streifte.

Der Matrose, ein brauner Lockenkopf, hieß Hansi Nekkenbürger. Wegen seiner Weitsichtigkeit diente er als Ausguck, und unter dem Artillerieoffizier war er im Meßtrupp auf dem Peildeck eingesetzt. Hein Harder holte ihn als dritten Mann zum Skat, und ich fing an, für ihn zu schwärmen, verstohlen Berührungen zu suchen, einen Hauch von Wärme und Hautkontakt. Hansi schien geschmeichelt; er ließ es gern zu. Das war nicht ungewöhnlich im Mannschaftsquartier, wo sich, von den übrigen spöttisch geduldet, ein Dutzend solcher Männer gefunden hatten, in der frauenlosen Not. Doch eines Tages, als wir nackt unter der Seewasserdusche standen, uns wechselseitig die Rücken seifend, verpetzte uns Huber, der Waffenwart, bei Leutnant Hirsch. Da Huber Feldwebel war, ein sogenannter Deckoffizier, hatte seine Meldung Gewicht; und Hirsch, der in mir den Urheber des Fußpuder-Anschlags sah, leitete sie weiter.

Der Kommandant entschied, hart durchzugreifen. Hansi Neckenbürger wurde auf den Kohlentender »Maimoa« strafversetzt und für den Rest der Fahrt von mir getrennt. Mich schickte Boehnke zum Stabsarzt, der meiner »Verirrung«, wie er grimmig sagte, auf den Grund gehen und herausfinden sollte, ob ich noch würdig sei, dem Kaiser zu dienen. Auch verbot er mir, die Offiziersmesse zu betreten, so als verderbe meine Gegenwart ihm künftig den Appetit. Bei seiner Strafpredigt hatte er sich verfärbt, die dreieckigen Brauen waren vor Empörung gesträubt. Ganz gegen seine übliche Art sprach er unklar, angewidert, in halben Sätzen. Das bewies, man hatte den Fall durch dunkle Andeutungen derart aufgebauscht, daß er ihn äußerst peinlich fand – eine unfaßbare Schweinerei. Der victorianische Geist dieser Zeit ließ keine Erörterung zu.

»Was soll nun mit Ihnen werden?« fragte mich Dr. Rosen ähnlich schroff. »Soll ich Sie denn kastrieren, Mann? Sie haben also mit dem Kerl unter der Decke gesteckt...«

»Unter der Dusche, Herr Stabsarzt.«

»Wo ist der Unterschied? *Principiis obsta*, meint der Kommandant, wissen Sie, was das heißt?«

»Jawohl. ›Wehret den Anfängen.‹«

»Aha, da spricht ein Gymnasiast zu mir. ‹Widerstehe der Versuchung› heißt es auch. Der Kommiß kann manches dulden, nur die Liebe nicht. Ist Ihnen klar, warum?«

»Nein, Herr Stabsarzt.«

»Weil sie anarchistisch ist, die Wehrkraft zersetzt. Jede Liebesbindung hat nämlich die Tendenz, also sie strebt dahin, die Hierarchie zu untergraben und Befehlsstrukturen aufzulösen; so kommen Pflicht und Gehorsam, Kaiser und Reich leicht ins Hintertreffen.«

»Ich versichere Herrn Stabsarzt, die Liebe zum Vaterland geht mir über alles.«

»Gut gebrüllt, Löwe.« Dr. Rosen zog aus seinem Regal ein Buch und warf es vor mich hin. »Auslesen, in drei Tagen«, befahl er. »Das ist die Therapie. Sie melden sich dann bei mir, wir reden darüber.«

Ich schlug die Hacken zusammen und machte kehrt.

Inseln der Enttäuschung

Um die dritte Septemberwoche, zur Zeit der Tag- und Nachtgleiche, liefen wir zwischen der Osterinsel und dem Eiland Sala y Gómez hindurch, ohne von beiden etwas zu sehen. Obwohl die chilenische Osterinsel weder Kabelanschluß noch eine Funkstation hatte, zog Boehnke es vor, sie zu meiden, damit nicht ein zufällig dort ankerndes – oder später eintreffendes – Schiff uns verriete. Sala y Gómez aber, einen Tagesmarsch östlich, war ihm gar nichts wert: ein wüster, unbewohnter Vulkankegel ähnlich der Gough-Insel im Südatlantik, schwierig anzusteuern und bloß als Frischwasserspender gut. Für Trinkwasser sorgte jedoch ein starkes Destillationsgerät, das unter der Aufsicht des Leitenden Ingenieurs uns ständig dampfend Meerwasser entsalzte.

Ich hätte dem Kommandanten sagen können, daß auf Sala y Gómez immerhin Tausende von Vogeleiern lagen, zur Bereicherung unseres Speisezettels, der allmählich dürftig wurde. Denn aus Dr. Rosens Buch ging das klar hervor. Es war ein Band der Werke des Adalbert von Chamisso. Genau hundert Jahre vor uns, im Herbst 1815, war der Dichter dort gewesen. Er hatte sich damals als Naturforscher der Expedition des russischen Grafen Romanzoff angeschlossen, Tagebuch geführt und viele Jahre später eine Ballade verfaßt, die »Salas y Gomez« hieß. Der Anblick des Eilands, vor dem sein Schiff Anker warf, mußte ihn tief beeindruckt und seine Phantasie nachträglich entzündet haben.

Von Chamisso waren mir nur Zeilen im Ohr wie: »Ich träum' als Kind mich zurücke / Und schüttle mein greises Haupt / Wie sucht ihr mich heim, ihr Bilder / Die lang ich vergessen geglaubt«. Verse, über die wir in der Deutschstunde gekichert hatten, albern, unreif und unfähig, uns einzufühlen in diese Selbstbesinnung des Fünfzigjährigen, in die Erinnerung an seine versunkene Kindheit und die verlorene Heimat, an das Schloß Boncourt in der Champagne, niedergebrannt in den Stürmen der französischen Revolution. Das Lied »Du Ring an meinem Finger, mein goldnes Ringelein«, vertont durch Robert Schumann und von Anni am Klavier gesungen, hatte mich durchaus berührt.

Nun aber, in der Einsamkeit des Ozeans, war ich empfänglich auch für die poetische Erzählung »Salas y Gomez«. Dieser Geschichte eines Schiffbrüchigen fehlte das kräftig Zupackende und wehrhaft Praktische des englischen Robinson Crusoe ganz. Bei Chamisso trug der Kampf sich allein im Inneren des Helden zu. Auf jenem kahl aus den Fluten der Südsee hochragenden Felsen gescheitert, hat der Unglückliche jahrzehntelang elend sein Leben von den Eiern der Wasservögel gefristet, bis ihm das Haar »den hagern Leib mit Silberglanz umwallt«. Einst hat er Gott und sich verflucht, als ein Schiff, das ihm die heiß erflehte Rettung zu bringen schien, herzlos vorbeisegelte, ohne seine Not zu ahnen. Lange liegt er verzagend, bis er endlich Tränen findet und sein Schicksal annimmt.

Sogar die Träume, die ihn nachts in seine Heimat zurückbringen, kann er verscheuchen. Er bittet Gott, nur sterben zu dürfen, ehe Schiff und Menschen sein hartes Bett erreichen: »Ich habe, Herr, gelitten und gebüßt / Doch fremd zu wallen in der Heimat, nein / Durch Wermut wird das Bittre nicht versüßt / Laß weltverlassen sterben mich allein / Und nur auf deine Gnade noch vertrauen / Von deinem Himmel wird auf mein Gebein / Das Sternbild deines Kreuzes niederschauen.«

Ein Gemälde, das trotz des Mangels an Handlung seltsam eindringlich zu mir sprach. Was war dagegen der Spruch des Großen Kurfürsten von 1686, der da über von Keyserlingks Koje hing: »Ob auf der See, ob auf der Heid' / Den Schlachtentod wir sterben / Wer stirbt im Streit, treu seinem Eid / Wird nimmermehr verderben!« Die Reimerei eines Haudegens, seelenlos.

Das Gespräch mit Dr. Rosen fiel leider aus, und so blieb unklar, was sein Buch mich lehren sollte. Drei Tage später, als ich mich bei ihm melden sollte, gerieten wir in einen schweren Sturm und mußten den Kurs ändern, nur um vier Strich nach Backbord, doch das sollte verhängnisvolle Folgen haben. Am Morgen nach der zweiten Sturmnacht nämlich war der Horizont leer, wir hatten die »Maimoa« verloren!

Und der Funkoffizier weigerte sich, sie durch Morsezeichen wieder an unsere Seite zu rufen. Nach Hein Harders Bericht verwies er auf die Nähe der französischen Empfangsstation von Papeete auf Tahiti, die schon ein Jahr zuvor Funksprüche des Grafen Spee registriert habe. Als dieser dann mit seinem Geschwader vor Tahiti erschien, war man dort gewarnt, hatte das Kohlenlager von Papeete in Brand gesteckt und die Seezeichen gesprengt, so daß ein Ansteuern des Hafens sich verbot. Das Geschwader konnte ihn nur aus der Ferne bombardieren und dabei das kleine Kanonenboot »Zélée« versenken.

Inzwischen nun, betonte von Keyserlingk, sei der Feind noch zwei Schritte weiter gelangt. Erstens habe er seine Methode zum Einpeilen von Sendern auf See verfeinert. Und zweitens sei er seit geraumer Zeit im Besitz des deutschen Signalbuchs, das schon am 26. August 1914 den Russen in die Hände gefallen war, als der Kreuzer »Magdeburg« bei der Ostseeinsel Odensholm auf Grund lief und im Feuer russischer Schiffe gesprengt werden mußte. Dabei flog zwar das Signalbuch, mit Blei beschwert, wie es sich gehörte über Bord, wurde jedoch von Tauchern herausgefischt und nach Keyserlingks Meinung den Engländern abschriftlich zugestellt.

»Aber der dazugehörige Chiffrierschlüssel hat doch gefehlt, soweit ich unterrichtet bin«, rief Boehnke, der verärgert selber in den Funkraum kam. »Die kriegen nie 'raus, was Sie morsen.«

»Das weiß keiner, Herr Kapitän«, antwortete von Keyserlingk. »Der Admiralstab hat den Schlüssel damals ja gesperrt. Trotzdem ist mir so, und zwar seit der Schlacht auf der Doggerbank, als ob die Briten in unser System eingedrungen sind. Anders ist ihr rasches Handeln in der Nordsee unerklärlich. Verrat scheidet aus, Spionage allein aber bringt eine so pünktliche Alarmierung der Grand Fleet nie zuwege.«

»Aha, Ihnen ist so. Ich will aber wissen, ob es die ›Maimoa‹ überhaupt noch gibt, und wenn ja, wo sie steht. Ob mit ihrer Kohle noch zu rechnen ist! Sichten wir sie bis Sonnenuntergang nicht, setzen Sie einen Funkspruch ab, so kurz, daß wir nicht einzupeilen sind.«

»Zu Befehl, Herr Kapitän. Allerdings ...«

»Schluß, Oberleutnant. Ich erwarte Ihre Meldung!«

Noch nie hatte man den Alten so in Rage gesehen. Der mögliche Ausfall der Brennstoffreserve warf seine Pläne um. Er hätte sich nicht länger davonschleichen können, sondern die nächste Dampferroute ansteuern und dort lauern müssen, um an das schwarze Gold zu kommen – also wieder auf die Jagd gehen, an den Feind, wie die Mannschaft es sich schon zu wünschen begann. Er freilich nicht. Ihm war der Abstand zum letzten Jagdrevier wohl noch nicht groß genug.

Trotz mehrfacher Funksprüche Keyserlingks, die Kimm blieb leer und die »Maimoa« stumm. Hatte der Sturm ihre Antenne zerfetzt, die FT-Anlage beschädigt? Sollte Funkmaat Rodigast, der mit Leutnant Wessel auf die Prise umgestiegen war, unfähig sein, das zu reparieren? Selber hatte er Funkverbot, mußte jedoch Weisungen mit seinem Rufzeichen und der Ziffer sieben (zweimal lang, dreimal kurz) quittieren. Da es kein Orkan gewesen und das Schiff nur noch mit 3000 Tonnen Kohle, also halb beladen war, konnte es nach Ansicht der Apostel kaum gesunken sein. Auch nicht gestrandet, gab es doch weit und breit kein Riff.

Während alle rätselten, was da passiert war, überschlug unser Leitender Ingenieur, der farblos-ruhige Michelsen, nüchtern die Fahrtstrecke, die uns beim Verlust des Tenders noch blieb. Bekannt für derlei Berechnungen, hatte er schon früher verkündet, daß bei 500 Schraubenumdrehungen pro

Seemeile die mächtige Bronzeschraube von »Schiff 17« sich bis Feuerland, nach 22000 Seemeilen Fahrt, elf Millionen mal gedreht hatte. Ein Resultat, das in der Offiziersmesse nicht recht gewürdigt worden war. Nun freilich, im weithin leeren Weltmeer, bekamen seine schrulligen Zahlenspiele plötzlich Sinn.

Liefen wir nämlich zehn Knoten wie bisher, lag der tägliche Kohlenbedarf bei 50 Tonnen, und man kam 240 Meilen weit damit. Bei den tausend Tonnen, die ungefähr noch in den Bunkern waren, ließ es sich noch zwanzig Tage leben und 4800 Meilen fahren – weit über Hawaii hinaus. Bei Volldampf aber, etwa sechzehn Knoten, brauchte man 120 Tonnen täglich, reichte nur acht Tage und schaffte gerade 3200 Meilen – nicht mal bis nach México. Schlichen wir jedoch mit nur vier Knoten dahin, langte der Vorrat für 67 Tage, und wir kamen über 6500 Meilen, bis nach China oder Alaska. Das schien die sparsamste Geschwindigkeit zu sein.

Nach dem Studium dieser Zahlen setzte Boehnke die Fahrt auf Tempo vier herab. Es war, als hätte ihn durch den Ausfall der »Maimoa«, der langsam zur beklemmenden Gewißheit wurde, alle Unternehmungslust verlassen. Mitte Oktober steuerte er sogar, vielleicht durch einen Navigationsfehler, eine Insel an, die gar nicht auf dem Programm gestanden hatte. Es war eine der winzigen *Iles du Désappointement* (Inseln der Enttäuschung) im Ostteil von Französisch-Polynesien, bewohnt, wenn auch nicht von Weißen. Angeblich hieß sie Uka. Wir sichteten sie auf einem der langen Kreuzschläge, mit denen wir quer zur eigentlichen Fahrtrichtung die See abkämmten, um doch noch den langsamen Tender zu finden.

Oder war es Absicht? Trieb den Kommandanten das Gefühl, uns nach soviel Leere und Eintönigkeit den Anblick von weißem Korallensand und ein paar braunen Naturkindern unter dem Gefieder von Palmen zu schulden? Ein Schritt, mit dem er womöglich hoffte, die Crew seelisch wieder aufzurichten. Und doch erwies sich der Landgang, den er der Mannschaft großzügig gewährte, als ein schwerer Fehler.

Kaum war der Anker in der Orange-Bai gefallen, da ging ein Drittel der Besatzung in die Boote, geführt von Dorn und Hirsch. Man nahm Kommißbrot, Bier und Dinge des täglichen Gebrauchs mit, um Früchte oder Hühner einzutauschen, wie ich annahm. Mich schloß der Artillerieoffizier meines Vergehens wegen vom Landgang aus. In bester Laune stieg er mit dem Wort »vorwärts und drauf« die Strickleiter hinab, gefolgt von schubsenden Männern, denen der Sinn nach Abwechslung stand. Mir blieb nur ein Blick durchs Fernglas auf das Ufer, wo sich unter der grellen Sonne an die hundert Eingeborene versammelten, darunter – so unglaublich es schien – auch Frauen: halbnackt.

Sie trugen lange Blumenkränze um den Hals, kaum geeignet, ihre Brüste zu verhüllen. Ein phantastisches Bild! Mich traf es wie ein Blitz. Ich hatte so etwas noch nie erlebt und bereute, durch das Tändeln mit dem armen, nun verschollenen Hansi Neckenbürger die Chance vertan zu haben, all das von nahem zu sehen. Unklar brachte ich den Eifer, mit dem der Prisentrupp und die halbe Geschützstaffel ins Boot drängte, mit jenen lockenden Gestalten in Verbindung... Eine Ahnung, die nicht trog.

Das Malheur von Uka

Die an Bord verbliebene Mannschaft begann nun, das Schiff wieder vom hemmenden Bewuchs zu reinigen und es neu zu maskieren. Aus der »Peer Gynt« wurde der peruanische Frachter »Bonifaz«. Denn es konnte ja sein, daß der Tender in Feindeshand gefallen war und die neuseeländische Crew unsere Tarnung verraten hatte. Unser Schneider, der Matrosenobergefreite Medefind, nähte die rotweißroten Felder der Handelsflagge Perus senkrecht zusammen; auch entstand der Wimpel des Heimathafens Callao bei Lima.

Der übliche Kulissenzauber. Die Maste wurden verlängert, ein zweiter Schornstein neu aufgestellt und das Heckgeschütz wieder versteckt. Den Rumpf pinselten wir blaßgrün, die Aufbauten cremefarben, das Deck weiß, was sich schon wegen der Sonneneinstrahlung empfahl. In den Hauch von Vanille und Ananas, der von Uka herüberwehte, mischte sich der Duft des Terpentins und weckte in mir die Erinnerung an die Nadelwälder der Rostocker Heide.

Am dritten Tag unseres Aufenthalts befreite mich Zahlmeister Heul vom Pöhnen, aber nur, damit ich ihm beim Entwurf seines nächsten wehrpolitischen Vortrags half. Die Nachrichten wurden allmählich knapp. Wir hatten zuletzt noch Morsezeichen der Großfunkstelle in Suva empfangen und aus den Pressetelegrammen gehört, daß Warschau, Grodno und Wilna gefallen und die Engländer im Irak bis Kut el Amara vorgerückt waren; doch das hatte Heul schon verkündet. An neuen Meldungen lag bloß vor: der Zar übernimmt den Oberbefehl über das russische Heer, die deutschen U-Boote beschränken sich auf den Kreuzerkrieg nach Prisenordnung, Beginn der dritten Isonzoschlacht und eines Feindangriffs in Kamerun, Bulgarien und Griechenland machen mobil, Japan lehnt es ab, Truppen nach Europa zu schicken.

Unsicher, wie derart widersprüchliche Fakten zu bewerten und von den lügnerischen Absichten der Feindpropaganda zu trennen seien, beschloß der Verwaltungsoffizier, lieber sein Steckenpferd zu reiten: die Statistik. Er addierte die monatlichen Versenkungsziffern und rechnete anhand der Welttonnage und der geringen Neubauzahlen aus, wann England erledigt sei. Mich ließ er die Frachtraten vergleichen, die durch unseren Zufuhrkrieg tatsächlich sprunghaft wuchsen. Hatte das Verschiffen von hundert Pfund amerikanischer Baumwolle nach England bei Kriegsausbruch nur 25 Cents gekostet, so stieg es bis November 1914 auf 55 Cents und lag jetzt, knapp ein Jahr später, schon bei drei Dollar. Mit den Frachtpreisen kletterten die Versicherungskosten. Der Schaden für den Gegner war enorm. Es ergab sich: Auch wenn uns mal ein paar Wochen lang nichts vors Rohr lief, wir erschütterten den Markt und trugen zum finanziellen Ruin Englands bei.

Ich sehe mich noch vor dem Zahlmeister im schrägen Heck des angekippten Schiffs auf einem Deckstuhl sitzen, unter dem Sonnensegel, brav Zahlen schreiben und gelegentlich zu meinem Vorgesetzten schielen. Heul, in Hemdsärmeln, die kantige Stirn schweißüberperlt, trug sein Haar militärisch kurz, wie mit dem Rasiermesser gescheitelt. Neben ihm lag Assistenzarzt Diebitsch faul hingestreckt, den bloßen Oberkörper affenartig bewachsen, das Haupthaar viel länger, das Kinngrübchen tadellos ausrasiert; ein Mann von schlaksiger Eleganz. Er wirkte meist leicht gelangweilt. Er nahm seiner Männlichkeit das Schneidige, indem er komisch war, sogar auf eigene Kosten. »Na, geht's voran mit Ihrer Erbauungspredigt?« hörte ich ihn fragen.

»Sie wissen, ich tue das auf Anweisung«, entgegnete Heul.

»Die Mannschaft erbaut sich doch an Land.«

»Hoffentlich geht das auch gut.«

»Haben Sie denn keine Verhütungsmittel ausgegeben?«

»Schon, aber wer weiß, ob man die Mündungsschoner nimmt? Die Kerle stehen ja förmlich unter Dampf ... Heute kam schon der erste an, klagt über Beschwerden. Na, kein Ausfluß, atypischer Verlauf, kann immer noch Einbildung sein.«

»Ach du liebe Güte, das hat uns gerade noch gefehlt. Woher denn so etwas in diesem Paradies?«

»Vergessen Sie nicht, die Franzosen waren vor uns hier. Ich hab ein paar Mischlingskinder im Dorf gesehen.«

Es trat eine Pause ein, die Herren hingen ihrer Besorgnis nach. Diebitschs Miene drückte aus, daß er die Soldaten vom Leutnant abwärts für Schwachköpfe hielt, die mit ihrer Gesundheit Schindluder trieben, kamen Frauen ins Spiel. Durch das Rauschen der Brandung drang vom Land her rhythmische Musik. Dankbar und farbenfroh tanzten die Insulaner dort am Strand – es hieß, sie feierten mit unserer Ankunft zugleich das Ende der französischen Kolonialherrschaft. Sie hatten bei uns Waffen gesehen, fremde Laute gehört, das genügte ihnen, an einen Machtwechsel zu glauben.

In diesem Moment lief Oberleutnant von Keyserlingk hurtig wie ein Springteufel oben aus dem Funkraum, jagte die Treppe herunter, rutschte ab und schlug um ein Haar auf dem schrägen Deck hin. »Wo ist der Kapitän?« rief er. »Die ›Maimoa‹ hat gefunkt, stellen Sie sich vor!«

»Der Kapitän ist drüben, auf Uka«, sagte Dr. Diebitsch.

Keyserlingk gewann das Gleichgewicht wieder. Er gehörte zu den pflichttreuen Offizieren, denen nie ein Fluch entschlüpft und die noch beim Hinstürzen tadellose Manieren zeigen. Vulgäre Verrichtungen wie Kegeln, Skatspielen oder gar Beischlaf mit Eingeborenen waren ihm wesensfremd. Er arbeitete von früh bis spät, saß in der Funkbude, wollte alles einfangen, was der Äther uns zutrug. Doch was jetzt geschehen war, schien zuviel: die »Maimoa« hatte uns einen Treffpunkt im Marinequadrat TN vorgeschlagen, zwar verklausuliert, doch im Klartext! Sie bestätigte die Rufe der »Peer Gynt« mit dem richtigen Code, der Ziffer sieben, durchbrach aber das Funkverbot. Ihr bisheriges Verstummen, ihr Verhalten überhaupt, entschuldigte sie mit Sturmschäden an Bord.

Der Erste Offizier stieg prustend aus dem Meer, er pflegte dreimal täglich um das Schiff zu schwimmen, was außer ihm der Haie wegen keiner tat. Während von Keyserlingk ihm atemlos Meldung erstattete, kam Oberleutnant Cramer mit Kartenrollen von der Brücke herab. Auch Dorn und Michelsen traten hinzu. Es stellte sich heraus, daß der Treffpunkt weit im Norden lag, bei der Insel Fatu Hiva im Marquesas-Archipel. Der 3000 Fuß hohe Gipfel von Fatu Hiva gab eine gute Ansteuerungsmarke ab.

»Wieso funkt Rodigast das offen?« fragte Cramer. »Hakt es bei dem aus?«

Asmann schüttelte sich Tropfen aus dem Bart. »Noch solch ein Spruch, und ich bringe ihn vors Kriegsgericht.«

Zahlmeister Heul fragte: »Kann ihm in dem Unwetter der Chiffrierschlüssel weggekommen sein?«

»Denkbar wäre das«, antwortete der Funkoffizier. »Aber ich bezweifle, ob es wirklich Rodigast war, der das durchgegeben hat.«

»Was heißt das?«

»Es ist sein Sender, aber nicht seine Handschrift.«

»Ist Ihnen klar, was das bedeutet?« fragte Asmann.

»Ja... Es sei denn, er hätte sich die Hand verletzt.«

»Oder man hat ihn gezwungen, Herr von Keyserlingk. Unser Prisenkommando war mir gleich zu schwach. Ich fürchte, die Neuseeländer haben es in der letzten Sturmnacht überwältigt und das Schiff in ihre Gewalt gebracht. Und jetzt sind offenbar wir dran, jetzt baut man bei Fatu Hiva eine Falle auf... Aber, meine Herren, nicht mit uns! Wo kam denn der Funkspruch her?«

»Aus Richtung West, zweihundertfünfzig bis zweihundertneunzig Grad. Nicht exakter meßbar, Herr Kapitänleutnant. Mit dem Schiff steht meine Richtantenne schief.«

Man beugte sich über Cramers größte Karte. In dem genannten Raum lagen die französischen Gesellschaftsinseln, aber auch das britische Tonga, die Fidschi-Inseln und Deutsch-Samoa, seit einem Jahr von Australien besetzt. Neuseeland fiel nicht in den Sektor, der immerhin die halbe Südsee einnahm, doch das war ja kein Trost. In der Hand ihrer alten Besatzung würde die »Maimoa« den nächsten Stützpunkt der Westmächte angesteuert haben, wo dann der Plan, uns zu fangen, vermutlich erst gefaßt worden war. Das erklärte auch die Verzögerung im Funkkontakt.

»Die Tanks lenzen«, befahl der Erste Offizier. Es klang, als lebe er unter der Hiobsbotschaft geradezu auf. »Schluß mit dem Abkratzen, wir machen seeklar, sofort. Haben Sie den Treffpunkt bestätigt?«

»Chiffriert und in aller Kürze.«

»Egal, man kann uns geortet haben. Sie funken ja schon seit Tagen. Wir laufen aus, natürlich nicht nach Fatu Hiva, sondern in Richtung Christmas-Island, nach Nordwest.«

»Muß das nicht der Kapitän entscheiden?« wandte Cramer ein. »Er zieht in dieser Situation einen östlichen Kurs gewiß vor.«

»Um nochmal ins Leere zu stoßen? Da ist nur das blaue Meer! Auf dem Dampfertrack Tahiti–San Francisco kommen wir endlich wieder zum Schuß.«

Mit dem dumpfen Ton des Typhons rief Asmann die Ausflügler von Uka zurück. Ohne die Ankunft und den Befehl des Kommandanten abzuwarten, traf er seine Maßnahmen, noch in der Badehose, mit einer kaltblütigen Bestimmtheit, die ihm Respekt verschaffte. Er war der Stellvertreter, und wie damals vor Kap Hoorn war Gefahr im Verzug, das rechtfertigte seinen Schritt. Daß wir auf der vorgesehenen Route nicht nur den Track Neuseeland–San Francisco, sondern wohl auch die Spur der Streitkräfte schnitten, die uns bei Fatu Hiva stellen wollten, kratzte ihn nicht. Es war das zweite Mal, daß er Boehnkes Abwesenheit nutzte und das Ruder ergriff. Wieder uns zum Segen?

Binnen einer Stunde gingen wir ankerauf und liefen nach Nordwesten ab, in mäßigem Tempo, um keine auffällige, weithin sichtbare Rauchfahne zu entwickeln. Est nach Einbruch der Dunkelheit wurde Höchstfahrt befohlen; dank des gereinigten Rumpfes und der überholten Maschine lag sie wieder bei siebzehn Knoten. Ohne Rücksicht auf den Brennstoffverbrauch! Asmann hatte sich zum allgemeinen Erstraunen in jeder Hinsicht durchgesetzt.

Am folgenden Tag schickte er die Männer mit den besten Augen in den Ausguck und ließ sie stündlich ablösen, damit ihre Aufmerksamkeit nicht nachließe. Doch kein Qualm zeigte sich am Horizont, nicht das kleinste Wölkchen. Mittags setzte feiner Regen ein, die Sicht sank rapide, und gegen Abend hatten wir den mutmaßlichen Kurs unserer Jäger hinter uns. Ein freches Manöver! Wir waren nun nördlich von ihnen, nicht mehr südlich, wie sie denken mußten, wenn sie uns bei Uka eingepeilt hatten.

In der ersten Novemberwoche geschah gar nichts, außer daß ein Teil der Mannschaft sich beim Arzt einfand, mit Beschwerden in der Leistengegend und beim Wasserlassen.

Dr. Rosen leitete die übliche, recht schmerzhafte und peinliche Behandlung ein. Das Lachen verging denen, die sich damit gebrüstet hatten, wie oft sie auf Uka »zum Schuß gekommen« seien. Dr. Diebitsch waren etliche Merkmale neu, er sprach von einem »Orange-Bai-Syndrom«. Auch wurde von ihm der Ausspruch kolportiert: »Der Franzmann hat eine biologische Mine gelegt, und ihr seid voll draufgeknallt, Kerls.« Die Gefechtsbereitschaft des Schiffs schien trotzdem kaum gemindert.

Unter der Mehrheit derer, die sich nicht infiziert hatten, ging die Furcht vor Ansteckung um. Wie in einem Krankenhaus durchzog Lysolgeruch die Decks der »Bonifaz«. Die Toiletten wurden fortgesetzt mit Chemikalien bestreut, ausgeschrubbt, gestrichen und poliert. Im Mannschaftspissoir prangte der Spruch: »Wer nicht mehr im Bogen kann, der tritt gefälligst näher ran.« Und an die WC-Tür pinnte der Spieß den ordinären Reim: »Wer diese frischlackierte Brille / Bepinkelt oder gar bekackt / Dem wird der Sack mitsamt der Nille / Gleich unterm Arsche abgehackt.«

Man steckte das Mißgeschick witzereißend weg. Über den Waffenwart Huber, dessen veränderter Gang auffiel, hieß es bildkräftig, er habe sich »die Gießkanne verbogen«. Talente traten ans Licht, wenn auch auf niedrigem Niveau. Zur Melodie eines bekannten Soldatenlieds aus dem Krieg von 1870/71 entstand der Text: »Nimm meine Hand, Marie / Die Pfeife bekommst du nie / Hab mir auf Uka die Pfeife verbrannt / Alles fürs Vaterland.«

Ernster als der Zustand der Erkrankten schien das Befinden des Kommandanten zu sein. Angeblich litt er unter heftigen Koliken. Es wurde merkwürdig still um ihn. Aus der Kombüse sickerte durch, ihm werde eine Nierendiät verabreicht. Sie bestand hauptsächlich aus Bier, das den Abgang der Steine fördern sollte. »Vom Deckoffizier an aufwärts«, sagte mein Freund Hein, »nennt man das also Blasen- und Nierenleiden.«

Ich schämte mich für ihn. Denn kein Mensch glaubte doch im Ernst, daß Boehnke sich derart vergessen hatte. Bei seinem Palaver mit dem Häuptling und den Feierlichkeiten hatte er ständig im Blickpunkt gestanden. Auch war er in unseren Augen ja ein älterer Mann, den es längst nicht mehr so plagte. Wenn schon nicht das Bild seiner Frau und der zwei heiratsfähigen Töchter ihn vor solch einer Torheit schützte, so zumindest die Pflicht, uns allen ein Beispiel zu sein.

»Er ist auch bloß ein Mensch«, sagte Hein.

»Ein Kommandant tut so etwas nicht!«

»Kann ja sein, man hat ihm das Mädchen aufgedrängt vor lauter Gastlichkeit, wie? Dann ließ sich das gar nicht abschlagen, ohne die Insulaner vor den Kopf zu stoßen und den ganzen Tauschhandel zu stören.«

»Er hätte schon gewußt, sich aus der Affäre zu ziehen«, entgegnete ich aufgebracht. »Mit uns ist er schließlich auch überall heil durchgeschlüpft.«

»Ja, bis Uka. Jetzt pfeift ein anderer Wind. Ich will dir was sagen, Richard – wie die Dinge stehen, gibt Asmann das Ruder so schnell nicht wieder aus der Hand. Freu dich doch! Du kannst doch ganz gut mit ihm.«

Rache für Tsingtau

Sollte ich den Wechsel in der Schiffsführung begrüßen, der ja nur vorübergehend war? Ich spürte keine Veränderung. Weder erlaubte mir Asmann, wieder in der Messe zu bedienen, noch rief er mich zu sich. Es gab keinerlei Kontakt. Er schien viel zu beschäftigt, um einen Gedanken an mich zu verschwenden. Der Mann, den ich heimlich bewunderte, weit mehr als den Kommandanten, brachte es fertig, mich nach all dem Verständnis, das er mir gezeigt hatte, völlig zu vergessen.

Das Schiff freilich spürte den neuen Herrn. Nun galt wieder ein Durchschnittstempo von zehn Knoten, das sich mit unserem Kohlenvorrat gerade noch zwei Wochen fahren ließ. Sechs Tage nach dem jähen Aufbruch von Uka näherten wir uns Christmas Island im britischen Archipel der Gilbert-Inseln. Bis auf die Palmwipfel von Filippo Reef am dritten Tag an Backbord hatten wir nur Wasser und Wolken gesehen. Asmann wollte den Handstreich des Kreuzers »Nürnberg« vom vergangenen Herbst wiederholen, als dieses Schiff das australisch-kanadische Unterwasserkabel zerschnitten und die Enden verschleppt hatte. Dieses Kabel von Brisbane nach Vancouver war eines der beiden, die durch den Pazifik liefen. Das andere verband San Francisco mit Tokio, Schanghai und Manila, es gehörte den Amerikanern und war für uns tabu. Das britische Kabel berührte die kleine Fanning-Insel 160 Seemeilen nordwestlich von Christmas Island ... Danach plante Asmann noch ein Unternehmen im Raum Hawaii, über das er sich ausschwieg. Honolulu, die Hauptstadt von Hawaii, lag auf unserem Törn, knapp fünf Tagesmärsche weiter nördlich.

Wenigstens erklärte uns Leutnant Hirsch, wie die Fanning-Operation damals verlaufen war. Die »Nürnberg« hatte das Inselchen am 7. September in der Dämmerung erreicht. Zwar war die Station durch das Signal »verdächtiges Schiff in Sicht« gewarnt worden, das am Leuchtturm hochging. Da sie die »Nürnberg« aber im Zwielicht mit einem französischen Kreuzer vom Typ »Descartes« verwechselte, gelang der Überfall. Nach dem Ausschiffen wurden zwei Dutzend englische Gewehre, Pistolen und Munition, tausend Pfund in Banknoten, dazu noch Briefmarken, Dienstbücher und Postdokumente erbeutet. Die überrumpelten Briten leisteten keinen Widerstand. Es sei übrigens ganz ritterlich und fair zugegangen. Über das, was man ihnen wegnahm, wurde eine Quittung ausgestellt. Hirsch betonte, der feindliche Stationsvorsteher habe dem Kommandanten der »Nürnberg« sogar seinen Dank ausgedrückt für das »korrekte und einwandfreie Benehmen der gelandeten Offiziere und Mannschaften«.

»Wenn es noch der gleiche ist, kann er sich übermorgen wieder bedanken«, fügte der Leutnant lächelnd hinzu. Erstmals fanden wir, daß er ein bißchen Humor bewies. Die Aussicht auf solch eine Waffentat erfrischte natürlich auch ihn.

Aber es kam anders. Im Morgengrauen des nächsten Tages lief uns kurz vor Christmas Island aus einer Regenbö ein dickes Kriegsschiff entgegen, modern, gefährlich, den Vorsteven schräg in der Bugwelle, mit vier großkalibrigen Doppeltürmen, drei Schloten, zwei Gefechtsmasten und vielen Stangen am Rumpf zum Ausschwenken der Torpedo-Abwehrnetze. Ein knalliges Banner wehte am Heck, Japans Kriegsflagge, auf weißem Grund die blutrote Sonne mit den sechzehn Strahlen. Der schlimmste Feind, der uns je begegnet war.

Wir hielten den Atem an. Es war ein Panzerkreuzer der »Haruna«-Klasse, erst kurz vor dem Krieg gefertigt. Die Dreibeinmaste wiesen auf eine britische Werft oder doch auf das englische Baumuster hin. Fast 30000 Tonnen schwer, war er mit seinen acht 14-Zoll-Geschützen und der mittleren Artillerie, darunter acht 6-Zoll-Kanonen in jeder Breitseite, selbst Deutschlands Schlachtkreuzern vom Typ »Seydlitz« an Feuerkraft überlegen. Er hatte elfhundert Mann Besatzung, Turbinenantrieb und auch Kessel mit Ölfeuerung, die es ihm erlaubte, rasch Höchstfahrt zu gewinnen. Zwecklos, zu fliehen! Er war zehn Knoten schneller als wir.

Doch das Wunder geschah, die »Haruna« – oder eines der drei Schwesterschiffe – nahm von uns gar nicht Notiz. Der peruanische Frachter »Bonifaz« war ihr keinen Funkspruch oder Fahnengruß wert. Stolz zog sie ihre Bahn, rauschte im zwei-Meilen-Abstand an uns vorbei: grau, einsam, bedrohlich, durch kein Begleitschiff geschützt. Die Idee, auf dem Stillen Ozean einen Gegner zu treffen, hielt ihr Kommandant wohl für absurd. Es schien demnach nicht so, als hätten die Briten ihren Verbündeten vor uns gewarnt. Etwa verstimmt durch dessen Weigerung, sich noch am Krieg zu beteiligen? Japan hatte Tsingtau erobert, den einzigen Auslandsstützpunkt unserer Marine, und sich die deutschen Südseeinseln von den Marianen bis zum Bismarck-Archipel mit Australien geteilt; das reichte ihm, nun stieg es aus, verdiente am Krieg ohne weitere Anstrengung ... Nicht mal Graf Spees Kreuzergeschwader hatte es ernsthaft bekämpft.

Der Schreck saß uns noch in den Knochen, als ein paar Stunden später, zehn oder zwölf Meilen jenseits des flachen, langgestreckten Christmas Island, überraschend ein weiteres Schiff aufkam. Die See war ruhig, die Sicht unverändert mangelhaft. Es hing an Backbord schräg hinter uns zurück, staffelte jedoch durch sein überlegenes Tempo rasch auf. Wiederum waren die Ausmaße enorm, einschüchternd schon die Höhe der Aufbauten. Mir erschien das Fahrzeug noch größer und hochbordiger als der Panzerkreuzer, dem wir gerade entwischt waren. Ein Ozeanriese ähnlich dem, der uns nahe der La Plata-Mündung gejagt und das so teuer bezahlt hatte, schälte sich aus dem Dunst. Er lief auf konvergierendem Kurs, wie unterwegs von Sydney nach Hawaii. Die Distanz nahm ab; auf der Brücke versuchte man, die Geschwindigkeit zu drosseln und unauffällig nach Steuerbord abzufallen, damit er uns ungeschoren ließ.

Aber umsonst! Entweder drehte der andere listig nach oder er ging sowieso, seines Tiefgangs und der Riffe wegen, in leichtem Bogen nordwestlich um Christmas Island herum. Auf 70 Hektometer erkannten wir durch Sprühregen wiederum die Fahne Japans, zum Glück nicht das Kriegsbanner, sondern die Handelsflagge mit dem Sonnenball, der keine Strahlen hat. Kurz danach, er lag nun fast querab, ließ sich in der Optik des Entfernungsmessers auch der Name lesen: »Takatschio Maru«.

Das änderte alles. Unter den sechs Hilfskreuzern Japans gab es kein Schiff dieses Namens; seine übrigen Frachter sollten unbewaffnet sein. Wir steigerten das Tempo und glitten ebenso unmerklich, wie wir uns von ihm hatten lösen wollen, an den Schnelldampfer heran. Asmann plante, ihn anzufallen! Gewiß ging aus seinem Verzeichnis hervor, daß es fette Beute war, ein kombiniertes Passagier- und Frachtschiff von 22000 Bruttoregistertonnen, geeignet, all unsere Erfolge zu krönen und die Zahl der versenkten Tonnage kräftig hochzutreiben.

Wir waren von dem Entschluß wie elektrisiert. Der Erste Offizier gab den Befehl aus »Äußerste Kraft, klar zum Enttarnen« und fügte die Losung hinzu: »Ran an den Feind, Rache für Tsingtau!« So riefen es die Befehlsübermittler an den Sprachrohren der Kommandobrücke nach unten. Im gleichen Takt kamen die Wiederholungen herauf. Zwei, drei Sekunden war Stille, dann drang das Echo hoch, ein heiseres Brüllen, durch Schallrohre, Munitionsaufzüge und Luftschächte – die Losung hatte gezündet. »Hurra«, schallte es im Bauch und auf den Decks des ganzen Schiffs, »Schlagt die Japse! Vorwärts und drauf! Deutschland über alles! Rache für Tsingtau!« Mit den Schaufeln schlugen die Heizer gegen die Bunkerwände, nie hatte ein Schiffsführer seine Mannschaft fester hinter sich gehabt als Asmann in diesem Augenblick.

Nach so vielen Wochen ging es endlich los, lag wieder ein Gegner vor uns! Daß der Erste Offizier sich entschloß, den Japaner in Reichweite des Panzerkreuzers aufzubringen, mochte tollkühn sein. Kapitän Boehnke hätte das Risiko vermieden. Doch hob nicht gerade die Furcht, die der Panzerkreuzer uns eingeflößt hatte, zusammen mit der Demütigung durch das Malheur auf Uka die allgemeine Angriffslust? Asmann spürte, was wir wollten und was er dem Geist der Gruppe schuldig war. Bei der ersten Aktion, die er befahl, handelte er restlos im Sinne der Crew.

Kaum aber hatten wir Flagge gezeigt, dem Gegner Funkstille und Stopp befohlen, bekräftigt durch einen Warnschuß aus dem Backgeschütz, da begann ein erbitterter Kampf. Die »Takatschio Maru« leistete Widerstand, sie fing an, so laut und schnell zu morsen, daß von Keyserlingk Mühe hatte, dies durch Signale auf derselben Frequenz zuzudecken. Mit einer Breitseite schossen wir ihr den Mast und den Funkraum entzwei, doch ein schwächerer Reservesender setzte hektisch den Notruf fort. Und ihr Kapitän, zum äußersten entschlossen, gab keineswegs auf. Wohl zeigte er uns die schmale Silhouette, statt aber mit hohem Tempo abzulaufen, wie es normal gewesen wäre, stürmte er zum Rammstoß auf uns los.

Das hatten wir noch nie erlebt. Ein Zeichen fernöstlicher

Geistesart, einer Kampfwut und Besessenheit, die unserer eigenen entsprach. Der fremde Schiffsführer schien ein Samurai zu sein. Er wiederholte das schneidige Manöver, das dem österreichischen Admiral Tegetthoff in der Seeschlacht bei Lissa den Sieg über die italienische Flotte beschert hatte. Das war fünfzig Jahre her, doch gegen kleinere Schiffe versprach der Rammstoß auch heute noch Erfolg. Wir waren zwölfmal kleiner als der elfenbeinfarbene Koloß. Auf dem Schaum seiner Bugsee wälzte er sich heran.

Das Verhängnis schien unaufhaltsam. Leutnant Spalkes Torpedofächer ging fehl. Nun war es an uns, zu fliehen und dabei zu feuern, was das Zeug hielt. Wieder krachten die Backbordkanonen, in der schwachen Dünung kamen wir gut ab, die Salve lag deckend, Fontänen stiegen hoch, getroffen jedoch hatten wir nicht, und der Abstand sank rapide. Asmann zog das Schiff hart herum, es neigte sich zur Seite, wir konnten nicht mehr schießen. Gewiß war die »Bonifaz« beweglicher. Aber der Wahnsinnige folgte jeder Wendung und rauschte, notfalls auch mit den Schrauben steuernd, in sogenannten Hundekurven berserkerhaft auf uns zu. Ein Aufprall bei Tempo zwanzig hätte ihm den Steven eingedrückt, uns aber, wenn nicht mittschiffs gespalten, die Geschütze aus dem Fundament gerissen, Maste und Schornstein gekippt und soviel Bordwand zerstört, daß der Untergang sicher war.

Nach Momenten der Angst und schmerzhafter Anspannung entschied sich in letzter Minute das Duell. Während Asmann eine Backborddrehung vortäuschte und das Heck dann nach Steuerbord herumriß, jagte Spalke dem Feind auf kurze Distanz zwei Torpedos in den Bug. Sie schlugen beide in Höhe der Ankerklüse ein. Das Wasser schoß, wild zerstäubend, bis zum Masttopp empor. Wie unter einem Axthieb bäumte sich die »Takatschio Maru« auf und verlor rasch an Fahrt. Offenbar ließ ihr Kapitän die Schrauben rückwärts laufen, um den Wasserdruck vom Vorschiff zu nehmen, damit dort die Schotten standhielten.

Er strich also die Flagge! Der Kampf war aus. Wir hatten

es geschafft. Der Jubel auf der »Bonifaz« war unbeschreiblich. Auch sie stoppte jetzt, die Rohre auf den Feind gedreht. Unser Boot schwenkte aus, schwerbewaffnet setzte der Prisentrupp über, geführt von Leutnant Dorn, mit Hurrarufen im Takt der Ruderschläge wie beim Endspurt einer Regatta.

Dorn fand heraus, der Japaner war erst drei Jahre alt und an die neun Millionen Mark wert – eines der ersten Schiffe mit neuzeitlichen Kühlräumen. Er hatte zweitausend Tonnen Gefrierfleisch aus Australien, eine große Ladung Stückgut und 130 Sack Post an Bord, ferner an Bargeld 120000 Dollar und 80000 Yen in Banknoten. Dazu fast zweihundert Passagiere, weit mehr, als sich bei uns unterbringen und verpflegen ließen. Einige waren von dem Beschuß leicht verletzt. Der tolldreiste Kapitän wurde nirgends entdeckt. –

»Hat wohl Harakiri verübt«, sagte Dorn. »So sind sie, die Japaner! Hat sein Gesicht verloren und Schluß gemacht.«

Wir nahmen nur drei britische Seeoffiziere und zwei hohe Beamte der australischen Provinz New South Wales fest. Den übrigen Reisenden und der Besatzung wurde erlaubt, in die Boote und nach Christmas Island zu gehen, zwei bis drei Ruderstunden südostwärts im Dunst nicht erkennbar, doch mit dem Kurs 130° sicher zu erreichen. Das Riff um Christmas Island, vor dem die Brandung stand, öffnete sich glücklicherweise nach der dem Kampfplatz zugewandten Seite. Ein weiterer Vorzug der Insel: Sie war viel größer als Fanning, überhaupt nicht zu verfehlen, doch ohne Sendestation und Kabelanschluß. Die Nachricht von unserem Schlag würde sich erst in der Welt verbreiten, wenn dort der nächste Dampfer kam – in vier bis sechs Wochen nach Meinung der Gefangenen.

Inzwischen lag das Opfer, ohne deutliche Schlagseite, vorn schon ziemlich tief. Anscheinend war dort das Querschott beschädigt worden, auch der Rest hielt nicht dicht. Unterhalb der Brücke tauchte die Lademarke *North Pacific summertime* ein. Da war kein Fangschuß mehr nötig. Während die Rettungsboote in dem Geniesel verschwanden, beriet unsere Schiffsführung, was von der wertvollen Fracht sich womöglich bergen ließ. Die Kohlen leider nicht, das hätte zu lange gedauert – auch im Hinblick auf den Panzerkreuzer, der Fetzen des Hilferufs empfangen haben und schon im Anmarsch sein konnte.

Der Kommandant erschien an Deck, zu unserem Erstaunen in voller Uniform. Ich fand ihn sehr verändert. Er hatte abgenommen, Ringe unter den Augen, der weiße Kragen stand ihm vom Hals ab. »Ich hoffe«, hörten wir ihn steif zum Ersten Offizier sagen, »Sie sind nach Prisenordnung verfahren. Selbst für die U-Boote gilt wieder strenges Reglement!«

»Alle Vorschriften wurden befolgt«, antwortete Asmann frostig.

Man roch förmlich die dicke Luft. Eine Auseinandersetzung bahnte sich an. Da lenkte mich etwas ab von dem Gespräch, so wichtig es für uns auch war. Der Gegner, die vermeintliche leere, von ihrer Besatzung verlassene »Takatschio Maru«, stieß plötzlich Qualm aus und machte in Richtung Christmas Island Fahrt, als wollte sie die eigenen Rettungsboote einholen, in Schlepp nehmen oder gar über den Haufen rennen.

Dazu freilich kam es nicht. Noch ehe wir handeln konnten, sank der zertrümmerte Bug bis über die Gösch ins Meer, er unterschnitt die Wasserfläche, und das riesige Schiff glitt unaufhaltsam abwärts. Am Heck, wo noch das Sonnenbanner wehte, traten die kreisenden Schrauben ans Licht. Im Fauchen und Knallen einer Kette von Kesselexplosionen versank der tapfere Feind ... Betroffenes Schweigen breitete sich bei uns aus.

Zeitungen zum Tee

Zahlmeister Heul führte eifrig Buch, und ich half ihm dabei. Auf seiner Versenkungsliste – intern *unsere Strecke* genannt – war der Japaner die Nummer 13; er hatte uns ja auch beinah Unglück gebracht. Als »Stella« hatte »Schiff 17«, nachdem es in norwegischem Gewand durch die Blockadelinie geschlüpft war, drei Schiffe aufgebracht, davon zwei vor meiner Zeit. Als »Daphne« sogar sieben, wenn man den Hilfskreuzer wegließ, dessen Untergang wahrscheinlich, doch nicht sicher war. In Gestalt der »Perla« war uns nur ein Schlag geglückt, ebenso als »Peer Gynt«, da wir die Prise »Maimoa« wieder eingebüßt hatten. Und auch maskiert als »Bonifaz« blieb es lange bei dem einen Erfolg. Allerdings hatte der Japaner die von uns versenkte Tonnage auf 82 000 BRT hochgedrückt.

Leider wußte das die Heimat nicht, sie hätte uns sonst wieder mit Orden bedacht. War es im Südatlantik noch möglich gewesen, ihr über die Marineetappen in Brasilien und Argentinien etwas zu melden, so riß hinter Kap Hoorn, wo wir uns still davonschlichen, jeder Funkkontakt. Erst nach unserer Rückkehr würde der Admiralstab alles erfahren. Aber wann kehrten wir denn heim, und wie, von der Rückseite des Globus? Kreuzten wir doch schon den 170. Längengrad, eine halbe Erddrehung von Deutschland entfernt.

Mitte November wurden uns die Kohlen so knapp, daß dem Ersten Offizier ein dreister Gedanke kam. Er schlug einfach vor, Honolulu anzusteuern, um den Brennstoff zu ergänzen. Heul hatte ihm ein Gutachten verfaßt, das die Rechte und Pflichten der Neutralen im Seekrieg beschrieb, nach dem Haager Abkommen vom Oktober 1907. Es stand drin, jede kriegführende Macht dürfe für 24 Stunden in neutrale Häfen einlaufen, und zwar mit höchstens drei Schiffen. Diese hätten das Recht, ihren Proviant bis auf den regulären Friedensvorrat aufzufüllen, den Brennstoff freilich nur so weit, daß er bis zum nächsten Stützpunkt reiche. (Da man uns Tsingtau weggenommen hatte, war die Einschränkung belanglos.) Schäden am Schiff und an den Maschinen durfte man über die 24-Stunden-Frist hinaus ausbessern. Ausdrücklich war erlaubt, das Schiff wieder seetüchtig zu machen, wenn auch nicht gefechtsfähig. Doch es ging uns ja bloß um Kohlen und Schmieröl, kampffähig waren wir schon noch.

Wie es hieß, wirkte der Kommandant vom Krankenlager aus dieser Idee scharf entgegen. Er hatte durchaus nicht abgedankt, sondern versuchte das Schiff wenigstens aus dem Hintergrund zu führen. Die Aktion Honolulu hielt er für völlig hirnverbrannt. Zwar stimmte es, die USA schienen neutral zu sein, sie pflegten zu allen kriegführenden Ländern gewinnbringende Handelsbeziehungen, besonders zu England und Frankreich. Der Krieg war ihr bisher größtes Geschäft. Eigens um sie nicht zu verstimmen, hatte die Reichsleitung in Berlin die U-Boote am 18. September zurückgepfiffen, sie wieder auf den Kreuzerkrieg nach Prisenordnung beschränkt. Ob aber die Hafenbehörden auf Hawaii uns Brennstoff verkaufen würden, war bei der probritischen Haltung Amerikas doch fraglich. Sicher war dagegen die Bekanntgabe unseres Eintreffens über Kabel und Funk. Und was, wenn ein englisches oder japanisches Kriegsschiff zufällig im Hafen lag? Es würde sich anhängen, uns sogar des Nachts beim Auslaufen folgen, uns also beschatten, bis Verstärkung herbeigeeilt und wir vernichtet seien.

Angeblich erwiderte Asmann, wir brauchten uns keineswegs selbst zu gefährden. Es genüge, ein fremdes Schiff zu entsenden. Von dem vielen Geld, das wir außerdem erbeutet hätten, lasse sich vor Hawaii ein neutraler Frachter chartern, der an unserer Stelle die Kohlen nahm und sie in einer stillen Bucht auf die »Bonifaz« umlud. Er sei bereit, dort mitzufahren, damit man uns nicht betrüge oder verriete. Außerdem, man könne auch ein gekapertes Schiff als Zubringer benutzen; er bot an, das Prisenkommando zu führen ... Heul schien dies zu begrüßen, lieferte er ihm doch dazu ein handfestes Argument, indem er auf einen preußisch-amerikanischen Sondervertrag aus dem Jahre 1828 hinwies. Danach durften, anders als die Kriegsschiffe beider Mächte, deren Prisen beliebig lange unter einem Prisenkommando des kriegführenden Staates den neutralen Hafen als Zuflucht nutzen! Zwar behaupteten die Briten, der Vertrag von 1828 sei durch den Artikel 21 der Haager Konvention aufgehoben. Doch bisher war in Nordamerikas Häfen offenbar noch so verfahren worden, zumal England – wie Heul hervorhob – die Haager Konvention nicht ratifiziert hatte.

Aber Boehnke verwarf auch diese Variante als »Griff in das unterste Schubfach des Seerechts«, um das sich bald kein Mensch mehr kümmere. Ihm habe es gereicht, einen Prisentrupp zu verlieren, weiterer Aderlaß sei untragbar. Mit den Ausfällen beim Gefecht und dem Kommando des Leutnants Wessel fehlten ihm schon zwanzig Mann, ein Zehntel der Crew! Keinen Zoll gab er nach und vertat die Chance, kampflos an Kohlen zu kommen (oder doch, im Fall des Scheiterns, seinen Rivalen loszuwerden).

So erreichten wir erst am zweiten Advent, zwischen den Hawaii- und den Midway-Inseln hindurchsteuernd, ein neues Jagdrevier: den Track der Canadian Pacific Steamship Line zwischen Vancouver und Yokohama. Deren Dampfer, wie auch die der Konkurrenzlinie Northern Pacific Company, schafften den Törn in 14 Tagen; nach Hongkong brauchten sie weitere acht. Schnelldampfer also! Waren wir überhaupt noch fähig, solch ein Schiff zu jagen?

Die Mannschaft bezweifelte das, ihr sank der Mut. Seit einem Jahr in See, seit langem ohne Nachricht von daheim, wo es elf Stunden später oder dreizehn Stunden früher war als bei uns, fühlte sie sich verlassen, von Trostlosigkeit gestreift. Dazu wurden die Tage merklich kürzer, unablässig sank die Temperatur, mit der Datumsgrenze ließen wir den 44. Breitengrad hinter uns, die Breite der japanischen Nordinsel Hokkaido. Im willkürlichen Wechsel der Jahreszeiten hatten wir das Kunststück vollbracht, nach kurzem tropischem Zwischenspiel aus dem antarktischen Winter in den der Nordhalbkugel zu schwimmen. Der Pazifik war grau, wie leergefegt, kein Rauchzeichen am Horizont. Dafür gab es

Schneegestöber bei nur fünf oder drei Meilen Sicht. Die ersten murrten schon, und auch meine Stimmung war gedrückt.

Da erschien am Nachmittag des 10. Dezember Backbord voraus ein Schatten im Dunst. Es war das Datum, an dem »Schiff 17« vor Jahresfrist seinen Liegeplatz auf der Ostseite des Kieler Hafens nahe dem Marineartillerie-Depot verlassen hatte und nordwärts zum Großen Belt gedampft war. Jetzt pirschte es sich vibrierend vor Gier, mit stampfenden Maschinen und letzter Kraft an jenen Schatten heran, der sich als ein schneller kanadischer Frachter namens »Victoria« entpuppte. Von unserem Auftauchen völlig überrascht, funkte er nicht und folgte jeder Weisung.

Wir nahmen die kleine Besatzung, kaum zwei Dutzend Mann, in Gewahrsam. Die Ladung bestand aus chinesischem Tee. Davon griffen wir nur ein paar Sack, um uns dann wie schwarze Raubvögel auf die Kohlenbunker zu stürzen. Das Schiff wurde längsseits verholt, und wir polsterten unseren Rumpf mit Fendern aus starken Rundhölzern, dicht umwickelt mit Hängematten. Trotzdem rieben sich die Bordwände in der Dünung krachend aneinander, Nieten sprangen uns ab, die Lenzpumpen surrten, und es vergingen drei Nächte und zwei Tage, ehe es uns gelang, in Schwerstarbeit an die 600 Tonnen Kohle zu bergen.

Dann schickten wir die »Victoria« mit ihrer reichen Fracht auf den Grund. Wie Zahlmeister Heul anmerkte, geschah es erst zum zweiten Mal, daß durch die deutsche Marine ein Teedampfer absoff. Den Anfang hatte der Kreuzer »Königsberg« gemacht, als er kurz nach Kriegsausbruch vor dem Golf von Aden die »City of Winchester« aufbrachte, die den Hauptteil der Tee-Ernte Ceylons nach England bringen sollte. Ihr Untergang hatte dazumal der Londoner Teebörse einen Schock versetzt und die Preise hochgejagt; auch die Versicherungsprämien bei Lloyd waren gestiegen.

Bevor aber nochmals die Ernte einer ganzen Provinz so preistreibend versinken würde, raffte ich auf Heuls Befehl flugs alle Zeitungen zusammen. Dem Zahlmeister tat es noch immer weh, daß die »Takatschio Maru« dank der Rauflust und Sturheit ihres Kapitäns versunken war, ehe wir eines der Druckerzeugnisse retten konnten, die in ihrem Salon zahlreich ausgelegen hatten. Was ich an Zeitungen fand, stammte aus dem November 1915. Die Blätter hießen »Far East Star«, »Hongkong Times« und »Worker's Voice«.

Das erste war in Singapore erschienen, es erzählte die Geschichte der »Maimoa«. Laut »Far East Star« hatte die Besatzung unseres Kohlentenders in der Nacht zum 3. Oktober das Prisenkommando überrumpelt; auf beiden Seiten gab es Verletzte. Die Deutschen saßen mittlerweile in Wellington ein, der Hauptstadt von Neuseeland, zumindest ihren Führer erwartete ein Prozeß vor dem Militärgericht. Man warf ihm vor, neuseeländische Matrosen völkerrechtswidrig zum Kriegsdienst für die Flotte des Kaisers gepreßt zu haben. Der Beschuldigte, Leutnant zur See Wessel, wies darauf hin, er habe auf Befehl gehandelt. Den Namen des Hilfskreuzers und seines Kommandanten verschwieg er standhaft.

Von einem seiner Mithäftlinge wurde Wessel aber als Gefangenenoffizier der »Peer Gynt« und als Leuteschinder bezeichnet. Selbst die eigenen Matrosen habe er übel geschliffen, sie an Bord des Handelsstörers im Kampf Mann gegen Mann gedrillt und mit Zurufen wie »jeder Schuß ein Russ', jeder Stoß ein Franzos'« am Bajonett ausgebildet. (Das stimmte nicht, unser Nahkampftraining hatte Leutnant Hirsch besorgt.) Zuletzt warnte der Artikel die Schiffahrt in der gesamten Südsee vor dem *German raider*. Er habe schon ein Dutzend Schiffe versenkt, sei mit 4-Zoll-Kanonen bestückt und mache auch von seinen Torpedos rücksichtslos Gebrauch ... Nachdem Heul diesen Text auf deutsch verlesen hatte, leuchtete jedem unser Ausweichen in den Nordpazifik ein.

Die übrigen Meldungen berührten uns weniger. Ein deutsches U-Boot namens »U 38«, das unter österreichisch-ungarischer Flagge im westlichen Mittelmeer operierte, hatte am 7. November den italienischen Passagierdampfer »Ancona« beschossen, da er nicht gleich anhielt, und ihn dann kaltblütig torpediert. Deutschland war aber mit Italien noch immer nicht im Krieg! Beim Untergang des 8200-Tonners gab es Opfer, und wieder waren unter den Toten einige Amerikaner. Die US-Regierung reagierte empfindlich wie immer, wenn es ein paar ihrer Bürger traf. Scharfe Vorwürfe Washingtons an die Adresse Wiens endeten mit einer knieweichen Zusage der Regierung Österreich-Ungarns, Schadenersatz zu leisten. Entfernt erinnerte der Fall an die lahme »Piemonte«, die wir Ende Mai vor der La Plata-Mündung versenkt hatten: unter deutscher Flagge, noch dazu verspätet gehißt und erst, als Spalkes Torpedos schon liefen, gegen die griechische eingetauscht, mit der wir uns dem arglosen Italiener genähert hatten.

Was geschah noch im fernen Europa? Blutiges Gemetzel auf der Halbinsel Gallipoli, wo Engländer und Franzosen im August gelandet waren, um die Meerenge der Dardanellen aufzubrechen, die Türkei zu schlagen und einen Seeweg durchs Schwarze Meer nach Rußland zu bahnen – nachdem ihr großer Flottenangriff schon im Frühjahr verlustreich gescheitert war. Rückzugskämpfe der Russen, denen das Kriegsmaterial ausging, von Rowno bis Dünaburg. Ende der dritten und Beginn der vierten Offensive Italiens am Isonzo. Angriff der Bulgaren auf Serbien, Vernichtung der serbischen Armee durch deutsche und österreichisch-ungarische Truppen der Heeresgruppe Mackensen. Einschließung der Engländer bei Kut el Amara ... Es gab auch weniger günstige Nachrichten, doch das waren die, mit denen der Zahlmeister seinen Vortrag bestritt. Alles, was den Mut hebt, geben wir bekannt, sagte er zu mir; was uns schadet, nicht.

Zwei Meldungen, von Heul weggelassen, beschäftigten mich. Eine ältere Nummer von »Worker's Voice«, die aus England kam, enthüllte mir den Hintergrund des Zufuhrkriegs, zu dem auch wir beitrugen. Danach sollte es in der Berliner Reichsleitung wie in der deutschen Öffentlichkeit regelrecht zwei Parteien geben. Es waren nicht die Gruppierungen aus dem Reichstag, das Häuflein vaterlandsloser Gesellen gegen die große Mehrheit auch der Sozialdemokraten, die treu zu Kaiser und Reich standen. Zum Parlament hatte Seine Majestät schon bei Kriegsausbruch unter tosendem Beifall gesagt, er kenne keine Parteien mehr, er kenne nur noch Deutsche. Nein, in den Reihen der Patrioten selbst hatten sich zwei Flügel gebildet: für oder gegen den ungebremsten Einsatz der U-Boote gegen die westliche Schiffahrt. Zwischen ihnen nun schien unser Oberster Kriegsherr, der Kaiser, im Zickzack zu steuern, mal auf die Diplomaten und den Reichskanzler, mal auf seine Militärs hörend.

»Der deutsche Admiralstab«, hieß es in dem Text, »erhält eine Flut von Gutachten führender Juristen, Nationalökonomen und Wirtschaftsfachleute, welche die Aussichten des U-Boot-Kriegs in den leuchtendsten Farben schildern. Die Professoren Sering, Triepel, Eßlen – um nur ein paar zu nennen – stehen dabei in einer Reihe mit den Bankdirektoren Ullner und Urbig sowie dem Generaldirektor der Hapag-Linie, Albert Ballin, der auf ›die brutalste Durchführung einer U-Boot-Blockade‹ drängt. Die deutsche Presse stößt überwiegend in das gleiche Horn. Ihre Leitartikler stellen fest, England habe höchstens für einige Monate Lebensmittel, Eisenerz und dergleichen im Lande, es führe 45 Prozent seines Fleisch-, 75 Prozent seines Woll- und 80 Prozent seines Weizenbedarfs ein und könne, bevor Amerika in der Lage sei, ihm wirksam zu helfen, durch erbarmungslosen Handelskrieg auf die Knie gezwungen werden.«

Vielleicht stimmte das, wir hofften es ja auch, doch wieso mischten sich da Bankdirektoren und Geschäftsleute ein? Was hatten die damit zu tun? Wie konnten die Admirale oder gar der Kaiser auf Männer hören, die weder als Beamte noch als Soldaten Verantwortung trugen, sondern eher der Wirtschaft, also ihren Großfirmen und Aktiengesellschaften, verpflichtet waren? Meine Vorstellung davon, wie ein Staat zu führen sei – nämlich ohne Rücksicht auf Personengruppen und Privatmeinungen – erhielt einen Stoß. Sollte Willi Lüdecke nicht ganz unrecht haben mit dem bösen Wort, der Krieg gehe für die Reichen und das, was uns von der Heimat trenne, sei das Habenwollen? Das sei die älteste Religion mit den besten Pfaffen und den schönsten Kirchen ... Nie und nimmer mochte ich das glauben.

Die letzte Notiz handelte vom hastigen Bau der Murman-Bahn in Nordrußland. Das morsche Zarenreich war ja von seinen Verbündeten abgeschnitten, schon durch Munitionsmangel ging ihm die Puste aus. Die Türken versperrten das Schwarze Meer. In der Ostsee herrschte die deutsche Flotte; auch froren die Häfen von Petrograd und Archangelsk im Weißen Meer für viele Wintermonate völlig zu. Anders die Murman-Küsten an der Halbinsel Kola, umspült vom letzten Rest des Golfstroms, der eisfreien Barentssee.

Im Juli hatte der Bau einer Bahnlinie begonnen, die, 1450 Kilometer lang, künftig einmal den kleinen Hafen Alexandrowsk an der Murman-Bucht mit der Hauptstadt Petrograd verband. Die rettende Nabelschnur sollte im Oktober 1916 fertig sein, schrieb die »Hongkong Times«. Zehntausende von Arbeitern, meist Tartaren und österreichische Kriegsgefangene, rangen den Urwäldern und Sümpfen Kareliens Meter für Meter ab. Man trieb den Bau aus beiden Richtungen voran. Im Süden wurden russische Gleise verlegt, im Norden amerikanische, von norwegischen Schiffen gebracht.

Obgleich dies verriet, daß der Zar auf dem letzten Loch pfiff und Aussicht war, ihn bald zu schlagen, verwertete Heul die Nachricht nicht. Vielmehr schickte er mich damit zum Ersten Offizier. Und da bei Asmann alles, was er erfuhr, irgendwie zur Kampfidee wurde, regte ihn diese Nummer der »Hongkong Times« an zu einem neuen Plan.

Alle nach Hause

Noch ehe Asmann den Plan bekanntgab, hörte ich durch den Zahlmeister davon. »Die Rechnung ist einfach, Harms«, sagte Heul zu mir, als ich unter seiner Aufsicht Pressetexte für den nächsten Vortrag übersetzte. »Rußland braucht täglich vierzigtausend Schuß Artilleriemunition, die Fabriken liefern aber nur dreizehntausend. Deshalb weicht die Front zurück. Frankreichs Militärattaché in Petrograd, General Laguiche, drängt die Amerikaner, über Wladiwostok Granaten zu liefern. Nur das kann die russische Westfront noch stützen.«

»Ist das nicht ein weiter Weg, Herr Zahlmeister?«

»Der einzige, solange Archangelsk zugefroren und die Murman-Bahn unfertig ist. Die einzig dauernd offene Verbindung führt über den Fernen Osten. Eine Breitspurbahn übrigens, nicht Schmalspur wie nach Archangelsk ... Das ist unsere Chance! Wir stehen hier südlich der Aleuten an einem Punkt, der kriegswichtig ist. Gelingt es uns, nur zwei oder drei Frachter abzufangen, die Granaten von San Francisco nach Wladiwostok bringen, dann kommt der Transportweg in Verruf und die ganze Sache stockt vermutlich. Damit hört für das Heer des Zaren jede Strategie auf.«

Das klang so markig und plausibel, als gebe er Sätze des Ersten Offiziers wieder. Trotzdem fragte ich ihn: »Wird Rußlands Sibirische Flotte den Transport nicht schützen, wenn es nicht schon die Amerikaner tun?«

»Die sind neutral und rühren keinen Finger. Und die Sibirische Flotte ist ein Witz. Hat sich von der Vernichtung durch Japan vor zehn Jahren nie erholt. Besteht nur aus dem Kanonenboot ›Mandschur‹, das dreißig Jahre auf dem Buckel hat, und zwanzig Torpedobooten, die mit ihren dreihundert Tonnen gar nicht hochseetüchtig sind.«

Er verströmte durchdringende Zuversicht. Anhand seines Flottenbuchs »Die fremden Seemächte 1915«, erschienen in Dr. Mittlers Königlicher Hofbuchhandlung zu Berlin und ihm durch die »Almirante Lynch« zugestellt, entdeckte ich, er hatte drei russische Minenleger und sieben U-Boote nicht mitgezählt; vielleicht, weil letztere nur acht Knoten liefen (getaucht bloß sechs) und für den Geleitdienst kaum taugten. Ihr Aktionsradius reichte keinesfalls aus, mehr als ein Viertel des Seewegs zu decken. Die Munitionstransporter, wenn es sie gab, fuhren ohne Schutz.

Aber würden wir sie aufspüren? Es sah gar nicht danach

aus. Zwischen dem dritten und vierten Advent suchten wir die Route San Francisco–Wladiwostok in langen Kreuzschlägen ab, doch das Wetter blieb trübe, die Tage waren kurz, dahinjagende Nebelfetzen, die sich irgendwo über der See auflösten, behinderten den Ausguck im Krähennest; mehrfach hüllte uns dichtes Schneegestöber ein, und die Sicht sank auf null. Wie da ein Schiff finden, das nachts auch noch abgeblendet fuhr? Zu sehen war nichts in der Wasserwüste. Nicht das geringste geschah – außer, daß sich unsere sowieso nur halbgefüllten Kohlenbunker allmählich leerten.

Asmanns Idee, so schlüssig er sie dann auch vortrug, zündete nicht in der Crew. Deren Stimmung sank noch schneller als der Vorrat an Brennstoff. Das Essen wurde eintönig, Kartoffeln und Brot gingen uns aus, Weihnachten stand vor der Tür, die Kameraden dachten an zu Hause, an ihre Eltern, Frauen und Kinder. Alles, was sich für den Tag der Heimkehr basteln ließ, hatten sie längst angefertigt. Der Antrieb erlosch, in der Freizeit ruhte die Tätigkeit, jeder brütete vor sich hin. Es war, als würfe ein Gespenst seine Schatten über uns und unser erbärmliches Dasein. Die Seeausdauer von »Schiff 17« stieß an ein schweres Hindernis, die seelische Barriere. Bei all seinem Glück, wie sollte es da hindurch?

Wieder wurde die Mannschaft unruhig. Zumal die Heizer sogenannte Latrinenparolen verbreiteten. Im ganzen Schiff wurde gemunkelt, die Aleuten gehörten noch dem Zaren. Sie seien ihm verblieben, als Rußland vor 48 Jahren Alaska für ein paar Millionen Dollar an die USA verkauft hatte. Oberleutnant Cramer bestritt das, er zeigte der Geschützstaffel beim »fröhlichen Umtrunk« auf einer Karte, daß sie amerikanisch waren, doch es half nichts. Die Crew argwöhnte, daß sie – falls man durch Kohlenmangel aufgeben und die Inselkette anlaufen müsse – den Russen in die Hände fiel, also nach Sibirien kam, nie mehr heim! Ferner kursierte das Gerücht, die Offiziere erhielten weitaus bessere Kost, mehr Alkohol vor allem, sie hätten immer Rum in ihrem Tee. Selbst Asmann saufe, um den Ernst der Lage zu vergessen.

Manchmal ertappte auch ich mich bei dem Gedanken, wir gingen womöglich zugrunde in diesem bleigrauen, feindlichen Meer. Es wurde kalt in unserem Quartier, wo die Hängematten im Rhythmus der Dünung baumelten, dreifach übereinander. Das Mannschaftslogis begann zu verschmutzen, es war kaum noch als menschliche Unterkunft zu bezeichnen, während die Apostel es in ihren Kabinen recht bequem hatten. Doch Offizier oder Matrose – wie nun, wenn wir alle unser Leben lassen mußten? Weshalb schlug das Schicksal solche Wunden? Warum forderte die Natur soviel Opfer wie in diesem großen Krieg? Denn der Krieg, das war ja ein Stück Natur, davon war ich überzeugt.

Zu Heiligabend hielt der Kommandant eine Rede, mühsam und schwunglos. Er trug das Eiserne Kreuz I. Klasse am dunkelblauen Rock, der ihm um die Schultern schlotterte. Wir hatten keinen Tannenbaum, nur ein hölzernes Gerippe, einen Baumersatz mit Kerzen und Lametta; das schmerzte uns. Mir fehlten mehr noch die Gespräche, deren Zeuge ich in der Pantry, beim Ersten Offizier und dem Zahlmeister oft geworden war. Ja, es zog mich heimlich zu den Offizieren. Mochten sie auch herrschsüchtig oder schrullig sein, unnahbar waren sie längst nicht mehr; die Nähe kluger und erfahrener Leidensgefährten machte mir vieles erträglich. Und hing nicht unser Los von ihnen ab?

Da, am zweiten Feiertag – bei uns ein Tag wie jeder andere – hörte ich in Luke II etwas mit an, das dazu beitrug, mir die Götter zu entzaubern. Da das Hauptdeck durch Spritzwasser vereist war, lief Korvettenkapitän Boehnke in Drillichhose und schwarzem Sweater keuchend um die Kegelbahn, die sonst keinen mehr anzog. Zusammen mit dem Bier, das er hinterschüttete, mochte es der Zweck seiner Übung sein, die Nierensteine loszuwerden, die sich an Bord nicht anders entfernen ließen.

»Was plagst du dich so ab?« fragte Cramer, der ihm folgte und überhaupt sein Adjutant geworden war; verdutzt bemerkte ich, daß der Kommandant sich von ihm duzen ließ.

»Ich muß wieder fit werden, Alfred.«

»Es hilft ja nichts, der Geist ist doch längst aus der Flasche.«

Boehnke hielt an, dampfend stand er da und rieb sich mit einem Handtuch den Schweiß vom Gesicht. »Ohne einen Erfolg kriecht er bald ganz kleinlaut wieder zurück.«

»Und dann korkst du die Buddel zu?«

»Natürlich. Bloß, dazu muß ich fit sein.«

Jetzt ging mir auf, daß sie von Asmann sprachen. Der Geist, den Boehnke herausgelassen hatte, und zwar seit Uka, war kein anderer als der Erste Offizier. Ihren Andeutungen entnahm ich, sie fürchteten ihn und seine Schritte. Er war ihnen unheimlich. Sie glaubten, er sei dabei, sich mit Dr. Rosen zu verbünden. Die Stellung eines Kommandanten auf hoher See galt an sich als unerschütterlich. Bei fehlendem Kontakt zum Admiralstab konnte niemand ihn absetzen, er blieb die Nummer eins, solange er nicht krankheitshalber freiwillig zurücktrat. Ein Gutachten des Stabsarztes aber erlaubte es Asmann offenbar, für den Rest der Fahrt den Befehl zu übernehmen: ob in eigener Verantwortung oder ermächtigt durch die Mehrheit der Offiziere, das wußte nicht einmal Boehnke genau. Diesen Sonderfall schienen die Dienstvorschriften der kaiserlichen Marine nicht klar zu regeln.

Kurz darauf verstärkte sich mein Eindruck, in der Schiffsführung ringe man um die Macht, wenn auch recht verdeckt. Mit einer Zerrung von vier Fingern der linken Hand, die ich mir im Kohlenbunker der »Victoria« geholt hatte, saß ich allein im Vorraum des Bordlazaretts, während Asmann drinnen beim Stabsarzt war. Die Tür schloß schlecht, seit unser Schiff sich an dem Teedampfer gerieben hatte, im Wellenschlag schwang sie leicht auf, und ich hörte Dr. Rosen sagen: »Tirpitz ist einer unserer besten Köpfe, und was er schreibt, das klingt durchaus schlüssig ... Bemerkenswert der knappe Stil.«

»Was mißfällt Ihnen also an ihm?« fragte Asmann.

»Lediglich sein Grundgedanke. Er geht doch immer davon aus, eine starke Industrienation wie wir müsse entsprechende Macht auf dem Wasser sammeln, um ihren Welthandel zu schützen.«

»Was ist daran denn falsch?«

»Nun, Handel treiben kann man auch ohne Kriegsflotte, wie mir scheint. Sehen Sie sich die Holländer, die Griechen und die Schweden an, deren Flotten unbedeutend sind. Seit Napoleon ist niemand mehr darauf verfallen, Ländern den Handel zu verbieten. Wir haben – oder hatten bis August vierzehn – die Freiheit der Meere.«

»Ja, solange es England paßt. Wirtschaftlich hatten wir England schon überflügelt, ihm den Rang abgelaufen als Nummer eins auf der Welt. Meinen Sie, Doktor, dem hätte man in London noch lange tatenlos zugeschaut?«

»Aber was hätten die Briten denn tun können?«

»Na, eine Menge. Zollschranken errichten in ihren Überseegebieten. Versuchen, uns von den größten Märkten und den schönsten Rohstoffquellen für immer wegzudrängen. Die deutschen Seeverbindungen stören. Schließlich – einen Krieg vom Zaun brechen, wie geschehen, um uns niederzuhalten. Dem Reich ein für allemal den Neuerwerb von Kolonien verwehren.«

»Was für Kolonien? Die Welt ist doch aufgeteilt.«

»Das kommt Ihnen nur so vor. Die wird alle paar Jahrzehnte neu geordnet. Der Krieg ist der Vater aller Dinge. Denken Sie an den russisch-japanischen: Japans Schritt zur Großmacht. Wer nicht kämpft, hat schon verloren.«

»Na gut, das ist Ihre Überzeugung; die Weltsicht der Deutschnationalen, der Konservativen und der Admiralität.«

»Vergessen Sie nicht die Reichsregierung und Seine Majestät. Der Flotte ist die Aufgabe gestellt: Schutz des lebenswichtigen deutschen Überseehandels auf allen Meeren.«

»Verzeihen Sie, Herr Asmann, eben das war doch illusionär; einfach nicht zu Ende gedacht. Wir sind zur Zeit mit diesem kleinen Schiff im ganzen riesigen Pazifik als einzige am Feind ... Falls wir ihn finden. Im Atlantik soll inzwischen wieder ein Hilfskreuzer sein, im Indischen Ozean steht gar nichts. Unsere Hochseeflotte, immerhin die zweitstärkste der Welt, ist auf die Ostsee beschränkt und im nassen Dreieck der südöstlichen Nordsee gefangen. Der Auftrag, den sie hat, geht leider an der geographischen Lage unseres Vaterlands vorbei.«

»Aber die U-Boot-Waffe, verehrter Doktor ...«

»Die ist doch bloß Ersatz! Bei einer Reichweite der Schlachtflotte von höchstens viertausend Seemeilen müßte ein weltumspannendes Netz von Flottenbasen da sein, damit sie die Meere befahren kann. Ein System von Stützpunkten, wie England es hat.«

»Das sollte sie ja erst schaffen helfen.«

»Gegen den Widerstand Englands? Da liegt doch der Irrtum, der Fehler im Denkansatz. Nein, der Auftrag überfordert uns, er war von vornherein absurd, militärisch undurchführbar.«

»Dr. Rosen, wovor haben Sie Angst?«

»Vor Überanstrengung. Wir übernehmen uns, Herr Asmann, im großen wie im kleinen. Hier auf dem Schiff, mit unserer Flotte und dem ganzen Land.«

»Ach, das hat Tradition. Preußen hat sich schon öfter überanstrengt: im Siebenjährigen Krieg, im Jahre sechsundsechzig wie auch siebzig/einundsiebzig. Und es hat jedesmal geklappt.«

Das Gespräch ging noch fünf oder zehn Minuten so weiter, in ruhigem Ton. Nichts Geheimes war daran, jeder an Bord hätte zuhören können. Da wurden keine Ränke geschmiedet. Dorn, Hirsch oder v. Keyserlingk hätten dem Dr. Rosen härter widersprochen, Kriegsmüdigkeit bei ihm witternd. Der Erste Offizier blieb gelassen, für ihn schien das eine ehrenhafte Meinungsverschiedenheit unter Patrioten zu sein. Mich wunderte diese Duldsamkeit. Frei von Schärfe legte er seine Ansicht dar – die dem entsprach, was ich selber dachte –, ohne einmal aus der Rolle zu fallen und den Stabsarzt, wie früher, persönlich anzugreifen.

Ja, er behandelte ihn kameradschaftlich, ganz als Gleichberechtigten. Und das bewies mir, Asmann brauchte ihn. Wozu? Bei seiner unerschütterlichen Gesundheit und dem

Glauben an seinen guten Stern konnte es nur das ärztliche Zeugnis sein, das Boehnke und Cramer erwähnt hatten; jenes Attest, mit dem ihm bescheinigt wurde, daß der Kommandant zu krank war, um das Schiff noch zu führen.

Der letzte Versuch

Zwischen Weihnachten und Neujahr wurde das Wetter ähnlich rauh wie ein halbes Jahr zuvor im Südatlantik. Schwer stampfte die »Bonifaz« durch das aufgewühlte Meer. Wiederum liefen wir westwärts vor dem Wind; bei einem Seegang bis Stärke sechs lag sie so noch am besten. Da erschien eines Nachmittags querab schemenhaft ein Schiff auf Gegenkurs, das von Amerika nach Rußland fuhr. Augenblicklich wendeten wir und fingen an, uns mit voller Kraft heranzuarbeiten.

Ein verteufelter Job. Jetzt kam die See genau von vorn. Schaumgesäumte Mauern wuchsen vor uns auf, türmten sich zu wahren Gebirgen, das Schiff durchbrach sie und dampfte hinab ins nächste Tal. Ein Schlag, die Back verschwand in der Gischt, dann hob sich das Heck und das Spiel begann von vorn. Ein neuer Kamm glitt furchterregend heran, wurde zum mächtigen Wall und stürzte tosend über uns her. Eine Viertelstunde nach der anderen! Nur die Aussicht auf Beute ließ uns diesen Ritt ertragen.

Schob man den Kopf hinaus, konnte es einen grausen. Der Sturm heulte um die Masten, er pfiff in den Wanten und Antennen, riß den Rauch vom Schornstein – »rasierte« ihn, wie der Seemann sagt. Das Wasser wuchtete gegen die Bordwand, klatschte auf die Planken des Hauptdecks, überschwemmte die Lukendeckel und zerstob an den Aufbauten, weiß wie Schnee. Erst wenn die »Bonifaz« den nächsten Wogenberg erklomm, schoß es seitlich in zwei Sturzbächen nach achtern und floß durch die Speigatten zurück ins Meer. Doch diese Löcher schluckten die Sturzflut nicht, das Deck stand dauernd unter Wasser.

Welch mörderische Jagd! Bis hinauf zum Peildeck war alles überschwemmt, die Fenster der Brücke vereisten, nur von der Nock aus konnte Asmann das Ziel noch erkennen. Und dann kam langsam die Fühlung abhanden. Der Feind, viel stärker als wir, lief gleichfalls hohe Fahrt, er tauchte durch Nebelfetzen und tiefziehendes Gewölk, verschwamm in der Dämmerung, die ganz allmählich sank. Noch schien er ahnungslos, noch sah man seine Lichter, doch unerbittlich wanderten sie nach vorn aus. Wir hielten nicht länger mit, auf rätselhafte Art in unserem Tempo gebremst. Da brachen wir die Verfolgung ab. Die »Bonifaz« hatte das Rennen verloren.

Unter Deck wurde wenig gesprochen. Zwar wußte keiner, wie wir das Ziel bei diesem Seegang gewaltsam hätten stoppen oder gar entern sollen, trotzdem war die Betroffenheit groß. Falls es ein Russe war, hätten wir ihn vermutlich ohne Federlesen durch Nahschuß aus den Torpedorohren mit Mann und Maus versenkt, und niemand hätte wohl nach den Opfern gefragt, so gereizt und erbittert, wie wir waren ... Beim Abdrehen kam es mir vor, als gehe ein Seufzer der Enttäuschung durch das ganze Schiff – seltsam vermischt mit verstohlener Erleichterung, daß der Kampf uns erspart blieb, einem Hauch von Behagen über die trügerische Ruhe, die nun wieder einzog; ein Gefühl, das keiner dem anderen gestand. Doch vor sich selber verbarg man es nicht, zu tief waren wir erschöpft.

Zu Silvester passierte uns dasselbe noch einmal mit einem Frachter, der zwölf Meilen südlich an der äußersten Sichtgrenze auf Parallelkurs lief. Der Sturm war etwas abgeflaut, dennoch kamen wir einfach nicht auf Schußweite heran. Man sprach von einer Zigarre, die Asmann dem Leitenden Ingenieur verpaßt habe. Angeblich steckte Michelsen den Vorwurf nicht ein, sondern wies auf zunehmenden Verschleiß an seinen Maschinen hin. Wir schafften keine fünfzehn Knoten mehr ... Überanstrengung, hatte Dr. Rosen gesagt. Das galt für die Menschen wie für das Material.

Unter diesen Umständen fiel die Silvesterfeier kläglich aus. Es wunderte keinen, daß statt des Kommandanten der Erste Offizier die im Dienstreglement vorgeschriebene Neujahrsrede hielt. »Kameraden«, sagte er heiser, noch bitter vor Zorn über die letzte Schlappe, »eine Rückschau auf dieses Kriegsjahr kann trotz großer militärischer Erfolge nicht voll befriedigen. Unsere Kolonien sind außer Deutsch-Ostafrika sämtlich verloren. Zwar ist Bulgarien zu uns gestoßen und damit die Verbindung zur Türkei gesichert. Serbien wurde endlich besiegt, Rußland entscheidend geschwächt. Aber noch haben wir den Rücken nicht frei für die Wende, den Durchbruch an der Westfront. Der Verrat Italiens bindet weitere Kräfte. Die Lage bleibt gespannt. Die Zeit drängt, den großen Umschwung für das Reich zu erzwingen. Sonst ist noch kein Ende des Krieges in Sicht.«

Ich hing an seinen Lippen. Es lag ihm fern, die Dinge in so helles Licht zu rücken, wie Heul es gern tat. Er spürte wohl instinktiv, daß die Crew ihm nur folgte, wenn er ehrlich blieb. »Auch zur See könnte manches besser laufen«, fuhr er fort. »Die Versenkung der englischen Liner ›Lusitania‹ im Mai und ›Arabic‹ im August, bei der auch US-Bürger ums Leben kamen, führte zu Drohungen Amerikas. Sie stellten uns vor die Frage, wie weit man den Wünschen einer neutralen Großmacht nachgeben kann, ohne sich selbst zu schaden. Zunächst blieb nur der Ausweg, den U-Boot-Krieg in den Gewässern um England praktisch einzustellen. Das ist nur ein Atemholen, nicht das letzte Wort. Inzwischen wird die U-Boot-Waffe erst mal neu geschmiedet, auf die nötige Stärke gebracht, und dann heißt's wieder: Vorwärts und drauf!«

Asmann griff nach seinem Glas, offenbar kam er zum Schluß. »Auch wir hingen in letzter Zeit durch, dürfen ansonsten aber stolz sein: vierzehn versenkte Schiffe mit fast neunzigtausend Bruttoregistertonnen im alten Jahr. Das soll uns erst mal wer nachmachen. Kameraden, der Kampf geht weiter. 1915 ist um, 1916 hat begonnen, das Jahr der großen Entscheidung. Ein dreifaches Hurra auf unseren Obersten

Kriegsherrn, Seine Majestät – Vorwärts für Kaiser und Reich – Hurra!«

Der wachfreie Teil der Besatzung stimmte ein. Es klang, als gelinge es Asmann, die Männer nochmals aus Ermüdung und Apathie hochzureißen. Anders als Boehnke, dessen farblose Weihnachtsansprache ohne Echo blieb, überzeugte Asmann – mehr durch seine saloppe Eleganz, die Zurückhaltung der Worte und Gesten, als durch das, was er im einzelnen sagte. Man sah voller Zuversicht auf ihn. In den Blicken der Matrosen schimmerte der Glaube, daß noch Hoffnung sei, wenn dieser Mann uns führte. Die Gläser klirrten zusammen, er spürte die Welle, die ihn emportrug, und rief: »Trotz alledem, immer schön ruhig durch die Nase atmen! Hat jemand noch eine Frage?«

Es wurde still, dann antwortete der Maschinenmaat Katerbaum, ein Mann mit kleinem Kopf auf dem überlangen Rumpf, der stets etwas gekrümmt war: »Jawohl ... Ich würde Herrn Kapitänleutnant gerne was fragen.«

»Dann schießen Sie mal los.«

»Wir sind jetzt beinah dreizehn Monate auf See. Die Dreizehn ist keine gute Zahl ... Kurz gesagt, wann geht's nach Hause?«

»Sobald es uns gelungen ist, Maat, den Nachschub der Russen hier zu stören.«

»Und auf welchem Wege, Herr Kapitänleutnant?«

»Auf dem kürzesten; das verspreche ich Ihnen.«

»Das hieße, durch den Panamá-Kanal?«

Ein Nebenmann stieß Katerbaum an, als wolle er ihn zur Besinnung bringen. Der Maat war offenkundig angetrunken, sonst hätte er sich den Ausfall nicht erlaubt. Asmann blieb kühl, er entgegnete: »Da uns der leider nicht offensteht, werde ich Oberleutnant Cramer bitten, mal nachzumessen, ob die Kap-Horn-Route kürzer ist oder die ums Kap der Guten Hoffnung.«

Mit diesem Geplänkel endete das Fest. Nach dem Vorfall, der sich als unerhört sofort im Schiff herumsprach, wurde Heul vom Ersten Offizier beauftragt, die geistige Wappnung schnell zu verbessern, also Wissen, Kampfesmut und Standfestigkeit der Besatzung durch eine Reihe von Vorträgen zu heben.

»Was nützt uns die beste Seeposition, der Griff an der Gurgel des Gegners«, hörte ich Asmann ärgerlich sagen, »wenn es Nacht in den Köpfen ist und die Moral der Truppe schleift?«

Der Zahlmeister nahm diese Frage ernst, tadelte sie doch den Stand seiner Erziehungsarbeit. Auf das wehrpolitische Rüstzeug kam es an! Er begann den neuen Schulungszyklus mit einem Bild vom Heldenkampf des Kleinen Kreuzers »Emden«. Der war Mitte August 1914 vom Grafen Spee zum Kreuzerkrieg in den verkehrsreichen Indischen Ozean geschickt worden, wo er zum Schrecken aller britischen Kapitäne wurde. Auf dem Dampferweg Colombo–Kalkutta versenkte er in fünf Tagen sechs englische Frachter. Sein Auftreten legte die Schiffahrt im Golf von Bengalen still und »lähmte das ganze indische Wirtschaftsleben«, wie Heul sagte.

Mochte das auch schon Geschichte sein, mir übrigens längst bekannt, denn es hatte sich ja zugetragen, als ich noch in Montevideo Vaters Zeitungen las, so hörten wir es trotzdem gern. Es gibt bestimmte Erzählungen – wie die Legende von Christi Geburt und den drei Königen aus dem Morgenland, wenn sie zu Heilig Abend von der Kanzel fließt –, die so erbaulich sind, daß man sie kaum überkriegt. Die »Emden«, bald von einem Dutzend feindlicher Kriegsschiffe gesucht, schoß Ende September die Öltanks von Madras in Brand, brachte auf dem Track Aden–Colombo weitere sechs Schiffe auf, säuberte bei der weltentlegenen Insel Diego Garcia ihren Rumpf und bohrte dann an der Südspitze Indiens nochmals sieben Dampfer in den Grund; fürwahr eine stattliche *Strecke*.

In der Frühe des 28. Oktober drang sie überraschend in den Hafen Penang auf der Malaiischen Halbinsel ein und vernichtete den russischen Kleinen Kreuzer »Schemtschug«, der ahnungslos am Kai lag, mit Granaten und Torpedos. Im

Morgendunst lief der französische Zerstörer »Mousquet« ein, Geschützsalven versenkten ihn: 91 Russen waren tot, 108 verletzt, 36 Franzosen gefangen, während die »Emden« gar nicht getroffen worden war. – »Nach diesem Husarenstück«, sagte Heul, »hallte der Ruhm des deutschen Kreuzers um die ganze Welt. Aus Furcht vor ihm staute sich in den Häfen des Indischen Ozeans überall der Schiffsraum. Sogar die Überführung der australisch-neuseeländischen Regimenter nach Frankreich kam ins Stocken.«

Aber die Reise des wackeren Schiffs neigte sich dem Ende zu. Am 9. November lief es die Südinsel der Keeling-Gruppe an, um die britische Funkstation und das Überseekabel zwischen Australien, Java und Mauritius zu kappen. Ein Landungskorps von 47 Mann unter dem Ersten Offizier, Kapitänleutnant von Mücke, ging mit vier Maschinengewehren von Bord. Doch ehe es sein Werk vollendet hatte, erschien der australische Kreuzer »Sydney«, alarmiert noch von der Funkstation: 2000 Tonnen schwerer als die »Emden«, drei Knoten schneller, besser gepanzert und statt der 4-Zoll-Kanonen mit acht 6-Zoll-Geschützen, die weiter trugen, bestückt. Der ungleiche Kampf endete zwei Stunden später, als der Kommandant, nur noch mit den Schrauben steuernd, sein zerstörtes Schiff auf das Riff von Nord-Keeling setzte.

»So stabil war es, daß es einfach nicht sank, auch als alle Geschütze außer Gefecht, die Rudermaschine kaputt, Schornsteine und Fockmast umgeschossen waren«, hob der Zahlmeister hervor. »Keiner strich die Flagge, und der Feind feuerte feige auf die Überlebenden weiter! Erst tags darauf, kurz vorm Verdursten, holte man sie ab – die Hälfte der Crew. Acht Offiziere, vier Deckoffiziere und hundertzwanzig Mann waren gefallen, fünfundsechzig verwundet und nur hundertsiebzehn unverletzt ... Die ›Sydney‹ hatte bei sechzehn Treffern vier Tote und zwölf Verwundete. Aber vergeßt nicht, Männer, der ›Emden‹ sind binnen neun Wochen außer den zwei Kriegsschiffen über siebzigtausend Bruttoregistertonnen zum Opfer gefallen, fast soviel wie uns in einem ganzen Jahr!«

Und das Landungskorps auf Süd-Keeling? Als Heul sich nun dem widmete, begriff ich, weshalb er aus der Vielzahl deutscher Waffentaten diese Episode zur Eröffnung seiner Vortragsreihe ausgewählt hatte. Der Geschichte fehlte nicht ein tröstlicher Schluß. An ihrem Ende stand die glückliche Heimkehr von wenigstens einem Achtel der tapferen Besatzung. Und zwar unter Abenteuern, würdig denen eines Odysseus.

Kapitänleutnant von Mücke, ein Kerl vom Schlage Asmanns, hatte noch während des Seegefechts im Hafen von Süd-Keeling die »Ayesha« besetzt, einen englischen Dreimastschoner von knapp hundert Tonnen, um unter der Reichskriegsflagge nach Sumatra zu segeln und sich so der Gefangennahme zu entziehen. Ende November erreichte er den Hafen Padang. Auf die seerechtlichen Bestimmungen pochend, ertrotzte er von den niederländischen Kolonialbehörden die Behandlung seiner Prise als Kriegsschiff, ergänzte gegen zähen Widerstand der Holländer den Proviant und lief flugs wieder aus. Jedem, der ihm folge, drohte er MG-Beschuß an.

Von dem Plan, nach Deutsch-Ostafrika zu gehen, mußte Kommandant von Mücke ablassen. In Gewitterstürmen litt der alte Schoner schwer, bleierne Windstillen folgten; zwei Kaperversuche schlugen fehl. Mitte Dezember konnte der Trupp auf die »Choising« umsteigen, einen 2700-Tonnen-Dampfer des Norddeutschen Lloyd. Man versenkte die brave »Ayesha«, lief in der Nacht zum 8. Januar durch die Perim-Straße, landete bei Hodeida im türkischen Jemen und schlug sich dann teils auf dem Landweg, über 3000 Meter hohe frostkalte Gebirgspässe und glühende Wüsten, teils per Segelboot längs der Ostküste des Roten Meers, das die Briten beherrschten, nach Norden durch. Ein Gefecht gegen Beduinen bei Dschidda kostete den Kapitänleutnant sechs Mann ... Was gefiel mir mehr an ihm, das unglaublich Zielstrebige oder die naßforsche Art seines Umgangs mit den störrischen Behörden der Niederlande wie auch der Türkei?

Am 6. Mai erreichten die Letzten von Spees Kreuzergeschwader die Hedschasbahn, und am 23. Mai, dem strahlenden Pfingstsonntag 1915, konnte von Mücke in Konstantinopel dem deutschen Admiral Souchon das Landungskorps der »Emden« zur Stelle melden.

»Er und seine Getreuen«, schloß der Zahlmeister, »bieten in ihrer seemännischen Findigkeit und ihrem unerschütterlichen Mut beim Überwinden scheinbar unbesiegbarer Schwierigkeiten den schönsten Beweis, daß, wo ein Wille, da auch ein Weg. Im heulenden Monsun, mit morschem Kiel und mürben Segeln in die Freiheit, war über ihnen stets das Banner. Es hatte geweht am Heck plumper Küstensegler durch Jagd und Schiffbruch zwischen den Korallenbänken des Roten Meers, hatte ihnen im bleichen Mondlicht und dörrenden Sonnenbrand auf den todumlauerten Karawanenpfaden der Wüste den Weg gewiesen: Trutzzeichen im Kampf gegen zehnfache Übermacht – ein Stück deutscher Ehre, von treuen Händen unbefleckt um den halben Erdball getragen.«

Hier sprang Heul auf, die Steigerung riß ihn empor. »Das sind Helden, streben wir ihnen nach!« rief er. Seine Augen blitzten, doch das kräftige Hurra, das er zu erwarten schien, blieb aus. Stumm löste sich die Versammlung auf. Der Vortrag sagte den Kameraden ja, daß von den viertausend Matrosen des Kreuzergeschwaders nur vierzig die Heimkehr gelungen war. Der Mahnruf verpuffte, und mit ihm endete der Versuch, durch starke Worte den Kampfgeist der Mannschaft zu heben.

Verschwörung?

Um diese Zeit fand ich beim Saubermachen in Asmanns Kammer eine leere Rumflasche; sie rollte beim Schlingern des Schiffs unter der Koje hervor. Es stimmte also, er nahm auch außerhalb der Offiziersmesse schon mal einen Schluck, in der Stille seines Quartiers. Ich schaffte die Flasche weg, ohne auch nur Hein Harder etwas davon zu sagen. Wozu das Geschwätz an Bord vermehren?

- Der Kapitänleutnant hatte mein Mitgefühl. Er stand unter Druck und durfte keine Schwäche zeigen, die ganze Verantwortung lag bei ihm. Mangels Funkkontakt, losgelöst von der Heimat, ohne klaren Auftrag – außer dem, den er sich selber gab –, den kranken Kommandanten im Nacken, der seine Schritte belauerte, keinen Gleichaltrigen neben sich, der ihm etwas abnahm, war er allein auf sich gestellt und haftete der Admiralität für den Ausgang des Unternehmens. Gewiß, er war jetzt die Nummer eins, König (auf Widerruf) in seinem Reich; doch er spürte auch die Ermattung, ja das Widerstreben in der Mannschaft. All das isolierte ihn. In meinen Augen war er einsamer als irgend ein anderer Mann auf See.

Hätte ich ihm nur helfen können! Aber in der Hierarchie des Schiffs trennten uns ja Welten ... In seinem Papierkorb entdeckte ich zerknüllte Notizen für den Überfall auf Fanning, den Boehnke nach der Versenkung des japanischen Liners verboten hatte. Ich glättete das Papier und las: »Fanninginseln, Archipel. Im Zentrum des Pazifik, 1°–7° Nord, 157°–163°West, besteht aus fünf Inseln: Jarvis (4 km^2), Christmas (607 km^2), Fanning (40 km^2), Washington (16 km^2) und Palmyra (1 km^2) nebst dem Riff Danger; zusammen 668 km^2 mit 300 Bewohnern. Leben zumeist auf Fanning, wo gutes Trinkwasser ist und wo man Kokosöl gewinnt. Naturhafen 6 Meter tief. Auf Palmyra und Christmas auch Perlfischerei. England hat 1886 von den Inseln Besitz ergriffen, weil sie in der Linie des Unterwasserkabels Australien-Canada liegen. Auf Jarvis wird Guano gewonnen.«

All das in Asmanns steiler Handschrift, wohl aus nautischen Büchern herausgefischt. Man sah, er hatte die Sache gründlich vorbereitet. Ich hob den Zettel wie eine Reliquie auf – der Mann, den ich bewunderte, hatte ihn berührt. »Auf Jarvis wird Guano gewonnen.« Es paßte nicht recht zu ihm und seinem Schwung, so ins Detail zu gehen. Es gab mir eine Ahnung von der Sorgfaltspflicht des Schiffsführers.

Eine groß angelegte Aktion, und dann war die Mühe ganz umsonst gewesen, Boehnke hatte nein gesagt.

Dessen Kajüte reinigte wer anders, mich wollte Boehnke nicht mehr sehen, doch in die Kammer des Navigationsoffiziers kam ich noch. Bei Oberleutnant Cramer stand auch ein Globus, er bildete den Erdball im Maßstab 1:38,6 Millionen ab. Mitte Januar nahm ich mit Wollfäden daran Maß. Von unserem Standort auf der Datumsgrenze südlich der Alëuten waren es bis Kiel um das Kap Hoorn herum 86 Zentimeter, um Australien und die Südspitze Afrikas sogar 95. Das bedeutete entweder 17 900 oder 19 800 Seemeilen. Liefen wir zehn Knoten, brauchten wir für die Heimreise um Kap Hoorn fast elf Wochen und 3 750 Tonnen Kohle, während die westliche Route noch länger war und neun Zehnteln des Erdumfangs entsprach! Sie hätte uns ein Vierteljahr und 4 150 Tonnen Kohle gekostet – den Wind noch nicht bedacht, der uns zwischen Australien und Afrika ins Gesicht blasen würde. Auch Umwege durch Zwischenfälle und Fluchtmanöver sparte meine Berechnung aus.

Es war demnach günstiger, wieder den Weg zu nehmen, auf dem wir gekommen waren. Nur, wo trieb man all die Kohle auf? Nur auf den Tracks, in einer Kette von Kämpfen! Am meisten verblüffte mich, daß wir der Heimat in Wahrheit viel näher waren. Zog man das Fädchen über den Nordpol, kamen nur 4 600 Seemeilen heraus. Hätten wir durchs ewige Eis fahren können, wären wir mit 960 Tonnen Kohle – zwei Drittel dessen, was die Bunker von »Schiff 17 faßten – in 19 Tagen am Ziel gewesen. Auf dem Globus trennten mich bloß 22 Zentimeter von dem Mädchen, dessen Bild in meiner Spindtür hing.

Stolz auf diese Entdeckung, zeigte ich sie Hein und auch Willi Lüdecke, den wir für unsere Skatrunde gewonnen hatten. Der Signalmaat kratzte sich hinterm Ohr, während er die Kalkulation prüfte; als Zimmermann wußte er, mit Zahlen umzugehen. »*It's a long way to Tipperary*«, hörten wir ihn pfeifen, ein englisches Soldatenlied, das über die Front hinweg auch in der Kaiserlichen Marine populär geworden war.

»Wir hängen demnach eben dort herum, von wo es am weitesten nach Hause ist.«

»Genau«, sagte Hein. »Weiter geht's nicht, auf der ganzen Welt. Das haben die Apostel wirklich fein hingekriegt. Und bei Tempo vier, das sie so schätzen, würde es sogar siebenundzwanzig Wochen dauern um Kap Hoorn! Ist das nicht zum Kotzen? Da sind ja die Windjammer noch schneller.«

»Was willst du?« fragte Lüdecke. »Guck dir doch mal das Wetter an. Unser Marschtempo folgt exakt den Regeln.«

»Welchen Regeln denn, Maat?«

»Denen von 1889, die auf der Konferenz in Washington empfohlen worden sind. Darin heißt es nämlich: ›Jedes Schiff hat bei Dunst, Nebel, Schneefall, Regengüssen oder ähnlichen Sichtbehinderungen unter sorgfältiger Berücksichtigung der obwaltenden Umstände mit mäßiger Geschwindigkeit zu fahren‹.«

»Das verlangt, derart zu schleichen?«

»Es bedeutet, nur soviel Fahrt zu machen, daß das Schiff auf halber Strecke der gegebenen Sichtweite zum völligen Stillstand gebracht werden kann.«

»Und Sie glauben, davon läßt sich der Erste leiten?«

»Natürlich. Ihm geht Sicherheit über alles, habt ihr das noch nie bemerkt?«

»Nee, ehrlich ...« Hein begriff oft etwas schwer, er sah nicht, daß der Maat ihn auf den Arm nahm. »Das sind doch Regeln für dichtbefahrene Gebiete, glaub ich, damit's nicht zum Krachen kommt. Mit wem wollen wir hier kollidieren? Der Witz ist gerade der, daß uns überhaupt nichts vor den Bug läuft. Seit elf Tagen haben wir kein Schiff mehr gesichtet ...«

»Das ist noch nicht mal der eigentliche Witz.«

»Was dann?« fragte Hein.

»Daß unser Bug gar nicht nach Kap Hoorn zeigt. Solange ein falscher Kurs anliegt, ist das Tempo völlig Wurscht.«

Mehr sagte Lüdecke nicht, aber da er den Mund niemals voll nahm, dachte ich mir mein Teil. Ihm paßte die ganze Richtung nicht. Er zählte zu denen, die insgeheim gegen die

Schiffsführung stänkerten, spätestens seit Kap Hoorn. Am liebsten wäre er da schon umgekehrt und heimwärts gedampft statt in den Pazifik ... Oder gar nicht erst ausgelaufen vor 13 Monaten in Kiel? Er war ja kein Kriegsfreiwilliger wie ich, ihn hatten sie gezogen. Übrigens schien es, als sehe er das Schiff lieber von Boehnke geführt, weil der viel bedächtiger als Asmann war.

Aus ihm wurde man nie ganz schlau. Wenn ich an das dachte, was er im letzten Frühjahr hoch oben auf der Atlantikinsel Trinidade geäußert hatte, konnte ich mir vorstellen, daß er die Verbitterten und Verzagenden um sich sammelte – alle, die die Belastung nicht mehr ertrugen. Es fehlte der Beweis, doch in meiner Phantasie, die manchmal ein Stück zu weit ging, mißtraute ich ihm und seiner Vaterlandsliebe. Nur die Erinnerung, ihn schon damals zu unrecht verdächtigt und geglaubt zu haben, er ließe uns auf jenem Felsgipfel im Stich, hinderte mich daran, ernsthaft an ihm zu zweifeln. Es war bloß ein Eindruck, ein Argwohn, ein Gedankenspiel – ja.

Oder doch schon mehr? Ein neues Indiz: Er verbreitete meine Berechnungen zur Dauer der Heimreise unter der Hand im Mannschaftslogis. Wozu das, wenn nicht, um die Leute nervös zu machen, ihre Unzufriedenheit zu schüren? Auch fiel mir der Umstand auf, daß man ihn seit Neujahr öfter bei dem Maschinenmaat Katerbaum sah, der vor dem Ersten Offizier aus der Rolle gefallen war. Weder stand Lüdecke dem Mann vorher nahe, noch hatte er dienstlich mit ihm zu tun. Jetzt schien er sich mit Katerbaum anzufreunden. Was zog ihn hin zu der seltsam gekrümmten Figur?

Bei der nächsten Gelegenheit würde ich Lüdecke auf den Zahn fühlen, behutsam, denn er war schlau. Ich wollte es einfach wissen. Ich mußte mir klarwerden über ihn und das, was er da vielleicht vorhatte.

Das quälte mich inzwischen. Fuhr ich nachts aus Alpträumen hoch und lag schlaflos in der Hängematte, die vom Stampfen der »Bonifaz« im Takt der anderen schwang, bildete ich mir ein, den Keim einer Verschwörung zu entdekken. Das erinnerte mich an den Helden meines Lieblingsbuchs, *The Treasure Island* von Robert Louis Stevenson. Dieser Jim Hawkins, jünger noch als ich, kriecht an Deck in eine Tonne, auf deren Grund Äpfel liegen – und schon setzt sich John Silver, der betrügerische Schiffskoch, nichtsahnend neben dieses Faß, versammelt ein paar der späteren Meuterer um sich und entwickelt ihnen seinen Plan ... Aber auf »Schiff 17« gab es keine Apfeltonne, und die Crew zerfiel auch nicht in Seeräuber, redliche Leute und ein paar Schwankende.

So einfach war das alles nicht. Auf diesem Schiff, so kam es mir vor, lagen die Dinge anders, verwirrender als auf Stevensons »Hispaniola«. Wer waren die Guten, wer die Bösen? Das ließ sich nicht so leicht sagen. Merkwürdig veränderte sich mein Blick auf das, was mich täglich umgab. Gut und Böse rückten eng zusammen, oft fand ich es in einer einzigen Person vereingt. Ein seelenloser Schleifer wie Hirsch hatte auch sein Gutes, war er nicht ein glänzender Artillerist? Wo wären wir ohne seine Schießkunst in jenem Gefecht geblieben? Mein Vorbild andererseits, der große Asmann, konnte uns auch mal gefährden, wenn er – prall von Angriffslust – in einer am Ende nutzlosen Waffentat das Schiff aufs Spiel setzte. Und hatte nicht Lüdecke, der Unruhestifter, Deutschland schon vor diesem Krieg sechs Jahre lang in China und in Afrika gedient? Konnte man's ihm verübeln, wenn er's allmählich satt bekam, fern der Heimat den Kopf hinzuhalten?

Aber was waren das für Gedanken! Hatte auch mich schon die Zweifelsucht gepackt? Jeden verstehen hieß alles entschuldigen, Aufruhr an Bord jedoch war unverzeihlich, unser aller Untergang ... Wie schwer, sich zurechtzufinden! War all das ein Irrtum, ein nächtlicher Spuk, oder eilten die Bilder in meinem Kopf der Wirklichkeit nur voraus? Ich wußte es nicht, ich mußte dahinterkommen.

Bei der nächsten Runde Skat versuchte ich unmerklich, das Gespräch auf die Apostel zu bringen. »Die haben's nicht so lausig kalt wie wir im Logis, durch deren Kabinen laufen

Dampfrohre«, sagte ich in der Absicht, den Signalmaat herauszufordern. »Und sie essen auch besser als wir, ich hab denen oft genug aufgetischt ... Wißt ihr, was einer von den Heizern gesagt hat? ›Gleicher Sold und gleiches Essen, dann wär der Krieg schon längst vergessen‹.«

Lüdecke schwieg, sein Blick lag nachdenklich auf mir. »Das sind so Sprüche«, brummte er nach einer Weile.

»Aber da ist doch was dran, Maat.«

»Jungs, was habt ihr gegen die Offiziere? Die sind auch nicht auf Rosen gebettet. Was mich betrifft, ich ziehe meine Hängematte 'ner Koje vor, die voll mitschlingert, wenn das Schiff stampft. Und zur Menage will ich euch bloß sagen, der Unterschied an Bord ist längst nicht so wie sonst bei der Flotte. Da wird doch separat gekocht, das hat Boehnke von Anfang an bei uns abgeschafft.«

»Aber ist unsere Verpflegung nicht bloß die Hälfte von dem wert, was 'nem Offizier zusteht?«

»Woher willst du das wissen?«

»Aus den Listen der Zahlmeisterei.«

»Na ja, mag sein. Steckst deine Nase in alles, was? Aber ihr Sold ist auch nicht berauschend. Nimm nur mal die Ausbildung. Weißt du, was die drei Jahre Marineschule Flensburg-Mürwik deren Eltern kosten? Ein Vermögen: rund fünftausend Mark! Und wenn aus dem Fähnrich dann ein Leutnant geworden ist, braucht er noch für mindestens zehn Jahre einen Zuschuß von sechshundert Mark im Jahr.«

»Wieso wird einer dann Seeoffizier?« fragte Hein.

»Der Ehre wegen«, antwortete Lüdecke. »Und auch im Hinblick auf den Krieg. Das ist die große Bewährung. Da wird natürlich Karriere gemacht. Je mehr fallen, desto schneller rückst du auf. Du kannst den *Pour le merite* kriegen, sogar Flügeladjutant des Kaisers werden, im Dienst fürs Vaterland.«

Ich spürte, daß der Maat nicht ganz aufrichtig war. Er ließ manches in der Schwebe, legte sich nicht fest und wich jeder Falle aus. Vielmehr deutete er einem etwas an, das man selbst ergänzen sollte. Damals auf Trinidade hatte er viel offener gesprochen ... Mißtraute er mir inzwischen wegen des dienstlichen Umgangs mit Heul? Fast war es, als wittere er, daß es mich zu manch einem von den Offizieren zog.

Ein unergiebiges Gespräch. Aber wenn Männer wie Dr. Rosen und Lüdecke mit verdeckten Karten spielten, war das allein ihre Schuld? Legten sie das Blatt auf den Tisch, hätte das wohl Folgen gehabt. Das Militärstrafgesetzbuch in Heuls Regal sagte klipp und klar: »Wer es durch mündliche Äußerungen unternimmt, Mißvergnügen in Beziehung auf den Dienst unter seinen Kameraden zu erregen, wird mit Freiheitsstrafe bis zu drei Jahren bestraft. Ist die Handlung durch Verbreitung von Schriften oder ist sie im Felde begangen worden«, hieß es im §102 weiter, »so ist auf geschärften Arrest nicht unter vierzehn Tagen oder auf Gefängnis bis zu fünf Jahren zu erkennen.« Ganz unten eingesperrt, bei Wasser und Brot ... Wo es um Zucht und Ordnung ging, da war auch ein Boehnke nicht zimperlich.

Von Mann zu Mann

In den Büchern des Zahlmeisters fand ich den Personalbestand und das Budget der Kaiserlichen Marine 1914/15 aufgezählt. Stand ein Offizier sich wirklich so schlecht? Die Besoldungsliste hielt Heul unter Verschluß. Mir zahlte man 15 Mark im Monat, was bekam ein Kapitän? Der Etat des Vorjahrs nannte 2388 Seeoffiziere, darunter vier Admirale, elf Vizeadmirale, 19 Konteradmirale, 100 Kapitäne zur See, 274 Fregatten- und Korvettenkapitäne, 565 Kapitänleutnants, 1356 Oberleutnants und Leutnants zur See; ferner 700 Seeoffiziersaspiranten und 60 pensionierte Offiziere verschiedener Grade. Aber ihr Sold war nicht aufgeschlüsselt, sondern ging unter der Rubrik »Geldverpflegung der Marineteile« auf im großen Topf, mit dem Geld für die Ingenieure, das Sanitätswesen, die Marine-Infanterie, das Luftfahrt-Personal, die Werftdivisionen und so weiter; all die Unteroffiziere und Mannschaften bis hinab zu den 1950 Schiffsjungen waren da mit drin.

Bei Kriegsausbruch hatte es 3612 aktive Marineoffiziere nebst 75470 Unteroffizieren und Mannschaften gegeben, rund 79000 Mann, jährlich entlohnt mit 52 Millionen Mark – ein Durchschnittssold von 55 Mark im Monat. Na, das brachte mich nicht weiter. Nur für den Admiralstab stand eine Zahl da, die 60 Stabsoffiziere teilten sich in eine Drittelmillion, das ergab einen Monatsdurchschnitt von 463 Mark pro Kopf. Die 408 Beamten des Reichsmarineamts, also des Ministeriums, und des Marinekabinetts waren mit durchschnittlich 520 Mark noch besser dran. Aber was Asmann oder Boehnke kriegten, fand ich nicht heraus. Das amtliche Werk verschwieg die Besoldung der Offiziere, als hieße es, deren Gesinnung anzuzweifeln, gab man die Höhe ihrer Bezüge bekannt. Was dem Matrosen zustand, wußte jeder, beim Offizier blieb das geheim.

Wenn Lüdecke unterstrich, wie wenig ein Leutnant bekam, so entsprach das eigentlich nur preußischer Tradition; auch der Sparsamkeit einer Regierung, die lieber neun Millionen für einen Kleinen Kreuzer ausgab oder 50 Millionen für ein neues Linienschiff, als ihr Offizierskorps zu verwöhnen ... Dieses amtliche Werk legte ferner den Gedanken an eine Auswahl nahe. Seeoffiziere konnten nur aus besseren Kreisen kommen, aus begüterten Familien, weil der Start in diese Laufbahn für andere unerschwinglich war. Hatte Lüdecke darauf anspielen wollen? Ich traute es ihm zu. Jedenfalls stützte es unausgesprochen das, was er uns einreden wollte mit dem infamen Satz: Der Krieg geht für die Reichen. Aber wer sollte ein so kompliziertes und teures Instrument wie die Flotte denn führen, wenn nicht die Besten, der Adel, die Elite der Nation?

Um diese Zeit brachte Hein eine Neuigkeit aus der Funkbude mit, geeignet, den Druck der Trostlosigkeit zu mildern, unter der wir stöhnten. War es uns früher gelungen, Morsetelegramme aus der Heimat, auch kodiert, über die Großstationen Río de Janeiro und Buenos Aires auf Kurzwelle zu empfangen, so fiel diese Möglichkeit mit wachsender Entfernung von Südamerika weg. Denn die nordamerikanischen Sender verweigerten dem deutschen Marineattaché solche Dienste. Dafür aber sollte es dem Oberleutnant von Keyserlingk jetzt geglückt sein, ganz vereinzelt Lautzeichen direkt vom Großsender Nauen aufzufangen, sicherlich über den Nordpol hinweg. Zwar war die Abgabe von Nachrichten auf demselben Weg leider ausgeschlossen, und doch, welch erfreuliche Kunde!

Unter der Hand lief die Sensation durch das ganze Schiff. Ich hatte sogar den Eindruck, sie werde bewußt verbreitet, und zwar durch Leutnant Dorn, zur Hebung der Moral. Egal, ob eine Botschaft für uns dabei war – offenbar ja nicht –, sie hatten im Funkraum den Großsender Nauen gehört! Das stopfte den Schwätzern das Maul, die neuerdings tuschelten, der Krieg sei vielleicht schon aus, wir wüßten das nur noch nicht und würden es, vergessen im Nordpazifik, zu unseren Lebzeiten nie erfahren. Wie Hein sagte, geschah es meistens am frühen Nachmittag, wenn in Deutschland gerade Mitternacht vorbei war. Anscheinend begünstigte die endlose Winternacht im ewigen Eis der Arktis die Fortpflanzung solch schwacher Signale.

Keyserlingk jedenfalls, der seinen Ohren zuerst nicht traute, hielt diese Reichweite für ein polares Phänomen, an die Jahreszeit gebunden. Jeden Mittag, wenn Pressezeit war, empfing er auf dem 29-Meter-Band die Tagesereignisse, wie sie über nordamerikanische Sender kamen; darunter die Funkstation in Honolulu auf Hawaii 1900 Seemeilen südostwärts unserer Position: 8. Januar – Engländer räumen ihre letzten Stellungen auf der Halbinsel Gallipoli; 11. Januar – Franzosen besetzen die griechische Insel Korfu, auch beginnt ein Angriff der Russen auf die türkische Front in Armenien; 23. Januar – Montenegro kapituliert vor der Heeresgruppe Mackensen, ferner führt England die Wehrpflicht ein (erst jetzt, nach dem Blutverlust in Flandern), Winterschlacht in Frankreich tobt ... Es folgten die Börsenberichte, Notierungen der Aktienkurse, das Klettern der Wertpapiere all der Firmen, die am Krieg verdienten ... Das war der Augenblick für von Keyserlingk, umzuschalten auf die Wellenlänge von Nauen, eigenhändig. Den Kopfhörer übergestülpt, lauschte er in den Äther. Nie überließ er das Hein oder dem Zweiten Funker, der ihm nach dem Abgang Rodigasts noch geblieben war.

Am Nachmittag des 26. Januar, genau ein Jahr nach meinem jähen Aufbruch aus dem Elternhaus, wurde ich zum Ersten Offizier bestellt. Es war der Vorabend meines Geburtstages – des 19. laut Mannschaftsliste, während er tatsächlich erst mein 17. war. Er fiel mit dem des Allerhöchsten Kriegsherrn zusammen, der Kaiser wurde 57, auf den Tag 40 Jahre älter als ich. Das Dienstreglement schrieb eine Feier vor. Schlimmer als die zu Weihnachten und zu Silvester, dachte ich, konnte sie schwerlich werden. Wer auch die Ansprache hielt, Boehnke oder Asmann, Schwarzseherei oder Untergangspsychose würden die Apostel nicht dulden.

Was wollte der Erste von mir? Monatelang – seit er faktisch die Nummer eins und vollauf mit der Schiffsführung beschäftigt war – hatte er sich nicht mehr um mich gekümmert. Als ich bei ihm eintrat, lag er auf der Koje, nahm in dieser Haltung salopp meine Meldung entgegen und befahl mir, mich zu setzen. Ich sah eine halbmondförmige Pfütze auf dem Tisch, daraus stieg mir Rumgeruch in die Nase. Das Glas war weg, doch kein Zweifel, Asmann hatte getrunken; wie immer merkte man es ihm kaum an.

»Richard«, begann er – und es wunderte mich, daß er über all die Zeit hinweg meinen Vornamen behalten hatte –, »ich weiß, die Stimmung an Bord ist mies. Das wirst du mir bestätigen. *Something is rotten in the state of Denmark*, wir verstehen uns?«

»Jawohl; Herr Kapitänleutnant meinen den ›Hamlet‹.« Das Zitat, ein geflügeltes Wort, hatte sich mir eingeprägt, weil es nach Ansicht meines Englischpaukers dazu zwei Übersetzungen gab: Etwas ist faul im Staate Dänemark oder im Zustand Dänemarks; das kam aber auf dasselbe heraus, eine typische Haarspalterei von Gymnasiallehrern. »Das sagt Marcellus in der vierten Szene des ersten Akts.«

»Aha. Sehr gut. Und ich sage es von der ersten Szene des vierten Akts ... Junge, da geht ein Riß durch das Schiff. Zwischen oben und unten, ganz wörtlich gemeint. Das Hauptdeck ist die Schnittfläche. Ein gewisser Teil der Mannschaft sabotiert.«

Ich schwieg verblüfft. Asmann teilte mir eine Befürchtung mit, die meinen Nachtgedanken entsprach. Nie hatte ich für möglich gehalten, daß ein Seeoffizier, gleich in welcher Lage, sich so über alle Schranken hinweg an einen Matrosen wenden könnte. Weiter lang ausgestreckt, nun den Kopf leicht angehoben und auf die Hand gestützt, äußerte er die schlimmste Sorge, die ein Befehlshaber auf See nähren kann. »Das ist nun mal Fakt«, fügte er hinzu. »Oder siehst du's anders?«

Als käme es auf meine Sicht der Dinge an ... »Doch, ja, Herr Kapitänleutnant«, erwiderte ich atemlos. »Mißstimmung besteht, das schon. Aber Sabotage? Die Kameraden tun ihre Pflicht.«

»Ach, bist du sicher? Weshalb sind uns die zwei letzten Schiffe dann entwischt?«

»Weil wir zu langsam gewesen sind.«

»Wovon hängt das Tempo eines Schiffs ab? Nicht nur von der Bauart und der Güte des Materials, der Schraube, den Maschinen und Kesseln, dem Schmieröl, dem Kesselwasser und den Kohlen«, sagte er etwas schleppend und, verglichen mit seiner sonst so hurtigen Art, seltsam ausführlich. »Um mit äußerster Kraft zu laufen, dazu braucht es genauso ein erfahrenes, pflichttreues und ehrgeiziges Personal, geistig auf der Höhe und körperlich in Form ... Solche Männer hatten wir, bis vor kurzem.«

Mir wurde plötzlich heiß. Etwas ganz Sonderbares geschah. Ich fühlte mich herausgehoben aus der Schar meiner Kameraden. Der Erste sprach mit mir wirklich wie von Mann zu Mann. War er so einsam, daß er sich mir öffnete, dem Benjamin hier, dem jüngsten Mitglied der Besatzung?

Wie ehrenvoll, welch eine Auszeichnung für mich ... Doch zugleich glaubte ich zu sehen, daß er sich verrannte mit seinem Verdacht, den er für erwiesen hielt. – »Diese Männer, Herr Kapitänleutnant, haben Sie doch noch.«

Eine Zeitlang sagte er nichts, sah mich nur unverwandt an. Obwohl ganz auf seiner Seite und jetzt restlos in seinem Bann, zwang mich etwas, ihm zu widersprechen. Denn ich wußte ja wie ein jeder an Bord, da wurde gar nicht sabotiert. Vielmehr fuhr Michelsen, der Leitende Ingenieur, den maximalen Kesseldruck zwei Atmosphären niedriger, in bester und ehrenhafter Absicht. So kam man zwar kaum noch auf 14 Knoten, vermied aber Rohrbrüche und ein Verbrühen von Heizpersonal. Das Material der Maschinenanlage, pausenlos in Betrieb, fing an zu verschleißen, zu ermüden, genau wie die Crew selbst. »Schiff 17« hatte seit 14 Monaten keinen Hafen und keine Werft mehr gesehen. Überanstrengung hieß das Zauberwort, das schuld an unserer Lähmung war.

»So, die hab ich noch«, wiederholte Asmann bedrohlich leise. »Zum Beispiel den Maschinenmaat Katerbaum, nicht wahr? Oder deinen Skatfreund, den Signalmaat Lüdecke.«

Ich sah ihn düster lächeln und erschrak. Was mutete er mir da zu? Wollte er, daß ich Lüdecke verpetzte? Suchte er einen Spitzel? Sollte ich für ihn Leute aushorchen, sie als Hetzer überführen? Alles in mir sträubte sich dagegen. Hatte Asmann mich deshalb zu sich bestellt, öffnete er bloß darum sein Herz und tat so, als schenke er mir Vertrauen? Wenn er bereits wußte, mit wem ich Skat drosch, war er merkwürdig gut informiert – zu gut für einen, der ein ganzes Schiff unter sich hat. Und da fuhr er auch schon fort: »Lüdecke agitiert, wir sind darüber im Bilde.«

Ich war perplex, fühlte mich peinlich auf die Probe gestellt. Kurz davor, eine Niedertracht zu begehen – auf der Schwelle des Verrats. Wie nämlich, wenn Asmann recht hatte? Und selbst wenn er irrte ... Lieber mit ihm einen Fehler machen, flüsterte es in mir, als ihm etwas verschweigen. Wir brauchen einen Führer, ist er nicht der beste weit und breit? Einen beßren findst du nicht, ihm darf man nichts vorenthalten, er kann auf mich zählen ... Und doch, da war eine Grenze: die Hemmung, einen Gefährten ans Messer zu liefern. Mir ging auf, wiederholte ich jetzt bestimmte Worte Lüdeckes, ließ Asmann den eiskalt über die Klinge springen. Er würde ihn für den Rest der Fahrt einsperren und daheim gnadenlos vors Kriegsgericht bringen. An ihm ein Exempel statuieren, wie das seit dem Soldatenkönig in Preußen hieß, um das Schiff wieder fest in Griff zu kriegen. Ich schluckte ein paarmal, dann sagte ich: »Herr Kapitänleutnant, ich kann das nicht bestätigen.«

»Immer langsam. Deine Skrupel in Ehren. Aber du wärst damit kein Denunziant; im Gegenteil. Angeschwärzt wird aus niederen Motiven, deines wär das beste, ein durchaus zwingendes: militärische Notwendigkeit. Leuchtet dir das ein?«

Ich konnte bloß nicken, brachte kein Wort heraus.

Er schwang die Beine von der Koje und richtete sich auf. »Wir sind ganz auf uns gestellt, ein verschworener Haufen. Wer da Moral und Wehrkraft zersetzt, schert selber aus, der gehört nicht mehr zu uns.«

»Jawohl; das ist mir klar.«

»Also –?«

»Mir gegenüber hat der Signalmaat nichts geäußert.«

»Wem bist du treu, Richard, deinem Skatbruder oder dem Vaterland?«

»Würde Lüdecke hetzen, ich hätte ihn gemeldet.«

»So, hättest du ...« Asmann wirkte erschöpft, als er nun an den Tisch kam, und ich roch den Alkohol in seinem Atem. »Brauchst du aber nicht. Da kümmern sich schon andere drum. Die Hetzer haben keine Chance, das kann ich dir flüstern. Da hält Otto Dorn den Daumen drauf. Kein Mangel an loyalen Männern, auch im Zwischendeck ... Nimmst du auch 'nen Schluck?«

Er hatte wie von ungefähr die Rumflasche und Gläser zur Hand, goß zwei Fingerbreit ein und trank mir zu. Im brennenden Aroma des Drinks verflog meine Angst. Das Verhör schien vorbei zu sein. Ich war noch einmal davongekommen.

»Sag mir nur mal eins, Junge ...«
»Herr Kapitänleutnant?«
»Was würdest du an meiner Stelle tun?«
»In welcher Hinsicht, bitte?«
»Na, um den Riß zu kitten, ist doch klar.«

Ich faßte mir ein Herz und erwiderte: »Ich würde südwärts laufen, etwa zum Panamá-Kanal, wo der Verkehr sich bündelt und wir wieder zum Schuß kämen. Der Crew fehlt weiter nichts als ein Erfolg – ein bißchen Wärme und das Gefühl, auf dem Heimweg zu sein.«

»Mit unserem Bestand an Kohlen?« Asmann winkte ab. »Schaffen wir nie. Hm, als Ratgeber taugst du nicht viel. Ist auch gar nicht deine Sache. Von dir erwarte ich einen anderen Dienst. Du schreibst mir bis morgen eine kurze Rede aus Anlaß des Geburtstags Seiner Majestät ... Dem Kommandanten geht's wieder schlecht, und mir wird das momentan auch zuviel.«

Ich stand auf und nahm Haltung an, doch er hielt mich zurück. Vom Wandbord nahm er ein kleines, in Leder gebundenes Buch und gab es mir mit den Worten, er wisse, daß jede Leistung ihren Lohn verdiene und daß aus mir ein ganz brauchbarer Soldat geworden sei. Es war ein Taschenatlas in englischer und spanischer Sprache, wohl ein Beutestück; er bildete nur die ostpazifischen Inseln ab, von den Aleuten bis hinunter nach Feuerland.

In seiner steilen Schrift schrieb der Erste Offizier mir die Widmung hinein: »Kein Schicksal gibt's / Es gibt nur Mut und Wollen / Sei stark durch dich / So ist die Palme dein. – Richard Harms zur Erinnerung an seinen neunzehnten (?) Geburtstag auf See, Werner Asmann, Kapitänleutnant.«

Geheimquadrat QS 9916

Der Erste Offizier war noch dabei, die Tinte abzulöschen, da klopfte es, und Oberleutnant Cramer trat ein. »Der Kommandant befiehlt«, sagte er, »das Umtarnen nicht länger aufzuschieben, Herr Kapitänleutnant. Die Schiffbrüchigen von der ›Takatschio Maru‹ dürften von Christmas Island abgeholt worden und unser Deckname wie auch das Erscheinungsbild dem Feind bekannt sein.«

»Wie wünscht der Kommandant denn zu firmieren?«

»Als russischer Frachter ›Taifun‹ aus Wladiwostok. Die Zarenfahne, weiß-blau-rot, entsteht ganz leicht, wenn man von der Handelsflagge Hollands das rote Feld oben abtrennt und es einfach unten dransetzt ... Aber wollen wir das vor dem Mann da erörtern?«

Wie immer klang die hohe Stimme des Navigationsoffiziers etwas angestrengt, als müsse er seinen Worten Nachdruck geben. Er wollte mich weghaben und erreichte das Gegenteil. Asmann erwiderte ihm kühl: »Wozu Geheimnisse vor der Mannschaft, Herr Cramer? Wir sind eine Kampfgemeinschaft. Jeder darf wissen, wie sich die Schiffsführung den Kopf zerbricht.«

»Wie Sie meinen, Herr Kapitänleutnant.«

»Also ›Taifun‹. Gibt's nicht so ein Kanonenboot?«

»Ja, bei ihrer Amur-Flottille. Da läuft aber auch ein Frachter dieses Namens. Sie haben eine Schwäche dafür.«

»Die Russen benutzen kyrillische Lettern. Solche sind nicht an Bord.«

»Aber einer, der sie schreiben kann: der Heizer Rogatschewski.«

»Schön, soll er pinseln. Noch etwas?«

»Der Kommandant wünscht das Suchgebiet zu verlassen. Er sagt, es deckt den Track San Francisco–Wladiwostok nur ab, falls die Russen auch im Winter die La Pérouse-Straße nehmen. Laufen sie aber unten um Hokkaido herum oder überhaupt einen Kurs, der vom Großkreis südlich abweicht, liegen wir mit dem Suchfeld falsch.«

»Ist das auch Ihre Meinung?«

»Ich gehe sogar noch weiter«, antwortete Cramer frostig. »Mir kommt der ganze Streifzug zwecklos vor. Der Mangel an jagdbaren Zielen zeigt es; ihr völliges Ausbleiben, präzis gesagt.«

»Und worauf führen Sie das zurück?«

»Ich fürchte, die Voraussetzungen sind falsch.«

In der Ecke zwischen Koje und Spind suchte ich mich unsichtbar zu machen. Gesprächsbrocken vom Tisch der Apostel, seit langem von mir entbehrt! Gefesselt hörte ich zu, erwärmt von der Aussicht, nachher damit vor Hein aufzutrumpfen, der sich immer mit Neuigkeiten aus dem Funkraum schmückte. Weshalb hatte Asmann mich herbestellt? Die Rede zu Kaisers Geburtstag, das konnte ein Vorwand sein, die hätte ihm auch der Zahlmeister geliefert. Erinnerte ich ihn an seinen eigenen Sohn oder wollte er nur mal einen um sich haben, vor dem er nicht auf der Hut sein mußte? Was es auch war, die zwei hatten mich vergessen, vertieft in einen Streit, der trotz des höflichen Tons an Schärfe gewann.

»Es ist ja denkbar«, sagte der Navigator, »nicht die USA liefern ihnen Munition, sondern Japan macht das Geschäft. In dem Fall lauern wir nutzlos im Ozean.«

»Die amerikanischen Lieferungen sind Tatsache.«

»Aber ob sie durch den Pazifik gehen?«

»Wie denn sonst, im Winter? Archangelsk ist zu, die Murman-Bahn nicht mal halb fertig, der Bosporus endgültig versperrt.«

»Durch die Ostsee, Herr Kapitänleutnant.«

»Da sind wir die Herren.«

»Bis auf die schwedischen Hoheitsgewässer.«

»Das Ostufer des Sunds? Da ist's zu flach.«

»Die Kogrund-Rinne läßt jetzt bis zu sechs Meter Tiefgang zu. Stellenweise haben die Schweden gebaggert und sie im letzten Herbst auch betonnt.«

»Nur für ihre eigenen Schiffe, Herr Cramer.«

»Ja, aber England steckt hinter einer schwedischen

Scheinfirma. Die heißt ›Transito‹, führt die schwedische Flagge und scheut auch nicht den Landweg durch Südschweden. Das verteuert den Transport, aber was ist schon Geld in diesem Krieg?«

»Woher haben Sie das?« fragte Asmann so verärgert, als glaube er, Cramer bringe dies nur vor, um das Unsinnige seiner Idee, hier russische Munitionstransporter abzufangen, nachzuweisen und ihn zu blamieren.

»Aus dem Funkraum. Ein Pressetelegramm von gestern. Bericht der Station auf Hawaii. Danach haben im Oktober täglich zwei Dutzend Schiffe die Kogrund-Rinne in beiden Richtungen passiert, direkt vor der Nase unserer Sund-Bewachung.«

»Behauptungen der Feindpresse sind kein Maßstab für uns.«

Cramers rundes Gesicht rötete sich. »Die Sundkontrolle hat seitdem ein Loch«, hielt er mit erhobener Stimme fest. »Unser Wachtschiff, das hart vor der Dreimeilengrenze im Bedgrund ankert, muß diese Dampfer, kaum eine Kabellänge entfernt, durchlassen, Automobile, Lafetten und Flugzeugteile sichtbar an Deck! Die Russen zahlen mit Gold, Weizen und Grubenholz aus den finnischen Wäldern, das England für seine Kohlengruben in Wales und in Newcastle dringend braucht. Ein munterer Handel unter unserer Nase.«

»Und wieso dulden wir den?«

»Zweifellos weil wir das Eisenerz aus Nordschweden noch nötiger haben, Herr Kapitänleutnant. Auch unsere Erzfrachter nehmen ja, wegen der britischen und russischen U-Boote in der Ostsee, ihren Weg durch die schwedischen Hoheitsgewässer.«

»Immer schön ruhig durch die Nase atmen. Dazu ist der Reichsleitung bestimmt was eingefallen. Das kann schon längst wieder anders sein ... Nichts ist beständiger als der Wechsel.«

Wie auf ein Stichwort pochte es erneut an die Tür. Diesmal füllte sich der Raum, es erschien Oberleutnant von Keyserlingk, gefolgt von Leutnant Dorn und Michelsen, dem Leitenden Ingenieur. Ein freudiges Bewegtsein ging von der Gruppe aus. »Nauen an uns«, meldete der Funkoffizier forsch und knapp. »Soeben dechiffriert. Der Text lautet: ›Schiff siebzehn hat Brennstoff im Quadrat QS 9916‹.«

»Wo ist das?« fragte Asmann. »Habt ihr nachgeguckt, wo der Versorger liegt?«

»Uns erwartet kein Schiff, sonst stünde hier der Name. Die Kohle muß an Land sein. Wir sind an keinen Zeitpunkt gebunden, der Versorger hat sie auf Halde gekippt. Vermutlich auf einer unbewohnten Insel im Archipel der Revilla-Gigedos.«

Man schickte mich nach der Karte der Marinequadrate im Stillen Ozean, die beim Steuermann unter Verschluß lag. Sie galt als streng geheim. Selbst wenn der Feind den Sender Nauen abhörte und die Funksprüche der Marine, wie von Keyserlingk annahm, teilweise entschlüsseln konnte, so blieben ihm doch die Ortsangaben darin rätselhaft, solange diese Karte nicht in seine Hände fiel.

Auf dem kurzen Weg vom Kartenhaus zur Kabine des Ersten Offiziers wagte ich einen Blick hinein und fand ein Gitternetz von mehr als zweihundert Großquadraten über den ganzen Pazifik und dessen Nebenmeere gebreitet, beginnend links oben mit NA vor der Küste Ostsibiriens bis WW rechts unten südwestlich von Feuerland. Das Quadrat QS lag vor der Küste Méxicos, es begann etwa 300 Seemeilen westlich von Cabo Corrientes. Das Archipel der Revilla-Gigedos gehörte zum mexicanischens Staat Colima, es befand sich unterhalb von Niederkalifornien auf der geographischen Breite von México-Stadt. Dort also war unsere Brennstoffnot zu Ende. Doch wichtiger noch – wir waren daheim nicht vergessen! Der Admiralstab hatte an uns gedacht. Überzeugt, daß »Schiff 17« noch existierte, da es ja keine Feindmeldung von unserem Untergang gab, hatte die Seekriegsleitung einen Frachter gechartert, der an einem verlassenen Strand Kohlen abkippte, gleichsam auf Verdacht. Ohne Kenntnis unserer Position, die man wohl kaum so weit im Nordwesten vermutete. Die Hilfsaktion würde wohl über den Marineattaché in Washington gelaufen sein, wenn nicht über die neu geschaffene Etappe México.

Drinnen riß man mir die Karte aus der Hand, die Apostel beugten sich darüber. Ihre frohen Empfindungen verhehlten sie nicht. Leutnant Spalke hatte sich dazugesellt, so daß ich mich fragte, wer jetzt wohl, wenn der Kommandant wieder krank lag, auf der Brücke Wache hielt. Ein Offizier mußte doch immer oben sein. Übrigens duzten sich alle, bis auf Asmann und Cramer. Es war ein Umgangston entstanden, den Boehnke kaum gebilligt hätte; trotzdem wahrte der Erste seine Autorität. Das hing bei ihm nicht von Formen ab, niemals hatte er es nötig, steif zu sein, um sich zu behaupten. Nur Cramer gegenüber, den von Keyserlingk schlicht Manfred nannte, ging er auf Distanz.

Es war, als würde mir jetzt erst klar, daß auch die Offiziere Vornamen hatten. Als ich sie noch in der Messe bediente, waren die nie gefallen. Wie im Gymnasium zu Rostock, auch da kriegten wir die Vornamen der Lehrer ganz allmählich erst heraus. Nach fast einem Jahr nun ging mir auf, die Herren hießen Otto Dorn, Erich Boehnke, Werner Asmann, Egbert von Keyserlingk, Heinz Spalke, Harry Hirsch, Eberhardt Heul, Ernst Michelsen, Dr. Philipp Rosen, Dr. Alfons Diebitsch und Manfred Cramer.

Wurde, so fragte ich mich, damit aus dem Schlagwort vom verschworenen Haufen, von der Kampfgemeinschaft ein Stück leuchtender Wirklichkeit? Fest stand, für mich hörten die Apostel auf diese Weise auf, schemenhafte Wesen zu sein, zweidimensional über den Wassern schwebend, der Bewunderung wie auch dem Spott der Mannschaft ziemlich entrückt. Der Vorname gab ihnen etwas Privates, ein bißchen von ihrer Menschlichkeit zurück, die der Drill sonst verbarg, ja zu unterdrücken schien.

Aber auch welche Rolle Leutnant Dorn spielte, begriff ich an jenem Nachmittag. Sie war glänzend, doch nicht frei von Düsterkeit. Er wartete mit Analysen auf, hatte Lösungen parat und war mit Antworten schnell zur Hand – Asmanns

Stütze, zugleich jedoch sein Wachhund an Bord, verantwortlich für die innere Sicherheit. Sein Prisentrupp stellte die Leibgarde der Schiffsführung dar, er war es eigentlich, der die Unzufriedenen in Schach und bei der Stange hielt. Männer wie Willi Lüdecke und Emil Katerbaum mußten sich vor ihm hüten. Solange Dorn auf dem Posten war, hatten Hetzer oder gar Meuterer keine Chance.

»Es ist die westlichste der Inseln«, hörte ich ihn aus der Gruppe, die überm Tisch den Kopf zusammensteckte, sagen. »Clarion Island heißt sie.«

»Wie weit ist es bis dahin?« fragte Asmann.

Cramer richtete sich auf, ich sah, wie die Augen in seinem katerähnlich runden Kopf mit dem Bürstenhaarschnitt funkelten. Was er da vor sich hatte, behagte ihm offenkundig. Es paßte in seinen und Boehnkes Kram. Er schien zu schnurren wie eine Riesenkatze. »Knapp dreitausendachthundert Meilen.«

»O Gott«, sagte Michelsen. »Das schaffen wir nie.«

»Wir müssen es durchziehen«, antwortete ihm Cramer.

Kurs auf Clarion

Asmanns Geschenk veränderte meine Sicht der Dinge, ich war gebannt von der Aktion. Kaum hatte ich im Mannschaftslogis stolz die Neuigkeit verkündet, da fand ich im Taschenatlas folgende Notiz: »Islas Revilla Gigedo, Archipel zwischen 18°20–19°20' Nord und 111°–115° West, besteht aus der bis 3700 Fuß hohen Hauptinsel Socorro und den vulkanischen San Benedicto, Roca Partida und Clarion; insgesamt 312 Quadratmeilen mit 1500 Einwohnern. Die tropisch bewaldeten Inseln haben keine Säugetiere, dafür eine nur hier heimische Eidechse, eine Landschnecke und neun Arten von Landvögeln. Das Meer ist reich an Robben und Schildkröten.«

Das Marinequadrat gab uns übrigens nur die Insel an, nicht den Ort darauf, wo die Kohle lag. Solche Feinbestimmung leistete die Methode nicht. Das Prinzip der Geheimquadrate wurde mir jetzt erst klar. Ein schlau ausgetüfteltes System; vielleicht war sein Erfinder ein Schachspieler gewesen. Die Großquadrate, von zwei Buchstaben bezeichnet, hatten eine Seitenlänge von 540 Seemeilen und dienten nur zur Groborientierung. Sie enthielten 100 mittlere Quadrate von je 54 Meilen Seitenlänge, unterteilt in neun Kleinquadrate, von denen jedes wiederum neun Suchfelder hatte, im Format sechs mal sechs Meilen. Das Suchfeld, durch zwei Buchstaben und vier Ziffern genau bezeichnet, war also immer noch so groß wie ein Viertel des Greifswalder Boddens.

Die Karte von Clarion Island hatte es mir angetan. Das Eiland lag dicht neben dem 115. Längengrad am weitesten westlich, 215 Seemeilen weg von der Hauptinsel Socorro. Ich fühlte mich wie ein Seeoffizier handelnd teilnehmen an dem Geschehen. Clarion war ein querliegendes Rechteck, zwei Meilen breit und viereinhalb lang, etwa so groß wie die Halbinsel Zudar am Südende von Rügen. Auf diesen 12 Quadratmeilen erhoben sich aber sechs Gipfel, alle um die 1000 Fuß. Die Insel schien kaum bewohnt zu sein, kein Dorf war verzeichnet, nicht mal ein Haus. Sie hatte Steilufer, vor denen die See sich brach, und war nur im Zentrum der langen Südküste zu betreten, wo Lavafelsen eine vom Meer her unzugängliche Lagune flankierten. Der Punkt hieß Sulphur Bay. Die Symbole zweier Anker, auf elf und vier Faden Wassertiefe, markierten den einzigen Landungsplatz. Nur dort konnte unser Brennstoff sein.

Beflügelt von den Entdeckungen, die mir die Karte im Maßstab 1:72000 bescherte, ging ich daran, Asmanns Rede zu entwerfen. Ein Buch in der Bordbibliothek war ganz dem Hause Hohenzollern gewidmet, und ich schrieb mir über Seine Majestät heraus: »Mit 29 Jahren zum Generalmajor befördert, ward er durch den Tod seines Großvaters Wilhelm I., der ihm besonderes Vertrauen schenkte, 1888 Kronprinz und nach dem frühen Hinscheiden seines Vaters im selben Jahr deutscher Kaiser und König von Preußen. Er ergriff das Zepter mit kräftiger Hand, eröffnete den Reichstag inmitten aller deutschen Fürsten mit einer schwungvollen Ansprache, in der er seine Friedensliebe betonte, und versprach bei der Eidesleistung, der erste Diener des Staates zu sein.«

Ich ließ ein paar Sätze aus, die Bismarck galten, und fuhr fort: »Zuerst besuchte er mit einer Kriegsflotte die Höfe von St. Petersburg, Stockholm und Kopenhagen, um das Vertrauen der Nachbarn in seine Politik zu festigen, dann 1889 nach einer Nordmeerreise mit der Kaiserlichen Jacht auch England, Griechenland – dessen Kronprinz sich bald darauf mit seiner Schwester Sophie vermählte – und *last not least* Konstantinopel.« Damit kam ich zur Türkei, unserem nächst Österreich-Ungarn wichtigsten Verbündeten, und langte bei der siegreichen Verteidigung der Dardanellen an, wo eben die letzten britischen Landungstruppen das Feld geräumt hatten, nachdem die türkischen Meerengen schon im vergangenen März (dank deutscher Waffenhilfe unter dem Admiral von Usedom) zum Grab von vier englisch-französischen Linienschiffen geworden waren.

Den Admiral von Usedom zu erwähnen schien mir besonders passend, da dessen Wirken in China noch frisch in Erinnerung war – seine Expedition mit dem englischen Admiral Seymour gegen die aufständischen Boxer im Jahre 1900, ein Zug, an dem auch Willi Lüdecke teilgenommen hatte. Bei dieser Gelegenheit erscholl ja Seymours berühmter Ruf *The Germans to the front,* als nämlich die Briten zurückwichen und ohne das Landungskorps des deutschen Kreuzergeschwaders kein Halten mehr gewesen wäre. Der Herr von Usedom, dem Foto nach ein schnurrbärtiger Fünfziger in prächtigem, von Orden übersätem Waffenrock mit Schärpe und Epauletten, hatte dem britischen Admiral als Chef des Stabes zur Seite gestanden, nun zeigte er den Engländern die Zähne und hielt die Meerengen dicht.

Damit war ein Dreiklang angeschlagen: der Kaiser, unsere Flotte und die wackere Türkei. Die hatte mich wegen der unbestimmten Ausdehnung ihrer Grenzen bis tief nach Arabien und ins exotische Nordafrika hinein schon früher gereizt. Mein Entwurf strich heraus, daß die Westmächte nach der Niederlage bei den Dardanellen weder Druck auf Rumänien und Bulgarien ausüben noch an einen Schiffsverkehr mit den Häfen Südrußlands denken konnten, um dort Weizen gegen Kriegsmaterial zu tauschen. Vielmehr war die Achse Berlin–Wien–Budapest–Belgrad–Sofia–Konstantinopel nun ganz stabil, eine Linie, die sich zum Kummer Englands durch den Irak bis zum Persischen Golf und durch Palästina südwärts bis kurz vor den Suez-Kanal ziehen ließ, wo sie auf einen Lebensnerv des britischen Empire traf.

Doch wie es beim Militär oft geht, ich hatte mich nutzlos verausgabt. Mein sorgsam durchdachter Aufsatz diente nicht als Vorlage, weil an Asmanns Stelle der Kommandant selber sprach. Von dessen Rede blieb mir kaum mehr als das Bild seines mehrmals im Schmerz sich jäh verzerrenden, ständig leicht zuckenden Gesichts. Er brachte es fertig, den Ehrentag Seiner Majestät in einem Atem mit dem Brennstoff zu nennen, der uns auf Clarion erwartete; eine Gedankenverknüpfung, die so ohne alle Zwischenglieder wenig Sinn ergab. Es ging ihm offenbar nur darum, den Erfolg dieser Hilfe aus der Heimat für sich zu buchen und jedermann zu zeigen, daß immer noch er es war, der an der Spitze stand.

Ein paar Tage später wegen meiner Hand ins Bordlazarett bestellt, hörte ich durch die Tür, die seit der letzten Kohlenübernahme nicht mehr schloß, die Sorgen der zwei Ärzte mit an. »Mich wundert«, sagte Dr. Diebitsch, »daß nach der jüngsten Sensation die Stimmung nicht spürbar steigt. Sie bleibt für meine Begriffe viel zu gedrückt ... Kann sein, weil es noch fraglich ist, ob wir auch bei sparsamster Geschwindigkeit die Insel mit unserem Vorrat an Brennstoff erreichen. Und weil es bei Tempo vier noch reichlich fünf Wochen dauert, bis wir da sind.«

»Ich sehe da einen anderen Zusammenhang«, antwortete ihm der Stabsarzt. »Es scheint eher in unser Fach zu schlagen.«

»Ein psychisches Problem? Wir sind keine Neurologen.«

»Das ist auch nicht der Punkt. Die Stimmungslage entspricht der Ernährungssituation.«

»Aber wir haben doch genug Proviant?«

»Uns fehlen Obst, Kartoffeln, Frischgemüse und damit ein gewisses Etwas, Alfons, für das man noch keinen Namen hat. Denken Sie mal an den Hilfskreuzer ›Kronprinz Wilhelm‹ im vorigen April, bevor er in Newport News aufgab. Er war sehr erfolgreich, hatte vierzehn Feindschiffe aufgebracht, die Crew schwelgte in erbeuteten Vorräten: englisches Corned Beef, norwegischer Käse, französische Leckereien, dazu Kaffee, Tee und Zucker nach Herzenslust. Trotzdem sackte die Stimmung rapide ab. Immer mehr Männer klagten über Nervenschmerzen, Atemnot, Magenbeschwerden oder Gelenkschwellungen. Als die ›Kronprinz Wilhelm‹ endlich Schluß machte, glich sie nach allen Meldungen einem schwimmenden Hospital.«

»Symptome von beginnendem Skorbut.«

»Auch Beriberi im Anfangsstadium. Kein Mensch weiß das genau. Ich hab die Pressetexte gesammelt. Amerikanische Gesundheitsbeamte, die bei der Internierung an Bord kamen, standen vor einem Rätsel; sie konnten nur mutmaßen über die merkwürdige Seuche ... Immerhin, eine Woche, nachdem es wieder Obst und Frischgemüse gab, lebte die Mannschaft auf. Drei Wochen später waren sogar die Gelähmten wieder auf den Beinen, und zwar ohne irgendwelche Medizin. Wissen Sie, ich sehe all das auch für uns voraus. Jeder zweite, den wir behandeln, ist depressiv. Dazu diffuse Symptome von Mattheit, Appetitlosigkeit, Verdauungsstörungen und verzögerter Wundheilung. Gibt Ihnen das nicht zu denken?«

»Es wär wohl besser, Herr Kollege, statt der Kohlen läge auf dieser Insel für uns Obst?«

»Aus meiner Sicht schon. Ein Wunder, daß es noch nicht schlimmer ist. Ich führe es auf die Verproviantierung bei Uka zurück ... Jedes Ding hat zwei Seiten.«

Das Gespräch wurde unverständlich, dann hörte ich den Assistenzarzt sagen: »Ich gäbe auch viel für ein Mittel, das

Boehnke aufhilft und es ihm erlaubt, wieder aus Asmanns Schatten zu treten.«

Als man mich hineinrief, untersuchte Dr. Rosen meine Finger, obgleich deren Zerrung als Bagatelle galt, bisher von Diebitsch mehr belächelt als behandelt. »Bis du heiratest«, brummte er, »sind sie wieder kerzengerade.«

»Eher nicht, Herr Stabsarzt?«

»Wohl kaum, bei dieser Heiltendenz. Na, was macht dir das, du bist doch Rechtshänder?«

»Jawohl. Nur, am Geschütz brauche ich beide.«

»Aber nicht als Redenschreiber. Ich kenne deinen Aufsatz zum Thema Kaiser, Flotte und Türkei. Der Erste hat mir den gezeigt. Nicht schlecht, mein Sohn. Könnte fast so in der ›Kreuzzeitung‹ stehen.«

»Wirklich?« Das Lob ließ mich erröten.

»Hübsch aufgebaut und trotzdem falsch.«

»Darf ich Herrn Stabsarzt fragen, was daran nicht stimmt?«

»Ach, bloß der Hintergrund.« Behutsam bog er an meinen Fingern. »Vorn ist alles gut erfaßt, das übrige verschwimmt ... Die Verteidigung der Dardanellen ist ganz gewiß ein Ruhmesblatt. Sie war die Folge unserer Türkenpolitik, die von allerhand unklaren Gefühlen im deutschen Volk getragen wird, eigentlich aber in dem Expansionsbedürfnis der Wirtschaft wurzelt. Kannst du mir folgen?«

»Durchaus, Herr Stabsarzt.«

»Schön. Nachdem die Großmächte die Südhalbkugel unter sich in Kolonien aufgeteilt hatten – ein Vorgang, bei dem wir ja zu spät und zu kurz gekommen sind –, kam man in Berlin auf die Idee, ein rohstoffreiches, besiedlungsfähiges Land zu durchdringen: eben die Türkei. Der ›kranke Mann am Bosporus‹, den man zum eigenen Nutzen gesundpflegen muß ... Ich nehme an, dein Interesse an diesem Staatsgebilde geht zurück auf ein paar Bücher des windigen Erfolgsautors Karl May.«

»Das gebe ich zu.«

»Nun, das unserer Industrie wohl kaum. Generaldirektoren und Bankiers schenken ihr Ohr auch größeren Schriftstellern im allgemeinen nicht. Die haben handfestere Gründe, Junge.«

»Gründe, Geld in die elende Türkei zu stecken?«

»Aber ja! Deutsches Kapital schien dort fruchtbringende Anlage zu finden, deutsche Technik ein neu zu erschließendes Absatzgebiet. Die Bagdadbahn sollte die anatolische Hochfläche nebst Syrien und dem Zweistromland an unseren Wirtschaftsraum binden. Das Schlagwort des Schienenwegs von Hamburg bis Basra steht auch bei dir. Es vernebelt vielen den Verstand, die weder den Orient kennen noch zur klaren Sicht auf machtpolitische Abläufe erzogen worden sind. In solchen Köpfen gewinnt der nüchterne Zugriff unserer Wirtschaft eine romantische und sagenhafte Gesalt.«

»Daß hier aber Chancen sind«, wagte ich zu erwidern, »zeigt doch ein Umstand: England hat rasch Kuweit an sich gebracht. Damit saß es an der Mündung des neuen Verkehrswegs in den Persischen Golf, lange bevor die Bahn fertig war.«

»Eben! Es ist um die deutsche Orientpolitik zuviel Lärm gemacht worden. Vorschußlorbeeren sind überhaupt ein Merkmal unserer Politik. Wir haben die Welt erschreckt mit der Verkündung kommender wirtschaftlicher Großtaten und damit die Konkurrenz angespornt, uns vorher abzuwürgen. Das ist letzten Endes aus alliierter Sicht der Sinn dieses ganzen Krieges ... Behalt den Hintergrund im Auge, wenn du nochmal so etwas schreibst.«

»Taifun« jagt »Sibirjak«

Um den 20. Februar kreuzten wir, inzwischen als russischer Frachter »Taifun« kostümiert, die Route Hawaii–San Francisco. Die Sonne stieg, es wurde spürbar wärmer, man fror nicht mehr im Logis, ein Teil der Crew aalte sich wieder auf dem Urlaubsdeck. Dennoch wich der Druck nicht von uns. Würden wir es bis Clarion schaffen?

Mehrmals nötigte uns das Aufkommen amerikansicher Dampfer, den Kurs für kurze Zeit zu ändern. Unsere Fahrtrichtung war zu sonderbar, sie wies von Ostsibirien nach México – absurd und verdächtig für einen fremden Kapitän, dem der Gedanke kam, die Begegnung der US-Küstenwacht zu melden und damit die Engländer zu alarmieren, denen Amerika das gesteckt hätte.

Mit wachsender Entfernung von der Arktis riß leider der Kontakt zu dem Großsender Nauen ab. Der Kommandant, der sich in großen Abständen auf die Brücke schleppte, befahl dann stets, zur Sendezeit zu stoppen und das Schiff in die Richtung zu legen, in der wir jene Botschaft empfangen hatten. Weil damals unsere Ladebäume aufgetoppt waren, ließ er sie auch bei rauher See immer in die alte Position bringen, obgleich Oberleutnant von Keyserlingk ihm erklärte, das sei auf die Funkwellen ohne jeden Einfluß. Abergläubisch bestand Boehnke auf Wiederherstellung des Schiffszustands vom Nachmittag des 26. Januar; wie überhaupt in seinem Charakter sonderbare Züge von Starrsinn, gepaart mit Verschlagenheit, die Oberhand gewannen. Doch im Funkraum herrschte Stille, von der Heimat war nichts mehr zu hören.

Dafür fielen die Morsezeichen von Honolulu kräftig ein. Wir hörten aus den Pressetelegrammen, in der Regierung des Zaren sei ein gewisser Stürmer Ministerpräsident geworden, jemand aus der deutschblütigen Beamtenschaft Petrograds. Rußland war noch nicht erledigt – am 16. Februar nahm es Erzerum in Türkisch-Armenien ein und drang in Persien vor, um den rechten Flügel der Türken zu umfassen oder gar den Briten die Hand zu reichen. In Kamerun wich der Rest der deutschen Schutztruppe auf spanisches Kolonialgebiet aus. Am 21. Februar begann die Schlacht bei Verdun, schon vier Tage später fiel dort in unvorstellbarem Granatenhagel das Fort Douaumont. Das Große Hauptquartier war von Pleß nach Mézières verlegt worden: Deutschland wieder im Angriff! Am 23. Februar setzte erneut der U-Boot-Krieg verschärft ein; Portugal trat durch Beschlagnahme deutscher Schiffe ins Lager des Feindes. Drei Tage danach stürmte die österreichisch-ungarische Armee den albanischen Hafen Durazzo am Adriatischen Meer.

Beschwingt durch soviel hereinströmende Kunde, nahm Zahlmeister Heul die wehrpolitische Schulung wieder auf. Doch der Besuch seiner Vorträge, einst als Abwechslung begrüßt, ging von Mal zu Mal zurück. Nur noch ein Dutzend Matrosen fesselte das Abbild, das Heul von der Kriegsentwicklung gab. Erscheinen war Pflicht, immer mehr Kameraden aber legten ein Attest Dr. Rosens vor, das ihnen Konzentrationsschwäche bescheinigte und sie der Teilnahme enthob. Auch vom Exerzieren auf Deck waren sie befreit. Erst nach dem Einspruch der Schiffsführung hörte der Stabsarzt auf, solche Zettel zu schreiben.

Eines Vormittags gegen Ende des Monats ertönten, seit Monaten nicht mehr gehört, schrill die Alarmhupen und riefen uns auf Gefechtsstation. Eine Rauchfahne hing achterlich zurück, das Schiff darunter aber machte mehr Fahrt als wir, ohne sich uns zu nähern – es wanderte nach Backbord aus, einen Punkt schneidend, den wir vor zwei Stunden berührt hatten. In der starken Optik des Entfernungsmessers erkannte man, die weißblaurote Handelsflagge Rußlands wehte ihm am Heck!

Fast ein Vierteljahr hatten wir umsonst auf solch einen Anblick gewartet. Nun war es soweit, Asmann ließ Dampf aufmachen, die Jagd begann. Doch seltsam, sie packte keinen so recht, das gewohnte Fieber blieb aus. Mit dem müden Personal und den verschlissenen Maschinen kamen wir, behutsam nach Backbord drehend, dem Gegner kaum näher. Dabei gab es Grund zur Erregung: Kriegten wir ihn nämlich nicht, hätte die Anstrengung das Quantum Kohlen verbraucht, das nötig war, um Clarion zu erreichen! Schon lag der Feind querab und drohte, uns hinter sich zu lassen – keineswegs auf der Flucht, sondern einfach, weil er schneller lief als wir.

Da hatte der Erste Offizier die Idee, ihn anzumorsen. Er schickte den Heizer Rogatschewski in den Funkraum, den einzigen Mann, der russisch sprach, und von Keyserlingk ließ ihn aufschreiben, daß wir Landsleute seien und Trinkwasser brauchten, unser Tank sei leckgeschlagen. Ein schmutziger Trick, doch äußerst wirksam. Denn kaum war der Morsespruch heraus, da drehte der Frachter bei und wartete arglos unsere Ankunft ab. Ein stattliches Schiff, dreimal so groß wie wir, mit schwarzem Rumpf, weißen Aufbauten und dem Namen »Sibirjak« in kyrillischen Lettern am Bug.

Asmann blies Halali, die Tarnklappen fielen, Dorns Prisentrupp setzte waffenstarrend über. Das Opfer fiel uns kampflos in die Hand, der Besatzung blieb die Spucke weg, als sie auf kürzeste Distanz in unsere Geschützrohre sah. Dorn sperrte sie in Luke II zu den gefangenen Kanadiern und den britischen Offizieren von der »Takatschio Maru«.

Der russische Frachter – 7000 Bruttoregistertonnen groß und voller Talg, Wolle, Pelze und Häute – erwies sich als bisher wertvollste Prise. Denn außerdem führte er $1/4$ Million Goldrubel und 3640 Pfund ungemünztes Gold mit: 1,82 Tonnen sibirisches Gold, flache Barren im Wert von über fünf Millionen Mark! Offenbar schwand das Vertrauen in den Papierrubel und in die Zahlungskraft des Zarenreichs, wenn ein Handelsschiff solche Reichtümer mitnahm. Es war wohl beauftragt, nach dem Grundsatz *cash and carry* Kriegsmaterial in Amerika zu kaufen.

Die »Sibirjak« hatte ferner 1200 Tonnen Kohle im Bauch, erst kürzlich gebunkert; daher ihr Umweg über Hawaii. Also begann das Übliche, die wilde Schlacht, wir wühlten, schaufelten und schleppten von früh bis spät, bis zu den Hüften im Dreck, der für uns wichtiger als Diamanten war. Die ganze Crew schuftete, vom Torpedooffizier bis zum letzten Mann. An keine Kohlenplünderung erinnere ich mich, die uns derart schwergefallen wäre. 200 erschöpfte Männer unter der Sonne des 25. Breitengrads, nahe dem Wendekreis des Krebses, der den Beginn der Tropen bezeichnet, im wogenden Staub der durchglühten Schiffe, ausgepumpt bis zum Umfallen, verkommen in Schweiß und Schmutz. Ein Frachter ist zum Kohlenbunkern, nicht aber zum Abgeben von Kohle gebaut. Mit Axt, Säge, Taljen und Schneidbrenner wurde der Gegner ausgewaidet – die Reling gekappt, Decks und Schottwände durchbohrt, alles entfernt, was uns hemmte, an die Bunker und den Brennstoff zu kommen.

Als die Nacht sank, lagen wir wie tot an Deck, außerstande, uns zu rühren. Im Licht der Scheinwerfer wurde nichts mehr geschafft, Hacke und Schaufel mußten ruhen. Noch war kein Drittel der Beute eingefahren... Erst am übernächsten Abend hatten wir das schier Unmögliche vollbracht, und der russische Frachter zerbrach, mittschiffs von Sprengladungen zerfetzt, in zwei Teile und versank brüllend und gurgelnd im Ozean mit all der Wolle, den Häuten, Pelzen und Fellen.

In dem Schweigen, das auf den Untergang folgte, hörte ich Dr. Diebitsch ein Stück neben mir durch die Dämmerung seufzen: »*Navigare necesse est, vivere non.*«

»Wie meinst du?« fragte ihn von Keyserlingk.

»Ach, na ja«, sagte der Assistenzarzt – er war sich nicht zu fein gewesen, beim »Kohlen« mit Hand anzulegen –, »mir wird die Katastrophe dieses Krieges erst zum inneren Bild, wenn solch ein Schiff absäuft, mit all den Gütern... Wie eines hoffentlich noch fernen Tages wohl auch wir.«

»Quatsch, Alfons, uns kriegen sie nicht. Und weißt du, ich will dir sagen, mich reißt das hin.«

»Das Bild der Vernichtung?«

»Auch das, und gerade! Aller Dinge mächtigstes – der Krieg. Aller Güter herrlichstes – der Sieg.«

»Na, ich weiß nicht recht. Mir scheint vielmehr, alle großen Nationen, die in der Welt etwas bedeuten, sind über den Erdball hinweg in der Weltwirtschaft so verflochten, daß keine mehr für sich allein leben oder handeln kann; so verschieden sie auch sein mögen. Der Hauptweg des Handels aber ist das Meer. Ich fürchte, wir Deutschen haben die See nicht verstanden, wenn wir in ihr nur den Kampfplatz sehen.«

»Was sind denn das für Zweifel? Leben ist Kampf, immer

gewesen! Und vergiß nicht, wie stark unser Volk das empfindet. Nicht nur unsere Vorkriegspoltik, auch die öffentliche Meinung stand und steht unter dem Eindruck des Bevölkerungswachstums. Jahr für Jahr achthunderttausend Menschen dazu, ein Überschuß, für den das Reich längst zu eng geworden ist. Soll all das Blut nach Übersee abfließen und für den Volkskörper verloren sein?«

»Wieviel Blut kostet dieser Krieg?«

»Keine achthunderttausend Leben im Jahr.«

»Deutschland ist dir zu dicht besiedelt?«

»Ja, wir sind ein Volk ohne Raum.«

»Du findest Pommern und Ostpreußen überfüllt?«

»Was ist Pommern gegen Indien und Kanada? Sieh dir mal das britische Empire an! England ist halb so groß wie wir und hat dreißig Millionen Quadratkilometer Kolonialbesitz, zwölfmal mehr als das Reich.«

»Hör auf, Egbert«, sagte Diebitsch träge. »Müssen wir uns benehmen wie die anderen hier an Bord? Dauernd krachen, das ist zu blöd.«

»Ein Platz an der Sonne, der steht uns nach Leistung und Tüchtigkeit zu ... Seien wir stolz, in solch großer Zeit zu leben! Endlich ist's soweit, der Feind ist gestellt, wir zwingen ihn an die Klinge.«

»Allerdings. Und es steht auf Messers Schneide.«

Das Gespräch ging noch weiter; ich weiß nicht mehr, wie. Sein Anfang prägte sich mir wohl nur durch den Anlaß ein, das Herumlungern an Deck in tödlicher Erschöpfung. Auch war die »Sibirjak« das letzte Schiff, das wir auf den Grund des Meeres schickten – Nummer 15 auf Zahlmeister Heuls Liste.

Asche und Öl

Ein verborgener Sinn der Unterhaltung, deren Zeuge ich geworden war, schwang lange in mir nach. In den nächsten Tagen war mir öfter, als hörte ich Dr. Diebitsch sagen: »Wenn

solch ein Schiff absäuft ... wie eines Tages wohl auch wir.«
Und Herr von Keyserlingk antwortete ihm: »Wieviel leichter ist es, jung zu sterben, im Vollbesitz seiner Kraft, als alt, zerschlissen und mit verlorenen Illusionen zu leben. Im Krieg, Alfons, ist alles leicht, weil es für einen Mann nur eine Sache zu tun gibt – im Kampf bestehen.«

Ich wußte nicht, ob dieses Wort in Wirklichkeit gefallen war oder bloß meiner Vorstellung entsprang, jener Einbildungskraft, die oft ein Stück zu weit ging. Dennoch berührte mich der Satz. 15 Frachter hatten wir versenkt, und 15 Monate war es mit »Schiff 17« gut gegangen. Konnte das so bleiben? Noch war die Heimat so fern! Mehr als der halbe Erdball ... Nach dem Gesetz der Wahrscheinlichkeit erwischte es uns unterwegs.

Es war das erste Mal, daß ich mir sagte, einmal sind auch wir dran. Gefolgt von der Erkenntnis, irgendwann mußt du selber sterben. Bis dahin hatte ich mich ziemlich sicher gefühlt und in der Art junger Leute, die keinen Gedanken an den Tod verschwenden, instinktiv für unsterblich gehalten. Stets hatte es nur andere getroffen, Rudi Rahn oder Hansi Neckenbürger; ganz lautlos waren sie aus meinem Blick verschwunden ... Von Stund an aber wurde mein Lebensgefühl gesteigert durch das Bewußtsein des ständig lauernden Todes. Womöglich war er mir schon nah.

Aber vielleicht ging es doch noch gut. Die See war so grenzenlos, das Schiff verlor sich darin, und es schwamm recht gut, um all die Kohlen schwerer. Von den Aposteln hatte ich aufgeschnappt, alles war mit ihm in Ordnung, sofern es in der dwars heranlaufenden See binnen 14 Sekunden wieder in waagerechte Position rollte, weil das etwa seiner Breite in Metern entsprach. Ein Blick auf den Sekundenzeiger der Uhr konnte da tröslich sein. Die Schiffahrt war voll von geheimnisumwitterten Regeln, die Apostel kannten sie, ihre Beachtung sicherte uns das Überleben.

Ich hatte verschiedene Arten, mich zu beschäftigen, während ich wach in der Hängematte lag, wenn sie sich im Rollen und Schlingern der »Taifun« sanft wiegte. Mit Vorliebe zog ich Anni Greve, die inzwischen schon achtzehn und nicht nur lieb und treu, sondern auch körperlich sehr lecker war, in meiner Phantasie nackt aus; was mir tatsächlich gar nicht vergönnt gewesen war. Ich stelle mir vor, ihre Haut zu spüren, ihren Duft, die kleinen festen Brüste, den mädchenhaft flachen Bauch, das knisternde Schamhaar, die zarten Innenseiten der Schenkel und die spitz umhersuchende Zunge in meinem Mund – etwas, worauf ich mich wirklich besann. Doch mein Schwelgen linderte die Sehnsucht nicht, es baute nur eine Spannung auf, für die es keinen erlösenden Ausklang gab, dessen man sich nicht schämen mußte.

Weniger aufregend war es, unterdessen in dem Atlas zu blättern. Obgleich Clarion Island noch vor uns lag, scherte es mich nicht mehr. Ich hatte die Insel schon abgehakt, wie ich mit einem Ausdruck des Zahlmeisters dachte, mein Auge schweifte weit darüber hinaus. Unsere übernächste Station nämlich sollte Mas a Fuera sein, wo das Kreuzergeschwader des Grafen Spee vor anderthalb Jahren, im Oktober 1914, unter dem steil aufragenden, menschenleeren Ufer gelegen hatte. Auf der Höhe von Valparaiso, 400 Seemeilen vor der Küste Chiles, stieg die Insel aus dem Meer, und es hieß darüber, sie sei gut neun Meilen lang und zwei breit, mit dichtem Wald bedeckt und erhebe sich bis zu einer Höhe von 6030 Fuß, so daß sie auf größte Entfernung zu sehen und keinesfalls zu verfehlen war.

»An Ziegen und Seehunden reich, aber ohne irgend einen Ankerplatz«, stand weiter da. »Bewohnt dagegen ist heute, 100 Meilen ostwärts, Mas a Tierra – fast dreimal so groß, doch nur halb so hoch und gleichfalls hafenlos. Auf den zwei ursprünglich nicht besiedelten Inseln ließen sich schon im 17. Jahrhundert europäische Seeleute nieder. Im Jahre 1704 verschlug es den Schotten Alexander Selkirk nach Mas a Fuera, dessen Bericht über sein Schicksal später Daniel Defoe zu dem Werk *The life and strange surprising adventures of Robinson Crusoe of York* anregte, das ihn unsterblich machen sollte. Von Rousseau als erziehende Jugendschrift ersten Ranges gerühmt, schildert es die Entwicklung eines Charakters, der alles eigener Kraft verdankt ... Im 18. Jahrhundert bauten die Spanier ein Fort auf der größten Insel. Nachdem die Regierung Chiles sie zeitweilig als Deportationsort benutzt hatte, verlegte sie ihn 1855 nach Punta Arenas bei Feuerland und verpachtete Mas a Tierra wie auch Mas a Fuera an verschiedene Unternehmer: 1868 an den Sachsen Wehrhan, der aber keinen Erfolg hatte; 1877 an einen Schweizer. Mas a Tierra zählt jetzt 60 Menschen, 100 Rinder, 60 Pferde, 7000 Ziegen und wird namentlich von Walfängern aufgesucht.«

Solcher Lesestoff zerstreute mich in angenehmer Art.

Als wir den Wendekreis überschritten, erklärte der Kommandant es für unerläßlich, die Tarnung wiederum zu wechseln. Es sei unglaubwürdig, daß ein russischer Frachter so weit südwärts dampfe, wo der Zar jedes seiner Schiffe in die Versorgung Rußlands mit Kriegsgütern eingespannt habe. Auch war von Keyserlingk unsicher, ob es dem Funker der »Sibirjak« nicht in letzter Minute noch gelungen sei, auf einer Wellenlänge, die man nicht überwacht hatte, einen Warnruf abzugeben. Manches im Funkbild der letzten Tage stimme ihn bedenklich, es deute auf eine gewisse Beunruhigung der Küstenstationen zwischen San Francisco und Panamá hin. Da würden chiffrierte Morsesprüche getauscht, die er nicht deuten könne, da der amerikanische Schlüssel für die Handelsschiffahrt, anders als der britische, ihm unbekannt war.

Wo aber sollte umgetarnt werden? Auf hoher See ließ die Dünung einen neuen Rumpfanstrich nicht zu. In Lee der mexicanischen Insel Guadelupe, 130 Meilen vor der Küste des öden, verlassenen Niederkalifornien, die uns jetzt am nächsten zu sein schien? Guadelupe war in Nordsüdrichtung 19 Meilen lang und bis zu 4000 Fuß hoch. Die Karte wies drei Ankerplätze auf, nur von Robbenfängern besucht, da die Insel trotz ihrer Größe unbewohnt war. Allerdings, sie lag nur 300 Meilen südlich von Los Angeles und damit im Bereich der sehr rührigen US-Küstenwacht. San Diego, die

Basis der amerikanischen Pazifikflotte, war ihr sogar noch näher. Das bewog uns, Guadelupe zu meiden. Und die Felsengruppe der Rocas Alijos, genau auf unserer Breite, bot durch die geringe Ausdehnung zu wenig Schutz vor den Wellen. Auch wegen ihrer unsicheren geographischen Lage schied sie aus, enthielt mein Atlas doch die warnende Notiz: *Rocas Alijos are reported to lie 2 miles from their charted position.* Die französische Fregatte »Venus«, die anno 1837 den Ort vermessen hatte, schien sich um 3,7 Kilometer geirrt zu haben; unklar blieb, in welche Richtung die Korrektur hätte erfolgen müssen.

Wir passierten schon das Seegebiet, in dem gleich nach Kriegsausbruch der Kleine Kreuzer »Leipzig« operiert hatte. Er war zum Schutz der deutschen Handelsinteressen im westmexicanischen Hafen Mazatlán stationiert gewesen und später bei den Falklandinseln gesunken. Nach anderthalb Jahren war die »Taifun« wieder das erste deutsche Schiff in dieser Region, wo niemand uns vermuten konnte, sofern der russische Funker geschwiegen hatte. Asmann holte ihn zum Verhör, er ließ Rogatschewski dolmetschen. Doch die Befragung ergab nichts. Der Russe, ein starkknochiger blonder Mann, spie Rogatschewski vor die Füße und blieb ansonsten stumm.

Hinzu kam, daß die Apostel uneins waren, wie »Schiff 17« zu firmieren wäre. Als französischer Frachter, das stand fest. Doch die Namensgebung stieß auf Schwierigkeiten. Mit dem lustigen Einfall, es »Surprise« zu nennen, drang Dr. Diebitsch natürlich nicht durch. Drei Vorschläge Cramers wurden von Asmann verworfen: Die »Danton« und die »Démocratic« waren größer als wir und schwer zu doubeln, der Name »Jeanne d'Arc« war ihm zu lang, die Messingbuchstaben reichten nicht, die dem Schriftzug etwas Solides geben sollten. Schließlich schrieb Boehnke graugrüne Farbgebung, höhere Maste und den hübschen Namen »Vérité« vor – ein Dampfer mit dem Heimathafen Marseille, der eigentlich nur das Mittelmeer befuhr, doch wer wußte das schon? Die Maskerade, befahl der Kommandant, sollte erst vor Clarion vonstatten gehen. Er hatte wieder einmal verhindert, daß man ihn beiseiteschob.

Um diese Zeit begann die Crew, sich spürbar zu erholen. Das Obst und Gemüse der »Sibirjak«, erst in Hawaii geladen, war nur für 40 Mann und eine Woche gedacht, daher reichte es nicht weit, doch uns blieb eine Menge Kohl. Der Stabsarzt verbot, den zu kochen, wir mußten ihn roh kauen, das festige Zahnfleisch und Nerven, meinte er. Irgendwie schöpften wir neuen Mut – den Schiffsrumpf voller Kohlen und noch mehr davon in petto. Auch die Märzsonne trug dazu bei, uns für das Kommende zu stärken. Das geringe Tempo des Schiffs lud zum Sportangeln mit langen Ruten ein. Man fing manch prächtigen Fisch, begrüßt als Abwechslung in der eintönigen Kost. Sogar das Kunstgewerbe trieb eine späte Blüte, aus den Fischknochen wurden Kämme, Möpse, Pudel und andere Kaminfiguren geschnitzt.

Ich schrieb ein langes Gedicht auf Anni. Es ist mir noch im Kopf, soll aber hier fehlen, da so etwas leicht als peinlich empfunden wird. Auch patriotische Lyrik kann ungewollt komisch sein, ist aber nie so persönlich, also mag dastehen, was ich, wohl angeregt durch die Gedichte des Oberleutnants von Keyserlingk, mir in der Freizeit aus den Fingern sog: »Unser Schiff ist Deutschlands Schwert / Gegen die feigen Briten gekehrt / Gegen die Insel des Hasses gezückt / ist es ein Balmung, vom Kaiser geschickt / Unser Schiff ist Deutschlands Schild / Treu dich zu halten sind stolz wir gewillt / Rauscht durch die Wogen der Feinde Kiel / Bieten sie dir ein herrliches Ziel ...«

Der Rest ist mir entfallen. Ich gebe diese Reime wieder, nicht weil sie es wert wären, sondern um die Stimmung an Bord zu illustrieren; jene Gemütsbewegung, die uns ergriff, während das Verhängnis schon seinen Lauf nahm. Sie glich der Euphorie, dem Wohlbefinden und letzten Aufbäumen eines Menschen, der in Wirlichkeit längst dem Tode geweiht ist.

Wir erreichten Clarion am Spätnachmittag des 11. März 1916. Asmann schlug in weitem Abstand einen Kreis um die hohe, rechteckige Insel, damit sicher war, daß uns auf der Rückseite kein Feind auflauerte. Hätte er ein fremdes Schiff erblickt, wäre es ihm noch geglückt, in den sinkenden Abend zu laufen und sich völlig abgeblendet der Verfolgung zu entziehen. Aber die Steilküste war leer, also hielten wir auf den Tent Peak zu, gingen am Pyramid Rock vorbei über unreinem Grund und stoppten auf acht Faden Tiefe in der öden, doch gegen Winde aus West und Nord geschützten Sulphur Bay.

Rasselnd fiel der Anker. Als ahnten wir, was uns da erwartete, hüllte beklommenes Schweigen das Schiff ein. Wie hatten wir während des monatelangen Umherkreuzens nach Land gelechzt, nach einer Handvoll Erde, und doch! Der Anblick dieser Bucht und der Lagune, von Lavafelsen umrahmt, bedrückte uns. Ein unheimlicher Ort. Hinter der Lagune erhob sich terassenförmig das Grün, eine buntschillernde, reiche Vegetation aus zerzausten Palmen, blühenden Sträuchern und gewaltigen Farnbäumen. Von Kohlebergen keine Spur. Ein primitives Fischerboot lag auf dem Strand, und eine palmstrohgedeckte Hütte, auf der Karte gar nicht verzeichnet, stand nahe dem Meer. Im Fernglas sah man ein halbes Dutzend zerlumpter Kinder ans Wasser laufen, kleine braune Teufel, von zwei Erwachsenen gefolgt – die Familie des Fischers wohl.

Dies führte dazu, daß Asmann mich mit in das erste Boot nahm, das ihn an Land setzte. Mein bißchen Spanisch war jetzt gefragt. Durch das flache warme Wasser watend, stapften wir an den Strand, sogleich umringt von den Kindern. Wie ein kreischender Vogelschwarm stürzten sie sich auf die Süßigkeiten, Moskauer Bonbons von der »Sibirjak«, die der Erste Offizier vor sie hinstreute. Wer aber beschreibt unsere Bestürzung, das schiere Entsetzen, als wir sahen, was aus unserem Brennstoff geworden war? Wir standen ja schon darauf, er knirschte und stäubte unter unseren Sohlen! Die Kohlenhalde, dicht oberhalb der Flutlinie auf dem Sand, war zu Asche verbrannt. Längst erkaltete, schmutziggraue Asche, die wir von weitem für Lavaschlamm gehalten hatten. Daneben waren Säcke voller Kartoffeln gestapelt gewesen, angesengt, verkohlt, der Rest dick mit Schmieröl übergossen, unbrauchbar für den menschlichen Genuß.

Und noch härter traf es uns, landeinwärts auf zwei verkohlte Postsäcke zu stoßen! Das war der schlimmste Schlag. Da hatte es die Marineetappe in Washington oder México mitten im zweiten Kriegsjahr geschafft, uns Briefe von daheim zu senden – sehnlich erhoffte Antwort auf das vor langer Zeit von uns Geschriebene –, und alles war hin, zerstört, angezündet, sinnlos vernichtet von einem erbarmungslosen Feind ... Wie war dem bekannt geworden, daß auf Clarion etwas lagerte für uns? Hatte er die Funksprüche von Nauen aufgefangen und entschlüsselt? Sollte er das Geheimnis der Marinequadrate gelüftet haben? Dann waren wir vor ihm nicht sicher hier, dann stand er am Ende – noch unsichtbar – hinter dem Horizont und hatte uns mit mehreren Einheiten weiträumig umstellt. Waren wir ihm obendrein ins Netz gelaufen?

Wahrscheinlich ging das auch Leutnant Dorn durch den Kopf. Doch Asmann blieb gelassen. »Ach was, Otto«, sagte er. »Dann hätte man die Kohlen nicht verbrannt, sondern schön liegenlassen, um uns beim Laden kalt zu erwischen ... So ist da keine Logik drin.«

Auch die Befragung des Fischers, bei der ich recht und schlecht dolmetschte, löste das Rätsel nicht ganz. Immerhin erfuhren wir, die Kohlen hatte ein kleiner US-Frachter namens »Albany« kurz nach Weihnachten mit den Kartoffeln auf den Strand geschüttet und die Postsäcke bei der Familie untergestellt. Vor drei Wochen war dann unter der grünweißroten Trikolore Méxicos ein Kanonenboot erschienen, um einen Trupp zu landen, der Bescheid wußte; denn er verlangte die Herausgabe der Post und zündete sie zusammen mit den Kohlen an. Viele Tage lang hatte das Feuer zwischen Regengüssen geschwelt und mit seinem Qualm die Luft über Clarion verpestet. Es mußte das Flaggschiff der Flotte von vier Kanonenbooten gewesen sein, die México am Pazifik besaß, die »General Guerrero«. Der Fischer wollte an Deck sechs mittlere und zwei kleine Kanonen gesehen haben ... Wir kauften ihm ein Boot voller Kokosnüsse ab, mehr hatte er nicht zu bieten.

»Die einfachste Erklärung ist Verrat«, äußerte Asmann auf dem Rückweg. »Jemand von der ›Albany‹ hat den Mund nicht gehalten, Otto, es den Briten oder den Franzosen gesteckt. Und deren Marineattaché hat dann in México Druck gemacht wegen ›Verletzung der Neutralität‹ oder ›Duldung eines Stützpunkts der Hunnen‹. Da konnten die Brüder wohl nicht anders. Aber ich sage dir, Rache ist süß. Man muß John Bull in die Suppe spucken, wie Seine Majestät es genannt hat.«

»Was hast du vor?«

»Warte ab. Mir fällt schon was ein.«

Töne aus dem Äther

Tags darauf setzten wir die russischen Gefangenen in der Sulphur Bay ab; zusammen mit der kanadischen Mannschaft der »Victoria« und den Briten von der »Takatschio Maru« einige siebzig Mann. Man ließ ihnen Proviant für vier Wochen da, nur gab es für sie keine Unterkunft. »Sollen sie sich gefälligst Hütten bauen«, sagte Leutnant Dorn, der das Ausschiffen leitete, zu Dr. Rosen, dessen Einwand entkräftend. »Unsere Jungs in Rußland oder Frankreich haben's nicht so warm und auch kein Dach überm Kopf.«

»Die Seeoffiziere unter ihnen«, meinte Spalke, »schnappen sich schon das Fischerboot und holen Hilfe. Bis zur Hauptinsel Socorro sind's ja bloß zweihundertzwanzig Meilen. In vier, fünf Tagen sind sie da.«

»Ohne Karte, Kompaß und Sextant?« fragte der Stabsarzt.

»Oder sie schicken 'ne Flaschenpost«, sagte Dorn.

»Bei dem Nordostwind, der jetzt bläst, ist das der blanke Zynismus«, erklärte Dr. Rosen; doch sein Einspruch verpuffte mangels einer besseren Lösung. Alle waren froh, diese Belastung loszusein.

Auf der schmalen Westseite von Clarion, im Schutz ihres höchsten Berges, wurde während der folgenden drei Tage aus der »Taifun« die »Vérité«. Sie lag dort auf 13 Faden Tiefe zwischen dem Monument Rock und dem Rocky Point recht geschützt. Wie vor Jahresfrist auf Trinidade schickte der Kommandant wieder einen Spähtrupp zum Gipfel, ergebnislos. Die Sicht lag bei 20 Meilen, kein Rauch wölkte am Horizont. Auch versuchten die Ausgesetzten nicht, das Fischerboot klarzumachen, das vielfach geflickte Gaffelsegel zu setzen und ostwärts in See zu stechen, gen México. Vielleicht warteten sie auf günstigeren Wind.

Am 15. März gingen wir ankerauf und liefen nordwärts ab, um die Insulaner zu täuschen, falls sie uns aus dem Farnwald heraus beobachteten. Außerhalb ihres Blickfelds schlug Asmann einen Bogen und nahm Kurs Südost. Bis zur nächsten Station, Mas a Fuera vor der Küste von Chile, waren es 3800 Seemeilen, mit Tempo acht in knapp drei Wochen erreichbar. Was die Geschwindigkeit betraf, so hatte sich die Schiffsführung auf einen Kompromiß geeinigt. Liefen wir halbe Kraft, schafften wir mit dem Brennstoff, der noch übrig war, glatt 5000 Meilen – um Kap Hoorn herum und weit in den Südatlantik hinein, wo uns neue Beute winkte. Trotz alledem, dachte ich in dem Gefühl, aus der Falle geschlüpft und einer Gefahr entronnen zu sein. Das Glück blieb uns treu, unser großes, unverschämtes Glück!

Es ging vorwärts. Jeder Tag brachte uns um 192 Meilen der Heimat näher! Wie tröstlich, das zu wissen. Oft klappte ich meine Spindtür auf, tat, als kramte ich in den Fächern, versank aber in der Betrachtung des Porträts. Auf dem bräunlichen Foto meine Anni, die mir treu blieb, wie ich spürte, über die zwei Jahre der Trennung hinweg. Ihre Augen und Lippen schimmerten verlockend. Sie blickte mich so hingebungsvoll, ja hingerissen an, als lauschte sie meiner Liebeserklärung. Ein gelungenes Bild, sehr wirksam, sie hätte kein besseres senden können, um meine Empfindungen wachzuhalten, die Glut in mir zu schüren. Ein Hauch von seliger Jugend und glücklicher Vorkriegszeit entstieg dem Stück Papier. Bald würde ich sie in den Armen halten, endlich, es würde schöner noch als früher sein, nun waren wir ja keine Kinder mehr.

Wie Hein Harder mir verriet, tastete sein Chef sorgsamer denn je den Äther ab, noch immer den Wellen versteckter Beunruhigung auf der Spur. Wer hatte die ausgelöst, wenn nicht wir? Die Entdeckung des Kohlenlagers auf Clarion und das Verschwinden der »Sibirjak« auf der Route Honolulu–San Francisco, wo sie längst überfällig war, dies mußte Verdacht erregen. Auch die »Victoria« hatte ihren Zielhafen, Vancouver in Kanada, nie erreicht ... Wie ein Stein, der, flach geworfen, übers Wasser springt und dabei seine Kreise zieht, so schwirrte etwas durch die Luft, geisterte im chiffrierten Funkverkehr der Küstenstationen im Dreieck Hawaii – Kalifornien – Panamá, ohne daß von Keyserlingk die Quelle der Nervosität fand. Sie galt uns, dem Gespensterschiff, Hein und mir war das klar.

Was als Pressetelegramm im Klartext kam, langte auf dem Schreibtisch des Zahlmeisters an, der es mich übersetzen ließ. Bei Verdun hatte ein neuer Stoß begonnen, diesmal auf dem Westufer der Maas; dort wurde am 14. März die Nordkuppe der Höhe »Toter Mann« von uns gestürmt. In Oberitalien tobte die fünfte Schlacht am Isonzo. Großadmiral Alfred von Tirpitz ging, am 17. März verlor die Marine mit ihm ihren Erbauer, Lehrmeister und klügsten Kopf. Wenigstens hatte in der Seekriegsleitung der entschlußfreudige Vizeadmiral Reinhard Scheer den zaudernden Admiral von Pohl abgelöst, der, jäh erkrankt, auf ein Lazarettschiff kam und Ende Februar in Berlin verstarb. Die Zeit des Kleinkriegs in der Nordsee war vorüber. Bei einem Besuch in Wilhelmshaven, so hieß es, habe der Kaiser persönlich Scheers Programm gebilligt, das einer offensiven Verwendung seiner Lieblingswaffe, der Hochseeflotte, die Bahn freigab.

Um den Einsatz der U-Boote aber stritt man weiter in Berlin. Es war die Rede von zwei Denkschriften des deutschen Admiralstabs aus dem Januar und dem Februar; beide drückten die Zuversicht aus, daß bei rücksichtslosem Gebrauch der U-Boot-Waffe England spätestens in sechs Monaten auf die Knie gezwungen sei – schneller, als sich Amerikas Hilfe für das wankende Empire auswirken könne. Der Reichskanzler kam Ende Februar zu dem Schluß, die Zahl der U-Boote reiche bei weitem nicht aus, diese Hoffnung zu erfüllen. Als »sichere Folge« hingegen malte er »das Eintreten der Vereinigten Staaten in den Krieg auf seiten unserer Gegner« an die Wand. Der Bruch mit Amerika sei nur zu vermeiden, wenn der Unterseekrieg in den Grenzen des Völkerrechts und der hierüber der US-Regierung gegebenen Zusicherungen bleibe.

»Falsch«, sagte Heul dazu. »Wenn es den am Krieg interessierten Kreisen in Amerika gelingt, den Kongreß und das Volk gegen uns aufzubringen, dann werden wir den Krieg haben; ganz gleich, wie wir uns verhalten.«

Am 11. März aber machte sich der Kaiser die Auffassung des Reichskanzlers offenbar zu eigen. Der hatte sich gegenüber Marine und Heer bei Seiner Majestät durchgesetzt. Großadmiral von Tirpitz hielt den Entschluß des Obersten Kriegsherrn für so verhängnisvoll, daß er tags darauf grimmig um seinen Abschied bat. Der wurde ihm drei Tage später genehmigt, obwohl der Generalstabschef, General von Falkenhayn, seine Partei ergriff, was nach Meinung der amerikanischen Nachrichtenagentur zu einer »scharfen Auseinandersetzung« führte. Daraufhin richtete Falkenhayn ein Schreiben an den Kaiser, das infolge einer Indiskretion in die US-Presse gelangte.

Der Reichskanzler glaube, schrieb der Generalstabschef, England würde einlenken, bevor es völlig am Boden liege. Er aber kenne die Briten genug, um zu wissen, daß dies nie der Fall sein würde. Der Unterwasserkrieg sei das einzige Mittel, England so zu schädigen, daß es friedensbereit werde. Da man es zu Lande nicht niederringen könne, sei der U-Boot-Krieg unabdingbar, wollte Deutschland nicht untergehen. Jede Verzögerung des Beginns bringe nicht wieder gutzumachenden Schaden. Amerika sei schon jetzt der Feind. »Ich erachte es für meine heilige Pflicht«, so schloß der General,

»Euere Majestät nochmals anzuflehen, die Entscheidung über den U-Boot-Krieg in keiner Weise mit dem Urteil über die Haltung des Großadmirals Tirpitz zu verknüpfen. Sollte der U-Boot-Krieg nicht zur Anwendung kommen, so müßte ich dies als ein Unglück für Kaiser und Reich ansehen.«

Das waren bitter-ernste Töne. Das Heer konnte den Krieg aus eigener Kraft nicht mehr gewinnen, das gab dessen Generalstabschef zu. Die Marine sollte es tun, und zwar durch Versenken von Handelsschiffen, durch den Zufuhrkrieg, durch die U-Boot-Waffe; doch nahmen nicht auch wir am Zufuhrkrieg teil? Obgleich der Brief des Generals von Falkenhayn die Bedeutung und Wichtigkeit unserer Mission unterstrich, enthielt Heul ihn der Mannschaft vor. »Es kann eine Fälschung sein«, sagte er zu mir. »Wie kommen die Amerikaner denn dazu?«

Es war aber deutlich, weshalb ihm das nicht paßte. Der ganze Vorgang enthüllte Meinungsverschiedenheiten im Großen Hauptquartier, Streit um einen wesentlichen Punkt. Das Volk soll immer glauben, daß seine Führer sich einig sind: als wären sie allwissend, göttergleich, nicht Menschen, die sich auch streiten und irren.

Dagegen gab der Zahlmeister gern bekannt, daß eines unserer Schwesterschiffe, der Hilfskreuzer »Möwe«, bereits Anfang März von einem Vorstoß bis in den Südatlantik siegreich heimgekehrt war. Das trompetete Heul geradezu heraus. Am Jahresende 1915 erst aus der Elbe ausgelaufen, hatte die »Möwe«, maskiert als schwedischer Dampfer »Sagoland«, zwischen Island und den Färör-Inseln die Blockade durchbrochen, um kühn in die Höhle des Löwen vordringend schottische Gewässer zu verminen! Einer der Minen fiel Anfang Januar das Linienschiff »King Edward VII.« zum Opfer. Die »Möwe« hatte dann in wechselnder Tarnung, meist als englischer Dampfer »Sutton Hall« verkleidet, die Mündungen der Loire und der Gironde vermint sowie binnen acht Wochen beiderseits des Äquators 14 Dampfer und einen Segler mit zusammen 58 000 Bruttoregistertonnen zur Strecke gebracht. Ganz Deutschland feierte jubelnd den erneuten Durchbruch und die glückliche Rückkehr, gekrönt von einem Empfang zwischen Amrum und Helgoland: drei donnernde Hurras vom Flaggschiff der Vorpostenflotte! Schlachtschiffe, Kreuzer und Torpedoboote geleiteten die »Möwe« triumphal nach Cuxhaven. Beim Leuchtturm »Roter Sand« kreisten drei Wasserflugzeuge über ihr in der Luft, und im Vortopp flatterten die Reedereifahnen der 15 versenkten Schiffe, so wie sich ein Indianer mit den Skalpen seiner Feinde schmückt.

Der Oberste Kriegsherr schickte dem Kommandanten, Korvettenkapitän Graf Nikolaus zu Dohna-Schlodien, das folgende Telegramm: »Ich heiße Sie und Ihre tapfere Besatzung nach langer, von glänzenden Erfolgen überstrahlter Kreuzfahrt herzlich willkommen und spreche Ihnen allen Meinen Kaiserlichen Dank für Ihre Taten aus, welche im ganzen deutschen Volk Widerhall gefunden haben. Der gesamten Besatzung verleihe Ich das Eiserne Kreuz zweiter Klasse, Sie selbst ersuche Ich, sich baldmöglichst bei Mir persönlich zu melden. Wilhelm I. R., Großes Hauptquartier, 5. März 1916.«

Diese Botschaft war unchiffriert gefunkt und von den britischen Abhörstellen aufgefangen worden. Von der US-Presse wurde sie als abstoßendes Beispiel dafür zitiert, wie die Vernichter neutralen und alliierten Schiffsraums, jene Pest der Seefahrt, in Deutschland gefeiert, ja als Helden verehrt wurden. Der Kaiser verlieh dem Kommandanten nämlich eigenhändig den *Pour le mérite,* und Graf Dohna begann sogleich, seine Memoiren zu schreiben (110 Seiten, die unter dem Titel ›Graf Dohnas Möwebuch‹ mit 18 Fotos bald darauf zum Preis von 1.50 Mark in Gotha erschienen und bis zum Sommer bereits in $\frac{1}{4}$ Million Exemplaren im Reich verbreitet waren). Davon konnten Boehnke oder Asmann ja nur träumen.

Uns freilich zeigte es doch, daß die Heimkehr auch durch die verschärfte Blockade der Briten noch möglich war. Bloß kein Neid! Wir hatten dieselbe Chance.

Unternehmen Clipperton

Nach dreieinhalb Tagen Fahrt, am Nachmittag des 18. März, tauchte Backbord voraus zu meiner Überraschung flach und gelbgrün eine Insel aus dem Sonnenglast. Weil sie so klein war, zwei Meilen breit und anderthalb lang, hatte ich sie im Taschenatlas ganz übersehen. Sie hieß Ile Clipperton; das ließ an die englischen Clipper denken; scharf gebaute Schnellsegler, bis zu 14 Knoten liefen sie im Teehandel mit China. Der Name verriet auch, daß die Insel Frankreich gehörte. Unbewohnt, schrieb mein Atlas, doch er war zwölf Jahre alt, die Schiffsführung wußte es besser.

Wieso war das Eiland französisch, das da 4000 Kilometer fern vom nächsten Kolonialbesitz Frankreichs, den Marquesas-Inseln in der Südsee, zaghaft ein paar Büsche und zerlappte Palmen gen Himmel reckte? Hatte die Fregatte »Venus« es entdeckt, als sie anno 1837 jenes Seegebiet nicht immer zuverlässig vermaß? Oder sollte dies ein Überrest des Abenteuers Napoleon III. sein, letzte Spur seines glücklosen Griffs nach México? Er verfocht ja die Idee einer Vereinigung der romanischen Nationen unter dem Banner Frankreichs; 1864 hatte er den Erzherzog Maximilian von Österreich zum Kaiser von México gemacht, der das drei Jahre später mit dem Tod bezahlte ... Wie auch immer, Clipperton wurde bis 1930 von beiden Staaten beansprucht.

Zu unserer Freude verkündete der Erste Offizier, man werde dort landen, gemäß des Auftrags, dem Feind möglichst an unerwartetem Ort zu schaden. Das hatte der Erste schon im Herbst auf der Fanning-Insel tun wollen, wobei Boehnke ihm entgegentrat. Jetzt kam der Wunsch nach Vergeltung hinzu: Rache für die Asche von Clarion. Asmann hoffte auch, den Kampfgeist der Crew zu heben. »Des echten Mannes Feier ist die Tat«, sagte er lakonisch. Und Leutnant Dorn, der den Stoßtrupp aufstellte, fügte hinzu: »Der Franzmann kriegt eins vorn Latz geknallt, auf die schnelle, Jungs. Sogar hier am Rand der Welt spucken wir ihm in die Suppe, damit er sich nirgends mehr sicher fühlt. Freiwillige vor!«

Sein Prisenkommando reichte für die Aktion nicht aus. Hein Harder trat vor, nach kurzem Zögern stellte ich mich neben ihn. Anni hatte mir zwar geschrieben, ich solle nicht versuchen, mich auszuzeichnen. Das war auch gar nicht meine Absicht. Aber einsame Inseln hatten mich immer schon gelockt. Unmöglich, wenn Hein dann erzählen würde, wie es gewesen sei, ohne daß man selber den Fuß auf Clipperton gesetzt hatte!

Tatsächlich war die Insel noch kleiner als gedacht – eine Lagune höhlte sie aus. Auf der Karte, die Dorn uns zeigte, ähnelte sie einem Längsschnitt durch ein gekochtes Ei, dem das Gelbe fehlt. Hinter einer Schale von Korallen, dem Saumriff, lag wie das Eiweiß als helles Oval kärglich bewachsener Sand. Nur an zwei Stellen konnte man allenfalls landen, im Nordosten und im Südwesten. Überall sonst standen Brecher vor dem Riff, es schützte das Ufer, das den Binnensee nahtlos umschloß. Offenbar war Clipperton der Gipfel eines Vulkans, die Lagune sein versunkener Krater.

Als auf sechs Faden Wassertiefe der Anker fiel, zeigte unser Schiff die blauweißrote Trikolore. Das würde die Bewohner in Sicherheit wiegen, zumal von Keyserlingk ihnen über Funk beruhigende Erklärungen gab. Asmann spähte durch das schwere Zeiss-Glas hinüber, nichts regte sich an Land, von Argwohn keine Spur. »Nichts Verdächtiges«, meldete er dem Kommandanten, der mit verbissener Miene an Deck erschien. »Die Franzosen sind doch bessere Menschen, als wir im allgemeinen anzunehmen bereit sind, Herr Kapitän.«

»Abwarten und Tee trinken.« Boehnke mißfiel die ganze Sache, doch hatte er sich diesmal nicht durchgesetzt.

Wir gingen in die Boote und landeten völlig durchnäßt im Nordosten, an der dem Palmenwäldchen abgewandten Seite des Ovals. Muscheln knirschten unter unseren Sohlen, zu Tausenden krochen handgroße Krebse umher, damit beschäftigt, alles Freßbare zu vertilgen. Die Sonne blendete uns, wir hätten sie lieber im Rücken gehabt; doch bis auf den alten Leuchtturm rechts voraus steckten die Anlagen der Franzosen in dem lichten Gehölz, das den Südwesten der Insel einnahm. Es war nicht viel: ein Landungssteg, ein paar Baracken und ein festes Haus – wohl der Verwaltungssitz; darüber wehte Frankreichs Fahne.

Wir entfalteten uns am Strand und gingen über den einstigen Kraterrand vor, gedeckt durch einen Felskegel, den Clipperton Rock, der rostbraun aus der Lagune stieg und mit seinem Riff deren Südostteil einnahm. Schwärme von Tölpeln und Fregattvögeln stoben vor unserer Schützenlinie auf, um ans andere Ende des Inselchens zu fliegen.

Der Rohrmeister Ploen fragte mich: »Na, Kleiner, wie ist dir denn?« Den Schnurrbart zwirbelnd, summte er anzüglich: »Siegreich wolln wir Frankreich schlagen, sterben als ein tapfrer Held.« Die Marschlieder des Heeres waren auch bei uns im Schwange. Ich ließ mich von Ploen, diesem Schlagetot, nicht auf die Schippe nehmen, sondern antwortete entsprechend.

Dann aber wurde Ruhe befohlen. Auf halbem Weg zur Siedlung, wenn man dies so nennen wollte, verengte sich das Land auf weniger als 100 Schritt. Hätte der Feind ein Maschinengewehr oder auch bloß ein paar Scharfschützen gehabt, wären wir übel drangewesen. Aber er rührte sich nicht, und so stolperten wir – bald auseinandergezogen, bald zusammenklumpend – über die Kanten des toten Korallengrunds.

Und hinter dem scheinbar verlassenen Leuchtturm, nahe dem rostbraunen Felsen, aus dessen Deckung wir nun traten, stand an der Lagune ein Mann mit langer, gekrümmter Angelrute. Er rief uns etwas zu, ließ die Angel im Stich und wollte uns entgegeneilen. Doch als ihm unser Aufzug oder der Akzent, mit dem Leutnant Dorn ihm antwortete, offenbar sagte, daß wir keine Franzosen waren, wandte er sich ab und lief auf die Palmen zu, zwischen denen er rasch verschwand.

Unsere Tarnung war dahin. »Mir nach!« schrie Dorn. »Rache für Clarion, vorwärts und drauf!« Im selben Moment donnerte neben uns ein Brecher auf den Strand und übergoß den linken Flügel. Die Welle erfrischte uns, sie weckte schon durch ihr Gebrüll, durch das elementare Klatschen die allgemeine Angriffslust. Da die Natur sich gewalttätig zeigte, waren wir es auch. – »Hurra!« riefen wir, »vorwärts und drauf«, pflanzten das Seitengewehr auf und stürzten dem Leutnant nach.

Die Palmen rückten näher. Daß uns bei diesem Sturmlauf die Luft knapp wurde und der Schweiß ins Gesicht lief, steigerte nur unsere Wut auf den Feind, der so herzlos gewesen war, unsere Post einzuäschern. Zwar hatten dies Mexicaner getan, nicht Franzosen. Doch in solchen Momenten ist alles eins, das Denken hört auf, überschwemmt von Angriffslust, einem archaischen Herdentrieb, der keine Hemmung kennt.

Ich sehe mich noch, als wäre es gestern erst passiert, auf glattem Sand vorwärts hasten und Hufspuren kreuzen. Ein Pferd war galoppiert. Wir hetzten mit blitzenden Bajonetten los. Da peitschten uns Schüsse entgegen. Etwas pfiff an mir vorbei. Ich warf mich hin, zwischen Krebse und Krabben, feuerte ziellos zurück. So tief steckte der Drill, daß ich die Hacken an den Boden preßte und, kaum hatte ich abgedrückt, seitwärts wegrollte, damit man mich nicht so leicht träfe. Bei der dritten oder vierten Drehung stieß ich an einen der Unsrigen, den Rohrmeister Ploen. Er lag auf dem Bauch, hatte die Hände über den Kopf geworfen und in den Boden gekrallt: die starre, endgültige Haltung eines Soldaten, der fürs Vaterland ins Gras gebissen hat.

Neben mir stieg eine Leuchtkugel hoch. Damit markierte Leutnant Dorn die vorderste Linie und bat um Feuerunterstützung. Hinter dem Clipperton Rock blitzte und knallte es. Unser Schiff, in dessen Masttopp jetzt die Reichskriegsflagge wehte, schoß aus 32 Hektometer Distanz über die Lagune hinweg den Feind mit ein paar Breitseiten sturmreif. Der Fahnenmast kippte ihm um, er stellte sein Feuer ein, was hatte es auch für einen Sinn, sich ohne Artillerie gegen ein Kriegsschiff zu wehren? Wir sprangen hoch, kalte Wut im Bauch.

Ich rannte am Landungssteg vorbei, sah das Dach des Hauptgebäudes qualmen und lief darauf los, Dorn draufgängerisch überholend. Keuchend drang ich ein, hörte es irgendwo zischen und bekam einen furchtbaren Hieb auf die Schulter, der meinen Kopf streifte und mir – wie ich glaubte – das Ohr abriß. Rasend vor Schmerz fuhr ich herum, sah schattenhaft einen Gegner erneut ausholen, mit einem Säbel. Aber mein Karabiner war schneller, ich parierte den Hieb, wich zurück, drückte ab und stieß dem Mann, da aus meiner Waffe kein Schuß fiel, in heller Panik das Bajonett in den Leib. Er knickte ein, rot quoll es ihm aus dem blaugrauen Waffenrock über die weißen Hosen ... Ein Leutnant der französischen Kolonialtruppe. Stöhnend brach er vor etwas, das einem Postschalter glich, zusammen. Und ich, ich hatte ihn erstochen!

Der erste Tote von meiner Hand? Vielleicht nicht, aber Nahkampf ist anders als ein Artilleriegefecht. Er oder ich, so stand doch die Frage. Ein tauber Schmerz breitete sich in meiner Schulter aus. Scheppernd fiel das Gewehr auf die Fliesen, halb gelähmt wankte ich hinaus und mußte mich übergeben.

Was noch geschah, ging an mir vorbei. Mit verbundenem Kopf schaffte man mich weg, an Bord drückte Asmann mir die Hand. Auf jeder Seite gab es einen Toten. Übrigens hatten nur fünf Franzosen auf der Insel gelebt, die restlichen vier nahm Dorn gefangen. Trotz des Jammerns ihrer Frauen wurden sie auf das Schiff gebracht. Der Prisentrupp erschoß noch das Reitpferd, auf dem der Verwaltungschef täglich die Lagune umrundet hatte, neun Kilometer im Kreis. Sein Klavier wurde abgeschleppt und in unsere Offiziersmesse gehievt. Es galt als die wertvollste Beute.

Viele Jahre später erst drang durch, was danach auf Clipperton geschah. Wir hatten einen Mann übersehen, der Méxicos Anspruch dort vertrat: den Leuchtturmwärter. Kaum waren wir weg, da begann der Mexicaner, die Französinnen zu drangsalieren. Er hatte ein Gewehr und machte sie sich der Reihe nach gefügig, bis sie ihn (mit Hilfe des ältesten

Knaben, der sein Gewehr stahl) in Notwehr gemeinsam erschlugen. Dies geschah im Sommer 1917 nach dem Kriegseintritt der USA. Clipperton hatte weder Verbindung mit México, wo Revolution war, noch mit Frankreich, des Weltkriegs wegen. Gleich nach der Bluttat erschien ein amerikanischer Kreuzer auf der Suche nach Angehörigen eines deutschen Hilfskreuzers. Frauen und Kinder begrüßten die Ankömmlinge, brachte die ihnen doch Verpflegung; sie hatten sonst nur Fische, Vogeleier und Kokosnüsse. Auf die Heimkehr ihrer Männer warteten sie vergebens.

Kein Gericht hat die Vorgänge jemals untersucht. So oft ich an Clipperton zurückdenke, fallen mir die rötlichen Krebse ein, die noch heute das Atoll bevölkern. Jeden Grashalm fressen sie, nehmen den Vögeln die Eier weg, brechen sie mit ihren Scheren auf, um den Inhalt auszuschlürfen – auch wenn sie unter den Schnabelhieben der Vögel mal ein Glied verlieren. Der endlose Kampf ums Dasein, die Erbarmungslosigkeit der Natur! So sind die Arten der Tierwelt entstanden und vergangen; zuletzt auch der Mensch, der sich für die Krone der Schöpfung hält. Aber damals wußte ich davon noch wenig.

Münchhausen und Mozart

Als die »Vérité« den Anker lichtete und das Schlachtfeld mit Südostkurs verließ, nähte mir Dr. Rosen im Lazarett das Ohr wieder an, es hing noch an einem fingerdicken Strang, während Dr. Diebitsch meine Schulter bandagierte; sie hatte einen Knacks abgekriegt. Dann steckten sie mich ins Bett. Ich genoß es, verletzt und allem entronnen zu sein, auch dem Dienstbetrieb an Bord.

Tags darauf besuchte mich der Zahlmeister. Doch statt mir, wie befürchtet, Übersetzungsarbeit zu bringen, ließ er ein paar Bücher aus der Bordbibliothek da. Obenauf lag eine »Auswahl fürs Feld« der Balladen und Lieder des Freiherrn Börries von Münchhausen, die mit dem Spruch anfing:

»Freund, jetzt ist mir einerlei / Alles Versgesinge / Gottesfurcht und Reiterei / Sind die wichtgen Dinge / Nötiger als manches Buch / Das ich höchst gelehrt schrieb / Ist heut jeder heiße Fluch, / Jeder kalte Schwerthieb!« Das Büchlein war den lieben Kriegskameraden vom Königlich Sächsischen Gardereiterregiment in Treue gewidmet.

»Von den Dichtern der Gegenwart«, sagte Heul, »ziehe ich ihn vor, seine Verskunst ist ritterliche Lyrik, mein Junge. Bei ihm bleibt das Herrenmäßige ohne die Spur von Dünkel, es bringt eine Bejahung des Erbes, ist neue Aussaat alten Korns ...« Mein Lehrer in Rostock hätte es nicht besser sagen können. Heul bemühte sich um mich. Ich hatte einen Feind getötet und war der Held von Clipperton.

Im »Lied vom Kriege« las ich: »Sag, was sollen Jungen tun / Solln sich fest mit Fäusten hauen / bis sie lernen Faustvertrauen / sollen sich mit Gerten schlagen / bis sie lernen Schwerter tragen / Sag, was sollen Burschen tun / Burschen solln den Krieg beginnen / denn sie sind von heißen Sinnen / und wer zwanzigjährgen Blutes / der tut unbesonnen Gutes!« Es folgten Regeln für Männer, Greise und Weiber. Die letzte Strophe ging: »Aller Mädchen, aller Jungen / Junge Kraft in Herz und Lungen / Aller Männer, aller Weiber / Mächtge Arme, trächtge Leiber / Was aus Adams Samen stieg – / Aller Samen für den Krieg!«

Mehr als dies lockte mich ein schwerer Bildband, erschienen 1915 im Verlag Ullstein & Co unter dem Titel »Die große Zeit – Illustrierte Kriegsgeschichte«. Das Werk begann mit einem Aufsatz von Dr. Paul Herre, Professor an der Universität Leipzig, über »Ursprung und Entstehung des Weltkriegs«. Das gegenwärtige Völkerringen, las ich gebannt, sei ohne Beispiel in der Geschichte, »im höchsten Sinne ein Weltkrieg, denn er entscheidet über das Schicksal der Welt ... Was für Kräfte aber sind es, die diesen Kampf führen?«

Eine fesselnde Frage. Professor Herre beantwortete sie so: »Alles, was um uns in der Welt kämpft und ringt, tritt uns entgegen in der historisch gewordenen Erscheinung der

Großmacht. In der Großmacht, in dem staatlich organisierten Volke, sind die Kräfte zusammengeschlossen, die ihre Klingen kreuzen.« Das war keine billige Polemik, die dem Feind alle Schuld gab; es leuchtete mir ein. Ich hatte mit dem französischen Leutnant nicht aus persönlichen Gründen die Klinge gekreuzt, wie etwa in einem Duell, wir hatten einander ja gar nicht gekannt; niedere Motive schieden aus, ein jeder kämpfte für seine »Staatsidee«, so stand es hier, »in welcher der gesamte Lebenswille der Staatsbürger zusammenfließt; sie ist das Führende und Treibende«.

Ganz klar wurde dieser Punkt erst mit dem Satz: »Der Staatswille ist vor allem Machtstreben. Das Zusammenleben der Völker ist ein ewiger Kampf, in dem nur das tüchtige Volk aufrecht bleibt.« Zweifellos; aber dann schrieb der Professor, darin erschöpfe sich das Wesen einer Großmacht nicht. Über den engen Rahmen staatlichen Wirkens hinaus harrten ihrer, dank der wachsenden Vielfalt und Kraft des wirtschaftlichen Lebens, ständig neue Aufgaben; komplizierten Bedürfnissen müsse sie Rechnung tragen. Das klang verzwickt, doch dann dämmerte mir trotz der Schmerzen in Kopf und Schulter, wie all dies zusammenhing.

»Der Staat beginnt die eigentlichen Grenzen seiner Lande zu überschreiten«, fuhr der Autor nämlich fort. »Er drängt mit seiner Macht hinaus in die Welt. Die Großmacht unserer Tage betreibt Weltpolitik. Sie sucht Erweiterung in kontinentalem wie in maritimem Sinne, in beiden Richtungen. Sie erwirbt Kolonien, sie dringt kapitalistisch in herrenlose Länder, sie ergreift Besitz. Sie erstrebt Absatzgebiete für ihren Handel und ihre Industrie, sie trachtet nach Siedlungsland für ihren Bevölkerungsüberschuß. Und während der Großstaat diese Ausdehung sucht, grenzt er sein Tätigkeitsfeld gegen das Ausland ab. Er will Weltreich sein, Imperium. In diesem imperialistischen Staate verbinden sich alle wirtschaftlichen Bestrebungen mit der politischen und militärischen Macht. Die Staatsmacht erfährt eine neue Erhöhung. In noch gesteigertem Maße rücken nunmehr mit zwingender Notwendigkeit die außenpolitischen Probleme vor alle inneren, wie etwa soziale Gegensätze. Der Wille zur Macht steigt zu immer höherer Bedeutung empor.«

Das also war des Pudels Kern. Es fiel mir wie ein Schleier von den Augen. Im Nachdenken oft gestört durch Klaviermusik – das Lazarett lag unter der Offiziersmesse, wo nun den ganzen Tag über geklimpert wurde –, folgte ich der Beweisführung des Gelehrten. »Mangel an politischer Begabung und innere Zerrissenheit«, schrieb er, »hatten das deutsche Volk jahrhundertelang um jede Geltung gebracht. Erst die von starkem Machtwillen getragene Energie des preußischen Staates und schließlich der Genius Bismarcks schufen den nationalen Einheitsstaat. Die Hauptaufgabe des neuen Kaisertums war, das junge Reich zunächst innerlich zu festigen. So nahm die Reichsregierung größte Rücksicht auf England und Frankreich, die in dieser Zeit ungestört ihren Kolonialbesitz ausbauten, und zog der eigenen Weltpolitik enge Grenzen. Aber von den achtziger Jahren an drängte das Reich über Europa hinaus. Der wirtschaftlichen Expansion mußte die politische folgen. Im Sinne weltumspannender Bedürfnisse mußte die Staatsgewalt auch in Deutschland zum Organ der Entfaltung suchenden neuen sozial-ökonomischen Kräfte werden, wollte sie diese nicht zum Schaden des Volksganzen verkümmern lassen. Dieser unausweichlichen Notwendigkeit hat Bismarck nicht mehr Rechnung tragen wollen. Es ist vielmehr das geschichtliche Verdienst Wilhelms II. und seiner Regierung, die weltpolitischen Bahnen mit tiefstem Verständnis und vollster Bewußtheit beschritten zu haben ... Für Deutschland wie auch für die Welt wurde freilich diese Erweiterung unserer Machtziele der Beginn einer neuen Zeit.«

Skepsis regte sich in mir. Klang da nicht ein Unterton durch, etwas von dem, das Willi Lüdecke »die Profitgier« genannt hatte, »das ewige Habenwollen« – jene Religion mit den besten Pfaffen und den schönsten Kirchen, die das große Blutbad und unsere Trennung von den Lieben daheim verschuldet habe? Waren Professor Herres »neue sozial-ökonomische Kräfte« nicht dasselbe wie Lüdeckes »Reiche, für die der Krieg geht«? Sollte es auf der Welt denn immer so weitergehen, bis zu den letzten Tagen der Menschheit? Ach, dieser ständige Griff nach Beute, der auch uns durch die Meere trieb! Was übrigens, wenn der Professor eben einer der Pfaffen war? Über 20 Seiten großen Formats legte er glänzend, plausibel und wohltuend unparteiisch dar, wie es zum Weltkrieg hatte kommen müssen, diesem wahrhaft titanischen, noch nie dagewesenen Ringen der Völker. Doch sein letzter Absatz schloß mit einer seltsamen Verbrämung dessen, was er gerade so ehrlich aufgedeckt hatte, und das ließ mich an ihm zweifeln.

Am Ende stand da: »Das maritime Ziel, das uns im eigentlichsten erfüllt, läßt uns England als den Hauptfeind erkennen. Wir müssen uns deshalb durch Vernichtung der englischen Alleinherrschaft auf See erst die tatsächlichen Grundlagen für imperiale Entfaltung schaffen. England muß zu der Einsicht gebracht werden, daß ihm nicht für alle Zeiten ein Herrschaftsrecht zusteht, daß auch aufsteigende Konkurrenten ihr Lebensrecht haben. Und indem wir darangehen, den Gleichgewichtsgedanken auf den Meeren zur Geltung zu bringen, sind wir uns bewußt, der Menschheit zu dienen, im politischen wie auch im höheren Sinne der Weltkultur. Wir Deutsche führen die Waffen nicht nur für unser eigenes Dasein, sondern auch für die Menschheit schlechthin. Dieses Bewußtsein ist gewiß nicht der Antrieb zur kriegerischen Tat, aber es stärkt uns in der Erfüllung unserer nationalen Pflicht und hebt uns immer wieder hinauf in die reinen und lichten Höhen allgemeinen Menschentums.«

Das waren nun wirklich himmlische Töne. Hier nahm der Gelehrte den Mund zu voll, ich konnte ihm nicht mehr folgen. Ein herrliches Schlußbild zu Lasten der Glaubwürdigkeit. Schade; doch so etwas – ich wußte es aus der Schule – mußte halt in jedem patriotischen Aufsatz sein.

Argwöhnisch suchte ich die anderen Texte des Werkes nach solchen Schwänzchen ab. Sie hatten alle eins, es war Sitte, so zu schreiben. Der Beitrag »Unsere Auslandskreuzer in Krieg und Frieden« schloß mit den Worten, Deutschlands

Kreuzern und Hilfskreuzern fehlten »die nötigen Stützpunkte, daher ist es wohl möglich, daß ihnen allen dereinst das Schicksal der Vernichtung nach ehrenvollem Kampfe zuteil wird. Möge unser Volk sich nach dem Endsieg der Taten seiner Auslandskreuzer erinnern und dafür Sorge tragen, daß dem Reiche die notwendige und würdige Vertretung seiner Überseeinteressen geschaffen wird. Das wird die beste Form des Dankes sein, den wir unseren tapferen Seeleuten schulden.«

Ich schlug den Prachtband zu und griff nach dem dritten Buch des Zahlmeisters, einer Feldpostausgabe von Arthur Schopenhauers »Aphorismen zur Lebensweisheit«. Ein anspruchsvoller Lesestoff; er bestach durch Tiefe und Klarheit. In den folgende Tagen saugte ich mich daran fest, während meine Genesung fortschritt und das Klavier über mir unablässig klimperte. Es spielten und sangen dort immer die Apostel, die gerade wachfrei hatten und so gesellig waren, andere zu unterhalten. Schlichte Gemüter wie Otto Dorn, Heinz Spalke und Ernst Michelsen schätzten Schlager von Paul Linke, auch fröhliche oder traurige Soldatenlieder von »Schwarzbraun ist die Haselnuß« bis »Im Feldquartier auf hartem Stein«. Dr. Diebitsch und Egbert von Keyserlingk zogen neben Opernmelodien, gefühlvoll und träumerisch angestimmt, Klänge von Wagner, Chopin, Brahms oder Mozart vor. Asmann, Bochnke, Cramer und Heul dagegen hielten sich zurück. – »Böse Menschen haben keine Lieder«, hörte ich den Assistenzarzt zu Dr. Rosen sagen.

So gewahrte ich durch das Stahldeck, das den Schall schlecht dämpft, eine neue Seite im Charakter meiner Vorgesetzten. Es gab ja an Bord sonst nur das Akkordeon des Obersteuermanns Feddersen; er brauchte es, um in der Gesangsgruppe den Ton anzugeben. Ein nettes Instrument – kaum standesgemäß für Offiziere. Nachdem im Gefecht mit dem britischen Hilfskreuzer ihr einziges Grammophon zu Bruch gegangen war, seit zehn Monaten also, hatte es ihnen an jeglicher Musik gefehlt. Das mag den Raub und die Strapazierung des Clipperton-Klaviers erklären. Der Mensch lebt nicht von Brot allein, auch ein Mangel an Kunst nimmt ihm den Mut.

Vor diesem akustischen Hintergrund las ich, das Wort vom Habenwollen im Kopf, all das, was der Philosoph im Kapitel 3 schrieb *Von dem, was einer hat.* »Die Grenze unserer vernünftigen Wünsche hinsichtlich des Besitzes zu bestimmen ist schwierig«, stand bei ihm dazu. »Denn die Zufriedenheit eines jeden in dieser Hinsicht beruht nicht auf einer absoluten, sondern auf einer bloß relativen Größe, nämlich auf dem Verhältnis zwischen seinen Ansprüchen und seinem Besitz ... Die Güter, auf welche Anspruch zu machen einem Menschen nie in den Sinn gekommen ist, entbehrt er durchaus nicht, sondern ist auch ohne sie völlig zufrieden; während ein anderer, der hundertmal mehr besitzt als er, sich unglücklich fühlt, weil ihm eines abgeht, darauf er Anspruch macht. Jeder hat auch in dieser Hinsicht einen eigenen Horizont des für ihn möglicherweise Erreichbaren: so weit wie dieser gehen seine Ansprüche.«

Wie weit gingen die der Reichen? Weit genug, andere ins Unglück zu stürzen, um selbst in den Besitz eines begehrten Gegenstands zu kommen, das war klar. Dies hatte schon Goethe uns enthüllt in den Worten: »Übers Niederträchtige / Niemand sich beklage / Denn es ist das Mächtige / Was man dir auch sage.«

»Das außerhalb dieses Gesichtskreises liegende wirkt gar nicht auf ihn«, las ich jetzt bei Schopenhauer. »Daher beunruhigen den Armen die großen Besitztümer der Reichen nicht und tröstet andererseits den Reichen bei verfehlten Absichten das Viele nicht, was er schon besitzt. Der Reichtum gleicht dem Seewasser: je mehr man davon trinkt, desto durstiger wird man. Dasselbe gilt vom Ruhm ...«

Reichtum, hieß es weiter, werde mehr und aufrichtiger als alles andere geachtet, ja verehrt; selbst die Macht sei nur Mittel zum Reichtum. Zum Zwecke des Erwerbs schiebe der Mensch alles andere beiseite oder werfe es über den Haufen, wie die Philosophie-Professoren die Philosophie. »Daß die Wünsche der Menschen hauptsächlich auf Geld gerichtet sind, wird ihnen oft zum Vorwurf gemacht. Jedoch ist es natürlich, das zu lieben, was ständig bereit ist, sich in den jedesmaligen Gegenstand unserer so wandelbaren Wünsche und mannigfaltigen Bedürfnisse zu verwandeln. Jedes andere Gut nämlich kann nur *einem* Wunsch, *einem* Bedürfnis genügen: Speisen sind bloß gut für den Hungrigen, Wein für den Gesunden, Arznei für den Kranken, ein Pelz für den Winter, Weiber für die Jugend und so weiter. Sie sind folglich alle nur Güter für einen bestimmten Zweck, das heißt nur relativ gut. Geld allein ist das absolut Gute: weil es nicht bloß *einem* Bedürfnis in concreto begegnet, sondern *dem* Bedürfnis überhaupt, in abstracto.«

Damit, so fand ich, war das meiste gesagt. Doch nun stellte sich mir die Frage, wie es – hatten Lüdecke und Schopenhauer beide recht – den Reichen gelang, die große Mehrzahl des Volkes, die Masse der Habenichtse so fest für ihre Ziele einzuspannen, daß sie bereit waren, dafür zu kämpfen und sogar ihr Leben hinzugeben. Grenzte das nicht an ein Wunder?

Trotz meines Grübelns, ich kam nicht recht dahinter. Da schien bei den Reichen Betrug im Spiel und Selbsttäuschung bei den Armen. Sowohl staatlicher Zwang wie auch Verleitung der Armen: sie kriegten Zuckerbrot und Peitsche, einmal drohte ihnen das Militärgesetz, das Kriegsgericht, zum anderen lockte ein Anteil an der Beute. Man gab ihnen etwas ab oder versprach es doch für den Fall des Sieges. Und man verstand es, die Rauflust zu wecken, die in jedem von uns schlummert.

So war das schon immer gewesen, so würde es künftig auch sein. »Aller Dinge mächtigstes: Krieg«, begann eine Ballade des Freiherrn von Münchausen, deren Handlung im 15.Jahrhundert spielte, im Kampf der Roten mit der Weißen Rose, dem dreißigjährigen Thronstreit zwischen den englischen Adelshäusern Lancaster und York. »Aller Güter herrlichstes: Sieg / Dreißig Jahre mit pfeifendem Degen / Fröhlich verwegen / Dreißig Jahre in Kriegen gelegen / Wer weiß ein Leben, das besser gelohnt / Dreißig Jahre voll Sang der

Soldaten / Voll tapferer Taten / Dreißig Jahre siegesvermessen / Fest im burgundischen Sattel gesessen / Wie ein König im Hochsitz thront ...«

Ich glaubte förmlich, den dumpfen Ton der Landsknechtstrommeln zu vernehmen, das Schmettern der Fanfaren, das Wiehern der Schlachtrosse und das Klirren der Schwerter, Stahl gegen Stahl. Aber alles, was ich hörte, war das monotone Stampfen der Schiffsmaschine und der Gesang der Offiziere am Pianoforte über mir. Leutnant Spalke, unser Torpedoführer, spielte wieder einmal das Leib- und Magenlied der Apostel *It's a long way to Tipperary, it's a long way to go ... to the sweetest girl I know,* er verklimperte sich selbst bei diesem simplen Song, und entnervend schallte der Kehrreim zu mir herab: *Good bye, Picadilly, fare well. Leicester square, it's a long long way to Tipperary, but my heart rides there!*

Bahía de Chatham

Wenn mich die Erinnerung nicht trügt, begann das Unwetter am Karfreitag und endete mit dem Osterfest. Es war ein sogenannter *Chubasco,* der wilde Ausläufer des atlantischen Nordost-Passats, der Kraft genug hat, die mittelamerikanische Landschwelle zu durchstoßen. Mit peitschenden Regengüssen und Windstärken zwischen 8 und 9, in Böen auch mehr, drang er über den Isthmus von Tehuantepec südwestwärts vor, uns backbords in die Flanke.

Zunächst wurde der Wetterumschwung allgemein begrüßt. Die Sicht sank rapide, womit die Hoffnung wuchs, durch das Netz der britischen Kriegsschiffe zu schlüpfen, die nach dem Funkbild eigens den Panamá-Kanal passiert hatten, um uns zu fassen. Kein Wunder! Mit der Versenkung der »Sibirjak« und den Landungen auf Clarion und Clipperton, was ja kaum lange geheim bliebe, hatten wir eine dicke Spur gelegt. Unübersehbar wies sie nach Südosten, in das Seegebiet westlich des Galápagos-Archipels, 520 Meilen vor der Küste von Ecuador genau auf dem Äquator. Aus der Südsee rückte nach von Keyserlingks Meinung ein französischer Kreuzer an.

Ein Starkwind schien das kleinere Übel. Wir hatten schon mehr ausgehalten. Zweimal war »Schiff 17« in orkanartige Stürme geraten, damals im Südatlantik und um Weihnachten im Nordpazifik, dagegen wirkte der *Chubasco* anfangs zahm. Außerdem, hier war es heiß, die Wärmeabstrahlung von den glühenden Decks quälte uns, Spritzwasser konnte nur erfrischend sein ... Aber wir hatten die Entwicklung unterschätzt. Bald wünschte ich mich zurück in meine Hängematte, glich sie doch das Schlingern etwas aus, anders als die starre Koje im Lazarett. Der Sturm heulte in den Wanten und Antennen, er baute merkwürdig steile, gischtumtoste Wellen auf. Unerbittlich fiel das Barometer, und die »Vérité« war nicht mehr so in Schuß, wie sie es als »Daphne« noch gewesen war.

Asmann versuchte wieder vorm Wind zu bleiben und die Wogenkämme achterlich zu nehmen, auch auf die Gefahr hin, dem französichen Kreuzer entgegenzulaufen. Am Ostersonnabend aber brach eine See über das Heck und richtete schweres Unheil an. Die Abdeckungen von Luke III und IV wurden eingedrückt und Mannschaftsräume überschwemmt. Wie Hein mir sagte, stand in einer Geschützkasematte das Wasser meterhoch, der Proviantraum lief voll, eine Menge Mehl und Kaffee verdarb ... Dem Ersten blieb nichts übrig, er mußte umdrehen und behutsam gegen den Sturm laufen, bis der Schaden im Heck beseitigt war.

Im kritischen Moment jedoch, in dem die See quer einfiel, rollte das Schiff extrem, es legte sich schief wie zum Kentern, und als es sich aus der Schräglage aufrichten wollte, kam noch ein Wellenberg, donnerte gegen den Rumpf und kippte ihn beinahe um. Ich rutschte aus der Koje.

Alles hielt den Atem an. Ein Augenblick nackter Angst ... Nur das Gewicht der Kohle und der Munition, das den Schwerpunkt der »Vérité« tief hielt, verhütete die Katastrophe. Sie nahm viel Wasser, ihre Lenzpumpen schlürften pausenlos, und während Asmann sich mühte, sie gegen die See zu halten, gab Leutnant Hirsch Alarm! Von neuem drohte Gefahr, die Munition stand im Begriff, zu verrutschen. Ihre Befestigung hielt dem Schlingern nicht stand, weit über tausend Granaten wollten sich im Laderaum selbständig machen. Es dauerte ewig, sie zu bändigen.

Daß wir gegen die Wogenkämme anliefen, verkürzte deren Abstand, das Stampfen nahm zu. Wir waren in schäumende Gischt gehüllt, eine See nach der anderen ging über das Hauptdeck weg und stieg empor bis zur Brücke, in der alles troff. Eine turmhohe See, wie sie beim Zusammenprall zweier Wellen entsteht, riß das Schutzschild am Buggeschütz ab, fegte es über Bord und zerschlug eine Pfortendichtung an Steuerbord; sie verbog das absenkbare Stück der Schiffswand, hinter dem das Geschütz Nummer zwei stand. Damit nicht zuviel Wasser eindrang, ging Asmann auf weniger als halbe Fahrt herunter und kam damit überhaupt nicht mehr vom Fleck.

Es folgten sorgenvolle Stunden. Die Sterne zeigten sich nicht, das ließ keine Ortsbestimmung zu. In der Nacht zum Sonntag wurde die notdürftig abgedichtete Pforte erneut eingedrückt. Wir gingen auf langsame Fahrt und drifteten praktisch rückwärts, in den Ozean hinaus. War dies noch das gleiche Schiff, das bisher jedem Sturm getrotzt hatte? Bei so geringem Dampfdruck riß im Heizraum ein Rohr, die Unfälle mehrten sich, alles schien morsch und verschlissen zu sein oder hatte gänzlich ausgedient.

Grau, schwül und heulend zog der Ostermontag herauf, er brachte uns das größte Mißgeschick. Der Frischwassererzeuger, unter Aufsicht des Leitenden Ingenieurs schon mehrfach entschlackt und geflickt, fiel nun endgültig aus. Etwas Unersetzbares zerbrach daran, das Destillationsgerät ließ sich nicht mehr retten, wir waren auf die Vorräte angewiesen. Duschen und Wäschewaschen konnte man ja auch mit Salzwasser, obgleich das ein Gefühl von klebriger Unsauberkeit hinterläßt.

Michelsen prüfte den Inhalt der Trinkwassertanks und erschrak. Seine Berechnung ergab, wollten wir die Quellen von Mas a Fuera erreichen, war für jeden nur noch täglich ein halber Liter Wasser drin! Aber diese Menge brauchte schon der Koch zur Essenbereitung, es fehlte jener halbe Liter für Tee oder Kaffee, der auf See, zumal in den Tropen, als das absolute Mindestmaß gilt. Was also tun? In das Galápagos-Archipel laufen, wo der Feind uns womöglich suchte? Die fünf Hauptinseln, auf denen man mit Sicherheit Wasser fand, waren sämtlich besiedelt, wenn auch nur dünn. Das Erscheinen der »Vérité« würde Furore machen und die Briten auf unsere Spur führen, falls wir ihnen nicht überhaupt dort begegneten. Eine Zwickmühle. Etwas mußte geschehen!

Doch nichts geschah. In dieser verzweifelten Lage behielt Asmann den Kurs, den der Sturm uns aufgezwungen hatte, einfach bei. Auch als der abflaute, riskierte er keine Wende, so als säße ihm der Schock noch in den Knochen. Morgens ging die Sonne matt, in den feuchtwarmen Sack des *Chubasco* gehüllt, einen Strich rechts vom Bug auf, abends versank ihr böses gelbes Auge ein Stück rechts vom Heck in dem noch immer brodelnden Meer. Hinderte Asmann die erwiesene Neigung des Schiffs, bei grober See zu kentern, sobald man es querlegte, wirklich daran, es jemals wieder gen Süden zu drehen?

Es war nicht zu fassen. Unglaublicherweise steuerte der Erste tagelang weiter in Richtung Ost, ein wenig zu Nord, wie um dem Ratschlag des aufsässigen Maschinenmaats Katerbaum aus der Silvesternacht zu folgen und halsbrecherisch auf den Panamá-Kanal loszugehen. Oder hatte Boehnke den Befehl wieder an sich gerissen und diktierte diesen absurden Kurs? Dann mußte er närrisch sein, plötzlich vergreist, und die Apostel sollten versuchen, ihn abzusetzen – Militärrecht hin oder her –, krankheitshalber, ehe ein Unglück geschah.

Auch die zwei Ärzte sahen kaum noch durch. Einmal hörte ich sie nebenan den Zustand der Schiffsführung erörtern. Aus dem, was ich aufschnappte, ging hervor, daß sie nicht mehr darauf hofften, mit ihren beschränkten Mitteln und Kenntnissen den Kommandanten zu heilen, dessen Gesundheit ganz allmählich verfiel. Dr. Rosen war Chirurg, Dr. Diebitsch Allgemeinmediziner, also ein wenig auch Internist, doch kein Urologe und bei seinem Alter eher ohne Praxis. Boehnke, so hörte ich von ihm, baue langsam ab. Nur an Land, in einem gutausgestatteten Hospital, sei dem zu helfen.

»Fatal«, sagte der Stabsarzt. »Bald bleibt er uns physisch weg, und beim Ersten – na, da kommen einem Zweifel am Verstand.«

»Nicht Ihrer Meinung. Asmann zieht sich zurück, er scheint schweigsam geworden, einsam, das stimmt. Aber sein Intellekt arbeitet so präzise wie eine Schweizer Uhr.«

»Die man vergessen hat, aufzuziehen.«

»Er ist ein gebildeter Krieger«, widersprach Diebitsch. »Ein Mann, aus dem der Krieg das Beste herausholt.«

»Sie geraten ins Schwärmen, Herr Kollege.«

»In Gefahr ist er kaltblütiger als jeder andere hier an Bord. Hat die besten Nerven. Seine Willenskraft ist enorm ... Der geborene Führer.«

»Ein Kerl wie Samt und Seide, nur schade, daß er soff.«

»Das ist kein Geheimnis. Der Pazifik hat ihn verändert.«

»Uns alle, Alfons. Jeden Mann an Bord. Aber er wird langsam zur Parodie seiner selbst.«

»Bei allem Respekt vor Ihrer Berufserfahrung, diesem Befund vermag ich mich nicht anzuschließen.«

»Wir werden ja sehen, wer recht behält ... Der Kerl ist unser Untergang.«

Verlegenes Hüsteln war zu hören, es folgte Stille. Und als das Gespräch weiterging, prallte ein Brecher gegen das Schiff, es rollte nach Steuerbord, nebenan fiel etwas zu Boden. Die Stimmen verblaßten, dann kehrten sie zurück.

»Der Krieg ist seine Welt, da mögen Sie recht haben«, sagte Dr. Rosen. »Die Welt als Wille, aber ohne Vorstellung, um Schopenhauer zu variieren.«

»Die hat er schon, wenn Sie mir den Einwand gestatten. Nach Asmann – und da folge ich ihm durchaus – ist

Deutschland in einer Weise total blockiert, die jedem Völkerrecht hohnspricht; und zwar ohne den küstennahen Einsatz von Blockadestreitkräften, gegen die sich unsere Flotte wenden könnte: bloß durch den Druck der geographischen Lage Englands quer vor der Nordsee und das Dasein der Grand Fleet hoch im Norden! Das Seerecht schreibt aber eine Nahblockade zwingend vor, anders ist es keine ... Dazu das ständige Minenlegen. Bald ist die Deutsche Bucht versiegelt, der Korken zum Atlantik dicht.«

»Damit hätten wir eben vorher rechnen müssen.«

»Soviel Feigheit beim Feind war niemals zu erwarten.«

»Für den ist das Vorsicht und Klugheit. Wir haben ihn halt in mancher Hinsicht unterschätzt.«

»Er hat sich auch verkalkuliert. Ich meine unsere U-Boote. Im Krieg ist Rücksichtnahme Dummheit; damit dürfte bald Schluß sein ...«

»Aus Ihnen spricht der Erste, Alfons.«

»Mag sein, dessen schäme ich mich nicht. Setzt nämlich der Unterwasserkrieg erst voll ein, dann wachen die Briten eines morgens auf und lesen in der Zeitung, daß sie mal eine Handelsflotte gehabt haben. Mit zwanzig Millionen Tonnen die größte der Welt ...«

Was den Kurs betraf, da tappten die zwei gleichfalls im dunkeln. Mir löste sich das Rätsel ein paar Tage später anhand Asmanns Geschenk. Hein holte den Taschenatlas aus meinem Spind, und wir merkten, was die Ärzte übersehen hatten: Ungefähr in unserer Fahrtrichtung lag, zwischen dem Galápagos-Archipel und Costarica, diesem etwas näher, eine unbewohnte Insel. Auf der zweisprachigen Karte hieß sie Isla del Coco oder Cocos Island.

Sie war ähnlich geformt wie Clarion, bloß höher und zerklüfteter. Auch ihre Felsenküste, stark zerlappt, bildete ein Rechteck, nur von Südwest nach Nordost gestreckt und dikker – sieben Kilometer lang, im Durchschnitt halb so breit. Fünf Gipfel waren verzeichnet, zwischen 616 und 1932 Fuß, der höchste, im Westen, hieß Cerro Iglesias, Kirchenberg. Ein paar Bäche oder Flußläufe fand ich angedeutet, sonst fehlten im Inneren weitere Eintragungen bis auf die Zeile *densely covered with trees and bushes,* dicht bedeckt mit Bäumen und Gebüsch. Der Küstensaum war sorgsam gezeichnet, die Buchten und Kaps hatten Namen, wie auf Seekarten üblich.

Der Text lautete: »Kokosinsel, 270 Seemeilen südwestlich von Costarica, dem sie gehört, unter 5° 32' Nord und 87° 4' West, ist bei einem Umfang von 27 Meilen nur zehn Quadratmeilen groß, ziemlich hoch und war einst ganz von Kokospalmen bedeckt, die durch Laub- und Nadelhölzer verdrängt worden sind. Hat gutes Wasser und zwei von Walfischfängern benutzte Buchten. Häufig genannt in Verbindung mit dem Gerücht, wonach Piraten auf ihr Raubgut verborgen hätten. So sollen bedeutende Werte des ehemaligen Vizekönigreichs Peru, anno 1822 beim Rückzug der Spanier veruntreut, in einer der vielen Felshöhlen versteckt worden sein. Es kam aber nie etwas ans Licht.«

Das genügte, mich zu beleben. Alle Not war vergessen, als es weiter hieß: »Fast jede Bucht und Landzunge trägt den Namen eines Piraten. Die Insel bot ihnen auch deshalb Unterschlupf, weil sie sich durch Dunst und Nebel dem Blick entzieht, sobald einmal, wie es häufig geschieht, ein Ausläufer des kühlen Humboldt-Stroms die feuchtwarme Tropenluft kondensieren läßt. Lange Zeit war umstritten, ob Kokos überhaupt existiere. Vermutlich wurde die Insel von Kosaren entdeckt, die ihr Wissen geheimhielten. Zwar ist sie schon in den Karten von Guillaume Delisle aus dem Jahre 1720 (aktualisiert anno 1741) vermerkt, aber mit falscher geographischer Position. Nach diesen Längen- und Breitenangaben konnte die Kokosinsel keinesfalls gefunden werden.«

Meine Phantasie erhielt einen Anstoß. Sollte dies womöglich *The Treasure Island* meines Lieblingsautors sein? Bloß 25 Quadratkilometer groß! Die Hälfte des Darßer Urwalds zwischen der Ostsee und den Dörfern Prerow und Born, da lohnte es doch, zu suchen! Die Idee, dort einen Schatz zu finden, entstieg vielleicht dem Wein, den wir jetzt statt Kaffee tranken. Unsere Tagesration betrug ½ Liter. Ein paar hundert Kisten hatten wir aus dem Bauch der »Victoria« geholt, weißen Bordeaux, auch Pommery, fluchend, man kam schwer heran, ganz unten im Laderaum waren sie verstaut gewesen; nun zahlte sich die Mühe aus... »Der Mensch kann noch so dumm sein«, sagte der Smutje, als er auf Asmanns Befehl Wein statt Wasser ausgab, »er muß sich nur zu helfen wissen.«

Es gibt Momente, die prägen sich für das ganze Leben ein, mit all ihren Geräuschen, Farben und Düften. Ein solcher Augenblick kam, als wir an jenem Aprilabend Isla del Coco ansteuerten, das Vorgebirge Manuelita passierten und zwischen Steilhängen in die Bahía de Chatham einliefen, die tiefere der zwei Buchten. Dort fiel der Anker auf vier Faden Grund. Saftgrün umgaben uns die Wände des Tropenwalds, schon verschattet und seltsam geruchlos, obgleich gesprenkelt mit leuchtenden Blüten. Ich spürte nur, über dem trägen Hauch von Fäulnis, das Gemisch aus Lysolgeruch und Juchtenparfüm an dem Arztkittel, der im Behandlungsraum am Haken hing. Über mir spielte und sang Dr. Diebitsch recht inbrünstig »Leise flehen meine Lieder durch die Nacht zu dir...« Das war seine Art, die Ankunft zu feiern. In piratenhaftem Luxus, am französischen Klavier.

Die übrigen standen an Deck, staunend, wie berauscht, ganz versunken in den Anblick des wegelosen Dschungels. Obschon noch immer krankgeschrieben und von Dr. Rosen zu Bett geschickt, gesellte ich mich, von niemandem beachtet, zu ihnen. Nahezu drei Wochen waren seit dem Überfall vergangen, so lange hatten wir kein Land gesehen. Von Clipperton bis Isla del Coco waren es auf meinem Atlas 1200 Seemeilen, die hätten wir bei Tempo acht in sechs oder sieben Tagen geschafft, ohne Umweg in Richtung des Galápagos-Archipels und den scheußlichen *Chubasco,* der uns um ein Haar erledigt hätte.

Scharf wie ein Scherenschnitt stand das Westufer der Bucht vor dem gelben Abendhimmel. In den Wipfeln kreischten unsichtbare Vögel... Mitte April! Um diese Zeit, fiel mir ein, sollten wir nach dem ursprünglichen Plan schon bei Mas a Fuera auf der Höhe von Valparaiso sein. Und während ich das begriff, ging mir auf, wir kamen mit der »Vérité« – so, wie sie war – nicht mehr um Südamerika herum. Noch einmal weiter mit dem mürben Schiff? Wohl kaum ... Unausweichlich kroch ein Gedanke auf mich zu. Ich hatte plötzlich den Eindruck, diese rätselumwobene Insel sei unsere Endstation.

Was bleibt uns übrig?

Nichts geschah, was meine Ahnung bestätigt hätte. Kein böses Vorzeichen, gar nichts Auffälliges, sah man von ein paar chiffrierten Funksprüchen ab, die von Keyserlingk schwach aus der Ferne empfing ... Anderntags begann der normale Dienst, das übliche Treiben in Ruhestellung. SMS »17« wurde gekrängt, vom Bewuchs befreit, mit dem letzten Rest Farbe lichtgrau gepöhnt, im Rahmen des Möglichen durchrepariert und in den britischen Dampfer »Trader« verwandelt, der in Wirklichkeit etwas größer war als wir.

Eigenhändig, wie es hieß, fertigte Asmann getürkte Frachtpapiere aus. Er schrieb dem Schiff, das er da nachahmte, eine Ladung australischer Wolle sowie Leder, Gummi und Stückgut im Wert von $\frac{1}{4}$ Million Pfund Sterling (5 Millionen Mark) zu. Sie solle nach Chile gehen! Von Peru an wurde die Fälschung glaubhaft. Sie sah als Rückfracht Salpeter für Liverpool vor. Allerdings war ihm unbekannt, daß Graf Dohnas »Möwe« die echte »Trader« neun Wochen zuvor im Atlantik versenkt hatte. Ohne Kontakt zu Nauen konnte er das nicht wissen; England hielt seine Schiffsverluste immer möglichst lange geheim.

Zwei Rettungsboote pendelten zu dem Flüßchen, das sich ins Innere der Bucht ergoß. Sie schafften Trinkwasser herbei – es schwappte in dem zweiten Boot, das vom ersten gezogen wurde; Lenzpumpen sogen das Wasser in die Tanks. Ich bekam frei, mein Freund durfte mich beim Landgang begleiten. Ein bescheidener Ausflug längs des Sandstrands, der im Osten am Punta Pacheco endete und bis zum Westkap der Bucht, dem Punta Quirós, höchstens anderthalb Meilen maß.

Wir blieben am Ostufer im Schatten. Hinter dem schmalen Strand ragten, wild überwuchert, Felsen auf, ohne Kletterausrüstung kaum zu bezwingen. Öde Lavafelder, von Zwerggestrüpp und kriechenden Kakteen bedeckt, wechselten ab mit lianenumrankten Stämmen, Dornensträuchern, fleischigen Orchideen und langnadligen Kiefern oder Fichten, wie ich sie noch nie gesehen hatte; es fehlte ihnen der Harzduft unserer Wälder. Die meisten Gewächse waren mir fremd. Ein dumpfiger Geruch hing über dem Platz, ein Hauch von modernden Blättern und faulendem Holz. Die Fichten standen nah am Ufer und, wie man an dem Salzrand sah, bei Flut eine Handbreit im Wasser. So gedeiht bei uns überhaupt kein Nadelbaum.

Hein verzog die Nase, als habe man ihm ein faules Ei vorgesetzt. Froh, mich wiederzuhaben, trumpfte er mit Meldungen aus dem Pressefunk auf. Im Lazarett hatte ich manches verpaßt. Um Ostern war im britischen Irland, gar nicht weit weg von dem so leidenschaftlich besungenen Tipperary, ein Schlamassel ausgebrochen. Mitglieder der irischen Bürgerwehr hatten die Hauptgebäude und strategischen Punkte in Dublin besetzt und die Irische Republik ausgerufen, geführt von einem Dichter und Journalisten namens Connolly. So viele Freiwillige strömten ihm zu, daß 20000 englische Soldaten entsandt wurden; sie belegten die eigene Stadt brutal mit Granaten! Es hieß, Deutschland habe die Aufrührer mit Waffen unterstützt. Auf welchem Wege, wurde nicht gesagt.

Bürgerkrieg beim Feind, das freute uns, dagegen verblaßte der Rest an Neuigkeiten: die grimmige Materialschlacht bei Verdun, wo es nur noch meterweise vorwärtsging, der Tod des Feldmarschalls von der Goltz, die Einnahme Trapezunts im Nordosten der Türkei durch die Russen und die Torpedierung des kleinen französischen Passagierdampfers »Sussex« durch ein U-Boot, dessen Kommandant Oberleutnant zur See Pustkuchen hieß, was uns sehr erheiterte. Zwar gelang es, das beschädigte Schiff nach Boulogne einzuschleppen, doch starb bei der Detonation ein amerikanischer Passagier. Das geheiligte Leben eines US-Bürgers erlosch! Folglich übergab Mr. Gerard, der US-Botschafter in Berlin, am 20. April einen Protest, der sämtliche »Lusitania«-Noten an Schärfe und Dreistigkeit übertraf. Und der schlappe Reichskanzler Bethmann-Hollweg knickte ein! Nach den üblichen inneren Krisen und Konflikten wich die Reichsregierung zurück, Pustkuchens Tat lähmte erneut die U-Boot-Waffe. Wir waren uns einig, so konnte es mit der Seekriegführung nicht weitergehen.

»Wieder mal Pustekuchen«, schimpfte Hein. »Unsere U-Boot-Männer finden sich nicht mehr zurecht in dem Wust von Anweisungen und Gegenbefehlen. Ehe sie 'nen Aal losjagen dürfen, müssen sie Vorschriften durchblättern, so dick wie ein Roman! Ein Trauerspiel ist das.«

Im Osten nichts Neues, zwischen der Rigaer Bucht und Galizien war die Front erstarrt. Von Mitte März bis Anfang April hatten die Russen versucht, ostwärts Wilna am Narotsch-See durchzustoßen, doch Feldmarschall von Hindenburg und sein Generalstabschef Ludendorff hatten es ihnen besorgt. Ihre Finanzen schienen zerrüttet, sie tauschten keine Banknoten mehr in Goldstücke ein, druckten bergeweis Papiergeld, die Staatsschuld stieg auf 40 Milliarden Rubel. Die britische Regierung verlangte, als Garantie für die Bezahlung der Kriegslieferungen, den russischen Goldvorrat nach London zu überführen. Gold im Wert von $\frac{1}{2}$ Milliarde Rubel sollte sie schon kassiert haben. Ferner hatte der Zar Rohstoffe, an denen er selber Mangel litt, und 400 000 Soldaten nach Westeuropa zu schicken. Auch von Amerika hing er bereits ab; das strich von ihm händereibend für $1\frac{1}{4}$ Milliarden Rubel Rüstungsaufträge ein.

Die US-Ausfuhr nach Rußland habe sich, sagte Hein, im Vergleich zur Vorkriegszeit um das 17fache erhöht ... »Asmann hat also richtig getippt, wir lagen im Nordpazifik mit Recht auf der Lauer.«

»Mit Recht, bloß ohne Glück.«

»Das Glück hat keiner gepachtet, auf lange Sicht aber bleibt es uns treu! Einfach weil wir tüchtiger als jedes andere Volk sind.«

So jungenhaft unbekümmert redeten wir über den Krieg. Der war für uns ein fesselndes Drama, wir traten selber als Komparsen auf. Natürlich wurde darin massenhaft gestorben – es waren ja stets die anderen, die fielen –, er hatte aber auch seine komischen Seiten. Hein gab mir Textproben aus dem täglichen Börsenbericht, dessen Sprache ihn belustigte. Große Gesellschaften konnten, fast wie Menschen, notleidend, kränkelnd, genesen oder kerngesund sein. Der Markt für Wertpapiere war durstig, aufnahmebereit, gesättigt, turbulent oder gar von etwas überschwemmt. Die Aktienkurse amerikanischer Firmen enwickelten sich, dem Wetter ähnlich und genauso sensibel auf Einflüsse aus anderen Zonen der Welt reagierend, zögernd, positiv, heiter, freundlich, energisch und stürmisch. Sie erklommen Gipfel, traten Talfahrten an, ihre Tendenz war generell steigend; das Geschäft mit dem Tod schien zu blühen. Auch ich fand die Wendungen amüsant, sie klangen irgendwie spielerisch, nach leicht verdientem und rasch verlorenem Geld, das man aber flink wiedergewinnt – ganz anders als die Kriegsberichte mit ihrem Blutgeruch und dem sturen Getrommel der immergleichen Ortsnamen wie Verdun, Ypern, Saloniki und Kut el Amara, wo die Engländer, von den Türken umzingelt, endlich kapituliert hatten ... Die Feinunze Gold notiert an der New Yorker Börse mit 20 Dollar und dreieinhalb Cent.

Was, so fragte ich Hein, ist dann das sibirische Gold im Bauch unseres Schiffes wert? Die Barren wogen 3 640 Pfund, das stand als letzter Posten auf der Liste, in die Zahlmeister Heul von Anfang an das Prisengut eintrug ... Eine Unze, das waren wohl 30 Gramm. Demnach kamen $16\tfrac{2}{3}$ Unzen auf ein Pfund.

Am Ende der Bucht angelangt, deren Ostkap auf spanisch Punta Pacheco und auf englisch Pitt Head heißt, setzten wir uns hinter vier Klippen auf einen bemoosten Stein und rechneten es aus. All die Zahlen schrieben wir mit Stöckchen in den glatten, festen Sand. Ich besinne mich nicht mehr, was herauskam; doch prüft man dies nach, findet man, daß die 3640 Pfund Gold an jenem Aprilmorgen 1215396 US-Dollar oder 5102232 Mark des Kaiserreichs Deutschland wert gewesen sind ... Es stimmt nicht ganz, wir hatten übersehen, daß die Unze bloß in deutschen Apotheken 30 Gramm hat; an der Wallstreet ist sie 31,1 Gramm schwer, da gehen nur gut 16 Unzen aufs Pfund. Der Schatz war demnach etwas kleiner, doch was änderte das? Dies war ja noch nicht alles, was wir erbeutet hatten. Hinzu kam die Viertelmillion Goldrubel aus der »Sibirjak«, nochmal 810000 Mark, kamen die Platinbarren der »Saō Gabriel« und die Wertpapiere, Franc- und Pfundnoten sowie die englischen Sovereigns aus den Tresoren der anderen Schiffe, die nicht vorzeitig gesunken waren – mindestens noch einmal soviel.

Wir waren reich, so reich! Ein rauschhafter Gedanke. Meiner Einbildungskraft folgend, sagte ich: »Schön dumm von uns, weiter Krieg zu spielen, bis der Tommy uns erwischt. Wir haben ein Schiff und zwölf Millionen für zweihundert Mann ...«

»Du meinst, da hätten wir ausgesorgt? Ja, wenn wir Piraten wären, Richard, hättest du vielleicht recht.« »Ich meine, wir sollten hierbleiben und die Insel Costarica abkaufen. Mehr als eine Million wird sie nicht kosten. Weißt du, was die Amerikaner anno 1867 für Alaska gezahlt haben? Ganze sieben Millionen Dollar hat der Zar dafür gekriegt. Und Alaska ist fünfzigtausendmal größer! Mit einer Million wäre Costarica gut bedient.«

»Aber wozu die Insel, Junge? Für einen Flottenstützpunkt? Den dulden weder England noch Amerika, so dicht vorm Panamá-Kanal.«

»Ach was, kein Stützpunkt. Die Flotte hab ich satt, sie ist mir ziemlich schnurz, das kann ich dir flüstern. Nein – wer sich hier niederläßt und planmäßig sucht, der kommt mit der Zeit unweigerlich an die Schätze heran, die auf der Insel versteckt sind. Es wär eine lohnende Investition.« Beim letzten Satz hatte ich – obwohl doch alles nur Scherz war – das peinliche Gefühl, der Geist meines Vaters, des Grundstückspekulanten, spreche da aus mir.

Und Hein, der es nie gleich merkte, wenn man ihn auf den Arm nahm, entrüstete sich prompt. »An so was darf man nicht mal denken«, sagte er streng. »Das Geld gehört dem Kaiser, genau wie das Schiff.«

»Der hat doch schon genug. Wir dagegen ...«

»Wir sind im Krieg, du tust, als wüßtest du das nicht! Beides ist Eigentum des Reiches, es gehört unserem Volk.«

»Ach so, dem Volk ... Da ist was Wahres dran.« Ich ließ ihn noch ein bißchen zappeln. Es war ganz lustig. Auch aus ihm sprach wohl sein Vater, ein kleiner pingeliger Postbeamter. Der hätte den Vorschlag eines Freundes, mal in die Kasse zu greifen oder auch nur einen Bogen Briefmarken zu klauen, todsicher mit dem Abbruch der Beziehungen, wenn nicht mit einer Anzeige beantwortet ... Hein war ganz gescheit und ein guter Kamerad, nur zu brav, es fehlte ihm an Schwung und Phantasie; darunter litt übrigens auch sein Skatspiel, bei dem er nur die kleinsten Einsätze wagte.

Eine Welle rauschte vor unseren Füßen aus und leckte die Zahlen weg, die wir in den Sand gekritzelt hatten. Mir war, als nähme sie meinen Traum vom Reichtum mit. Und während ich ihrem Lauf am Ufersaum folgte, fiel mir auf, daß da schon jemand am Pitt Head gewesen war. Eine Spur, von zwei, drei Leuten getrampelt, führte hinter unserem Stein um den Felsen herum, der die Bucht begrenzte und nach dem das Meer seine Zunge streckte ... »Wir müssen kämpfen«, hörte ich Hein sagen. »Was bleibt uns anderes übrig?«

»Ja, was bleibt uns übrig?« Es juckte mich, ihn zu ärgern. »*To be or not to be, that is the question.* Hamlet.«

»Protz nur noch mit dem Gymnasium. Nicht Schulbildung, Pflichtbewußtsein ist gefragt.«

Es wurde Zeit, aufzuhören, sonst krachten wir uns noch wirklich, um nichts. Ich zeigte ihm die Fährte im Sand, ehe sie weggespült war. »Laß uns nachsehen, wer das ist«, sagte ich. »Am Ende sind wir auf der Insel nicht allein.«

»Ich denke, die ist unbewohnt?«

»Das stand auch über Clipperton drin und hat nicht mehr gestimmt. Vielleicht gibt's sogar Weiber, stell dir das mal vor, Hein.«

»Denk an Uka und stell's dir lieber gar nicht erst vor! Übrigens sind das Schuhabdrücke.«

»Es müssen ja nicht immer Wilde sein.«

Neugierig standen wir auf und folgten der Spur, bis sie dort, wo die Steilküste nach Südosten umbog und grell in der Sonne lag, im steigenden Wasser verschwand. Wir hatten keine Angst davor; nach meinem Atlas war der Tidenhub – die Differenz zwischen Ebbe und Flut – auf Isla del Coco nirgends größer als zwei bis drei Fuß. Aber es spritzte doch schäumend und salzig am Fuß des Felsens hoch, wir wollten trocken bleiben, wichen zurück und suchten uns einen Punkt, an dem es möglich schien, das Kap zu überklettern ... »So ähnlich fing es an, als Robinson den Freitag fand«, sagte Hein. Offenbar lockte ihn, ebenso wie mich, der Hauch des Abenteuers.

Das Komplott

Auf unserer Kletterpartie verfolgte mich ein Unbehagen. Ich wurde das Gefühl nicht los, etwas Makabres oder Geisterhaftes lauere auf der Rückseite des Kaps; so als würden wir dort – wie einstmals Robinson Crusoe – auf Menschenfresser treffen, Wilde am Feuer, beim kannibalischen Mahl. Trugbilder in der erhitzten Luft! Meine Inspiration, die oft zuweit geht, ängstigte mich; das ist der Preis für ein Zuviel an Phantasie. Dabei gewann die Natur mit jedem Klimmzug und jedem Schritt, den wir taten, an majestätischem Glanz. Vor uns stieg das Inselchen Ulloa, das auch Conic Island heißt, wohl 50 Meter hoch aus dem Schaum der Brandung. Nach hinten schweifte unser Blick über die Bucht mit dem vertrauten Schiff darin. Und wir erkannten, Manuelita dort im Norden war kein Ausläufer oder Vorgebirge, sondern selbst eine kleine Insel, gesäumt von überwaschenen Klippen; am Südende schnitt eine Grotte geheimnisvoll tief in sie ein.

Dann waren wir oben, ein Hang fiel pultförmig flach nach Osten ab, er endete, buschig bewachsen, nur zwei Meter über dem Meer. Und als wir dort anlangten, hatten wir unsere Überraschung. Vier Mann von der Crew hockten in einer winzigen Sandbucht beisammen, mit dem Rücken zum Steilufer, so daß sie uns nicht sahen und im Murmeln der Wellen auch nicht hörten. Sollten wir ihnen einen Schreck einjagen? Jäh vor ihre Füße springen oder sie, wie das tapfere Schneiderlein die zwei Riesen im Märchen, abwechselnd mit Steinen bewerfen, um Streit zu säen?

Die Zusammensetzung der Gruppe erschien mir sonderbar. In der Mitte saß unser Skatbruder Willi Lüdecke neben Emil Katerbaum, dem Maschinenmaat. Daß die zwei miteinander konnten, hatten wir nicht gewußt. Umrahmt von dem Heizer Rogatschewski, dessen Russich damals die »Sibirjak« getäuscht hatte, und einem gewissen Rohrbeck, Mechaniker-Gefreiter unter dem Leitenden Ingenieur. Diese beiden galten als besonders pfiffig und handwerklich geschickt. Sooft an Bord etwas Kniffliges zu reparieren war, rief Michelsen nach Rohrbeck, der holte sich Rogatschewski und die zwei bogen es hin. Kein Schiff kommt ohne solche Leute aus. Was Wunder, daß sie in all der Zeit auf See ein starkes Wertgefühl entwickelten, selbstbewußt Kritik vorbrachten und sich von keinem Maat oder Feldwebel etwas sagen ließen? Manchmal gingen sie so weit, ihre Vorgesetzten zu belehren. Deshalb kriegten sie weder eines der Eisernen Kreuze II. Klasse ab, als man die verteilte, noch wurden sie in den 16 Monaten je befördert.

Um so erstaunlicher war, daß zwei Unteroffiziere sie begleitet und sich mit ihnen abgesondert hatten. Das fand auch Hein merkwürdig, ich sah, es machte ihn mißtrauisch, weckte einen ganz bestimmten Argwohn. Stießen wir da auf ein Komplott, gegen die Schiffsführung gerichtet, auf einen Ansatz zur Meuterei? Wir spitzten die Ohren, und was da im Geplätscher des Wassers zu uns hochdrang, erhärtete bald den üblen Verdacht.

»Was ich nie kapiert hab«, hörte ich Katerbaum zu Lüdecke sagen, »warum hast du dich nicht schon vor reichlich einem Jahr auf Trinidade abgesetzt? Allein auf dem Berg, das war doch die Chance für dich, Schluß zu machen, Willi. Oder hast du da die Nase noch nicht voll gehabt?«

»Wie stellst du dir das vor, ohne Proviant auf dem kahlen Felsen? Wußte ich denn, ob der Kreuzer mich aufpickt? Im Eifer der Verfolgung hätte der Tommy mich glatt übersehen.«

»Nicht bei den Signalmitteln, die du hattest. Der hätte dich schon noch geholt, scharf auf jeden Matrosen, wie er ist.«

»Na ja, Emil, Tatsache ist, ich hatte damals Schiß.«

»Vor dem Tommy?«

»Nee, vor euch. Vor einem Wiedersehen nach dem Krieg oder sogar in Gefangenschaft.«

»Versteh ich nicht.«

»Stell dich nicht dumm. Ihr hättet mich doch fertiggemacht, als Deserteur. Im Lager zu Tode schikaniert... Die eigenen Kameraden.«

»Da irrst du dich aber«, warf Rohrbeck ein. »Was mich betrifft, ich hätte vor dir den Hut gezogen, und andere auch. Wir sind doch Genossen, der Emil und ich. Es haben schließlich alle die Schnauze voll vom Krieg.«

»Alle?« fragte Lüdecke. »Ihr drei vielleicht, drei von zweihundert Mann. Wo sind sie denn, eure übrigen Genossen? Ich kann sie nicht sehen. Mancher meckert, aber wenn's ernst wird, zieht er den Schwanz ein und steht stramm.«

So ging es weiter, ohne daß sich etwas Neues ergab. Mindestens zwei von ihnen, Rohrbeck und Katerbaum, waren also Rote, Defätisten, Leute vom linken Flügel der Sozialdemokraten. Das hätte man sich denken können! Erst jetzt kam es heraus... Hein und ich, wir schmiegten uns an den

Boden, atmeten zitternd und lauschten. Weg konnten und wollten wir nicht mehr. Hätten die vier uns entdeckt, wäre unser Leben nichts wert gewesen, mußten sie doch annehmen, daß wir Meldung erstatteten. Andererseits verschaffte uns das Ausharren womöglich Klarheit über ihren Plan. Aber je länger sie redeten, desto deutlicher wurde, daß sie gar keinen hatten. Jedenfalls bis jetzt noch nicht. Sie machten sich einfach bloß Luft. Zwar verstand ich nicht jedes Wort, trotzdem war mir, als drehe sich ihr Gespräch im Kreis.

Eine Zeitlang klagten sie über die Feigheit an Bord, den blinden Gehorsam, über Heuls »Reden zur Volksverdummung« und die Zuträger des Leutnants Dorn. Der spielte in ihren Augen den Büttel, schien so etwas wie ein Geheimpolizist zu sein, bei dem die Fäden der Überwachung zusammenliefen. Er saß da, so meinten sie, wie die Spinne im Netz und wartete ab, daß sich einer darin verfing. Schon deshalb wage niemand, aufzumucken ... Dann wieder klang es so, als sei Asmann ihr Feind Nummer eins, ein »ausgebrannter Desperado«, wie Lüdecke ihn nannte: der wahre Herrscher und böse Geist des Schiffs. Zur Erhaltung seiner Macht brauchte er, nach Katerbaums Ansicht, weniger die Spitzel, das Disziplinarstrafrecht und den Prisentrupp, der so etwas wie seine Leibgarde war. Vielmehr riß er die Mürrischen und Zaudernden immer wieder mit durch die Kraft seines Vorbilds, des Vorbilds an Rastlosigkeit, das er ihnen bot. Seine Aktionen, die kriegerische Unternehmungslust wirkten da wie ein Aufputschmittel, während er selber soff wie ein Loch und mehr Rum als Blut in den Adern hatte. Das hielt die Crew in Trab, brachte sie äußerlich in Gefahr und bannte dabei die innere, die Neigung zur Rebellion. Man schien sich über ihn nicht einig. Ich hörte widerwillige Bewunderung und wüsten Haß heraus.

»Er weiß genau, was er will«, sagte Rogatschewski, der Mann mit den vom Kohlenstaub ewig entzündeten Augen und seinem halb schlesischen, halb polnischen Akzent. »Und er weiß auch, wann es nicht mehr geht.«

»Eben nicht«, rief Katerbaum. »Er ist verrückt, ganz geil auf ›Taten‹. Es geht schon seit Kap Hoorn nicht mehr! Von da an ging das meiste schief, von da an war's zuviel für uns, und das Schiff war bloß noch gut für ihn, für seine Karriere, für den *Pour le mérite* ... Begreift doch, der Kerl ist irre, ein rabiater Idiot, gefährlich für uns alle, die um ihn sind.«

»Irre? Wir sollten ihn lieber ernst nehmen.«

»Das mach ich ja, Willi«, sagte Katerbaum dumpf. »Ich könnte ihn umbringen, mit bloßen Händen erwürgen.«

»Er hätte es verdient«, räumte Lüdecke ein. »Aber das besorgt eines Tages schon der Feind.«

»Da sei mal nicht so sicher«, sagte Rohrbeck. »Und wenn – erst nimmt er von dem noch welche mit, und uns dazu. Wir werden von ihm verheizt, da kennt der nichts, da bleibt er eiskalt. Vergiß nicht, er hat noch tausend Schuß Munition, die läßt so einer ungern verkommen, dazu ein Dutzend Aale, das lockt doch enorm. Aale, so schlank und spitz ...«

»Scheiße hat er«, giftete Katerbaum. »Ein Stück Scheiße ist auch spitz.«

»Wovon zum Teufel redest du?«

»Na, von Scheiße.« Der Maschinenmaat verfiel jäh in einen scherzhaften, fast lausbübischen Ton. »Warum ist Scheiße denn spitz, und zwar an beiden Enden?«

»Hör auf mit dem Quatsch, Emil.«

»Noch nie drüber nachgedacht, he? Das solltet ihr aber. Spitz ist sie, weil du den Arsch zukneifst hinterher. So wie wir alle demnächst, wenn uns jetzt nichts einfällt.«

Der Absturz ins Derbe, ja Ordinäre war typisch für die Gespräche im Mannschaftslogis. Und doch, mir blieb der Atem weg. Gerade das Drastische der Wendung zeigte mir, wie diese vier sich den Kopf zerbrachen. Was bleibt uns übrig? Die gleiche Frage, die wir zwei Jungs vorhin aufgeworfen und so locker und spielerisch behandelt hatten in dem Traum von der eigenen Insel und dem großen Geld, hier wurde sie hart und ernsthaft von Männern gestellt. Männer, die Frauen und Kinder und einen Sack voll Erfahrung hatten – die Erfahrung eines Daseins in Armut und Gefahr –, mochten sie auch Linke, insgeheim Gegner des Kaisers und vaterlandslose Gesellen sein, nach jenem Schlagwort der Zeitungen im Reich. War es nicht trotzdem ihr Recht, sich zu fragen, wie es mit ihnen weiterginge? Sie hatten schließlich auch nur dieses eine Leben.

»Was ist noch möglich?« fragte Katerbaum da, wie um das, was ich von ihm dachte, zu unterstreichen. »Über kurz oder lang führt Gevatter Asmann uns ins letzte Gefecht. Niemals gibt dieser Teufel Ruhe, nie streicht der die Flagge. Übrigens wär sich selbst ein Boehnke zu schade dafür, das ist euch hoffentlich klar. Da wär er ja auch der erste Seeoffizier Seiner Majestät, der sich dazu durchringen täte. Es ist halt nicht üblich bei uns, nicht mal in hoffnungsloser Lage, wo jeder Kommandeur an Land glatt kapituliert. Wir blauen Jungs sind eben was ganz Feines...« Seine Stimme, spöttisch erhoben, wurde plötzlich dunkel und rauh, so daß ich Mühe hatte, ihn zu verstehen. »Also, was mich betrifft, ich hab nichts zu gewinnen dabei. Deshalb steig ich aus und schlag mich in den Busch.«

Die anderen waren baff.

»Das bringst du fertig?« fragte Rohrbeck nach einer Pause. »Die suchen doch vorm Auslaufen die ganze Insel nach dir ab!«

»Da müssen sie aber viel Zeit haben. Finde mal einen ohne Spürhund im Dschungel.«

»Und wovon willst du leben?«

»Wovon schon. Kein Wild, ich weiß, ihr Klugscheißer, aber Fische und Vögel in Massen. Man kommt ganz gut mit Mangos, Kokosnüssen und Kochbananen hin, bis der nächste Walfänger einläuft. Auf dem heuere ich dann an. Das ist mein Weg nach Hause. Habt ihr einen besseren?«

»Immer sachte, Emil«, sagte Lüdecke. »Du hast nichts zu gewinnen an Bord, das stimmt. Aber etwas zu verlieren, wenn du absteigst. Das will auch bedacht sein.«

»Was verlier ich denn?« höhnte Katerbaum. »Ach so, euch, meine lieben Kameraden, den ›verschworenen Haufen‹ der Apostel, wie konnt ich das bloß vergessen ... Na, ich schätze doch, der eine oder andere überlegt sich das und leistet mir im Busch Gesellschaft? Deshalb erzähl ich's euch ja. Hätte es auch für mich behalten können, finde es aber lustiger zu zweit.«

Schweigen. Keiner sagte etwas. Es hatte ihnen die Sprache verschlagen. Wohl eine halbe Minute lang – sie dehnte sich wie zur Ewigkeit – hörte ich nur das Meer rauschen und sah ein Dutzend schwarzer Fregattvögel mit ihren gezackten Schwingen lautlos über den Felskegel von Conic Island ziehen; ein düsterer, unheimlicher Schwarm.

Endlich fragte Rohrbeck: »An wen hast du gedacht?«

»Zum Beispiel an dich, Hans.«

»Wieso gerade an mich?«

»Deiner goldenen Hände wegen. Du bist genau der richtige Mann, um Vogelschlingen zu basteln. Leg also schon mal 'ne Rolle Draht beiseite, und was sonst noch nötig ist.«

Wieder riß das Gespräch ab.

Dann sagte Lüdecke: »Ahnst du wirklich nicht, Emil, weshalb dir keiner antwortet? Du hast mich eben nicht ausreden lassen. Eventuell verlierst du bei deinem Schritt doch noch etwas mehr.«

»Und das wäre?«

»Deine Heimat. Wie willst du denn weiterleben daheim, wenn Deutschland es schafft? Im Zuchthaus, als Deserteur zu zehn oder zwölf Jahren verknackt? Sie hätten das Recht, dich zu erschießen ... Mach dir nichts vor, in ein siegreiches Deutschland könntest du nicht zurück.«

»Na und? Es sind schon andere vor mir ausgewandert. Das Ausland, davon stirbst du nicht. Es ist immer noch besser als der Heldentod.«

»Ja, das ist aber der Punkt«, sagte Rogatschewski. »Noch sind die Würfel nicht gefallen. Noch weiß man nicht, wer die Oberhand behält.«

»Und solange das keiner weiß«, fügte Lüdecke hinzu, »sind einem die Hände gebunden. Muß man denn gleich sterben? Es kann ebensogut die Gefangenschaft sein.«

»Ich glaube nicht, daß es mich erwischt«, meinte Rogatschewski naiv.

»Und ich bezweifle, daß Deutschland es schafft.« Das war wieder Rohrbecks Stimme. »Der Kaiser hat sich nämlich übernommen. Er treibt Schindluder mit dem Volk und mit dem Reich. Er macht damit praktisch dasselbe, was Asmann mit uns und mit dem Schiff gemacht hat.«

Sie fingen nun an, die Kriegslage zu erörtern, wie sie sie aus Heuls Vorträgen kannten, doch ohne dessen Zuversicht, nackt und unverbrämt. Nach ihrer Ansicht stand es auf der Kippe. Noch gab Rußland nicht klein bei. Vorher schlug man Frankreich sowenig wie Italien, und wie mit England fertigwerden? Durch rücksichtslosen Zufuhrkrieg? Der brachte bloß Amerika auf den Plan ...

Katerbaum wiegte den gekrümmten Oberkörper hin und her, er überragte die anderen auch sitzend. »Glaubt ja nicht, die zähen Engländer gehen jemals in die Knie! Ihr Empire hat schon öfter Krieg geführt und nie einen verloren. Ein Weltreich mit Hilfsquellen auf allen fünf Erdteilen, daran beißt Deutschland sich die Zähne aus.«

Das Stück Sand, auf dem sie saßen, wurde durch die Flut allmählich schmaler. In der Hitze ihres Gesprächs übersahen sie das; auch uns fiel es nicht weiter auf. Jetzt aber hörten wir, es wurde ihnen klar, daß sie am Strand schwerlich wieder zurückkamen. Schon drehten sie sich nach dem Steilufer um, auf dessen Rand wir in Deckung lagen. Höchste Zeit für uns, zu verschwinden!

Hastig krochen wir weg vom Rand, richteten uns auf und liefen geduckt bergan, so schnell, daß es in dem noch immer verpflasterten Ohr (die schlechte Heiltendenz!) zu hämmern begann und auch meine Schulter schmerzte. Ich hatte den Riß im Knochen seit Tagen kaum noch gespürt. Beim Abstieg war ich wie gerädert, jeder Muskel tat mir weh; so nahm mich das mit, was ich da eben erlauscht hatte.

Klar zum Gefecht

»Diese Schweine«, sagte Hein Harder, als wir, das Schiff im Blick, an der Westflanke des Pitt Head auf den Strand sprangen und uns wieder sicher fühlten. »Eine Schande ist das! So 'ne dufte Crew sind wir gewesen ... Wer hätte geahnt, daß solches Lumpenpack dabei ist. Aber dem zeigen wir's! Das wird gemeldet, auf der Stelle.«

»Warte mal.« Ich hielt ihn am Ellbogen fest. »Willst du den Willi in die Pfanne hauen?«

»Ach, den nicht, weil er mit uns Skat kloppt, was? Lüdecke läßt sich mit Abschaum ein, dafür muß er geradestehen!«

»Aber was heißt das für ihn? Die sperren ihn ein und bringen ihn vors Kriegsgericht. Falls das Schiff unterwegs sinkt, säuft er im Arrestloch ab. Glaubst du, das hat er verdient, nach allem, was er in China und in Afrika für Deutschland schon geleistet hat, als wir noch nicht mal zur Schule gegangen sind?«

»Das zählt nicht mehr. Er hat Asmann den Tod gewünscht, sich vor uns total entlarvt. Ich melde das jetzt, und du bezeugst es.«

»Gar nichts werde ich bezeugen.«

Hein blieb ruckartig stehen und starrte mich an. Mir war, als stehe unsere Bindung – für wahre Freundschaft hielt ich es sowieso nicht – vor der Zerreißprobe. »Was meinst du damit?«

»Daß ich nichts gehört hab mit dem einen Ohr. Und daß du für mich gestorben bist, wenn du den Willi verpetzt.«

»Ach, so ist das?« fragte er. »Du deckst Meuterer? Das träum ich doch bloß? Richard, komm zu dir! Das kann wohl nicht sein!«

»Es sind keine Meuterer. Katerbaum will in'n Sack hauen, die anderen haben versucht, es ihm auszureden – das ist alles, was du weißt.«

»Das reicht vollkommen hin.«

»Nicht für mich, Hein. Meuterei ist immer ein Angriff auf

die Schiffsführung. Davon kann überhaupt keine Rede sein.«

»Aber von Fahnenflucht war die Rede! Mensch, die haben überlegt, ob wir den Krieg gewinnen. Danach richten sie ihr Verhalten ein. Das verstehen die unter Treue zu ihrem Fahneneid ... Gotterbärmlich ist das!«

»Beruhige dich doch. Es wird nichts so heiß gegessen ...«

»Wenn alle so dächten, hätten wir nie in den Krieg ziehen können, gleich von vornherein die Waffen strecken müssen ... Uns dem Feind ausliefern! Wo endet das denn, wenn so was einreißt bei der Truppe? Ich will's dir sagen, wo es endet – mit der Niederlage, mit Kapitulation! Für mich sind das Lumpen und Verräter, vor denen spucke ich aus, die gehören eingesperrt, zur Abschreckung derjenigen, die auch schwach werden wollen.«

»Sag, was du willst, ich reiße keinen Kameraden rein.«

»Das sind nicht mehr deine Kameraden«, stieß Hein heraus. »Seit über einem Jahr ziehst du mit uns herum, Junge, aber die Spielregeln hast du immer noch nicht kapiert.«

»Das ist kein Spiel. Für Willi ist es blutiger Ernst. Wenn du schon nicht für ihn den Mund halten kannst, dann halt ihn wenigstens für mich. Such dir's aus: entweder du denunzierst ihn, oder wir bleiben Freunde.«

Jetzt begriff er, es war endgültig; nichts stimmte mich um. Er sah weg von mir, ich hörte ihn keuchen: »Du nutzt unsere Freundschaft aus.«

Ich spürte fast körperlich sein Zurückweichen. »Ja, das tue ich. Vielleicht wirst du's mir sogar nochmal danken.«

»Danken? Dafür, daß du mir derart in den Rücken fällst? Nie im Leben vergeß ich dir das.«

Ich fühlte, es war zwischen uns aus. Das ließ sich nicht mehr reparieren. Er würde mir nie verzeihen, daß ich ihn erpreßte. Unsere Beziehung war zerstört, aber er hielt an Bord den Mund, um eben dieser Beziehung willen.

Heuls Militärstrafgesetzbuch gab ihm natürlich recht, auf Fahnenflucht im Felde standen fünf bis zehn Jahre Gefängnis. Schon der Versuch war strafbar. Hatten sich mehrere dazu verabredet, drohte Zuchthaus – sechs bis 15 Jahre; Anstiftern und Rädelsführern sogar der Tod. Und in Paragraph 77 hieß es: »Wer von dem Vorhaben einer Fahnenflucht zu einer Zeit, in der ihre Verhütung möglich ist, glaubhafte Kenntnis erhält und es unterläßt, hiervon seinen Vorgesetzten rechtzeitig Anzeige zu machen, ist, wenn die Fahnenflucht im Felde begangen worden ist, mit Freiheitsstrafe bis zu drei Jahren zu bestrafen.«

In der folgenden Woche wich Hein mir aus. Manchmal streifte mich sein Blick, und er tat mir leid. Ich hatte mich durchgesetzt. Und nicht etwa, weil mein Grundsatz, keinen zu denunzieren, mehr wert gewesen wäre als seine Treue zum Fahneneid. Ich wußte nicht, welches der höhere und bessere Standpunkt ist; da hing wohl alles von den Umständen ab, von der Situation. Unsere Lage war so, daß ich für die vier dort am Strand Verständnis hatte, auch wenn ich keinem von ihnen gefolgt wäre ... Nein, Hein gab nur deshalb nach, weil er mehr an mir hing als ich an ihm. Ich setzte unsere Freundschaft aufs Spiel, er wollte sie bewahren, trotzdem ging sie kaputt. Und mir war's schwer ums Herz; wie so oft schmeckte der Sieg bitter. Um meinetwillen machte er sich strafbar, handelte er ganz wider seine Natur. Seinem Schweigen verdankte ich es, daß man nicht auch mich in die Arrestzelle warf. (Mein Vergehen ist längst verjährt, dennoch fällt es mir schwer, es zu erwähnen – heute, am Beginn dieses neuen großen Kriegs.)

Bei all dem entging uns nicht, was mit dem Schiff geschah. Noch ehe es durchrepariert war, ließ Asmann es gründlich »entholzen«. So nennt man bei der Flotte das Vonbordgehen der entbehrlichen, im Kampf bloß hinderlichen Dinge. An Land geschafft wurde das, was die Splitter- und Brandgefahr steigerte: Holzverschalungen, Tische und Bänke, sogar Rettungsboote und deren Heißeinrichtungen. Zu dem brennbaren Kram zählte natürlich das Klavier. Der Erste hatte es nie gemocht, es störte ihn im Schlaf, nun ließ er es ans Ufer bringen. Auch die 8,8-Zentimeter-Kanone verschwand von der Back, ein Huckel dort paßte nicht zur

Silhouette, zum Profil der »Trader«, des englischen Frachters, den er nachzuahmen suchte. Auch waren uns Granaten dieses Kalibers ohnehin knapp geworden. Zur Heimfahrt brauchten wir kein Anhaltegeschütz mehr. Es stand nun getarnt am Waldrand bei Punta Quirós, dem Westkap der Bucht, ein dürftiger Küstenschutz, und beherrschte die Bahîa de Chatham von Isla Manuelita bis über den Pitt Head hinaus, wie man sich einbilden mochte.

Sämtliche Schritte – und noch ein weiterer, von dem gleich die Rede ist – wurden durch das Funkbild bewirkt, das sich von Tag zu Tag verdüsterte. In der Ferne braute sich ein Unwetter zusammen, und zwar aus mehreren Richtungen. Immer deutlicher fielen die Sender feindlicher Kriegsschiffe ein, ihre chiffrierten Morsesprüche mehrten sich. Unser Funkoffizier hatte hoch über Punta Quirós zwischen Baumwipfeln, die die Maste der »Trader« fünffach überragten, eine zweite Antenne spannen lassen. Und es gelang ihm, Bruchstücke der verschlüsselten Texte zu entziffern, zum Beispiel die Rufzeichen einzelner Kreuzer. Seit anderthalb Jahren beschäftigte ihn das; Übung macht den Meister.

Danach lief das britische Karibik-Geschwader unter Admiral Browning mit zumindest vier Einheiten fächerförmig aus dem Kanal, der dummerweise kurz vor Kriegsausbruch fertiggeworden war, in den Golf von Panamá. Zwar blieb zu hoffen, daß es uns in Verlängerung der Linie Clarion – Clipperton viel weiter südlich vermutete; zwischen dem Galápagos-Archipel und den Desventuradas-Inseln vor Nordchile vielleicht, wenn nicht schon bei Mas a Fuera. Aber Browning, der bereits Graf Dohnas »Möwe« systematisch gejagt hatte, war bekannt für seine Umsicht und die pedantische Sorgfalt seiner Maßnahmen, die überhaupt Züge der britischen Seekriegführung und des englischen Nationalcharakters sind. Graf Dohna war ihm nur per Zufall durch die Lappen gegangen, dank einer unverschämten Portion Glück in eine der Lücken geschlüpft, die beim Abkämmen des Ozeans stets klafften zu einer Zeit, die weder Radar noch Luftaufklärung kannte.

Nach den Erkenntnissen von Keyserlingks verfügte der Feind über die Panzerkreuzer »King Alfred«, »Donegal« und »Sutlej«, unmoderne Schiffe, gebaut um die Jahrhundertwende, die eigentlich im westlichen Nordatlantik Dienst taten, sowie über den gleichfalls ältlichen Kleinen Kreuzer »Amethyst« nebst ein paar Hilfsfahrzeugen aus den karibischen Gewässern. Jedem würde der Admiral ein Suchfeld zugeteilt haben. Ferner unterstützte ihn der französische Kleine Kreuzer »Lavoisier«, Baujahr 1897, der, mit zwei Kohlendampfern aus Papeete in der Südsee kommend, offenbar inzwischen bei den Desventuradas stand. Außerdem schien es, als sei Browning der Kleine Kreuzer »Glasgow« – berüchtigt seit dem feigen Bombardement der »Dresden« in chilenischem Hoheitsgebiet und stationiert bei den Falkland-Inseln – unterstellt worden und eile ihm mit zwei oder drei Zerstörern durch die Magallanes-Straße entgegen.

Bei diesem dreifachen Aufmarsch war es ratsam, sich eine Zeitlang totzustellen – wie ein Insekt, oder ein U-Boot, das nicht mehr aufspürbar ist, wenn es sich auf den Grund legt und dort regungslos verharrt. Zwangsläufig verzettelte sich das Suchgeschwader in der Weite des Südostpazifiks, über kurz oder lang blies es – schon aus Gründen der Brennstoffversorgung und der Seeausdauer – ganz gewiß die Jagd ab. Andererseits aber galt Admiral Browning durchaus als Fuchs. Bestimmt war er schlau genug, zu argwöhnen, daß der *German raider* bei einer der einsamen Inseln des Suchgebiets vor Anker lag, wie in früheren Fällen geschehen.

Die Briten hatten natürlich das Verhalten der deutschen Auslandskreuzer studiert und kannten die Anziehungskraft solcher Inseln auf die Schiffe des Kaisers. Sie wußten, daß die unglückliche »Cap Trafalgar« in Lee von Trinidade überrascht worden war, wie um ein Haar dann auch wir; daß der schnelle Kleine Kreuzer »Karlsruhe« den atlantischen Basaltfelsen Fernando Noronha bevorzugt hatte, obgleich Brasilien dort 2 000 Deportierte von einer Kompanie Soldaten bewachen ließ; daß die ruhmreiche »Emden« inmitten des Indischen Ozeans bei Diego García pausiert hatte und später bei den Keeling-Inseln erwischt worden war; und daß auch das Geschwader des Grafen Spee mehrere Inseln aufgesucht hatte, von Fanning bis Mas a Fuera und Falkland.

Dies war der Londoner Admiralität wohlbekannt und legte den Schluß nahe, auch wir könnten uns derart versteckt haben. das Eiland, das uns Zuflucht bot, mußte nicht einmal unbewohnt sein; es sollte nur keinen Nachrichtenkontakt durch eine Funkstation oder Kabelanschluß zum Ausland haben. Aber schließlich hatten nicht einmal solche Inseln Spees Geschwader abgeschreckt und verhindert, daß es sie überfiel.

Welch ein Labyrinth der Phantasie, und wie beklemmend! Es fiel mir leicht, mich spielerisch in die Gedankenwelt unseres Gegners, des Admirals Browning, hineinzuversetzen. Allzu viele Inseln kamen für ihn nicht in Frage, der Ostpazifik hat bloß gut ein Dutzend, sie standen sämtlich in meinem Atlas; auf einer davon saßen wir. Die südlichen konnte er getrost den Franzosen und der Falkland-Flottille überlassen. Wie lange würde es also dauern, bis er ein Schiff nach Isla del Coco schickte und uns hier fand? Wäre es nicht doch besser gewesen, ins offene Weltmeer hinauszudampfen und auf unser Glück zu bauen? Mir schien, unsere Apostel, die den Punkt erörterten, planten das auch. Es war nur noch nicht ganz soweit.

Bevor die Schiffsführung den letzten Schritt tat, versammelte sie uns achtern unter dem Sonnensegel. Das hatte Leutnant Hirsch über den Ladebaum spannen und mit Wasser begießen lassen, um den Regen zu ersetzen und einen Hauch von Frische zu haben, der mehr Täuschung als Tatsache war; wie so manches jetzt an Bord. Der Erste Offizier, bärtig, in Hemdsärmeln, ohne sein Eisernes Kreuz, sprach zur Lage, sachlich und knapp wie in der Silvesternacht. »Der Feind braucht seine guten Schiffe in der Nordsee und im Mittelmeer, Admiral Browning läßt ein paar alte Eimer auf uns los, wie die Funkaufklärung festgestellt hat«, sagte er. »Seine drei Panzerkreuzer sind im Grunde Schrott. Sie haben zwar, bis auf die ›Donegal‹, je zwei 9-Zoll-Geschütze und ein Dutzend zu sechs Zoll, aber wie ihr wißt, Jungs, treffen wir nicht bloß besser, unsere Granaten sind Brownings auch überlegen; klein, aber oho. Auf den alten Eimern haben die nämlich noch Schwarzpulver-Füllung. Und selbst ihr Lyddit erreicht nie die Sprengkraft unseres Trinitrotoluols; darauf könnt ihr Gift nehmen. Was die ›Amethyst‹ betrifft, die ist kaum stärker armiert als wir, fast ungepanzert, kein nennenswerter Gegner.«

Asmann kreuzte die Arme lässig vor der Brust und fuhr, ohne die Stimme zu heben, trocken fort: »Ich denke übrigens nicht an ein Artilleriegefecht. Dabei könnten wir trotz unserer Schießkunst durch puren Zufall den kürzeren ziehen. Vielmehr baue ich auf die Güte unserer Tarnung. Sie wird es uns erlauben, auf Torpedoschußweite heranzukommen. Ein Treffer genügt bei Schiffen dieses Typs. Ihr Rumpf ist so wenig stabil und so schlecht abgeschottet, daß sie mit einem Aal erledigt sind. Denkt an den unvergessenen Kapitänleutnant Otto Weddingen, der schon im zweiten Kriegsmonat mit U 9 innerhalb kürzester Frist die drei Panzerkreuzer ›Aboukir‹, ›Cressy‹ und ›Hogue‹ in den Grund gebohrt hat, mit je einem Torpedoschuß – Schiffe derselben Klasse, die wir da vor uns haben. Das sind so die kleinen Schwächen von Veteranen der Jahrhundertwende. Ihnen fehlt die Härte im Nehmen, besonders unter Wasser.«

Nachdem der Erste so den Feind entzaubert, unter der Gürtellinie bloßgestellt und die Gemüter beruhigt hatte, nahm er uns den Rest von Furcht, indem er beiläufig sagte: »Wir mögen Draufgänger sein, Jungs, haben aber nicht vor, draufzugehen. In den zurückliegenden sechzehn Monaten habt ihr stets eure Pflicht getan; manchmal auch mehr als das, wofür ich euch im Namen des Kommandanten herzlich danke. Sollte mehr als ein Gegner am Horizont aufkreuzen, sind unsere Chancen gering. In dem Fall sprengen wir das Schiff und machen Schluß, in Ehren. Wir sind keine Selbstmörder. Kommt aber nur ein Feindschiff her, fallen wir es blitzartig an, hauen es in Klump, bevor es Hilfe herbeirufen kann – und dann hinaus auf See!«

Er sprach so ungezwungen und schlicht, daß man es ebenso aufnahm. Doch in dem Moment durchschaute ich ihn. Das war pure Demagogie. Denn ganz gewiß würde nur ein Schiff kommen, sie hatten sich ja zerstreut, suchten getrennt das Meer nach uns ab, hielten nur über Funk Kontakt! Und mit dem einen band er dann todsicher an, scharf auf den Kampf, auf das Duell. Merkte das keiner außer mir? Ach, er tat gemäßigt und gescheit, war der gesunde Menschenverstand in Person, und die Crew – trotz ihrer Erschöpfung noch immer treu, willig, zuverlässig und gehorsam – nahm es ihm ab! Wie er so auf dem Lukendeckel stand in seinem Räuberzivil, das verschwitzte Hemd in der Drillichhose, war er wieder einer der ihren, spürte die Zustimmung, die ihm entgegenschlug, und schloß mit dem üblichen Satz: »Noch irgendwelche Fragen?«

Es wurden ihm mehrere gestellt, in Erinnerung blieb mir bloß eine. Hein Harder nämlich sagte mit unsicherer Stimme: »Glauben Herr Kapitänleutnant, daß wir je wieder nach Hause kommen? Mit einigermaßen heiler Haut?«

»Selbstverständlich«, erwiderte Asmann, matt lächelnd, ein bißchen verächtlich und erstaunt, daß jemand sich traute, etwas dermaßen Blödsinniges zu fragen.

Hein aber war noch nicht fertig, er hatte sichtlich etwas auf dem Herzen, das zu äußern ihm selbst als ungehörig erschien. Doch er überwand seine Scheu, und was ihm nun halblaut, fast schuldbewußt, in verzagendem Ton über die Lippen kam, das wühlte mich auf. Es ließ erneut jene schmale, schwankende Brücke zwischen ihm und mir entstehen, die kürzlich erst eingestürzt war. »Meine Eltern sind einfache Leute, Herr Kapitänleutnant, und stolz auf mich ...«

»Dazu haben sie auch Grund.«

»Ich bin ihr einziges Kind.«

»Sie sollen Sie nicht verlieren, Harder.« Der Erste hatte wie immer sofort erfaßt, worum es ging, und das rechte Wort gefunden. Er sprach wie ein Mann, der – jeder Art von Opfertod abhold – weiß, daß er für die ihm anvertrauten Leben haftbar ist. Das Bild würde mir im Gedächtnis bleiben: mein Freund Hein schamhaft zu Füßen des Offiziers, der baumlang dastand, halb Kriegsgott, halb Frontkamerad, und ihm mit männlicher Kraft Mut zusprach.

Weg mit dem Gold!

Am nächsten Morgen sagte Hein, der vom Nachtdienst kam, es sei recht laut ein Signal Admiral Brownings empfangen worden, das von Keyserlingk als Tagesbefehl entziffert habe. Die Losung war nur fünf Worte lang: »Der Heilige Georg für England!« Es muß demnach der 22. April gewesen sein, der Tag des britischen Nationalheiligen. Ich kannte die Sagenfigur von einem allegorischen Bild auf den englischen Goldmünzen meines Vaters. Während die Vorderseite des Sovereign, der ein Pfund Sterling wert ist, das Profil des Königs Georg V. ziert, ist auf der Rückseite der Heilige Georg eingeprägt. St. Georg hoch zu Roß, lanzenbewehrt im Kampf mit dem Drachen, der alle Übel verköpert.

Und mir fiel auch in großen Zügen Vaters Erläuterung ein, wonach der Heilige ein christlicher Prinz im Orient gewesen sein sollte, der zu Beginn des 4. Jahrhunderts als Märtyrer gestorben war. Die Legende kam durch die Kreuzfahrer ins Abendland, und schon unter den Normannenkönigen wurde St. Georg zum Schutzheiligen von England. Angeblich hatte er einen Drachen oder Lindwurm durchbohrt, der einen Schatz hütete und außerdem ein Mädchen gefangen hielt. Deshalb stellte man ihn, den Georg, meist als schönen Jüngling dar, in Ritterrüstung auf einem Schimmel sitzend und mit der Lanze das Untier erstechend.

Das Untier waren jetzt zweifellos wir, nach Meinung der Briten. Und wir hatten ja, wenn auch kein Mädchen, so doch den Schatz im Wert von 12 Millionen Mark ... Brownings Tagesbefehl ließ mich an den Funkspruch denken, mit dem unser Flottenchef, Vizeadmiral Scheer, den heimkehrenden Grafen Dohna auf seiner »Möwe« begrüßt hatte: »Den Beefs bist du ein Ungeheuer, uns bist du ungeheuer teuer!« Man darf von Admiralen mehr Witz nicht erwarten. Sie sind halt Männer der Tat. Ihren diesbezüglichen Texten haftet oft etwas Großspuriges, ja Albernes an, wie mir heute scheint. Damals freilich bewertete ich sie anders: im Falle des Flottenchefs hab ich den Spruch als keß und salopp empfunden, bei Admiral Browning als einschüchternd, ja beklemmend.

Es klang nämlich wie ein Angriffsbefehl, beinahe, als habe Browning, dessen Flaggschiff die »King Alfred« war (Baujahr 1901, 14300 Tonnen, 24 Knoten, 900 Mann Besatzung), uns schon im Visier. Offenbar sah das auch die Schiffsführung so, denn es kam auf dem Achterdeck zu einem peinlichen Vorfall. Der Kommandant erschien nach Wochen der Unsichtbarkeit beim Morgenappell, ließ sich die Crew von Asmann melden und stieg, gestützt auf Oberleutnant Cramer, zu einer Ansprache auf den Lukendeckel: Ein hinfälliger alter Mann, der sich bewegte, als hätte er Scharniere statt der Gelenke.

Von seiner bellenden Rede blieb mir, außer dem vorletzten Satz, nur die steife Haltung und seine Miene in Erinnerung – die eines zänkischen, verbitterten Kapitäns, der sich entmündigt und hintergangen fühlt und zähneknirschend an seine Befugnis klammert. Immer wieder fuhr ihm wie ein Feuerstrahl der Schmerz ins Gesicht, ein Aufschrei körperlicher oder seelischer Not. Bei jeder Losung, die uns gegen den Feind wappnen und hochreißen sollte, wurde sein rechter Mundwinkel krampfartig zum Ohr hin gezerrt ... »Weg mit dem Gold«, befahl er abrupt, »und allem Krempel, der uns beim Fechten hemmt! Ein dreifaches Hoch auf unseren Obersten Kriegsherrn, Seine Majestät den Kaiser. Hurra!«

Das Echo war matt. Ein hektischer Auftritt, kaum geeignet, den Kampfgeist der Mannschaft zu heben. Eher machte er sie konfus und verwischte den Eindruck der gestrigen Szene, der tollen Nummer, die Asmann so schneidig wie trocken hingelegt hatte. Es hörte sich fast so an, als sei Boehnke abergläubisch, als laste das Gold ihm auf dem Gewissen. Es mußte von Bord, an dem Schatz klebte ein Fluch, wie bekanntlich an jedem, das Schiff war des Teufels, solange es die Beute barg; entledigten wir uns ihrer, kamen wir ungeschoren davon.

Unterschob ich seinen Worten da einen Sinn, den sie gar nicht hatten? Schon möglich. Es konnte auch sein, er war bloß nervös geworden und schätzte unsere Chancen im Kampf gegen den britischen Admiral, dessen Name so häßlich an einen Revolver erinnerte, niedriger als Asmann ein. Vielleicht wollte er einfach das Prisengut retten, im Falle des Untergangs. Die Frucht unserer Taten dem Feind und dem Meer entziehen, sie erhalten für Kaiser und Reich!

Blieb sein Motiv auch dunkel, die Weisung war klar, wenngleich – im Rückblick betrachtet – nicht frei von Absurdität. Anstatt auf Isla del Coco einen Schatz zu heben, sollten wir denen, die dort schon lagen, noch einen hinzufügen. Daß wir uns von all den wertvollen Dingen, dem Gegner unter Lebensgefahr entrissen, so ohne weiteres trennten, ging mir – auf den es nicht ankam – schwer gegen den Strich. Der vom Vater ererbte Kaufmannsgeist, oder sein Spekulantentum, sträubte sich dagegen. Gelang uns der Durchbruch, kehrten wir mit leeren Händen heim, ganz anders als Graf Dohna. Der hatte allein auf dem britischen 7800-Tonner »Appam«, einem Passagierschiff der Elder Dempster Linie, eine Million Mark in ungemünztem Gold beschlagnahmt (14 Kisten voller Barren und zwei Kisten mit Nuggets und Goldstaub, wie es in seinem »Möwebuch« heißt) und heil nach Hause gebracht, in die Stahlkammern der Berliner Reichsbank ... Noch ahnte ich nichts von der geheimen Sinnlosigkeit so manchen militärischen Schritts. Für mich hieß es nur, Befehl ist Befehl.

Wer sollte das Prisengut in der Hitze an Land bringen? Immerhin wog es über 50 Zentner, und man konnte es nicht, wie unser Buggeschütz oder das Klavier, am Strand abladen, sondern mußte es durch den Dschungel ins Innere schleppen. Es war sowohl eine Frage der Körperkraft wie auch der Vertrauenswürdigkeit. Ein paar Mann meldeten sich freiwillig, vielleicht um einem Seegefecht zu entgehen, das ausbrechen mochte, während sie mitten im Urwald steckten. Darunter waren auch Rohrbeck und Katerbaum; das ließ mich stutzen. Wollten sie sich auf der Insel umsehen oder hatten sie vor, gleich dort zu bleiben, mit recht beneidenswertem Wissen, nämlich der Antwort auf die Frage: Wo liegt der Schatz? – »Das könnte denen so passen«, raunte Hein Harder mir zu. Noch einmal schien er nahe daran, die Viererrunde vom Pitt Head zu verpfeifen.

Dazu aber kam es nicht. Der Kommandant, argwöhnich gegenüber denen, die sich vordrängten, nahm von ihnen gar keine Notiz. Er hatte beschlossen, trotz seines Zustands die Aktion selber zu leiten, gestützt auf das halbe Offizierkorps: den technisch versierten Torpedochef Spalke, den Zahlmeister Heul (als Registrator unentbehrlich), seinen Adjutanten, den Navigationsoffizier Cramer (zur exakten Ortsbestimmung des Verstecks), Dr. Rosen als Arzt der Expedition und Oberleutnant von Keyserlingk, dem es oblag, zwischen Schiff und Landungstrupp eine Drahtverbindung zu schaffen. Daß dieses kaum noch einsatzfähig war, wenn Boehnke ihm fünf seiner Herren entzog, schien ihn durchaus nicht zu kümmern. Er war ganz auf das Prisengut fixiert, als sei dessen Bergung seine letzte Tat; ein Befehl überdies, den er gegen jeden Einspruch durchsetzen mußte, koste es was es wolle – notfalls sogar das Schiff. Sein Starrsinn war beispiellos.

Jeder der von ihm Erwählten schlug nun seinerseits einen oder zwei Helfer aus der übrigen Mannschaft vor, damit die Apostel sich nicht allein abschinden mußten, doch die Auswahl war streng. Als zum Beispiel Leutnant Spalke den langen Maschinenmaat benannte, hörte ich Dorn zischelnd protestieren: »Katerbaum? Niemals, Heinz! Das ist eine ganz linke Ratte, der vermacht das Zeug noch den Roten.«

»Wen meinst du damit, Otto?«

»Na, die Parteikasse der Sozis, nach dem Krieg.«

Die Umstehenden lachten, ein kurzes Haha. Und während ich noch überlegte, ob das eine Art Kasinowitz war oder doch jenem Einblick in Katerbaums Personalakte entsprang, den Otto Dorn zweifellos hatte, rief Dr. Rosen überraschend mich auf.

»Ist Harms schon wieder fit?« fragte der Kommandant. Andere Bedenken äußerte er nicht. Die Schande, mit der ich mich in seinen Augen hinter Sala y Gómez bedeckt hatte, schien durch mein Blut und das des Franzosen, vergossen auf Clipperton, getilgt zu sein.

Am langen Draht

Wir brachten die kostbare Last in einem Boot, das dreimal zwischen dem Schiff und dem Ufer pendelte, an Land. Ganz im Inneren der Bucht, wo ein kleiner Fluß mündet. Dort stand übrigens das Klavier, es hatte schon einen Regenguß abgekriegt und klang ziemlich verstimmt. Während wir das Prisengut stapelten und im Schatten der Fichten auf weiteres warteten, trat Obersteuermann Feddersen, der zu uns gehörte, an das Piano. Er hatte sonst nur sein Schifferklavier, mit dem er die Gesangsgruppe leitete. Das Instrument der Apostel in Reichweite, dies lockte ihn wohl. Er klappte es auf, schlug ein paar Töne an und legte dann los mit »La Paloma«, der unsterblichen Weißen Taube; gefolgt von »Wir lagen vor Madagaskar« und anderen Seemannsweisen.

Der Kommandant saß auf einer Kiste und ließ es geschehen. Als Feddersen aber das närrische Volkslied anstimmte: ›Heut kommt der Hans nach Haus, freut sich die Lies'. Ob er aber über Oberammergau oder aber über Unterammergau oder aber überhaupt nicht kommt, das weiß man nicht genau ...«, horchte Boehnke auf. Feddersen schielte dabei zu dem Waffenwart Huber hin, der auch zum Landeinsatz kommandiert worden war, schnitt Grimassen und ahmte dessen Bayrisch nach, um ihn zu hänseln. Huber steckte den Aposteln manches, er hatte viele Feinde in der Crew. Und jetzt nahm Boehnke ihn in Schutz. »Schluß mit dem Quatsch«, befahl er knurrend. »Einige unserer Besten sind aus dem Süden des Reiches, Feddersen! Auch unser Flottenchef Reinhard Scheer ist Bayer, wollen wir das mal nicht vergessen.«

»Zu Befehl, Herr Kapitän.« Der Obersteuermann klappte den Deckel zu ... Mir aber ging, ich weiß es noch wie heute, ein ganz anderes Lied durch den Sinn. Meine Mutter hatte es am Flügel oft gesungen, in unserem schönen Rostocker Haus, ein Kunstlied, das ich wegen seiner bizarren Tonfolge etwas lächerlich fand. Trotzdem blieben die Melodie wie der Text – gleichfalls überspannt anmutend – mir all die Jahre hindurch im Ohr: »Wenn ich früh in den Garten geh mit meinem grünen Hut / Ist mein erster Gedanke, was wohl mein Liebster tut / Morgens jauchzt' ich vor Lust / Doch warum ich nun weine, bei des Abends Scheine / Ist mir selbst nicht bewußt ...«

Inzwischen türmten sich am Strand die Kisten. Man hatte zwei Trupps formiert, ich gehörte mit Dr. Rosen, von Keyserlingk, Spalke, Feddersen und Rogatschewski zum zweiten. Der erste war mit Boehnke, Cramer, Heul, zwei Feldwebeln, zwei Maaten und einem Matrosenobergefreiten acht Mann stark. Zusammen waren wir vierzehn. Noch einer mehr, und wir hätten den Seeräubersong aus der »Schatzinsel« anstimmten können: »Fünfzehn Mann auf des Toten Truh / Jo, ho, ho, und 'ne Buddel voll Rum / Sauf und der Teufel sagt Amen dazu ...« Aber das fiel mir erst ein paar Jahre später auf, damals dachte ich bestimmt nicht daran.

Mein Trupp war für 31 Kisten zuständig, erstaunlich kleine Kisten, aber $1\frac{1}{4}$ Zentner schwer – durch die Wildnis immer nur von zwei Mann an den Seitengriffen zu tragen. In jeder steckten fünf Goldbarren im Format eines länglichschmalen Buches oder einer groben Tafel Blockschokolade, jeweils ungefähr 12 Kilo schwer. Ihr Gewicht differierte, es war in Gramm mit einer Stelle nach dem Komma auf der Oberseite des Barrens genannt. Außerdem hatte man dort ein paar kyrillische Buchstaben, den doppelköpfigen Zarenadler und die Zahl 999,9 eingepreßt: den Reinheitsgrad des Metalls. Ich weiß das so genau, weil die letzte Kiste erheblich leichter war. Sie enthielt nur zwei Goldtafeln, dafür aber einen Zinkbehälter mit dem Kriegstagebuch von S.M.S. »17«... Diese Kiste wurde noch einmal geöffnet und erst vor Ort endgültig vernagelt; Gelegenheit für mich, das Gold zu sehen.

Gegen neun Uhr begann der Marsch. Er würde sich noch mehrfach wiederholen, wir kriegten ja bloß ein Viertel der Last weg. Unser Landeplatz war ganz von Wald umschlossen, er wuchs bis herab zur Flutgrenze. Dahinter stieg das Ufer steil an, wie ein altrömisches Rundtheater. Die Mündung des Flüßchens war der einzige Punkt, den man mit solch einer Last passieren konnte. Als wir dort eindrangen, stoben Schwärme bunter Vögel auf und flatterten kreischend über den Wipfeln. Dann ließen sie sich woanders nieder, es wurde nahezu still. Nicht der leiseste Lufthauch regte sich in der Schlucht, kein Laut war zu hören, abgesehen vom Patschen unserer Stiefel im flachen Flußbett und vom Tosen der Brandung, die eine Meile nordwärts gegen den Felsen von Isla Manuelita schlug. An dieses dumpfe Brausen hatten wir uns längst gewöhnt... Irgendwo in der Nähe plätscherte ein Wasserfall.

Das Paradiesische einer menschenleeren Tropeninsel! Doch von Romantik keine Spur. Es war nichts als Schinderei. Nach 50 Schritten schon versperrte uns das Wurzelwerk von Bäumen, die ich für eine Art Mangroven hielt, mit seinem Gitter zäh den Weg. Beim Versuch, die Wurzeln durchzuhauen, zerbrach Oberleutnant Cramer der Säbel. Wir mußten Stück für Stück wegsägen, uns eine Gasse bahnen. Dann war unter keuchendem Gestöhn ein kleiner, aber glitschiger Wasserfall zu umgehen, der leider nicht der einzige blieb.

Während des ganzen Weges durch die elende Kiste an Dr. Rosen gekettet, sprach er doch vor Anstrengung mit mir kein Wort. Daher dachte ich unwillkürlich an das, war wir da schweißüberströmt zwischen uns schleppten, über Felsen wuchteten und durch hängende Lianen und betäubend duftende Blüten vorwärtszerrten: fünf Goldbarren, jeder von ihnen 33 600 Mark wert. Ja, mich peinigten Zahlenspiele, gegen die ich machtlos war. Zum Beispiel ergab sich, daß ich bei meinem Monatssold von 15 Mark in 185 Jahren dieses Geld nicht verdienen konnte. Ein Gramm Gold, ein winziger Würfel von 3,7 Millimeter Kantenlänge, war mit 2.80 Mark gut 15 $\frac{1}{2}$ mal mehr wert als ein Gramm Silber, das nur 18 Pfennig kostete. (Das Verhältnis schwankte im Laufe der Zeit, im Mittelalter war der Wertunterschied zwischen Gold und Silber viel kleiner gewesen, nach dem Krieg nahm er eher noch zu.)

Vermutlich bedauerte der Stabsarzt es schon, daß seine Wahl auf mich gefallen war. So kräftig ich auch war, wir konnten nie lange die Seiten wechseln, meine linke Hand litt noch unter den Folgen der alten Zerrung, auch die Schulter tat bei der Belastung weh. Er hatte mich wohl nur ausgesucht, weil ich so lange sein Patient gewesen und ihm dabei geistig nahegekommen war. Und nun hatte er auch keinen Gesprächspartner in mir, denn ich schaffte es einfach nicht, abzulassen von der sinnlosen Kalkulation. Das Gold unterlag nicht nur so heftig der Erdanziehung, es zog seinerseits mit elementarer, gravitationsähnlicher Kraft meine leicht erregbare Phantasie auf sich.

Für die Kiste da, das stand für mich fest, hätte mir jede Bank der Welt derzeit glatt 168 000 Mark gezahlt. Und zwar mit Kußhand, jetzt im Krieg. Oder meinem Vater Kredit gewährt, seinen Ruin abgewendet ... Ach, der Zauber des Reichtums, die geheime Magie solcher Summen! Was für Luftschlösser ließen sich damit bauen! Welch eine Versuchung – ich fühlte mich ganz in ihrem Bann. Und dabei ging mir auf, weshalb die Apostel Pistolen trugen, wozu überhaupt sechs Offiziere nötig waren: zur Sicherung des Transports, zum Schutz vor dem Goldrausch, falls der einen der Leute hier überkam. Unser aller Leben reichte ja nicht hin, auch nur einen Bruchteil dessen zu erwerben, was da durch unsere Hände ging.

Nach einer Dreiviertelstunde, in der wir durch Binsen, Wasser und Sumpfgewächse nicht viel mehr als einen Kilometer landeinwärts zurücklegten, erhob sich links neben dem Flüßchen ein steiniges Plateau. Wir verließen das Tal und hievten unsere Last bergan. Oben standen neben langnadligen Kiefern wunderlich verkrümmte Bäume, deren knorriger Wuchs an Eichen erinnerte, während das schüttere Laub dem blaßgrünen Gefieder von Weiden glich. Dr. Rosen meinte, es seien immergrüne Stech- oder Steineichen. Vor uns wuchs ein riesiger Felsblock hoch, gewölbt zu einer Grotte. Und als ich den, frei von der Last, auf Befehl des Kommandanten erklomm, sah ich im Norden unser Schiff einen Daumensprung rechts von Isla Manuelita, während der Kegel von Conic Island unter einem Winkel von 30 Grad lag und ein weiterer, dicht bewaldeter Gipfel genau im Osten erschien. Das Sumpfland zu meinen Füßen dampfte im Sonnenglast, der Zuckerhut von Conic Island zitterte durch den Dunst.

Nachdem Oberleutnant Cramer, den Kompaß in der Hand, meine Grobpeilung verfeinert und notiert hatte, entschied Boehnke, die Hauptlast – nämlich die 31 Kisten des Trupps, zu dem ich gehörte – Zug um Zug in die Grotte zu schaffen. Waren sie dort gegen Abend erst beisammen, sollte der Zugang durch Dynamit gesprengt und die Höhle mit dem Gold verschüttet, also dauerhaft versiegelt werden. Eine vortreffliche Idee. Die Erdkruste ringsum schien so dünn zu sein, daß der Versuch, die Kisten einzugraben, viel aufwendiger gewesen wäre; jedenfalls keine sichere Lösung. So aber war es gut. Auch ein Emil Katerbaum, hätte er den Ort gekannt oder durch Rogatschewski davon erfahren, wäre dann schwerlich an das Gold herangekommen.

Auf dem Plateau trennten sich die Trupps. Boehnke, der recht tatkräftig wirkte und in Asmanns Abwesenheit offenkundig sogar schmerzfrei war, stellte zu unserer Unterstützung drei seiner Leute ab. Er selber zog mit Cramer, Heul und den zwei Feldwebeln ostwärts weiter, in Richtung des bewaldeten Gipfels, der auf seiner Karte (der US-Seekarte Nr. 1685) keinen Namen trug. Für den Rest des Prisenguts suchte er ein zweites Versteck, hielt er es doch für unklug, »alle Eier in einen Korb zu tun«, wie ich ihn zu von Keyserlingk sagen hörte; vermutlich ein englisches Sprichwort. Die Fracht seines Trupps, zumeist in Seesäcken verstaut, war bedeutend leichter. Neben den vier Platinbarren von der »Saō Gabriel« und Beuteln voll englischer Sovereigns bestand sie bloß aus all den Banknoten und Wertpapieren, die praktisch kein Gewicht hatten.

Allerdings enthielt sie auch meine Silberlinge und das goldene Dreirubelstück, jenen Imperialdukaten, den ich nun wohl niemals wiedersah. Ich brachte es leider nicht fertig, den Kommandanten darauf hinzuweisen und ihn in letzter Stunde um die Rückgabe meines Eigentums zu bitten. Mir fehlte halt der Mut, den man Zivilcourage nennt: die einzige Form von Tapferkeit, die keine fremden Opfer fordert, jedoch in Deutschland – wohl wegen seiner verspäteten, verkrampften Staatwerdung – nie sehr verbreitet gewesen ist. So leidet oft auch der einzelne unter den Charakterschwächen seiner Nation.

Inzwischen hatte von Keyserlingk die Nachrichtenverbindung mit dem Schiff hergestellt. Den Feldfernsprecher trug er selber, das Kabel war von einer Trommel auf Rogatschewskis langem, krummem Rücken abgespult. Die Kisten kümmerten den Oberleutnant nun gar nicht mehr. Dafür begann er, mit Hilfe von Zahlentabellen einen Funkspruch zu entschlüsseln, den man ihm gerade durchgesagt hatte. Der Spruch, offenbar dem Admiral Browning zugedacht, lautete: *The ocean is free between point Mabel and Darling.*

In von Keyserlingks Übersetzung hieß das: »Ozean feindfrei zwischen Punkt M und D.« Mabel und Darling waren Codes, geographische Decknamen, ihnen kam er mit seinem Zahlenschema natürlich nicht bei. Da die Meldung aber ziemlich schwach, also tief aus dem Süden gekommen war, offenbar von dem Kreuzer »Glasgow«, nahm von Keyserlingk an, es könne mit Mabel die Insel Mas a Fuera und mit Darling die Gruppe der Desventuradas gemeint sein.

Gleich darauf wurde ihm telefonisch gemeldet, der Funkspruch sei von der »King Alfred«, dem Schiff des Admirals, quittiert worden. Aus welcher Richtung, das hatte man nicht ermittelt, der Spruch war dafür zu kurz gewesen; doch fielen die Signale so kräftig ein, als lägen deren Quellen im Umkreis von 200 bis 300 Seemeilen. Kam es Browning in den Sinn, mit äußerster Kraft nach Isla del Coco zu dampfen, konnte er in zehn bis 12 Stunden hier sein.

»Gott steh uns bei«, hörte ich den Stabsarzt leise zum Funkoffizier sagen. »Manchmal fragte ich mich, war das nötig?«

»Nach Lage der Dinge unabwendbar, letzten Endes...« Es klang wie ein Stoßseufzer und mir fiel auf, daß auch diese zwei sich duzten, nachdem sie früher sehr förmlich, ja kalt miteinander umgegangen waren.

»Ich meine nicht unsere Lage, den Krieg überhaupt!«

»Da gilt dieselbe Antwort«, erwiderte von Keyserlingk mit seiner dünnen, rauhen Stimme, der er oft einen metallischen Nachdruck gab.

»Für dich war all das unvermeidlich?«

»Es hat einfach so kommen müssen.«

»Wieso nur, Egbert, wieso?«

»Wir konnten dem nicht ausweichen. Ohne Seemacht keine Weltgeltung, ist doch glasklar. Deutschland ohne Schlachtflotte war wie ein Weichtier ohne Schale. Dem Handel mußte die Flagge folgen, so ist es immer gewesen, Philipp. Entweder der Handel schafft eine Marine, die stark genug ist, ihn zu schützen, oder er geht in fremde Hände über. In die Hände von Kaufleuten nämlich, die solchen Schutz genießen.«

»Aber es ist fehlgeschlagen. Die Flotte war niemals fähig, uns die Weltmeere offenzuhalten.«

»Weil der Flottengedanke nicht richtig gegriffen, unser Volk nie so beseelt hat, daß es bereit war, Opfer zu bringen. Verwöhnt durch das Glück der Reichsschöpfung unter Bismarck glaubte man lange, ein starkes Heer und wirtschaftliche Tüchtigkeit reiche aus. Der Entschluß, Macht auf dem Wasser zu sammeln, wurde zu spät gefaßt.«

Ich fand es seltsam, wie ruhig der Funkoffizier blieb. War denn Rosens Meinung keine »Flaumacherei« mehr für ihn?

Oder waren die zwei bloß zu erschöpft und deprimiert, um sich wie früher zu streiten? Dr. Rosen sprach offen von einer *Partie remis,* einem Spiel, das man als unentschieden aufgeben möge, ohne sogleich als Schwarzseher beschimpft oder als Jude verdächtigt zu werden! Das war neu unter den Aposteln. Er wagte sich bis zu der Frage vor: »Wie kommen wir in Ehren und ohne unersetzliche Landverluste aus diesem Krieg heraus?« Der helle Blick des Oberleutnants blieb auf ihn geheftet, doch es war, als starre von Keyserlingk durch ihn hindurch auf einen Punkt, den er möglichst schnell erreichen wollte.

Ihm wurde noch ein Morsetext zutelefoniert, aus dem er binnen einer halben Stunde die Worte herauslas: *No enemy around point Collins!* (Kein Feind ringsum Punk C!) Der Spruch kam von dem Panzerkreuzer »Donegal«, und zwar aus Ostnordost, wo, 350 Seemeilen weg, die große panamaische Sträflingsinsel Coiba lag. Wieder bestätigte Brownings Flaggschiff ihn so kurz, daß unklar blieb, aus welcher Himmelsrichtung ... In meiner Gurgel zog sich etwas zusammen. Ich fühlte, die Morsezeichen bildeten ein Geflecht, ein unzerreißbares Netz im Meer, aus dem es kein Entrinnen gab.

Laßt jede Hoffnung fahren

Am Spätnachmittag, als ich zum vierten Mal mit einer Kiste das Plateau erklomm, waren dort zwei weitere Funksprüche angelangt und auch schon enträtselt worden. Von dem französischen Kleinen Kreuzer »Lavoisier« (Baujahr 1897, 2300 Tonnen, 21 Knoten, 260 Mann), der anscheinend das Galápagos-Archipel ergebnislos nach uns durchsucht hatte, und von der britischen »Amethyst«, die offenbar bei Isla de Malpelo stand – Deckname *Malory* – und den Admiral wissen ließ, die Insel sei feindfrei: *The island is clean.* Malpelo, Kahlkopf auf deutsch, lag 340 Seemeilen ostsüdostwärts von uns, etwa 200 Meilen vor der Westküste von Kolumbien, dem es auch gehörte. Nach Ansicht von Keyserlingks ein ziemlich nackter Felsen ohne Süßwasser, eine Meile lang und eine halbe breit, doch so hoch, daß er bei klarem Wetter bis 40 Meilen weit zu sehen war. »Nie hätten wir uns da versteckt«, fügte er hinzu.

Wieder spürte ich den Druck auf der Gurgel. Wenn sie uns da schon suchten, mußte ihnen auch Isla del Coco eingefallen sein, das alte Schlupfloch der Piraten.

»Einer dürfte unterwegs sein«, äußerte der Oberleutnant, die blaugrauen Augen auf etwas gerichtet, das ich nicht sehen konnte. »Heinz Spalke soll sich beeilen mit den Bohrlöchern! Und Sie, Harms, melden dem Kommandanten: Der Feind hat sämtliche Inseln außer dieser kontrolliert.«

Ich wiederholte den Befehl und schickte mich an, einer dünnen Schnur bergaufwärts zu folgen. Boehnkes Trupp hatte sie ausgelegt, das Telefonkabel war zu kurz gewesen, es endete bei der Grotte. »*Lasciate ogni speranza, voi ch'entrate*«, hörte ich Dr. Rosen da seufzen. Das verstand ich nicht, wagte es aber später auf dem Rückweg, ihn danach zu fragen. Zögernd gab er zu, das sei ein Vers aus Dantes *Inferno*: Die ihr hier eintretet – in die Hölle nämlich, den Teil eins seiner »Göttlichen Komödie« – laßt jede Hoffnung fahren.

»Ich hätte es anders ausgedrückt«, erklärte von Keyserlingk. »Für mich hieße das, wenn's denn sein muß: Auf nach Walhalla.«

»Wo ist der Unterschied, Egbert?«

»Es gibt einen; du siehst ihn freilich nicht.« Das klang durchaus nicht sarkastisch. Der Oberleutnant war ein ernsthafter Mensch, es lag ihm fern, sich selbst oder andere zu verspotten. Er scherzte nie in Dingen seiner Weltanschauung, des Glaubens an Deutschlands Größe, dessen Zukunft und die Kraft seiner Ahnen; an das Vorbild der Wikinger oder Germanen, an Nibelungentreue und an nordische List.

Im Wald kamen mir auf halber Strecke, entlang der Schnur, die Männer von Trupp eins entgegen, Spaten und Spitzhacke brav geschultert. Boehnke achtete streng darauf, daß vor Ort nichts liegen blieb. Er hatte auch uns eingeschärft, keinerlei Spuren zu legen und denen, die nach uns die Insel betreten möchten, schon gar kein Werkzeug zu hinterlassen. Als ich ihm nun weisungsgemäß meldete, was sich ringsum zusammenzog, entschlüpfte dem Zahlmeister der Ausruf, es stehe doch ziemlich belämmert.

Dem trat Cramer gleich entgegen. Das katerähnlich breite, stets glattrasierte Gesicht rot überhaucht, wies er Heul zurecht: »Ach was! Die Lage wird erst dann beschissen, wenn wir uns nicht zu helfen wissen.«

Der Kommandant straffte sich. Es grenzte an ein Wunder, wie wenig ihn die Strapazen des Tages geschwächt hatten. »Ganz recht«, rief er, ein sonderbares Leuchten im Gesicht, vielleicht den vom Laub gefilterten Schein des Sonnenballs, der blutrot über dem Horizont stand. »Alles auf Draht, Funkaufklärung klappt ... Feind erkannt – Kraft gespannt!«

Dieses Wort, in der Flotte verbreitet, ging auf Großadmiral von Tirpitz zurück, den zwar gestürzten, doch weiterhin hochverehrten Staatssekretär, Erbauer und Schirmherrn unserer Kriegsmarine. Es gefiel Boehnke so, daß er mich vor der Grotte die Kiste mit seinem Kriegstagebuch öffnen ließ, um in einem abschließenden Vermerk den starken Spruch zu verwenden.

Das dicke Buch, in Gummihaut, Ölpapier und Zinkblech verpackt, trug den Titel *S.M.S. »17« / KTB*. Ich schlug es auf und legte es im Abendlicht vor ihn hin. Bisher endete der Text mit einer schwer leserlichen Eintragung. Sie rügte gewisse Vorkommnisse an Bord und schien in Rage geschrieben zu sein; die letzten Zeilen fielen stark nach rechts ab, wo sie beinahe verschwammen. Offenkundig zog der Kommandant gegen den Ersten vom Leder. – »...restlos verpatzt, man widerspricht mir wieder«, las ich, ohne zu begreifen, worum es da eigentlich ging. »Die Herren haben zu parieren! Regelrechte Befehlsverweigerung. Durch Asmann veranlaßt ...« Das weitere war vollends unleserlich, einfach nicht zu entziffern, Boehnke war vor Wut die Feder davongelaufen.

Und nun schrieb er ganz souverän in klarer Perlschrift

einen neuen Schluß. Er umriß die Lage, wie sie ihm geschildert worden war, lobte das Sichern des Prisenguts und die gute Arbeit des Funkoffiziers. Der letzte Absatz lautete: »Im Vertrauen auf Gott blicken wir gelassen nach vorn. Haben in 16 Monaten 15 Schiffe mit rund 100 000 Bruttoregistertonnen aufgebracht und einen Hilfskreuzer schwer beschädigt, wenn nicht versenkt. Kämpfen weiter für Ruhm und Ehre Deutschlands, komme, was wolle. Ein letzter Gruß an unsere Angehörigen. Feind erkannt – Kraft gespannt. Vorwärts für Kaiser und Reich! Isla del Coco, 23. April 1916, 6 Uhr abends. Korvettenkapitän Erich Boehnke, Kommandant.«

Er ließ die Tinte trocknen, klappte das Buch zu und befahl Heul, es wieder wasserdicht und stoßfest zu verpacken. Dies geschah halblaut, doch mit einem Anflug von Feierlichkeit. Seine Miene spiegelte Erleichterung und Zuversicht, als wollte er sagen, alles in Ordnung, ich hab meine Sach' getan. Es schien für ihn wichtig zu sein, daß sein Kriegstagebuch nun nicht mehr mit einem Aufschrei, mit wüstem Wutgekritzel endete, sondern in Würde und Harmonie. Er hinterließ auf jeden Fall ein korrektes, untadliges Dokument vom Heldenkampf seines Schiffs. Die krönende Besiegelung unserer Taten, wenngleich der Vorhang über dem letzten Akt noch nicht gefallen war. Das gab ihm Frieden und Haltung. In seinen Augen stand es um uns schon deshalb ganz gut, weil er das Prisengut gerettet und nun auch noch den Bericht, der Nachwelt zu treuen Händen, anständig abgeschlossen hatte.

Um den Kommandanten gut zu verstehen, muß man bedenken: Boehnke war Preuße, und der preußische Militärgeist, auf dem das ganze nationale Dasein und das höhere wirtschaftliche Leben unseres Volkes sich gründet, hat eine schwache Stelle – die Neigung zur Schablone. Es sollte eine Sendung der Flotte sein, durch die im Ausland gewonnene Anschauung befruchtend auf den engen Gesichtskreis vieler Deutscher daheim zurückzuwirken. Das war unterblieben, die Zeit hatte dazu nicht gereicht. Erich Boehnke konnte nicht aus seiner Haut. Wie für jeden höheren Offizier oder

Staatsbeamten stand für ihn die Akte oft noch über dem Vorgang. Sie mußte in Ordnung sein; dann erst die Menschen und Dinge, von denen sie handelte.

Inzwischen sank der Abend rasch, Wolken zogen auf; die Nacht versprach dunkel zu werden. Ein leichter Wind wehte aus Nordost, blies in die Bahía de Chatham hinein. Beeilten wir uns mit dem Sprengen und gelang uns reibungslos die Rückkehr an Bord, konnten wir vielleicht noch vor Mitternacht auslaufen und im Schutz der Dunkelheit die Weite des Ozeans gewinnen. Der Kommandant telefonierte mit Asmann, er wies ihn an, unter den Kesseln anzuheizen, damit genug Dampf zur Verfügung stünde, wenn es soweit war.

Um Viertel nach sieben schob Leutnant Spalke, unterstützt von dem fingerfertigen Rogatschewski, das Dynamit in die mühselig gemeißelten Sprenglöcher. Wir suchten am Rand des Plateaus hinter kräftigen Baumstämmen Deckung, die Zündschnüre wurden entfacht, gingen aber mehrmals aus, da sie auf dem Marsch feucht geworden waren. Boehnke verlor die Ruhe nicht, er rieb die Schnüre selber neu mit Pulver ein. Und gegen halb acht flog mit einem Donnerschlag, der weit übers Meer rollte, der Felsen in die Luft. War ein Feindschiff im Anmarsch, hörte es bestimmt den Knall – ohne zu ahnen, was da zerbarst. Es konnte ja auch ein Gewitter sein.

Im flackernden Licht unserer Taschenlampen und Fakkeln starrte ich auf das Gewirr von Steinbrocken. Der Dschungel würde es bald überwuchern. Die Grotte war eingestürzt oder doch ihr Zugang total versperrt, der Felsen hatte die 31 Kisten unter sich begraben. Für lange Zeit! Dereinst erst, nach dem Krieg, würde einer unserer Auslandskreuzer kommen und den Schatz bergen; vielleicht im Einvernehmen mit der kleinen Republik Costarica, der die Insel immerhin gehörte.

Ich aber war dann kaum dabei. Merkwürdig, es fiel mir schwer, Abschied zu nehmen von dem wüsten Ort. Der Gedanke an das Gold ließ etwas wie Trauer in mir zurück; ein vages Gefühl von Selbstmitleid und Verzicht, wie es mich im späteren Leben manchmal überkam, wenn ich eine wunderschöne Frau sah, die mir fremd und unerreichbar blieb.

Träume im Mondlicht

Mehrere Umstände wirkten zusammen, um ein Schicksal zu besiegeln, das sich aber – wie mir heute scheint – in diesem Weltmeer so oder so erfüllt hätte. Trotz der Ruhepause waren wir in vieler Hinsicht am Ende. Der Pazifik gab S.M.S. »17« nicht mehr frei.

Zunächst verzögerte ein anhaltender Regenguß, der einem Wolkenbruch gleichkam, unsere Rückkehr. Er überschüttete das Blattwerk und durchnäßte uns bis auf die Haut. Das Flüßchen, in dem wir abwärts wateten, trat über die Ufer, es bildete unterhalb des vorletzten Wasserfalls sogar neue Arme. Nur dank des Telefondrahts verirrten wir uns nicht in der brausenden Schwärze dieser Nacht. Wir fanden das Rettungsboot am Strand und schöpften es aus. Die Ebbe hatte eingesetzt, es lag mit dem ganzen Kiel trocken und mußte auf Rundhölzern über den durchweichten Sand ins Wasser gezerrt werden – mehr geschleift als gerollt.

Eine kabbelige See schlug uns entgegen. Von Nordosten drang die Dünung unbehindert in die Bahía de Chatham, brach sich am Ufer und lief kreuz und quer über den unreinen Grund. Das Schiff, völlig abgeblendet, ostwärts von Punta Quirós schaukelnd vor Anker, war kaum zu erkennen und, an einer Klippe inmitten der Bucht vorbei, gegen die Wellen schwer anzurudern. Aus dem Schornstein flog manchmal verräterisch ein Funke zu den regentriefenden Bäumen des Westufers hin, die sich im Wind bogen.

Endlich an Bord, stellte es sich heraus, daß zwei Mann der Besatzung fehlten: der Mechaniker-Gefreite Rohrbeck und der Maschinenmaat Katerbaum. Niemand wußte, wo sie geblieben waren. Man wollte sie zuletzt am Nachmittag, als sie dienstfrei hatten, beim Schwimmen zwischen dem

Schiff und der Klippe gesehen haben. Da sie auch mit uns nicht kamen, entschied Boehnke, der wieder den Ton angab, sie als Deserteure zu betrachten und auf der Insel ihrem selbstgewählten Los zu überlassen. Das hielt die Crew für ganz vernünftig und gerecht; es gab sowieso keine andere Möglichkeit. Dennoch war man allgemein von dem Schritt der zwei betroffen. Trotz Katerbaums loser Reden, daß er ernst machte und uns im Stich ließ, dies hatte ihm – außer Hein und mir – anscheinend keiner zugetraut. Selbst Lüdecke und Rogatschewski taten erstaunt.

»Die Ratten verlassen das Schiff«, hörten wir Otto Dorn knurren. Ein Ausspruch, der kaum dazu beitrug, abergläubische Seeleute zu ermuntern.

Inzwischen ging es schon auf Mitternacht. Die »Trader« hatte genug Dampf, doch jetzt stellte sich die Frage: Wie auslaufen, ohne zu stranden? Ließen wir im Hinblick auf den Feind unseren Scheinwerfer unbenutzt, war die Sicht gleich null. Man konnte nur nach Karte und Kompaß steuern. Der Navigationsoffizier riet offenbar strikt davon ab.

Cramer hatte in der letzten Woche eine Reihe von Lotungen vornehmen lassen und die Bucht neu vermessen. Dabei waren neben etlichen Untiefen auch wechselnde Strömungen bemerkt worden, die ihn ängstigten. Isla del Coco liegt im Bereich des äquatorialen Gegenstroms, der um ihr Nordufer quirlt und mit einer Geschwindigkeit von zwei Knoten ostwärts setzt. Dazu noch die Gezeitenströme! Nach Cramers Beobachtung setzten sie westwärts bei steigendem und ostwärt bei fallendem Wasser. Lief das Schiff nun gegen den Nordostwind derart aus, daß es gut freiblieb von den Klippen vor Isla Manuelita, so bestand die Gefahr, es nördlich vom Pitt Head auf eine Untiefe zu bringen. Das Flach fiel bei Ebbe zwar nicht gerade trocken, für eine Grundberührung reichte es aber aus.

Nach einer Beratung der Apostel wurden wir ins Bett geschickt, ohne daß Einzelheiten zu uns drangen. Die Chance, heil zwischen Scylla und Charybdis hindurchzukommen, zwischen der nautischen Bedrohung und jener durch den

Feind, wurde in der Nacht zum 24. April oben auf der Brücke vertan und verpaßt. Was mich betrifft, ich hätte es riskiert. Wären wir wirklich aufgelaufen, hätten wir beim Erscheinen des Gegners das Schiff halt gesprengt und in Ehren Schluß gemacht, ohne sinnlose Opfer. Aber dann wäre ja auch die Attacke unterblieben, der Torpedoangriff, auf den Asmann baute.

Trotz der Strapazen des Tages, in dieser Nacht fand ich kaum Schlaf; den Kameraden erging es ähnlich. Das Atemgeräusch im Mannschaftslogis schien verändert, oder bildete ich mir das bloß ein? Ab und zu murmelte einer etwas vor sich hin, ächzend wiegten sich die Hängematten, sie schwangen nicht nur im Takt der See! All das sprach von Besorgnis und Nervosität, wie am Vorabend einer Schlacht. Unablässig ging mir durch den Kopf, was ich von Dr. Rosens Gespräch mit von Keyserlingk aufgeschnappt und aus früheren Wortwechseln der Apostel behalten hatte.

Und ich fragte mich unwillkürlich, ist das nötig, muß es sein, daß Menschen sich derart in Furcht und Schrecken versetzen, daß sie einander soviel Leid zufügen wie in diesem großen Krieg? Freilich, es war schon immer so gewesen. Sie kannten es nicht anders. Sie hatten es seit alters her getan ... Zwar schien es nie ganz an Widerständen gefehlt zu haben, an gegenläufigen Bestrebungen, einer tiefen Sehnsucht nach Frieden. Weshalb erwies sich die als ohnmächtig, letzten Endes stets als Illusion?

Ich wußte es nicht und wollte dahinterkommen. Beispiele für Regungen der Friedensliebe gab es doch genug. Nachdem die protestantische Sekte der Quäker schon im 16. oder 17. Jahrhundert den Kriegsdienst als unchristlich und religionswidrig verdammt hatte, folgten ihr im 18. Jahrhundert Philosophen der Aufklärung; sie ermahnten die Fürsten, doch Frieden zu halten. Es gab eine Schrift von Immanuel Kant, »Zum ewigen Frieden«, und aus neuerer Zeit den Roman der Autorin Bertha von Suttner. Er hieß »Die Waffen nieder!« und sollte, wie mein Vater gesagt hatte, sehr verbreitet, jedoch langatmig geschrieben sein; das hatte mich abgeschreckt. Ich kannte weder das eine noch das andere Buch, wollte sie aber beide, kam ich hier davon, unbedingt lesen. (Das ist bis heute nicht geschenen; ach, was gelobt man nicht alles in Stunden der Not!) Sogar Zar Nikolaus II. sollte sich kurz vor der Jahrhundertwende für die Abschaffung des Krieges eingesetzt haben. Ganz zu schweigen von den Sozialisten, deren Ziel – Sturz der Monarchie und Revolution – freilich auf der Hand lag. Und es waren ja auch internationale Abkommen geschlossen worden, um die Schrecken des Krieges zumindest zu mildern, sie durch die Land- und Seekriegsordnung zu begrenzen.

Leider mit sehr geringem Erfolg.

Denn, kein Zweifel, die Fürsprecher überwogen. Gerade die stärksten Persönlichkeiten priesen den Krieg. Selbst ein Mann wie Martin Luther hielt ihn für ein Stück der Schöpfung, sah in ihm ein Instrument zur Ausrottung des Irrglaubens, zur Verbreitung der reinen Lehre; ein Heilmittel für die Völker und der Welt so nötig wie Essen und Trinken. Eine Geißel, mit der Gott die Sünden der Menschen straft. Für die Kirche schien es ein Frevel zu sein, in solche Gottesordnung einzugreifen und den Krieg abschaffen zu wollen. Priester segneten Kanonen, auch heute noch, Militärseelsorger schickten Männer in die Schlacht, ungeachtet des Gebots: Du sollst nicht töten ... Der Krieg – uns von der Vorsehung auferlegt? Ebensogut konnte man jedes Elend durch Naturgewalten, Sturmflut, Krankheit, Seuchen und so weiter als Teil eines göttlichen Plans deuten, der zu respektieren war. Dieser Plagen suchte der Mensch sich zu erwehren. Wieso gelang ihm das denn nicht beim Krieg?

So grübelte ich die halbe Nacht hindurch. Der Standpunkt der Kirche ließ mich kalt. Und der meiner Offiziere? Die kamen auch ohne Religion durch nüchterne Anschauung zu dem Schluß, daß in der Natur ein steter Kampf bestanden habe und bestehen werde, in dem die gesünderen Lebewesen und die kräftigeren Gruppen die schwächeren besiegten. Deshalb war es für sie selbstverständlich, durch gute Bewaffnung und Übung der soldatischen Tugenden das

Volk zu befähigen, auch die schwerste Probe zu bestehen, zum Schutz der Errungenschaften seiner Zivilisation und Wahrung der heiligsten Güter, wie es meistens hieß. Wie sollten sie auch anders denken, Gewalt war ihr Beruf, sie hatten das Kriegshandwerk gewählt und erlernt ... Letzten Endes dachte ich ja selber so.

Mein Geschichtslehrer fiel mir ein, Professor Püschel aus Rostock, der im August 1870 als Kavallerist bei Vionville vom Pferd gestürzt war und hinkte. Er hatte uns das Erbe der Ahnen, zumal ihre Wehrhaftigkeit eindringlich nahegebracht, bis man ihn zu unserem Bedauern pensionierte. Die Züge der Kimbern und Teutonen, Arminius am Teutoburger Wald, die Goten in Rom und der Glaube unserer Vorväter an Wodan, Donar, Frija und an die Himmelsburg Walhalla, ihr Paradies (die »ewigen Jagdgründe«, wie wir es respektlos nannten). Dann die Sachsenkriege, Heinrich I., die Kreuzzüge, Friedrich Barbarossa, Heinrich der Löwe, Ulrich von Hutten, Kaiser Karl V., die Türkengefahr, Wallenstein, der Große Kurfürst, Prinz Eugen, Friedrich der Große, Jena und Auerstedt, Ferdinand von Schill, Napoleons Ende, der Krimkrieg, Bismarcks Staatskunst, der Glanz und die Siege des Hauses Hohenzollern – all das nahm er im Laufe der Jahre mit uns durch.

Bis auf ein paar Schandflecke, die er nicht verschwieg, eine stolze Tradition. Jeder Name stand für Krieg, und die Bilanz schien durchaus positiv. Püschel war streng, wer bei ihm im Unterricht schlief, den jagte er oft mit der Frage hoch: »Und wer war schuld?« Die Antwort mußte je nach der gerade behandelten Epoche entweder lauten »die katholische Kirche« oder »die Juden«. Wehe dem, der das verwechselte! Allenfalls konnte man noch sagen: »Der Partikularismus, das Elend unserer Kleinstaaterei«. Das paßte meistens, es deckte viel Unglück in der deutschen Geschichte ab. Wem freilich selbst dies nicht einfiel, dem drohte das Nachsitzen, eine Strafarbeit oder die Eintragung ins Klassenbuch wegen »Schlafmützigkeit und grobem Unfleiße«, so lautete stets der Vermerk.

Ich dämmerte ziemlich selten weg, Geschichte war mein Lieblingsfach gewesen und der Professor ein lebhafter, ja leidenschaftlicher Erzähler. Oft riß ihn sein patriotischer Eifer körperlich hin. Schilderte er etwa einen Reiterangriff, wozu häufig Gelegenheit war, übermannte ihn die Erinnerung, seine Schenkel preßten sich an den Stuhl, seine Hände umspannten rüttelnd die Ecken des Lehrerpults, als führten sie Lanze und Zügel. So wiederholte er den Todesritt von Mars-la-Tour, bis das Podest zitterte, auf dem sein Katheder stand, ein verhaltenes Kichern durch die Bankreihen lief und ihm die leise Komik der Darbeitung aufging ... Wegen solch menschlicher Schwächen war Püschel beliebt. Großzügig erlaubte er uns, Begriffe des modernen Militärwesens auf altertümliche Kriegsabläufe anzuwenden, also von Hannibals »schwerer Artillerie« oder Vercingetorix' »Husaren« zu reden, wenn die Elefanten oder Steinschleudern des einen oder die leichte Reiterei des anderen gemeint waren. Das belebte seinen Unterricht und brachte ihm eine seltsame Befriedigung. Ja, er lechzte nach Waffentaten, jede flotte Kampfschilderung versetzte ihn in Rage und stillte eine geheime Gier.

Hatten wir uns einmal schlecht vorbereitet und mußten eine Klassenarbeit fürchten, so gelang es oft, ihn davon abzubringen, indem ein vertrauenswürdiger Schüler – ich zählte dazu – ihn fragte: »Herr Professor, wer hat eigentlich den Hauptstoß bei Vionville geführt? Wir streiten uns, ob das die Gardedragoner gewesen sind oder die 6. Kavalleriedivision.« Dann blitzte es in seinen alten Augen auf, und er fing an, den großartigen Reiterkampf, bei dem es ihn vor vierzig Jahren am Bein erwischt hatte, noch einmal zu beschreiben, unterstützt durch eine Skizze des Schlachtfelds westlich der Festung Metz, mit Kreide an die Wandtafel gebracht. »Das taktische Ergebnis war gering«, pflegte er zu schließen. »Wir hatten die doppelt überlegene französische Heeresmacht aus ihren Stellungen nicht vertreiben können. Hingegen zeigte sich die strategische Bedeutung unseres Angriffs, als die Franzosen wegen ihrer großen Verluste und des

Mangels an Munition dann doch zurückwichen vor soviel Heldenmut und geballter Wucht, moralisch schwer erschüttert! Sie hatten an Toten, Verwundeten und Gefangenen fast 900 Offiziere und über 16 000 Soldaten verloren. Wir büßten 711 Offiziere und 15 000 Mann ein ...«

Der springende Punkt aller Pädagogik ist die Wiederholung. Allmählich prägten sich uns diese Fakten und Werturteile fürs ganze Leben ein. Püschel und der Geist der Zeit hatten mich geformt, im Denken wie im Fühlen. Ich stimmte den Offizieren zu, wenn sie meinten, die in ihrem Stand besonders gepflegten Tugenden der Pflichttreue, des Gehorsams und der Ordnung, die dem tüchtigen Soldaten unentbehrlich sind, seien auch in Industrie und Handel nötig; schon im Frieden gäben sie dem ganzen Volk Ansehen bis ins ferne Ausland.

Bedeutende Gelehrte und Soldaten, unter ihnen Helmuth von Moltke, hatten gesagt, daß die größten Schwierigkeiten durch festen Willen, Ausdauer und Manneszucht überwunden werden im Krieg, der die erhabensten Züge des Menschen ans Licht treten läßt. Sie rühmten ferner als Gewinn, daß erst der blutige Kampf die verschiedenen Volksschichten wahrhaft vereine, wenn der Vornehmste mit dem Geringsten in Reih und Glied tritt, so daß die gegenseitige Wertschätzung von Vorgesetzten und Untergebenen steige. Und Heinrich von Treitzschke hatte dem hinzugefügt, solche Tugenden entwickelten sich allein in einem glücklichen, gerechten Krieg und in einem frommen Kriegsvolk, das in schlichter Demut – ohne viel Grübeln. Beten und Reden – sich beugt vor dem Unerforschlichen, der auf dem Schlachtfeld die Halme mäht.

Nun jedoch, grübelnd und schwankend wie solch ein Halm im Wind, fragte ich mich, wohin das schließlich führe. Klang nicht schon bei Treitschke die Befürchtung durch, selbst mit dem glorreichen Sieg von 1871 sei nicht alles erreicht worden, darin liege der Keim späterer Kriege? Die Ahnung, der Haß der Besiegten werde andauern und auf Rache und Vergeltung drängen? Bis ans Ende aller Tage, so lehrte er, gelte das Männerwort: Durch Gewalt wird Gewalt überwunden. *Si vis pacem, para bellum.* Nicht Abrüstung, nur ihr Gegenteil sichere den Frieden. Alles übrige sei pure Schwärmerei.

Aber wurden so nicht, in heutiger Zeit, die Heere zu Völkern, die Völker zu Heeren? Und mündete der Krieg angesichts des technischen Aufschwungs, der rapiden Entwicklung immer neuer Vernichtungsmittel nicht in ein Meer von Blut? Das fortgesetzte Streben nach neuen, mörderischen Waffen, das schnelle Fortschreiten von einer Erfindung zur anderen, die die vorige wieder als unbrauchbar oder veraltet erscheinen ließ, dies zeigte sich am klarsten bei der Flottenrüstung, die auch die teuerste war. Die ungeheuren Kosten und Lasten, die sprunghaft steigende Zahl der Kriegsopfer, wurden sie nicht bald unerträglich? Konnte es so weitergehen?

Kann sein, das sind Fragen, die ich mir erst später stellte, in den Jahren der Gefangenschaft und der Zeit danach. Doch bedrängte mich all das nie mehr so sehr wie in jener Nacht. Die Kriegsgründe mochten sich wandeln, sagte ich mir, zu rein dynastischen kamen nationale Anstöße, und künftig würden jene Kriege Vorrang haben, in denen Wirtschaftsinteressen zusammenprallten. Stets noch markierten große Kriege die Hauptperioden der Weltgeschichte. Trugen sie sich im Altertum an den Küsten des Mittelmeers zu, maßen dann die seefahrenden Nationen ihre Kräfte im Atlantik, so gab später vielleicht dieser Ozean, der Pazifik, den Schauplatz ab, dachte man an die beginnende nordamerikanisch-japanische Rivalität. Der militärischen Phantasie waren keine Grenzen gesetzt.

Was aber steckte hinter soviel Neigung zur Gewalt? Doch wohl der Neid, die Habsucht und Angriffslust des Menschen, verborgen in der eigenen Brust. Brutalität gegen Schwächere und Minderheiten, die Wirtshausschlägereien und der Griff nach dem Messer in den unteren Volksschichten, dem entsprach das Duell in den höheren Kreisen. Die Arbeiterschaft trat zu den Besitzenden in Gegensatz, sie streikte, demonstrierte, Sozialisten planten den Umsturz,

Anarchisten warfen Bomben oder schossen den Kaiser nieder. Und die Regierung verfuhr kaum anders, sie ließ Aufstände niederwerfen, antwortete mit Kartätschen und Gefängnis, mit berittener oder geheimer Polizei ... Ringsum Unterdrückung und Gewalt, bereits im Inland! Wie kam es eigentlich, daß das Volk Kühnheit und Tatkraft höher schätzte als Bildung und Geist? Daß es schrankenlose Bewunderung nur den Helden der Staatsführung und des Krieges zollte, nicht den Männern der Wirtschaft, der Wissenschaft oder der Kunst?

Lauter Rätsel. Ach, wie enttäuschend und unlenksam war doch der Lauf unserer Welt! In jener Nacht glaubte ich die Ursache in dem noch zu niedrigen Kulturstand des Menschen zu finden, gerade in den Zentren der Zivilisation. Um seine Ethik stand es schlimm, es mangelte ihm an Güte und Weisheit, die hielten mit der technischen Entwicklung überhaupt nicht Schritt. Ständig strebte er nach Reichtum oder doch nach Verbesserung seiner Lebensverhältnisse, auch auf Kosten anderer, des äußeren und inneren Friedens, des eigenen Seelenheils. Ich nahm mich selbst da gar nicht aus. Wie hatte mich vor Stunden noch das Gold gelockt, meine Phantasie beflügelt, wie war doch die Beute von Schiff »17« mir ans Herz gewachsen! Und jetzt bebte ich vor dem Strafgericht.

Gegen vier Uhr fuhr ich aus wirren Träumen hoch. Der Wind war abgeflaut, der Mond aufgegangen, sein Licht fiel gelb ins Logis – doch was war das? Die Schatten wanderten durch den Raum, als drehe sich das Schiff! Griff der Anker nicht mehr, rissen wir uns los? Der Grund sei nicht besonders fest, hatte ich sagen hören, er bestand aus Korallen und Sand ... Drifteten wir durch die Bucht? Dann warf uns die Strömung entweder auf das Flach oder sie trieb uns, quer zu den Wellen, am Pitt Head vorbei ostwärts ins offene Meer.

Ich schwang mich aus der Hängematte, ächzend, jeder Muskel tat weh von dem Marsch auf der Insel. Vom Bullauge her taumelte mir Hein Harder schlaftrunken entgegen, er schien gleichfalls etwas bemerkt zu haben. »Ein Spuk«, sagte er verstört. »Ist schon vorbei. Nein, alles in Ordnung wir sind vor Anker.«

Er klammerte sich bei mir an, trotz der Wärme am ganzen Leib zitternd. »Der Mond?« fragte ich ihn. »Pennen die auf der Brücke? Bei Mondlicht können wir doch los!«

»Sind schon wieder Wolken davor.«

»Ach, schade ...«

»Weißt du, was ich mir eingebildet hab, Richard, für einen Moment?« flüsterte er atemlos an meinem Ohr. »Ich dachte wirklich, ein Schiff sucht uns, es liegt draußen bei Isla Manuelita und blendet den Scheinwerfer auf, tastet wie mit einem Finger durch die Bucht.«

»Und, und, ist da eins?«

»Ach Unsinn, keine Spur.«

»Du kannst einem ganz schön Angst machen, Hein.«

»Entschuldige; um die Zeit siehst du halt Gespenster. Ich bin eben ganz weit weggewesen.«

»Das sind wir alle«, sagte ich. »Mach dir nichts draus! Wir waren alle zu lange weit weg. Wird Zeit, daß wir heimkehren.«

»Aber ist das noch möglich?«

»Eines Tages bestimmt ...«

Das Duell

»Der Krieg ist das Feld der Ungewißheit«, heißt es bei Clausewitz. »Drei Viertel derjenigen Dinge, auf welche das Handeln im Kriege aufgebaut wird, liegen im Nebel einer mehr oder weniger großen Ungewißheit. Hier also zuerst wird ein feiner, durchdringender Verstand in Anspruch genommen, um mit dem Takte seines Urteils die Wahrheit herauszufühlen ... Es ist immer nur ein Ahnen und Herausfühlen der Wahrheit, nach welchem gehandelt werden muß.«

Mein Freund irrte sich, als er in der Nacht zum 24. April meinte, ein Scheinwerfer taste von See her die Nordostbucht ab. Aber er hatte die Wahrheit herausgefühlt. Im Frühlicht meldete der Späher vom Pitt Head ein Schiff aus Ostsüdost, fast aus der aufgehenden Sonne heraus, im Anmarsch. Ganz langsam krochen zwei dürre Dreibeinmaste, die Brückenaufbauten und drei oder vier Schornsteine über die Kimm herauf. Nicht der Umriß eines Hilfskreuzers oder Handelsschiffs. Vielmehr die schmale Silhouette eines Panzerkreuzers der 12200 Tonnen schweren Bacchante-Klasse, um die Jahrhundertwende gebaut. Mit sechs Kreuzern dieses Typs war England in den Krieg gezogen, drei gab es noch, nachdem Weddingens U 9 im Herbst 1914 die andere Hälfte versenkt hatte.

Der Kreuzer kam aus Richtung Malpelo. Er untersuchte zunächst die Südostküste von Isla del Coco, wo zwischen zwei großen Klippen die Bahía Iglesias Schiffen geringeren Tiefgangs Zuflucht bot. (Dort mündete ein Flüßchen, das unterhalb des höchsten Gipfels entsprang.) Dann lief der Feind offenbar in gebührender Entfernung um das Südkap der Insel herum; für 20 Minuten verschwand er aus den Ferngläsern unserer Beobachter. Da der noch kaum vermessenen Südwestküste viele Untiefen und Riffe vorgelagert sind, hielt der Kreuzer einen beträchtlichen Sicherheitsabstand ein. Ihm entging dabei dennoch nichts: Isla del Coco hat zwar steile, zerklüftete Ufer, doch bilden sie keine winkligen Fjorde wie in Norwegen oder Feuerland. Wer sich die Mühe macht, die Insel zu umrunden, der späht von See her überall hinein.

Westlich der Bahía Wafer, der Waffelbucht, kam das Schiff uns wieder in den Blick und wurde, nun von der Seite sichtbar, als H.M.S. »Sutlej« erkannt, mit 17 Jahren der älteste Vertreter seiner Klasse. Wir hatten es also nicht mit Brownings Flaggschiff zu tun, der größeren, schnelleren und noch etwas stärkeren »King Alfred«! Doch die Feuerkraft des Gegners blieb überwältigend. Die »Sutlej«, letzter britischer Panzerkreuzer in der Flottenliste von 1916, war immerhin mit zwei 23,4-Zentimeter-Geschützen bestückt, in Türmen am Bug und am Heck, sowie mit zwölf 15,2-Zentimeter-Geschützen, sechs in jeder Breitseite. Ihre leichte Artillerie bestand aus zwölf 7,6-Zentimeter-Schnellfeuergeschützen; ferner trug sie drei kleine Revolverkanonen, zwei Maschinengewehre und zwei Torpedorohre vom Kaliber 45. Sie hatte 750 Mann Besatzung, 8 Meter Tiefgang und eine 21000-PS-Maschine, die sie auf 22 Knoten bringen konnte.

Ein Schrotthaufen, hatte der Erste erklärt, wir aber fanden, es reiche. Die »Amethyst« wär ein leichterer Gegner gewesen. Hier versprach allenfalls ein getarnter Torpedoangriff noch Erfolg, ein Todesritt à la Mars-la-Tour, da gab ich Asmann recht. Als Melder auf die Brücke geschickt, hörte ich, wie Leutnant Spalke ihn fragte: »Ob das gut geht?«

»Das ist reine Nervensache«, erwiderte der Erste.

»Ja, wenn Egbert ihn täuschen kann ...«

»Was willst du von mir hören, Heinz? Wer nicht kämpft, hat schon verloren. Der Durchbruch ist uns gewiß – entweder heimwärts oder in den Himmel.«

»Jawohl«, sagte der Torpedooffizier. »Vorwärts, und drauf.«

»Viel Glück für deine Aale. Niederlage ist schlimmer als der Tod, denn mit der Niederlage mußt du leben.«

»Alles klar, Werner.«

»Wo steckt der Kommandant? Wenn ein Schiff am Sinken ist, dann sollte er auf der Brücke sein.«

Asmanns Sarkasmus tat mir selbst jetzt noch gut. Was für ein Kerl! Er blieb deutlich Herr der Lage und war auch klug genug, auf die ekelhafte Alarmhupe zu verzichten. Alles auf Gefechtsstation, der Befehl flog von Mann zu Mann. Brodelnde Unruhe ringsum. Die Stimmung erinnerte an das Warten auf den Hilfskreuzer, damals vor einem Jahr. Viele wollten noch einmal austreten gehen. Die Kameraden trugen einander Grüße an die Heimat auf, tauschten Zettel mit Adressen und wünschten sich gewollt munter, jedenfalls ohne Wehleidigkeit: »Bleib übrig!« Jeder wußte, wie ungleich der Kampf war, der uns unausweichlich bevorstand. Trotzdem hofften wir, die Tarnung möge halten, bis uns der entscheidende Treffer gelang.

Der Artillerieoffizier verbreitete Zuversicht. Wie oft, wenn es hektisch zuging, lebte er auf und rief forsch: »Pulver, Pulver, es rauchen die Banditen!« Gemäß seiner schlichten Natur liebte Hirsch naive, ja schwachsinnige Sprüche. So hatte er kürzlich auf unser Rohr pinseln lassen: »Wenn dies Ding wird wärmer, bist du um ein Schiff ärmer.« Am Nachbargeschütz stand: »Es blitzt, es kracht, der Michel lacht.« Strafpredigten oder strenge Weisungen pflegte er mit dem Ausruf zu bekräftigen: »So wahr ich Hirsch und Leutnant bin« – ein eher inhaltsleerer und geistloser Satz. Aber auf Geist kommt es beim Militär kaum an; nicht in erster Linie und schwerlich an der Front. Da gilt's zu handeln! Wie hatte Dr. Rosen es ausgedrückt: Die Welt als Wille, ohne Vorstellung.

Wieder fiel mir mein alter Geschichtslehrer ein. Professor Püschel teilte die Helden der Nibelungensage stets in zwei Gruppen ein: in den Typ Siegfried, der bis zum Sieg kämpft und danach Frieden hält, solange der Feind das zuläßt; und in den Typ Hagen, der ungern Ruhe gibt und um der Rache, ja letztlich um des Kampfes selber willen ficht. Diese beiden Urbilder germanischen Mannestums – Frauen wie Brunhild oder Kriemhild übrigens waren ähnlich stur – stellte er wertfrei nebeneinander, machte sie zum Gegenstand von Hausaufsätzen und ließ uns nach vergleichbaren Figuren in den Mythen der Griechen, Kelten und Römer forschen... Zumindest drei unserer Apostel, nämlich Asmann, von Keyserlingk und Hirsch, kamen mir vor wie Männer vom Schlage Hagens. Der Krieg war ihr Leben. Im kritischen Moment sind gemäßigte Köpfe gegen die Kämpfer machtlos.

Unterdessen hatte der Kreuzer einen Dreiviertelkreis um die Insel geschlagen und stoppte zweieinhalb Seemeilen nördlich von uns, etwa 15 Grad zu Ost, auf der 100-Faden-Linie, wo die See sich noch nicht brach. Er hatte uns entdeckt, zeigte seine schmale Silhouette und morste mit der Topplampe die Frage *what ship?* Asman gab prompt zurück: *Trader from Antofagasta to Panama, good morning.* Nachdem man sich auf eine Funkfrequenz geeinigt hatte, nahm von Keyserlingk den erbeuteten englischen Marconi-Sender, ein

Gerät, das sich im Äther klar von deutschen Funkanlagen unterschied. Der nächste Spruch ließ nicht auf sich warten: *What are you doing there.*

Auf die Frage, was wir hier täten, erwiderte Asmann, wir besserten Sturmschäden aus und nähmen Süßwasser, unser Tank sei leckgeschlagen. Glaubte man uns? Schwer vorstellbar, doch die Pause dehnte sich aus. Gewiß zögerte man auf der »Sutlej«, ein Prisenkommando zu uns durch die Brandung zu schicken, die zwischen Isla Manuelita und Conic Island stand. Selber wagte sich der Panzerkreuzer aber auch nicht näher, seines Tiefgangs wegen oder aus Furcht vor einer Falle. Er tat, als sei die Zufahrt von uns vermint worden. Dafür forderte er das geheime Rufzeichen der »Trader« an. Wir hatten das Stichwort im letzten Sommer von der »Almirante Lynch« bekommen und gaben es durch. War es inzwischen nicht geändert worden, mußte es den Feind täuschen.

Wieder keine schnelle Reaktion. Die Schiffe belauerten sich, musterten einander durch ein Dutzend Ferngläser. Minuten wurden zur Ewigkeit. Mir war, als krümmten sich meine Nerven wie angesengtes Haar. Die »Sutlej« setzte einen chiffrierten Funkspruch ab, wohl an den Admiral. Meldete sie Browning *German raider discovered ready to fight* oder holte sie von ihm Weisungen ein? Das blieb dunkel. Von Keyserlingk hatte weder Zeit, diesen Spruch noch die Antwort darauf zu deuten. Denn jetzt erging an uns der Befehl, die Bahía de Chatham in langsamer Fahrt auf Kurs 50 zu verlassen und nach knapp zwei Meilen zu stoppen.

Auf diese Order schien Asmann gehofft zu haben. Sie war unsere Chance. Der Punkt, den uns die »Sutlej« für die Durchsuchung zugewiesen hatte, lag 27 Hektometer südostwärts ihrer eigenen Position! Wir kamen, wenn alles gut ging, ganz legal auf Torpedoschußweite an sie heran.

Wir lichteten ohne Hast den Anker und liefen wie befohlen aus, gegen den Wind und die Strömung behutsam durch die Brecher nördlich von Pitt Head. Den Posten dort und oberhalb von Punta Quirós hatten wir nicht mehr an Bord nehmen können, das hätte Verdacht erweckt. Nun stand der Feind nur noch 42, 40, 38 Hektometer backbord voraus, dunkelgrau gepöhnt – wir hellgrau, ein Farbton, der fatal dem Anstrich deutscher Kriegsschiffe glich. Alle Rohre der Breitseite des Panzerkreuzers und die beiden schweren Turmgeschütze waren auf uns gedreht, feuerbereit, vorsichtshalber. Wäre der englische Kommandant seiner Sache sicher gewesen, hätte er niemals gestoppt und uns nicht so dicht herangelassen, noch dazu im Gegenlicht. Er mußte ein Stümper sein. Die Sonne stand noch tief. Bei 30 Hektometer Abstand hatten wir, zu ihm hinüberspähend, ihr Licht genau im Rücken.

»Immer schön ruhig durch die Nase atmen«, erscholl Hirschs Stimme aus dem Sprachrohr. »Die Beefs sind Nieten. Ihr letzter Seesieg war bei Trafalgar, Jungs, vor hundert Jahren ... Klar zum Enttarnen. Geschütz eins Haltepunkt Brücke, Geschütz zwei Haltepunkt Wasserlinie ...«

Die »Trader« blies Dampf ab, ihre Maschine hörte auf zu stampfen. Und kaum war die Fahrt aus dem Schiff, da rumpelte es unter meinen Füßen. Spalke ließ den Zweierfächer los! Ich sah auf die Uhr. Bei 27 Hektometern Distanz und den 25 Knoten, die unsere Torpedos liefen, würden gut dreieinhalb Minuten bis zum Einschlag vergehen. Wenn die Aale trafen! Oder wenigstens einer von ihnen ... Die »Sutlej« war 134 Meter lang, ihre Breitseite erschien aus dieser Entfernung unter einem Winkel von drei Grad, mußte zu treffen sein, solange der Gegner stillhielt. Die Abdrift durch den Flutstrom würde Spalke ebenso berechnet haben, wie Asmann parallel zum Feind blieb, mit dem ganzen Schiff zielend.

Während der Fächer bereits lief, griff oben auf der Brücke Boehnke, wie ich später erfuhr, zu seiner Kommandantenmütze. Das übliche Zeichen zum Enttarnen. »Feuererlaubnis«, sagte er. Der Union Jack, Großbritanniens rotblaue Händelsfahne, sank nieder; schwarzweißrot stieg Deutschlands Kriegsflagge in den Mast. Dies geschah so spät, daß dem Feind keine Zeit mehr zum Ausweichen blieb. Auch wir Artilleristen sahen ihn jetzt. Dumpf polternd rasteten die

Klappen der Geschütztarnung aus und glitten außenbords hinab. Rufe, Zahlen, Befehle schwirrten durch die Luft.

Im Funkraum ging die Aufforderung ein, zu kapitulieren, danach die Frage, ob wir verrückt geworden seien. Asmann ließ morsen *all is fair in love and war*: in der Liebe und im Krieg ist alles erlaubt – ein englisches Sprichwort, dazu bestimmt, die kaltblütige Frechheit seines Überfalls zu krönen.

Noch eine Minute bis zur Detonation. »Feuer frei«, rief Hirsch. Die Feuerglocke schrillte, das Schiff erbebte, die erste Salve fuhr aus den Rohren, gefolgt von Rauch und Qualm, den der Wind nach achtern blies, so daß der Feind gleich wieder in Sicht kam. Auch bei ihm blitzte es auf, er war also keineswegs arglos gewesen. Granaten heulten über uns weg, Kartuschhülsen klirrten, der nächste Abschuß dröhnte. Unsere zweite Salve lag deckend, wir erzielten einen Treffer auf der Back, rings um die »Sutlej« stiegen Fontänen auf.

Doch was war das? Schneller, als es eigentlich sein konnte, bewegte sich das Ziel, nahm Fahrt auf, drehte uns das Heck zu und dampfte unter einer dicken Qualmwolke hart nach Steuerbord ab, um aus dem Bereich unserer Kanonen zu kommen. Drei Minuten nach dem Start der zwei Torpedos, die nun ins Leere liefen! Hatte man ihre Blasenspur drüben auf der Brücke gesehen, gegen die Sonne in der bewegten See? Oder war dort vom Flaggschiff der Bescheid angelangt, daß der Hilfskreuzer »Möwe« schon vor Wochen die »Trader« im Atlantik versenkt hatte? Das erfuhren wir nie. Jedenfalls wich der Feind in einer scharfen Kurve den Aalen aus und funkte uns höhnisch zu: *What did you aim at?* (»Auf was haben Sie gezielt?«)

Dies war für uns das Aus. Jetzt hätte Boehnke, falls er dort oben kommandierte, mit Anstand aufgeben und die weiße Fahne hissen sollen. War solch ein Tuch überhaupt an Bord? Ich glaube kaum. Was konnte S.M.S. »17«, dieser panzerlose bewaffnete Frachter, denn noch ausrichten gegen den an Reichweite, Gefechtskraft und Manövrierfähigkeit haushoch überlegenen »Schrotthaufen«?

Ein bißchen wohl. Drei oder vier Treffer steckte die »Sutlej« ein, am Heck nahe der Wasserlinie; noch eine Granate traf ihren letzten Schornstein und kippte ihn an. Sie schoß auch kaum zurück. Doch Hirschs Hoffnung, die Feuerleitanlage ihrer schweren Artillerie erwischt zu haben, erfüllte sich nicht. Weit draußen auf See drehte sie bei und eröffnete den Beschuß.

Mit äußerster Kraft liefen wir zur Insel zurück, als wollten wir sie zwischen uns und den Gegner bringen. Der aber hatte uns jetzt im Griff. Ein Dutzend Fontänen, backbord voraus hochwuchtend, zwang die Schiffsführung, den Kurs zu ändern. Sie suchte nun Schutz in dem Kanal, der – dreieinhalb Faden tief und nur eine Kabellänge breit – Isla Manuelita von der Hauptinsel trennt. Ehe wir diese fragwürdige Zuflucht erreichten, zerschlug uns ein Treffer den vorderen Mast. Wie unter einem Axthieb erbebte der Rumpf; herausgestanzte Stahlteile, Trümmer und Granatsplitter krachten und klirrten über uns derart aufs Deck, daß ich den Kopf einzog.

Im nächsten Augenblick war alles zu Ende. Mit furchtbarer Wucht schleuderte es mich hin – durch die offene Stückpforte ins Meer hinaus. Eines oder zwei der 23,4-Zentimeter-Geschosse, zentnerschwer und kaum mit Schwarzpulver gefüllt, waren mittschiffs eingeschlagen, hatten sich bis in den Maschinenraum gebohrt, dort die Menschen zerfetzt und den angrenzenden Bunker verwüstet, in dem noch zehn Torpedos lagen.

Es folgten entsetzliche Explosionen. In einer Stichflamme, nach britischen Angaben so hoch wie der Cerro Iglesias, der Hauptgipfel der Insel, zerbrach die »Trader« in Stücke. Ihr Heck spaltete sich von unten her wie ein ausbrechender Vulkan. Das Vorschiff, von dem aus ich ins Wasser flog, kenterte und trieb noch eine Zeitlang kieloben von Isla Manuelita weg.

Auf nach Walhalla

Das Zerbersten des Schiffs muß für den Feind ein grandioses Spektakel gewesen sein. Ich hatte dutzendfach erlebt, wie Schiffe wegsackten, wenn auch nie, daß eines buchstäblich auseinanderflog. Stets markierten gewaltig aus der Tiefe steigende Luftblasen den Ort des Untergangs. Boote, Spieren, Mobilar und Kisten trieben noch stundenlang umher. Ein Bild des Jammers. Aber Zehntausende von Schiffen, beladen mit märchenhaften Reichtümern – so pflegte ich mich zu trösten –, hatten schon vor diesem Weltkrieg ihre Ruhestätte auf dem Meeresgrund gefunden. Und wie viele Matrosen der Marinen aller Länder würden sich ihnen noch zugesellen? Das war halt Seemannslos.

Jetzt freilich lag ich selbst im Wasser und rang nach Luft, von der Schwimmweste am Schwimmen gehindert. Wann kam der berüchtigte Sog, der mich hinabreißen würde? Oder das Gegenteil, das Gewirr aufschießender Balken, die Trümmer der Lukendeckel? Oft schnellten sie meterhoch aus der See, so wuchtig, daß es einem glatt die Knochen brach. Dafür konnte sich dann der Nachbar an so einem Stück festklammern. Ich hielt mich also, wassertretend, senkrecht, um möglichst wenig Angriffsfläche zu bieten.

Aber der Schwall von unten blieb aus, und was da auftrieb, das sprang überhaupt nicht heraus. Warum, das wurde mir erst später klar. Der Weg der »Trader« in Richtung Erdmittelpunkt war kurz, sie sank auf 15 Faden Tiefe, und hätte es sie nicht zerfetzt, wären vielleicht die Mastspitzen sichtbar gewesen... Nur schwarzes Schmieröl quoll hoch, umfang mich eklig und rettete mir das Leben. Es glättete dort, wo ich schwamm, die Brandung, trübte die Wellen und hielt so die Haie fern, die niemals durch öliges Wasser gehen.

Noch einmal packte mich Todesangst. Ich merkte, die Strömung trug mich am Pitt Head vorbei, ohne daß es mir gelang, dem Land näherzukommen und die kleine Sandbucht zu erreichen, in der sich vor ein paar Tagen die vier

Verschwörer versteckt hatten. Das war ein schlimmer Augenblick. Verzweifelte Rufe hallten über das Wasser, Schreie von Kameraden, die ich kaum sah, während es sie so wegtrieb wie mich. Die »Sutlej« kümmerte sich um uns einen Dreck. Zwar hatte sie nach dem Vernichtungsschlag das Feuer eingestellt, blieb aber fern im Norden, aus meiner Schwimmlage am Horizont ... Weshalb kam sie nicht näher und ließ tatenlos zu, daß es uns ostwärts hinaussog in den Ozean? Der verhaßte Feind, wie brauchten wir ihn jetzt!

Wenn von ihm keine Rettung kam, lag sie allein bei mir selbst. Ich streifte erst die Stiefel, dann die Schwimmweste ab und hielt mit kräftigen Stößen südwärts auf Conic Island zu, hinter dessen Berg die Sonne verschwand. Im Schattenfeld des 60 Meter hohen Kegels ergriff mich wiederum Furcht. Alles war so düster ringsum, unheimlich, das laue Salzwasser beizte die Narbe am Ohr, ich schluckte ein Quantum davon. Schon schwanden meine Kräfte, da hörte ich jemand sagen: »Umdrehen, schwimm auf dem Rücken! Es wird flach und zerschlägt dir die Knie ...«

Asmanns Stimme, sein Kopf, der Erste hinter mir! Das half mir augenblicklich. Noch immer ging Kraft von ihm aus, bedeutete er mir soviel, daß seine Nähe mich sogleich stärkte. Und schon spürte ich das Riff, die ersten Korallen an meinen Füßen, scharf, tot, dunkel und schleimig bewachsen. Eine letzte Welle, im Flachwasser verzischend, schob uns an das felsige Nordwestufer von Conic Island.

Geschafft! Ich warf mich hin, ausgepumpt, völlig erschöpft, eine Zeitlang außerstande, irgend etwas zu sagen oder gar zu tun. Unklar nahm ich wahr, daß Asmann neben mir im Schatten saß, triefend und schlotternd, vergebens bemüht, sich Stacheln eines Seeigels aus dem bloßen, ölverschmierten Fuß zu ziehen. »Sind Widerhaken dran«, knurrte er. Genau wie ich war er ohne Schwimmweste und Schuhe. Wir hatten beide die gleiche Idee gehabt.

Ich fragte: »Warum holt uns der Tommy nicht?«

»Ein Unglück kommt selten allein.« Asmann plagte sich mit den Stacheln ab. Merkwürdiger Satz. Hatte ich recht gehört, er verglich die Katastrophe, die Tragödie des Schiffs mit der lächerlichen Wunde an seinem Fuß?

»Ob die uns überhaupt noch holen?«

»Was weiß ich? Am Ende glauben die, da hat keiner überlebt.«

»Hätten Sie das geglaubt, Herr Kapitänleutnant?«

»Was denn, Richard?«

»Daß es so endet?«

»Als Soldat mußt du auf alles gefaßt sein. Volltreffer in die Munition, da bleibt natürlich kein Auge trocken...« Den Stacheln war nicht beizukommen, er ließ davon ab. »Soviel ich gesehen hab, sind gut ein Dutzend davongekommen. Der Kommandant lebt, Keyserlingk auch und noch ein paar von der Brücke. Die unten hat's wohl sämtlich erwischt. Auch die vier Franzosen im Vorschiff.«

»Haben Sie Hein Harder gesehen?«

»Nein, Junge. Vielleicht fischt man ihn noch raus.«

Aber mein Freund blieb verschwunden. Ich sah ihn nie wieder. Hein war entweder tot, gefallen wie Rudi Rahn, oder vermißt wie Hansi Neckenbürger, mein anderer Kumpel an Bord. So jung war Hein gewesen, hatte so wenig wie ich das Leben gekannt – das einzige Kind seiner Eltern, und Asmann hatte ihm beteuert, sie würden ihn nicht verlieren. Was sind solche Worte wert im Krieg? Was gilt das Wort eines Offiziers, in dessen Hand solch ein Leben liegt?

Wir warteten auf Conic Island, bis die Engländer kamen; sie bargen ohne Eile erst die im Wasser Treibenden. Kein Mensch weiß, ob sie alle fanden, die den Schiffbruch überlebt hatten... Diese Stunde gehört zu den sonderbarsten, derer ich mich erinnere: meiner wirren Gefühle wegen, des Zwiespalts in meiner Brust. Wie stand ich denn zum Ersten Offizier? Das Scheitern hatte ihn seiner Macht beraubt, die so erdrückend gewesen war. Fast waren wir einander gleich, zwei Schiffbrüchige, ganz ähnlich geschwächt, doch auch robust. Er hatte mir nichts mehr zu sagen, kraft seines Dienstrangs keine Gewalt mehr über mich. Und im stillen gab ich ihm die Schuld am Tod meines Freundes wie an dem all der anderen Kameraden; traute mich allerdings nicht, ihm das ins Gesicht zu sagen.

Denn seltsam, ich blieb sein Untergebener, ein junger Matrose, der pariert! Die Niederlage machte ihn für mich kaum kleiner, seine Ausstrahlung minderte sie nicht. Nur weil er neben mir saß, fing ich an, die Dinge mit seinen Augen zu sehen. Er hatte alles auf eine Karte gesetzt und verloren, hatte Pech gehabt, nachdem ihm das Glück solange treu gewesen war – was konnte er dafür? *All is fair in love and war.* In der Liebe wie im Krieg kam man nicht immer ungeschoren davon. Trotz allem, was ich ihm vorwarf, blieb er der tolle, verwegene Kerl, schlau und instinktsicher wie ein Raubtier, das prächtigste Exemplar der Gattung des kriegerischen Seeoffiziers, das mir je begegnet war (und bis heute begegnet ist). So oft sein Blick mich streifte, war ich wie elektrisiert von ihm, eigentümlich hypnotisiert, wieder im Bann seiner Tatkraft und Unternehmungslust.

Heute noch bin ich überzeugt, daß wir zwei, hätte der Feind uns nicht geholt, ein freies, mannhaftes, brüderliches Leben auf der Hauptinsel geführt hätten, die von Conic Island leicht zu erreichen war. Ohne dort das Kriegsende abzuwarten! Nicht ausgeschlossen, daß Asmann sich den nächsten Walfänger gegriffen hätte, der arglos herkam, um Frischwasser zu nehmen. Die Versprengten sammeln und nach Art des Kapitänleutnants von Mücke – oder des Grafen Luckner, der ein Jahr später mit der »Seeadler« in den Pazifik kam und gleichfalls scheiterte, ohne aufzugeben – weiter Krieg führen und den Durchbruch in die Heimat wagen, das hätte zu ihm gepaßt. Wir wären dabei wohl auf Rohrbeck und Katerbaum gestoßen, die sich ihm kaum gefügt hätten; es wär ihm schwer geworden, sie als Deserteure zu behandeln ... Doch dies sind Spekulationen. Ich gebe ihnen nur Raum, um das Chaos anzudeuten, in das seine Gegenwart mich zog.

Tatsächlich erinnere ich mich, daß er auf meine Frage, ob all dies unvermeidlich gewesen sei, mit fester Stimme erwiderte: »Wir haben unsere Pflicht getan.«

Ganz ruhig, ohne Nachdruck; den hatte er nie nötig. »Unsere Pflicht?« warf ich ein. »Nicht doch noch etwas mehr als das?«

Er spürte den Unterton, die Kritik und schnitt sie mit dem Wort ab: »Man kann nie genug für Deutschland tun.« Aus. Das war endgültig. Danach gab es keine Frage mehr. Süß und ehrenvoll ist es, für's Vaterland zu sterben, hätte Dr. Rosen, nun selber tot, auf lateinisch gesagt.

Bevor das Boot eintraf, wies Asmann mich darauf hin, daß ich, abgesehen vom Kommandanten und dem Funkoffizier, betreffs des Prisenguts womöglich der einzige Geheimnisträger war. Von dem vierzehnköpfigen Landungstrupp hatten, soviel er wußte, nur drei das Unglück überlebt. In seiner bekannten Gier werde der Brite nichts unversucht lassen, an unsere Kriegsbeute heranzukommen. In puncto der zwei Offiziere sei ja klar, die hielten den Mund. Dessen könne man durchaus sicher sein. Und mir befahl er kurzerhand, zu schweigen wie ein Grab.

»Die Beefs drehen jeden von uns, den sie auffischen, durch die Vernehmungsmühle«, sagte er so verächtlich, als sei das Befragen von Gefangenen ein britisches Monopol. »Rechne damit, Richard, sie kriegen heraus, daß du dabeigewesen bist. Dann setzen sie dich unter Druck, damit du zum Verräter wirst. Vielleicht gehen sie sogar so weit, dir eine vorzeitige Heimkehr anzubieten, den Austausch über die Schweiz unter dem Vorwand deiner Verwundung, deiner Jugend, was weiß ich ... Ich würde es an ihrer Stelle tun. Trau ihnen nicht, das sind bloß Tricks, werd niemals weich! Es ist und bleibt der Feind. Na ja, du hast genug Ehre im Leib, ihm nicht nachzugeben. Kann ich mich voll auf dich verlassen?«

Wir hatten uns erhoben und standen da, während das Boot auf Conic Island zuhielt; noch immer barfuß, durchweicht und ölverschmiert. Ich versprach ihm, eisern zu schweigen. Er gab mir feierlich die Hand darauf. Ihr klebriger Druck besiegelte den Bund. »In Treue fest, Herr Kapitänleutnant«, wiederholte ich, da er diese Formel sprach, und nickte heftig; Hackenschlagen war ja nicht mehr.

»Denk an mich«, schloß er suggestiv. »Man wird uns gleich trennen, auf lange Zeit. Offiziere kommen in Sonderlager, damit die Crew ohne Führung bleibt. Aber ich finde einen Weg, mein Junge. Eines Tages wirst du wieder vor mir stehen.«

Das sollte für über ein Jahr das letzte sein, was ich von ihm hörte. Derbe Seemannsfäuste zogen mich in das Rettungsboot. Auf dem Mützenband der englischen Matrosen stand *H.M.S.* »*Sutlej*«, voll absurder Genugtuung dachte ich, wir haben sie anhand der Silhouette also richtig identifiziert. Die Leute schienen merkwürdig frei von Haß. Ihr Kreuzer hatte fünf Treffer erhalten, auch sie beklagten Verluste, zeigten aber keine Rachsucht. War ihr Zorn schon verraucht oder achteten sie sogar unseren aussichtslosen, selbstmörderischen Kampf? Nach meiner Erfahrung liegen Ritterlichkeit und Niedertracht nirgends näher beisammen als im Seekrieg. Einer von ihnen schob mir eine Zigarette in den Mund, ein zweiter gab mir Feuer, und gemeinsam beklopften sie meinen Rücken, als ich – Nichtraucher, der ich bin – schon beim ersten Zug zu husten begann.

Die Geretteten wurden auf das Achterdeck des Kreuzers gebracht: noch 15 von 200 Mann. Willi Lüdecke war der einzige unter ihnen, der mir näher stand. Man labte uns mit *lime juice*, Limonadensaft, dann wurden Bottiche voll heißen Wassers gebracht, damit wir die Ölspuren loswurden. Die drei Offiziere badeten unter Deck, schon von uns getrennt und von nun an unsichtbar. Alle Kameraden schienen zu frieren, trotz des Meerwassers, das um Isla del Coco Ende April 27 Grad hat, und der Tropensonne. Die Kälte kam eher von innen. Wir schlotterten, waren einfach fertig ... Es war zuviel gewesen.

Am 26. April übernahm uns südlich des Panamá-Kanals das Flaggschiff des Admirals Browning. Als man mich zum Verhör führte, war die Stimmung an Bord der »King Alfred« ziemlich gereizt. Denn am Vortag hatte Deutschlands Hochseeflotte es zum zweiten Mal seit Kriegsausbruch gewagt, die englische Küste zu beschießen. Admiral Scheer, ihr neuer Chef, wollte die Grand Fleet aus der Reserve locken. Und um ein Haar wär es ihm geglückt, die britischen Schlachtkreuzer unter Beatty zwischen Hippers Schlachtkreuzern und seinem Gros zu zermalmen. Auf die befestigten Häfen Lowestoft und Great Yarmouth waren Hunderte von 28-cm-Granaten gefallen. Auch griffen deutsche Marineluftschiffe das englische Mutterland mit Bomben an.

Entsprechend düster war der Empfang. »Wir können auch anders«, schnauzte mich der Vernehmungsoffizier an, da ich alles abstritt. Weit davon entfernt, mir vorzeitige Entlassung oder sonst etwas zu versprechen, fuhr er kalt fort: »Sie kommen vor ein Kriegsgericht. Es ist Ihnen doch bewußt, wie ein Pirat gehandelt zu haben? Ihr Schiff hat erst Flagge gezeigt, als die Torpedos liefen!«

Mir das vorzuhalten war dumm, ich war nur Befehlen gefolgt und ließ mich nicht einschüchtern. Ich wußte immer schon, was er gefragt hatte, während sein Dolmetscher es noch übersetzte. »Sie waren bei dem Trupp, der das Raubgut vergraben hat – wo?«

»Keine Ahnung, Sir. Sie nahmen mich nicht mit bis hin. Der Transport geschah in Etappen. Ich hatte die Kisten am Wasserfall hinzupacken und dann wieder eine zu holen ...«
Bei dieser Aussage blieb ich. Er ließ mich noch mehrmals kommen, dann gab er es auf.

Erst 15 Monate später, im POW-Camp auf Jamaica, erhielt ich ein Lebenszeichen der Apostel, das meine Verschwiegenheit zu würdigen schien. Der Kassiber wurde mir bei der Plantagenarbeit zugesteckt, unterzeichnet mit »Werner« und »Egbert«, aus konspirativer Vorsicht wohl, trotzdem schmeichelhaft. Boehnkes Signum fehlte. Waren die zwei nicht mehr mit ihm zusammen? Vielleicht hatte sich sein Leiden verschlimmert und er lag im Lazarett.

Zu jener Zeit, im August 1917, war die Begeisterung über die Seeschlacht vorm Skagerrak längst verraucht, ein Geist der Verbundenheit zwischen Offizier und Mann in der Marine des Kaisers nicht mehr selbstverständlich. Auf den Linienschiffen »Prinzregent Luitpold« und »Westfalen« sowie dem Kleinen Kreuzer »Pillau« kam es zu Vorfällen von Unbotmäßigkeit, die dem Wirken des Reichstagsabgeordneten Dittmann und seiner Gefolgschaft von der Unabhängigen Sozialdemokratischen Partei zugeschrieben wurden. Wie sich vor dem Kriegsgericht ergab, hatte man in der Hochseeflotte Unterschriften gesammelt. Sie sollten auf dem Stockholmer Sozialistenkongreß beweisen, daß deutsche Seeleute bereit waren, den Krieg durch einen Umsturz zu beenden. Die fünf Rädelsführer wurden zum Tode verurteilt, zwei von ihnen – Albin Köbis und Max Reichpietsch, 25 und 23 Jahre alt – erschossen, die anderen zu Zuchthaus begnadigt. Das Gericht verhängte über weitere Matrosen Zuchthausstrafen.

Auch kam es zur selben Zeit in der französischen Hochseeflotte zu jenen *incidents fâcheux* (bedauerlichen Zwischenfällen) mit den »durch das ereignislose Bordleben überreizten und pazifistisch verseuchten Mannschaften«, wie es amtlich hieß. Ganz zu schweigen von den Ereignissen in der Marine des Zaren und in der österreichisch-ungarischen Flotte an der Adria. Die allgemeine Kriegsmüdigkeit griff um sich, aus bestimmten Gründen erfaßte sie gerade Elitetruppen wie die hochtechnisierten Seestreitkräfte zuerst ... Wollten Asmann und von Keyserlingk mich da an mein Gelöbnis erinnern?

Der Text ihrer Botschaft lautete: »Du sollst an Deutschlands Zukunft glauben / An deines Volkes Auferstehen / Laß diesen Glauben dir nicht rauben / Trotz allem allem, was geschehen / Und handeln sollst du so, als hinge / von dir und deinem Tun allein / Das Schicksal ab, der deutschen Dinge / Und die Verantwortung wär' Dein. (Johann Gottlieb Fichte)

Unsere Ehre heißt Treue. Werner und Egbert.«

Das ging mir nahe, es griff stark ans Gemüt. Ich faltete den Zettel vielfach und hob ihn bis zum Tage meiner Heimkehr, ja noch Jahre darüber hinaus, sorgfältig auf. Er ersetzte mir vieles von dem, was ich beim Untergang unseres Schiffs verloren hatte – Annis Bild zum Beispiel und Asmanns Taschenatlas, Dinge, an denen mein Herz hing... Ja, ich war so gerührt wie ein Büroangestellter, dem der Chef des Hauses zu einem Betriebs- oder Berufsjubiläum eine goldene Taschenuhr mit eingravierter Widmung schenkt. Werner und Egbert. Möge man heute darüber spotten, damals beeindruckte mich das.

Wieder am La Plata

Hier angelangt, wird mir klar, daß ich meinen Bericht unterbrechen muß. Ich habe mit der Niederschrift im September 1939 begonnen, 22 Jahre nach dem zuletzt Geschilderten, vom Ausbruch des neuen Krieges mit meinem Schiff, der »Gazelle«, in Montevideo überrascht und am Auslaufen wie an jeder anderen sinnvollen Tätigkeit gehindert. Den ganzen Herbst über kreuzten die Briten vor dem Rio de la Plata und im Atlantik, auf der Jagd nach deutschen Frachtern und Handelsstörern. Deshalb beschwor mich meine Frau, lieber das Kriegsende in Uruguay abzuwarten, auch um den Preis beträchtlicher Hafengebühren, als unser Leben und das Schiff aufs Spiel zu setzen.

Sie ist nämlich mit an Bord, und ich hab mir angewöhnt, soweit es geht, auf ihren Rat zu hören. Nach all dem, was uns die Jugend beschert hat, sind wir so gut wie unzertrennlich geworden. Natürlich weiß sie, daß es mir schwer wird, untätig herumzusitzen und Geld zu verlieren. Und so hat sie mich ermuntert, die Geschichte von S.M.S. »17« aufzuschreiben. Dabei ist sie so raffiniert gewesen, mir einzureden, der spätere Verkauf, also das Vermarkten meiner Aufzeichnungen, werde den Schaden wettmachen, der uns hier entsteht. Nun, daran glaube ich nicht. Die Konkurrenz ähnlicher Memoiren aus dem Seegeschehen des Weltkriegs ist erdrückend, sie hatte bisher solche Absichten in mir erstickt.

Denn es ist ja nicht bei dem »Möwebuch« des Grafen Dohna geblieben. Die unterschiedlichsten Männer haben zur Feder gegriffen: vom Großadmiral von Tirpitz über Admiral Souchon und Vizeadmiral Bauer, dem Befehlshaber der U-Boote, bis zu U-Bootkapitänen wie Arnold de la Pierre und Hilfskreuzerkommandanten wie dem Grafen Luckner, dessen »Seeadler« am 2. August 1917 von einer Flutwelle auf das Riff der Südseeinsel Mopelia gesetzt und zum Wrack gemacht wurde. Worauf man ihn und seine Crew nach weiteren Kaper- und Fluchtversuchen schließlich bis zum Friedensschluß im Zuchthaus von Auckland auf Neuseeland internierte.

Zumal Luckners tollkühne Abenteuer, unter dem Titel »Seeteufel« auch verfilmt, hielten mich davon ab, mit den eigenen Erinnerungen hervorzutreten – als schlichter Matrose zwischen all den Offizieren. Zehrte Luckners Bericht doch außerdem von der Romantik der sterbenden Ära des Segelschiffs! Die »Seeadler« war nämlich das amerikanische Vollschiff »Pass of Balmaha« (1570 BRT) gewesen und 1915 einem deutschen U-Boot in die Hand gefallen. Es bekam einen Hilfsmotor und sollte, mit zwei 10,5-Zentimeter-Seekanonen bestückt, in harmlosem Gewand unter den feindlichen Seglern aufräumen. Ende Dezember 1916 lief Luckner unter norwegischer Flagge aus, hielt südlich von Island der Untersuchung durch ein britisches Prisenkommando stand und hatte drei Dampfer und elf Segler mit 28000 Bruttoregistertonnen versenkt, als er in der Südsee scheiterte.

Verglichen mit anderen Hilfskreuzern ein bescheidener Erfolg. Doch wie hat der ehrgeizige Kapitänleutnant – ein gutaussehender, etwas dicklippiger Mann mit wulstigen Lidern und tiefsitzenden Ohren – seinen Ruhm zu verbreiten gewußt! Dergleichen nahm mir den Wind aus den Segeln, auch als mit Hitlers Machtantritt der Flottengedanke wieder Auftrieb bekam und für Seekriegsgeschichten eine Konjunktur anbrach, fast wie im Weltkrieg selbst.

Aber da war, um ehrlich zu sein, noch ein zweiter Punkt, der mich zur Zurückhaltung zwang und den ich, ohne den Ereignissen vorzugreifen, noch nicht berühren kann. Legt er doch ein Lebenskapitel und eine Seite meines Wesens bloß, die zu enthüllen mir schwer wird. Ich meine denselben kühlen Geschäftssinn, der etwa meinen Vater geleitet hat, als er die Schulden aus seinem Vorkriegsbankrott, eine Viertelmillion Goldmark, im Juni 1922 auf einen Schlag beglich. Zu dieser Zeit notierte der US-Dollar mit 200 Mark, so daß Vaters Verpflichtungen auf 1250 Dollar geschrumpft waren. (Zuzüglich 5½% Zinsen per annum. Hätte er bis zum Januar 1923 gewartet – da stand der Dollar schon bei 11 000 Mark –, wäre er für 23 Dollar die ganze Last losgewesen; und im November des gleichen Jahres für einen Cent.) Eine Erfahrung, aus der er noch viel Nutzen zog.

Im März 1930, als Großadmiral von Tirpitz 81jährig bei München verstarb, kehrte mein Vater übrigens als rüstiger Endfünfziger unangefochten ins Reich zurück. Die in Abwesenheit über ihn verhängte Freiheitsstrafe war verjährt. Längst hatte ich mich mit den Eltern ausgesöhnt. Sie bezogen eine Villa an der Strandpromenade von Warnemünde, ihren Ruhesitz, und hatten viel Freude an den zwei Enkelkindern, die Anni ihnen überließ, wenn sie mit mir zur See fuhr. Als lägen nicht 16 Jahre in der Fremde dazwischen, fuhr Mutter fort, sich am Flügel zu begleiten bei Liedern wie: »Wenn ich früh in den Garten geh mit meinem grünen Hut ...« Und Vater trat dem Segelclub bei. Die Weltwirtschaftskrise berührte ihn kaum. Er hatte seinen erstaunlichen Inflationsgewinn bombensicher angelegt.

Doch von all dem vielleicht später. Meine innere Ruhe ist seit Tagen dahin, böse Ahnungen und Alpträume bringen mich um den Schlaf. Unsere stille Hoffnung, der Krieg möge mit dem Feldzug nach Polen enden, hat sich zerschlagen. Zwar wird an der 400 Kilometer langen Front zwischen dem Westwall und der Maginotlinie kaum gekämpft; der Wehrmachtsbericht vom 18. Oktober hat einen Gesamtverlust von 196 Toten, 356 Verwundeten und 144 Vermißten genannt, dem die Gefangennahme von 690 Franzosen gegenübersteht. In Paris spricht man vom *drôle de guerre*, dem komischen Krieg. Aber London hat einen langen Atem, es wird, von Hitler düpiert und herausgefordert, diesmal unnachgiebig sein.

Und so folge ich voll banger Sorge der Entwicklung des

Seekriegs in der Nordsee und im Ozean. Vieles scheint sich da zu wiederholen, anderes verwirrt mich; ja, ich schwanke zwischen Enttäuschung und seltsamem Bewegtsein, bin bekümmert und erregt zugleich. Die Erfahrung lehrt mich, wie so etwas enden kann, und doch, manchmal ist das Gefühl in uns stärker als alle Vernunft. Wer von den Seeleuten, die einmal selbst am Feind gestanden sind, kann sich dem Sog des Seekriegs, seiner Dramatik und Wucht entziehen? Dinge in meiner Brust, die ich wohlweislich vor Anni verberge.

Schon Ende August, ehe der britische Blockadering sich schloß, sollen die beiden 10000 Tonnen schweren Panzerschiffe »Deutschland« und »Graf Spee« in den Atlantik entsandt worden sein – dank ihres Fahrbereichs für den Zufuhrkrieg sehr geeignet. Mit ihren je sechs 28-Zentimeter-Geschützen auch für bewachte Geleitzüge eine Gefahr! Jedenfalls bot die Royal Navy alle sechs Flugzeugträger, ein Drittel ihrer 15 Schlachtschiffe und viele Kreuzer auf, um sie zu stellen. Beide Schiffe schienen beauftragt, Frachter des Gegners zu vernichten, dessen Flotte jedoch auszuweichen und das Operationsgebiet häufig zu wechseln.

Die »Deutschland«, in der Gefahrenzone des Nordatlantiks, ging offenbar so behutsam vor, daß sie über ein Beunruhigen des Gegners kaum hinausgekommen ist. Sie versenkte nur zwei Frachter und war Mitte November wieder daheim. Nach der Rückkehr benannte Hitler sie in »Lützow« um, damit ihm auf gar keinen Fall ein Schiff sinke, das »Deutschland« hieß.

Statt dessen aber sank die »Graf Spee«. Ihre Fahrt verlief von Anfang an riskanter. Dabei wurde sie zweifellos geschickt und phantasievoll geführt. Still durchlief sie den Nordatlantik, brachte erst Ende September an der Ostspitze Brasiliens ein englisches Schiff auf und alarmierte damit die Londoner Admiralität. Deren Geschwader verteilten sich Mitte Oktober im Südatlantik, suchten ihn fruchtlos ab. Mehrmals fiel die »Graf Spee« auf schwächer befahrenen Handelswegen ein Opfer an, dann verschwand sie abseits der Routen im Weltmeer. Mitte November bohrte sie bei Madagaskar einen Tanker in den Grund. Nun stand sie also im Indischen Ozean, kehrte aber weit um das Kap der Guten Hoffnung herum mit Kurs auf Südamerika zurück – seit drei Monaten in See, ohne daß der Feind sie auch nur aus der Luft sichtete und überhaupt wußte, mit wem er es zu tun hatte. Er glaubte, die »Admiral Scheer« zu jagen, das dritte Panzerschiff.

Vor dem Río de la Plata lag eine britische Suchgruppe, die annahm, der zähe Gegner werde sich schließlich in diese verkehrsreiche Gegend wagen. Sie bestand aus dem schweren Kreuzer »Exeter«, der 21-Zentimeter-Geschütze trug, und zwei leichten Kreuzern mit 15-Zentimeter-Kanonen. Am frühen Morgen des 13. Dezember lief ihr die »Graf Spee« entgegen. Bei diesiger Luft in dem Irrtum befangen, nur einen leichten Kreuzer und zwei Zerstörer vor sich zu haben, griff das Panzerschiff mit hoher Fahrt an und gab so die Chance preis, sich den Feind mit seiner weitreichenden Artillerie vom Leibe zu halten und ihn abzuschütteln.

Die Briten stoben auseinander, um den Gegner in die Zange zu nehmen und sein Feuer zu zersplittern. Wie so oft schossen die Deutschen dank gründlicher Gefechtsausbildung besser. Schwer getroffen, war die »Exeter« zeitweilig gelähmt. Ein Turm fiel aus, ein Teil der Kommandobrücke mit sämtlichen Geräten zur Befehlsübermittlung war zerfetzt, der schwere Kreuzer mußte, obendrein manövrierunfähig, das Gefecht abbrechen.

Doch auch das Panzerschiff hatte Schäden erlitten. Ohne Hafenreparatur konnte es seine Operation nicht fortsetzen. Es lief daher in die Bucht von Montevideo ein. Ich sah es auf Reede liegen – etwa da, wo 25 Jahre zuvor die »São Gabriel« geankert hatte – und erkannte im Fernglas die zwei leichten Kreuzer »Ajax« und »Achilles«. Sie lauerten außerhalb der drei-Meilen-Zone. Dem Panzerschiff nicht gewachsen, riefen sie Unterstützung herbei. Von den Falkland-Inseln lief der schwere Kreuzer »Cumberland« mit äußerster Kraft nordwärts, er stieß in der Nacht zum 14. Dezember zu ihnen.

Mein Herz schlug für die deutschen Matrosen. Entgegen Annis Rat, mich herauszuhalten, trat ich zur »Graf Spee« in Funkkontakt und bot ihr meine Hilfe an. Ich wollte sie mit Proviant und Dieselöl aus den eigenen Tanks versorgen und ihre Verletzten übernehmen. Das Gastland aber fing den Spruch auf, es verbot mir definitiv jeden derartigen Schritt. Zollboote umkreisten das Panzerschiff, am Ufer zeigten sich Truppen. Auf britischen Druck hin erlaubte die Regierung Uruguays der »Graf Spee« nicht einmal, im Rahmen des internationalen Seerechts jene Schäden zu beheben, die ihre Seefähigkeit minderten. Die Hafenzeit blieb auf 24 Stunden beschränkt.

Damit war ein Entkommen unmöglich und das Schicksal des Panzerschiffs besiegelt. Da lag es nun vor meinen Augen, von der englischen Presse einst als *pocket-battleship* (Westentaschen-Schlachtschiff) verhöhnt und dann doch gefürchtet: der Schrecken des Südatlantiks, wo es neun Schiffe mit 50 000 Bruttoregistertonnen versenkt hatte ... Ironischerweise fielen mir drei Sätze des inzwischen verstorbenen Großadmirals und Reichstagsabgeordneten von Tirpitz ein, der auf einer Kundgebung der Deutschnationalen Volkspartei mit seiner eher schwachen Stimme, doch erfüllt von dem unerschütterlichen Willen, seine Flottenpolitik zu rechtfertigen und Revanche zu fordern, gesagt hatte: »Um die Wirkung des Anblicks unserer neuesten Schiffe in Übersee zu proben, setzte ich 1913 beim Kaiser die Reise von zwei Linienschiffen der ›Kaiser‹-Klasse nach den Südstaaten Amerikas durch. Die friedliche Kultursendung unserer Schiffe gelang mit so schlagendem Erfolg, daß reichlichere Reisen der Schlachtflotte auf die Dauer nicht hätten verhindert werden können. Da ein modernes Schlachtschiff zugleich die beste Industrieausstellung in kleinem Maßstabe darstellt, so war ich auch zu der Annahme berechtigt, auf diesem Wege unseren schaffenden Ständen neue Verbindungen zuzuführen.«

Das muß im Frühjahr 1924 gewesen sein. Die Deutschnationalen, aus den Reichstagswahlen im Mai als stärkste Partei hervorgegangen, machten den ehemaligen Großadmiral zu ihrem Kanzlerkandidaten. Ein Jahr später sollte er sogar Reichspräsident werden, doch zog man ihm dann aus Gründen, die mir entfallen sind, den fast gleichaltrigen Feldmarschall von Hindenburg vor. Was war von Tirpitz' Anspruch geblieben, durch das Zurschaustellen von Kriegsschiffen die Belange der deutschen Volkswirtschaft zu fördern? In hellen Scharen drängten die Neugierigen zum Kai, doch einzig von Sensationslust getrieben.

Ja, ein lärmendes Publikum genoß zehn Tage vor Weihnachten den Anblick des am Bug beschädigten, von Pulverqualm geschwärzten, todgeweihten Panzerschiffs, dessen Bau unser Volk so viele Millionen gekostet hatte in der schlimmsten Wirtschaftskrise. Bei einer Internierung in Montevideo konnte es dem Feind in die Hände fallen. Daher beschloß der Kommandant nach einer Funkanfrage in Berlin, die »Graf Spee« außerhalb des Hafens im Río de la Plata zu versenken. Beim Untergang seines Schiffs blieb er selbst an Bord, wohl um deutlich zu machen, daß bei der Absicht, seiner Crew einen sinnlosen Tod zu ersparen, die Sorge um das eigene Leben keine Rolle gespielt hatte. Diesen traurigen Schritt schrieb ihm der Ehrenkodex seines Standes vor.

Zagt im Regen nie

Fünf Tage danach bekam ich per Luftpost eine Ansichtskarte, gestempelt in Buenos Aires. Seltsamerweise zeigte sie kein argentinisches Motiv, sondern eine Flußlandschaft in Zentralafrika, Katarakte des Kongo. Die Rückseite, mit Belanglosigkeiten auf spanisch bekritzelt, hatte ein Armando Ruiz unterschrieben. All das sagte mir nichts. Ich kannte keinen Mann dieses Namens. Aber ein Satz hakte sich doch fest, schien eine vage Erinnerung zu wecken. Übertrug man ihn ins Deutsche, lautete er: »Stanleys Expeditionszug quer durch Afrika wird von jedermann bewundert.«

Was hieß das, was wollte der mysteriöse Absender damit sagen? Verglich er sich oder mich mit dem britischen Korrespondenten Stanley, der nach einer Kette von Abenteuern im Jahre 1871 den verschollenen Afrikaforscher Livingstone aufgespürt hatte? Es war, als schlage dies in mir eine verstimmte, vergessene Saite an. Ich rätselte herum. Und dann, unter dem Rost der Jahre, leuchtete es auf, ich hörte jemanden erklären: Das ist der kürzeste deutsche Satz, der sämtliche Buchstaben des Alphabets enthält.

Wer hatte dies einmal gesagt, vor langer Zeit? Schließlich dämmerte es mir. Das war doch einer der zwei Offiziere gewesen, die sich uns angeschlossen hatten, als wir drei Jahre nach Kriegsende versuchten, an das Prisengut auf Isla del Coco heranzukommen. Und zwar der, den es dabei erwischt hatte. Ein Marinefunker, Freund von Verschlüsselungen, Silbenrätseln und Wortspielen, die uns dann über Jahre hinweg als Erkennungszeichen dienten.

Ohne viel zu überlegen, denn ein Versteckspiel ist aussichtslos, wenn man an ein Schiff gebunden ist, das festliegt, beschloß ich zu antworten. Auf eine Postkarte, die den Monte Video abbildete, schrieb ich in unverfänglichem Spanisch den bekannten Satz, der sich rückwärts genauso liest wie von vorn: »Ein Neger mit Gazelle zagt im Regen nie.« Die passende Entgegnung. Ich versah sie mit der Nummer des Postfachs in Buenos Aires, die auf dem Absender stand, und warf sie bei der gleichen Hauptpost ein, in der ich vor 25 Jahren so oft vergebens nach einem Brief von Anni Greve gefragt hatte.

Bei der Rückkehr aufs Schiff erkundigte sie sich: »Wer ist das eigentlich, dem du da schreibst?«

»Weiß nicht«, antwortete ich wahrheitsgemäß; wir hatten selten Geheimnisse voreinander. »Irgend eine Gestalt aus den zwanziger Jahren.«

»Suchst du zu denen denn Verbindung?«

»Nein, aber was bleibt mir übrig? Einer der alten Kameraden hat mich halt hier entdeckt ... Anni, die Schatten der Vergangenheit holen uns ein.«

»Jetzt redest du wie ein Schriftsteller.«

»Du hast ja einen aus mir gemacht.«

»Deshalb mußt du doch nicht geschwollen reden, Richard.« So ging das noch ein bißchen weiter. Meine Frau behält gern das letzte Wort. Werfe ich ihr das vor, kriegt sie es fertig, zu sagen, sie habe nicht gewußt, daß ich mit meinem Latein schon am Ende sei ... Bis auf die manchmal recht spitze Zunge ist aber an ihr wenig auszusetzen.

Dies schreibe ich nicht etwa für den Fall, daß sie diese Notizen liest. Sie weiß, ich denke wirklich so – nämlich, daß ich mit ihr das große Los gezogen habe. Übrigens kennt sie meine Aufzeichnungen und hat gegen zwei oder drei Passagen protestiert. Zwecklos, ihr zu versichern, die müßten sein, damit man sieht, was der Krieg aus einem macht: die Verrohung, das Verwüsten. Sie bleibt dabei, die Stellen sind ihr zuwider. Aber das nützt nichts, es ist mein Buch und soll die Wahrheit zeigen.

Das ist am ersten Advent gewesen, und zu Heilig Abend kam der Besuch. Ich saß vormittags in der Kajüte über diesen Papieren, da meldete mir der Erste, von der Stadt her halte ein Boot auf uns los. Wir lagen ja in der Bucht auf Reede, anders hätte mich die Hafengebühr für vier Monate bereits ruiniert. Auf Kurzwelle empfing ich den Deutschlandsender und hörte Heinz Rühmann singen: »Das kann doch einen Seemann nicht erschüttern, keine Angst keine Angst Rosmarie, wir lassen uns das Leben nicht verbittern ...« Durch das Fading, die Überlagerung von Raum- und Bodenwelle, schwankte wie üblich die Lautstärke. Als der Fremde bei mir eintrat, stieg die Stimme im Äther hoch: »Und wenn die ganze Erde bebt, und die Welt sich aus den Angeln hebt!«

»Heil Hitler«, sagte der Ankömmling lächelnd, dermaßen vertraulich, entwaffnend und mokant, daß mir fast ein »Heil du ihn« entschlüpft wäre. Denn ich hatte nach all den Jahren meinen Gast sofort erkannt. Werner Asmann. Weiß Gott, den vergaß man nie. Er mußte an die sechzig sein, war ohne Bart, sein sonnenbraunes Gesicht schien schwerer geworden, von Linien zerfurcht, die sich zumal um Augen und Stirn zu einem Netz verdichteten. Aber er hielt sich genau wie einst, hatte kein Gramm Fett zuviel, und was er sagte, klang unverändert warm, so selbstsicher wie lässig, wenn auch überdeckt von leichter Heiserkeit. Die war früher nicht dagewesen, sie paßte zu den Spuren der Zeit, all den Abnutzungserscheinungen, die ich an ihm wahrnahm.

So begann, sehr gegen den Willen meiner Frau, der neue Aufbruch ins Abenteuer. Geht's schief am Ende? Ich weiß es nicht, es kann schon sein; mir bleibt ja keine Wahl. Die Schonzeit ist vorbei, das stellte Asmann in aller Freundschaft klar. Das Dritte Reich braucht jede Bruttoregistertonne, die nicht vom Feind aufgebracht worden und im neutralen Ausland noch verfügbar war. Er leitete die Marineetappe in Buenos Aires dazumal erst eine Woche und ließ durchblicken, das Oberkommando der Kriegsmarine habe seinen Vorgänger abgelöst, nachdem dieser bei der »Graf Spee« in puncto Feindaufklärung so eklatant versagt hatte.

»Mir liegt dein Funkspruch vor, Richard, du hast helfen wollen«, fügte er hinzu. »Sehr anständig. Erkennen wir an. Aber das reicht natürlich nicht. Da sind all die Schlachtschiffe, Kreuzer und Hilfskreuzer auf hoher See zu versorgen, die jetzt in den Atlantik gehen. Der Führer hat nicht vor, die Flotte zu schonen. Er setzt sie nicht so zaghaft ein wie der Kaiser, er geht vielmehr aufs ganze ... Das Treibstoffproblem ist gelöst. Kein Abschinden mehr, kein Jammer mit den Kohlen wie damals. Heute ziehst du einfach den Schlauch rüber, pumpst das Öl in ein paar Stunden um.«

»Meine ›Gazelle‹ ist kein Tanker.«

»Wir müssen Proviant hinbringen, Ersatzteile, die Post, vielleicht auch mal Munition. Dafür eignet sich dein Schiff bestens. Die Kennziffern sind uns ja bekannt.« Er sprach mit kaum verdeckter Erschöpfung, als wachse ihm das bereits über den Kopf; oft schweifte sein Blick elegisch in die Ferne. Das war unübersehbar, sollte wohl so sein, um in mir Schuldgefühle und Hilfsbereitschaft zu wecken.

Es war ein Wechselbad, dem er mich unterzog. Denn andererseits, er kämpfte auch, bestrebt, mir Zuversicht einzuflößen, mich herumzukriegen, wo er eigentlich hätte befehlen können. Seine Hände krallten sich am Tisch fest, während er auf mich einsprach. Manchmal griffen sie nach mir, seine Gesten waren sparsam, doch ungeduldig und abrupt. Hell schilderte er mir Deutschlands Chancen, verbündet mit Japan und Italien in diesem »Einfrontenkrieg zur See«, bei dem Rußland draußenblieb. Er warb um die »große Kraftanstrengung«, riet mir, alle Zweifel wegzuschieben. Und wieder kam die Erinnerung. Genauso hatte er mich damals beschworen, ein paar Jahre nach dem verlorenen Krieg: »Laß die Skrupel sein, Junge, denk nicht nach über Geld – nimm's dir, verlange es!« Wie es ja dann auch geschehen war.

Schwer, sich Werner Asmann zu entziehen. 40 Jahre bei der Marine hatten ihn gestählt, ein Profi, kenntnisreich, instinktsicher, mit dem alten Willen zur Macht. Er sprach von Schiff »17«, dem Geist dieser Crew, suggestiv wie eh und je. Kein Schwanken, wenn er etwa sagte: »Mit den Beefs wird man rundherum fertig, diesmal. Wir verlassen uns nicht auf Dönitz' U-Boote, Erich Raeder setzt voll auf die dicken Pötte. Da ist für Überraschung gesorgt. Kein Schwanz ahnt, daß unsere schweren Kreuzer fünftausend Tonnen mehr haben als erlaubt, daß sie vierunddreißig Knoten laufen. Die ›Bismarck‹ und die ›Tirpitz‹ sind statt fünfunddreißigtausend Tonnen gut zweiundvierzigtausend schwer, die modernsten Schlachtschiffe der Welt ... Schlägt dir da das Herz nicht höher?«

»Doch«, sagte ich, von seiner Vision erfaßt; allem Früheren zum Trotz. Es den Beefs nochmal zeigen! Jeder brave Deutsche war aufgerufen, dabei mitzutun. Wehe denen, die es an gutem Willen mangeln ließen – auch das schwang wortlos in Asmanns Stimme mit. Alles, was er für Deutschland fühlte oder tat, geschah »rundherum«, »total« und »ganz und gar«. Der Sieg, schon zum Greifen nahe für ihn, war Gott nicht mit den stärkeren Bataillonen? Ja, er erreichte mich mit Bildern, längst Klischee geworden; sie füllten sich mir mit Leben. Denn das, was ihn umtrieb, bewegte ja auch mich. Obwohl da die bange Frage war: Kann es glükken? Es würde hart werden, das wußte ich.

»Da ist noch ein simples Wort, Richard. Und es hat wenig mit den Nazis zu tun.«

»Was für ein Wort?«

»Du kennst es, Junge ... Vaterlandsliebe.«

»Ja, natürlich.«

»Kann Deutschland auf dich zählen in seinem Schicksalskampf?«

»Feind erkannt – Kraft gespannt!«

»Dann also, auf ein Neues.«

Wir kippten den Rum, den ich eingeschenkt hatte. Asmann stand auf und ergriff meine Hand, wie damals am Felsufer von Conic Island, als er mir das Gelöbnis abnahm, zu schweigen wie ein Grab. »Ring frei zur zweiten Runde«, rief er mit einem frechen Grinsen, das ihn verjüngte. »Du hörst bald von mir ... Vor uns die große Chance, glänzend zu siegen auf See.«

Das klang mir doch zu stark, tönend fast wie des Kaisers Wort von den herrlichen Zeiten, denen er uns entgegenführe, so daß ich widersprach: »Oder auch abzusaufen, nochmal.«

»Das macht es spannend und wird sich erweisen. Inzwischen, Richard, denk daran: Ein Neger mit ›Gazelle‹ zagt im Regen nie.«

An der Reling kam Anni hinzu, sie erkannte ihn gleichfalls; vielleicht hatte sie an der Tür gehorcht. Asmann legte beste Manieren an den Tag, respektvoll nannte er sie »gnädige Frau«. Doch irgendwie witterte er ihren Widerstand, denn er rief uns von der Fallreep aus noch zu: »Eher marschiert ein Kakerlak über 'ne frisch geteerte Persenning, Kinder, als daß uns was auseinanderbringt.«

Das Boot preschte mit ihm davon.

»Du hast ihm nachgegeben, ja?« fragte meine Frau. »Wie konntest du bloß, Richard! Denk doch an die Kinder.«

»Eben an die hab ich dabei gedacht.«

»Hat euch der Weltkrieg gar nichts gelehrt?«

»Eins auf jeden Fall – daß man die Flotte auch einsetzen muß.«

»Ihr seid unverbesserlich. Euch bringt wohl überhaupt nichts zur Vernunft!«

»Ich will ja gerade vernünftig sein, Anni.« Besser sie besänftigen, bevor wir uns krachten; ihr unsere Zwangslage klarmachen. »Stell dir vor, ich lehne ab. Was passiert dann? Erst mal eins: das Konsulat verlängert uns nicht den Paß. Als nächstes verlieren wir die Staatsbürgerschaft. Dann rückt uns die deutsche Volksgruppe auf den Leib, schimpft uns Verräter und ...«

»Uns bleibt das Schiff und das Leben.«

»Wirklich? Ich glaube kaum. Das Schiff nimmt uns der Brite weg, falls er siegt, genau wie damals ... Siegt aber das Reich, bin ich ein Deserteur. Wir könnten nie mehr heim zu den Kindern. Und die Auslandsdeutschen hier und sonstwo auf der Welt, für die sind wir dann der letzte Dreck.«

»Was sind wir denn jetzt?« fragte Anni. »Spielzeug für die da oben, Kanonenfutter! Geht das nicht in deinen Kopf? Kaum kommt so ein Herr von gestern und erzählt dir was von Crewgeist und Heldentum, da knickst du schon ein, knallst vor ihm die Hacken, denn er kommt ja von oben, es ist also ein Hoheitsakt! Er verfügt ohne weiteres über dich, spielt Krieg mit uns und dem Schiff, wie Kinder mit Seifenblasen, bis sie platzen!«

Ich gebe zu, das traf mich. Mir war, als habe sie irgendwie recht. In einem Gefühl von Bedrückung und Bitterkeit legte ich den Arm um sie. »Wir müssen da halt durch, Anni. Was bleibt uns übrig? Es gibt keinen Ausweg ... Wer nicht kämpft, hat schon verloren.«

E N D E
des ersten Buchs

EIN NACHWORT

Mit dem vorliegenden Roman hat Wolfgang Schreyer in den vergangenen vier Jahrzehnten 27 Bücher veröffentlicht, die in 3 $\frac{1}{2}$ Millionen Exemplaren in deutscher Sprache erschienen sind; neben weiteren zwei Millionen, übersetzt in neun Sprachen. Häufig erreichen ihn Anfragen zu seiner Arbeit, auch Einladungen, vor interessierten Lesern selbst darüber zu sprechen: Wünsche, denen sämtlich zu folgen wohl kaum einem Autor gelingt. Deshalb schlug das Hinstorff-Lektorat ihm vor, einmal schriftlich Auskunft zu geben. Der folgende bibliographische Bericht soll – möglichst in der richtigen Reihenfolge – festhalten, was Schreyer schrieb. Dazu vielleicht noch andeuten, in welcher Absicht, Stimmung oder Hoffnung es geschah, wie er die einzelnen Arbeiten heute sieht und was in Zukunft von ihm zu erwarten ist.

Der Verlag

Im November 1952 nahm die Volkspolizei im Schnellzug Berlin–Magdeburg einen 25jährigen fest, der gleich 20 Stück eines zweifelhaften Buchs mitführte. Es hieß *Großgarage Südwest*, nannte sich Kriminalroman und war so grell aufgemacht, wie damals nur im Westen üblich. Der Mann gab an, der Verfasser zu sein; ein Namensvergleich mit dem Personalausweis schien das zu belegen. Doch wirkte seine Versicherung fragwürdig, das Buch stamme nicht aus Westberlin, es sei in einem Verlag der DDR erschienen. Das Impressum (Verlag Das Neue Berlin, Berlin N 4) ließ beide Deutungen zu. Erst nach 100 Bahnkilometern fand der Leiter des Zugbegleitdienstes den Vermerk: Sachsendruck Plauen ... Darauf gab er mir die Hand. Ich war noch einmal davongekommen.

Die erste Skizze zu dem Roman entstand schon sieben Jahre zuvor, in amerikanischer Kriegsgefangenschaft. Es gab dort, abgesehen von den Englischkursen und Bibelstunden mitgefangener Lehrer und Pfarrer, kaum Zerstreuung. Mein Publikum waren drei Zeltkameraden, ihnen las ich abends das tagsüber Geschriebene vor. Die Langeweile ließ sie nach diesem Strohhalm greifen, den Fortsetzungen eines Krimis, von A bis Z ausgedacht nach dem Muster der Groschenhefte und Bücher, die ich verschlungen hatte, von Conan Doyle über Edgar Wallace bis Karl May.

Ganz ohne Echo gedeiht nichts. Die drei spornten mich an, weiterzumachen, bis ein US-Corporal das Manuskript sah, beim Wechsel in ein Camp bei Darmstadt, und das Bündel Papier wegwarf, ohne Kommentar. Die nächste Fassung schob ich, nun in Magdeburg noch einmal auf der Schulbank, im Eiswinter 1947 selber in den Ofen. Erst viel später glückte mit Hilfe von Kriminalisten der schwierige Coup, den Roman gedruckt zu kriegen: noch immer mehr

Kolportage, das Werk lebhafter Phantasie als ernsthafte Erzählung, doch von den Beratern realistisch angehaucht. Ein Oberstleutnant der K schrieb sogar für die 3. Auflage ein fachmännisches Nachwort.

Kühner Schritt des Verlags zu einer Zeit, da es nicht üblich war, Unterhaltsames in Druck zu geben! Er hatte es gewagt, den ersten Kriminalroman der DDR zu edieren. Ich glaubte: auf Grund der Qualität. Es war aber, wie man mir dann verriet, ein Akt der Vernunft gewesen. Das Haus schrieb rote Zahlen, die Jahresprämie schien perdu, der kaufmännische Leiter riet zur Notwehr. Ein Krimi, konkurrenzlos auf den Markt gebracht, schönte die Bilanz – und stellte einen jungen Autor auf die Füße.

Zu der Zeit enstand mein zweites Buch, ganz aus dem Leben geschöpft. Die Arbeit in einem Privatbetrieb mit 60 Beschäftigten gab mir den Stoff. Zwar verschwieg ich den Ort und änderte die Namen, wie es sich gehört, erwähnte aber in dem Wunsch, genau zu sein, was die Firma produzierte. Aus einer ländlichen Drogerie hervorgegangen, stellte sie Kosmetika, Liköre und ein Pulver zur Schweinemast her (»Stehauf«, wirklich gut, man mischt es noch heute). Hierdurch enttarnt, erwog die Firma gerichtliche Schritte. Der Roman starb jedoch auch ohne Prozeß, an seinem Titel. Mein Lektor hatte ihn, da mir nichts einfiel, *Mit Kräuterschnaps und Gottvertrauen* genannt. Eine Lästerung, von uns ungewollt, der Verlag erschrak nachträglich und nahm das Buch 1953 aus dem Programm. Es ist nicht schade um den raschen Tod. Mein Versuch, Satire zu schreiben, hatte ein kleines Zeitbild erbracht – künstlerisch war er mißglückt. In dem Buch traten mehr Karikaturen als Charaktere auf... Rund 20 Jahre hat es gedauert, bis ich mein Handwerk begriff.

Es folgte zu Weihnachten 1954 ein abenteuerlicher Kriegsroman, *Unternehmen Thunderstorm*, ein Abbild des Warschauer Aufstands vom Hochsommer 1944. Der Zusammenprall von Hauptkräften der Welt von damals – des deutschen Faschismus, der Sowjetunion und der Westmächte – hatte mich schon während des Krieges beeindruckt. Atemlos forschend näherte ich mich dem ungeheuerlichen Stoff. Eigene Kriegserinnerungen vermengten sich mit zeitgeschichtlichen Recherchen, erstmals von mir in solchem Umfang angestellt; in Büchereien, Archiven und bei Augenzeugen der Ereignisse. Am Schluß der 900 Seiten stand ein langer Anhang für die Gründlichkeit der Ermittlungen.

Nur schwer gelingt es, historische Vorgänge in so breitem politischen Spektrum zum Roman aufzubauen, das Panorama des Ablaufs halb an authentische, halb an fiktive Figuren zu knüpfen. Kein junger Autor schafft das ganz ohne Spuren von Kolportage, dichte Episoden standen neben weniger plausiblen. Friedrich Wolf, erster Botschafter der DDR in Warschau, hatte in Kenntnis der Klippen denn auch vor dem Versuch gewarnt. Trotzdem, die Generation der Kriegsteilnehmer tolerierte das Buch, und die Akademie der Künste war so großzügig, es ungeachtet seiner Mängel 1956 mit einem Heinrich-Mann-Preis zu bedenken.

Danach war ich erschöpft. Die Katastrophe lebendig werden zu lassen, in fremden Erinnerungen zu wühlen und sich eigene von der Seele zu schreiben, das hatte mich mitgenommen. Vielfach fehlte es damals an Unterlagen, es war schwer gewesen, die von außen fast undurchschaubaren Strömungen des polnischen Widerstands zu bewerten. Wie erholsam, mit einem Kriminalstoff heimzukehren in das geteilte Berlin. *Die Banknote* fügte, im Weiterreichen eines Geldscheins, Geschichten aneinander, alltagsnah, doch nebensächlich. Das Buch ist längst vergriffen und vergessen.

Nummer 5, *Der Traum des Hauptmann Loy*, forderte mich wieder ganz. Der Roman, von Klaus Poche mit Schmiß illustriert, beschrieb einen Flugzeugzwischenfall über der Ostsee zu einer Zeit, da solche Affären sich häuften. Das Buch geriet mir zu breit, durch den Ehrgeiz, das rasante Geschehen mit Psychogrammen der Figuren und militärischen Details anzureichern. Nach dem Abschuß des U-2-Piloten über Swerdlowsk 1960 von Kurt Maetzig werkgetreu verfilmt, war es für mich ein Tor zur Welt des Spielfilms, in der ich, wie manch anderer auch, nie recht froh oder heimisch wurde.

Ende der 50er Jahre brachte der Militärverlag in dem Band *Alaska-Füchse* fünf Erzählungen im Stil historischer Reportagen, die u. a. das Hitler-Attentat, den Angriff auf Ägypten von 1956 oder (in der Titelgeschichte, 1964 verfilmt von Egon Günther) die Jagd nach radioaktiven Spuren von sowjetischen Atomtests über der Arktis schilderten. Ein Versuch, zu einer Art neuen Sachlichkeit im Abbilden von Zeitgeschichte zu finden; vergleichbar dem Fotorealismus in der Malerei.

Dieses Haus übernahm auch »Das Grüne Ungeheuer«, 1959 im Verlag Das Neue Berlin erschienen, neugefaßt unter dem Titel *Der Grüne Papst*. Der Einfall einer Truppe des Bananentrusts United Fruit 1954 in Guatemala wurde anhand meiner Geschichte vom Fernsehen verfilmt, zu einem der ersten aktionsreichen Mehrteiler. Auf den Erfolg des mit leichter Hand verfaßten Buchs war ich niemals stolz. Ich hatte den Schauplatz nicht gesehen und erfand eine Handlung, die sich manchmal überschlug – ein Gemisch von Reportage und Persiflage. Das parodistische Element war Absicht, es verdeckte meine Unsicherheit in puncto Realität, entsprach aber nicht dem Ernst des Themas. Kritiker lobten die Lesbarkeit, sie fanden den Kampf einer kleinen Nation richtig und spannend dargestellt, doch die Darstellung blieb an der Oberfläche. Zeitweilig war der Roman mein meistgelesenes Buch, mir zum Verdruß. Ich hatte mein Ziel verfehlt – dafür die erste Erfahrung mit der Ich-Form gemacht, dem einspurigen Erzählen. Es verspricht dem zerstreuten Leser Übersichtlichkeit. Mühelos folgt er der Handlung, eingeladen, sich in den Helden hineinzuversetzen, die Welt mit dessen Augen zu sehen.

Oft fragt man mich nach dem Ursprung der Sachkenntnis, die einigen Büchern zugrunde liegt. Erst wenn sich mir eine Fülle von Einzelheiten erschließt, fühlte ich mich in meinem Element. Die Wahrheit ist immer konkret, reich an überprüfbaren Fakten; die sind ein starker Schreibantrieb.

Beim Erkunden der näheren Umstände kommen mir die besten Einfälle. Vor 140 Jahren schrieb der nordamerikanische Autor Henry Thoreau in sein Tagebuch: »Facts have a natural tendency to blossom into ideas« (Tatsachen haben einen natürlichen Hang, zu Ideen aufzublühen). Das erlebe ich oft beim Recherchieren. So wird die Liebe zum Detail belohnt.

Das Nachforschen beginnt meist daheim beim Blättern in Büchern und Zeitschriften, führt mich durch Lesesäle ins Freie, »vor Ort«, gelegentlich ins Ausland, soweit die Umstände (Geld und Visa) es erlauben, in die Ferne zu schweifen. Dort, doch ebenso im eigenen Land, waren stets Augenzeugen die wesentliche Quelle: Fachleute oder einfach Menschen, die so freundlich sind, sich mitzuteilen – etwas von ihrem Wissen, ihren Erfahrungen. Manchmal sind wahre Schätze dabei, Lebensmaterial, das zu sorgsamem Umgang verpflichtet.

Es fing vor 40 Jahren mit einem entlassenen Kriminalrat an, der sprach gern von seinem Beruf und lieh mir ein paar Fachbücher. Lang ist die Reihe, wen benennen? Etwa den schwarzen Jorge, der mir im Mai 1961 halb Cuba zeigte, lustig und voller Geschichten? Den Chemie-Professor aus Jena, dem Einblicke in den Hochschulalltag und in das Forschungswesen zu verdanken sind? Oder den Nachtclubbesitzer auf St. Pauli, dessen selbstentworfenen Dekor (zu Damen im Schaumbad – prüder Stil der 50er Jahre) man loben mußte, damit er aus sich herausging? Dann aber auch meinen Bruder Bernd, der mir den Bergbau und das Erdölfördern beschrieb. Oder den Oberstleutnant a. D. Bernikow, Moskau im Sommer 1959, wo er vom Krieg erzählte, den Fronteinsätzen mit Erich Weinert und Willi Bredel; auch von seiner Zeit als Kulturredakteur der »Täglichen Rundschau«, die meine ersten Arbeiten gedruckt hatte. Und Narciso Isa Conde, den Führer der Dominikanischen Kommunisten, der 1971 in ein Tonband-Interview einwilligte, das ich mir eigentlich erschlich. Und die sechs Emigranten aus Guatemala, die ich reihum in Habana besuchte, damit mir ein treffenderes Bild ihrer Heimat gelinge als beim ersten

Mal. Oder den Piloten, der mich auf dem Weg nach Los Angeles ins Cockpit des Lufthansa-Jumbos ließ, um Fragen zum Abschuß des koreanischen Jumbos (1983, über Sachalin) zu beantworten.

Der Platz reicht nicht aus, sie alle zu erwähnen, die da zum Gelingen von Büchern beitrugen. Zur politischen Kultur gehört bei uns die Übung, sich auch für Dienste zu bedanken, die glatt verrechnet wurden oder bar bezahlt. Manches freilich ist unbezahlbar. Es sind Sternstunden, wenn ein Autor Freunde gewinnt; ohne die wär es bald aus mit seiner Kunst. Vor Jahren suchten mich zwei Berliner Journalisten auf, Hannes Bahrmann und Christoph Links, viel jünger als ich, auslandserfahren, Lateinamerikaexperten. Sie gaben sich als Fans zu erkennen und unterstützen mich seitdem mit Informationen und kritischem Rat. Der Nutzen kollektiven Nachdenkens liegt auch hier auf der Hand.

Den Startschub solcher Hilfe erfuhr ich erstmals 1957 bei der DEFA, im Kontakt mit Hubert von Blücher. Er hatte lange in Nord- und Südamerika gedreht, kannte Hollywood und wollte mit dem ihm eigenen Schwung etwas von dessen Glanz nach Babelsberg tragen. Nach seiner Idee entstand das Drehbuch zu einem Film, der die Verquickung von Medien- und Rüstungsinteressen ins Bild rückte. Doch da prallten zwei Welten aufeinander, das Studio verwarf unser Produkt. Aus den Trümmern baute ich den Polit-Reißer *Tempel des Satans*. Das Buch erschien 1960 – mein kürzestes, scharf durchdacht in dem Ehrgeiz, knapp zu sein, alles Entbehrliche wegzulassen, sogar die Adjektive. Aus Begeisterung für Stoff und Genre schrieb ich das Szenarium für einen TV-Dreiteiler. Dank glücklicher Besetzung und Regie (Georg Leipold) gelang eine der besten Thriller-Verfilmungen des – hierin bis heute ungeübten – Studios Babelsberg.

Zu manchem, was ich sagen wollte, ließ sich keine Story finden. Die einzige Form war dann der Tatsachenbericht; was sonst im Anhang stand, wurde zum eigentlichen Buch. So schrieb ich für die Neue Berliner Illustrierte eine Serie über Luftspionage, gestützt auf das Bildarchiv der Zeitschrift. 1962 brachte der Kongreßverlag *Die Piratenchronik*, fünf Jahre später übernahm der Militärverlag sie in erweiterter Fassung, die *Augen am Himmel* hieß. Dasselbe Haus edierte 1964 den Bild-Textband *Vampire, Tyrannen, Rebellen* (Mitautor: Günter Schumacher) und 1967 das Sachbuch *Aufstand des Sisyphos* (mit Dr. Jürgen Hell). Die Bücher, Ergebnis der ersten Karibikreisen, handeln von Cuba und Haiti.

Die fiktive Frucht der Reisen hieß *Preludio 11*. Der Roman erschien 1964, entwickelt aus einem Szenarium, das in Habana entstanden war, in engem Kontakt mit jungen Filmschaffenden Cubas: Die Geschichte eines kleinen konterrevolutionären Trupps und eines großen Comandante, der zum Verräter wird, weil man ihm mißtraut. In die Dreharbeiten (Regie: Kurt Maetzig) brach die Raketenkrise vom Herbst 1962 mit der US-Seeblockade und einer drohenden Invasion. Der Film litt dadurch schwer. Das Buch hat überlebt, zuletzt 1988 im Militärverlag ediert.

Mitte der 60er Jahre wollte ich von der Erfindung eines hiesigen Forschungsteams berichten. Sporttaucher, sie brachten mir ihre Kunst im klaren Stechlinsee bei. Ihr Sonargerät zur Fischortung war fast schon patentreif, als Rivalität von Wissenschaftlern die Pläne scheitern ließ. Damit starb auch mein Projekt, damals, als bei DDR-Themen ein guter Ausgang unabdingbar schien. So brachte ich meine Kenntnis in ein anderes Buch ein: *Fremder im Paradies*, ein Roman im Unterwassermilieu, der 1966 im Mitteldeutschen Verlag erschien. In Gesellschaft von Ludwig Renn und Helmut Hauptmann war ich auf Cypern gewesen, auch diese Eindrücke flossen in das Buch. Als *Eiskalt im Paradies* kam es 1982 neugefaßt wieder.

Jeder Romanautor hat eine dramatische Ader; die nicht ausprobieren? Drei Hörspiele hatte ich schon verfaßt und ging nun an ein Stück. Die Magdeburger Bühnenfassung von »Fremder im Paradies« blieb ein Echo. Ich wagte es erneut, mit dem Schauspiel *Tod des Chefs oder die Liebe zur Opposition*. Es schlief am Schluß der Spielzeit 1974 in Rostock nach ein paar Aufführungen ein. Mir ging auf, zum Schreiben wie auch zum Lancieren von Stücken braucht es ein Spezialtalent. Von dem Versuch blieb ein Büchlein gleichen Titels (Eulenspiegel Verlag, 1975), von Peter Muzeniek deftig illustriert. Ein lehrreicher Mißerfolg.

Das Stück schöpfte den Rahm von der »Dominikanischen Tragödie«, einer Trilogie, die zwischen 1971 und 1980 mit den Bänden *Der Adjutant, Der Resident* und *Der Reporter* im Mitteldeutschen Verlag erschien. Es sind Gesellschaftsromane, im Stil von Spannungsliteratur geschrieben mit dem Anspruch, meine Gedanken zur Zeit auszudrücken, die Welt von heute in der Nußschale dieser Antilleninsel abzubilden. Selten war ich meiner Hoffnung so nahe, ein doppelter Brückenschlag möge mir gelingen: zwischen populärer und hoher Literatur wie auch zwischen der psychologischen Erzählung und dem politischen Roman. Ist es denn unvermeidlich, daß entweder die Gestalten leben oder ihr gesellschaftliches Umfeld stimmt? Es müßte doch möglich sein, daß beides scharf und lebendig wird! Einsicht in Charaktere mit dem Rundblick auf das Panorama der Gesellschaft zu verbinden, das hat mir immer vorgeschwebt; dazu die Synthese von Fiktion und Dokumentation. Wer das versucht, so glaube ich, der strebt in seiner literarischen Wirksamkeit zugleich Breite und Tiefe an; dem kann es glücken, einem großen Publikum mehr als Unterhaltung zu bieten. Der will ihm zwar den Einstieg in fremde Sphären erleichtern, es aber heimlich verleiten, die Dinge auch zu durchdenken, sie mit der eigenen Erfahrung zu vergleichen und ihnen auf den Grund zu gehen.

Den Leser zur Kontemplation verführen, wo er auf Aktion aus ist, diese List sei erlaubt. Er möge sich neue Gedanken machen über den Text hinaus, erfaßt von einem sanften Strom, der ihn davonträgt in das Reich der Phantasie. Besser als die Medien schafft das ein Buch, das Raum läßt zum Meditieren; Selbstfindung also heißt das Ziel. (Dieses Credo gilt freilich nur für mich. Ein jeder philosophiert anders, gemäß Charakter und Talent – auch da haben Fakten die fatale Neigung, »zu Ideen aufzublühen«: Was einer mag oder zu können glaubt, das erhebt er gern zum Postulat.)

Die Trilogie flankierten Titel wie *Der Gelbe Hai* (Berlin, 1969), entstanden im Vorfeld der »Dominikanischen Tragödie« – die Geschichte vom Untergang eines Guerrillero-Trupps, inspiriert durch das Tagebuch Ché Guevaras. Der Roman zeigt den Dornenweg der revolutionären Linken, die Gefahren der inneren Reibung und einer möglichen Spaltung durch den Feind. Ende 1976 vertraute mir ein Emigrant in Habana, als er mehr als Reporterneugier spürte, die unveröffentlichten Memoiren eines führenden Guerrilleros an. Solche Quellen speisten Bücher wie *Schwarzer Dezember* (Halle, 1977) und *Die Entführung* (Halle, 1979).

Letzteres ist die Titelgeschichte eines Bandes, der auch das Bild einer Familie in Lissabon enthält. Dort fuhr ich ein Jahr nach der Nelkenrevolution hin, um für das Fernsehen linke Militärs zu befragen. Doch es war zu spät, die Offiziere standen unter Druck, sie ließen sich nicht mehr sprechen. Nach Wochen ohne eigenen Zugang zu dem, was in Portugal vorging, lernte ich die Familie kennen, die mir den Stoff zur »Durststrecke« gab – ein Ereignis aus dem sozialen Kampf in der armen Südprovinz Alentejo, in das ein hauptstädtischer Rechtsanwalt, mein Freund Walter San Payo, verwickelt wird.

Auf solche Erkundungen folgte das freie Schweifen der Phantasie. Mußten es immer Zeitgeschichte oder Tagespolitik sein, die mir vielleicht den Blick auf Wesentliches verstellten, auf Fragen nach Kultur und Moral, nach dem Sinn unseres Lebens? Der Roman *Die Suche* (Berlin, 1981) spielte mögliche Antworten durch. Ein Reisebuch, es huldigt ebenso dem Zauber der Karibik wie Band zwei, der unter dem Titel *Der Fund* sechs Jahre später erschien.

Betroffen von der Härte des Befreiungskampfes in Nicaragua und El Salvador schrieb ich dazu Beiträge in der Presse, bis ein Romaneinfall sich kristallisierte. *Die fünf Leben des Dr. Gundloch* (Militärverlag, 1982) war ein Versuch, das Geschehen so zu ordnen, daß es zunächst mir selber klar und dann – mit dem schwierigen Hintergrund – auch dem Publikum deutlich wurde. In Absicht und Ausführung schloß sich *Der Mann auf den Klippen* (1987 im gleichen Haus) unmittelbar an. Die Handlung endet im Herbst 1983 mit dem Untergang der Regierung Maurice Bishop auf Grenada; sie konnte sich gegen das Zusammenspiel von inneren Rivalen mit dem äußeren Feind nicht behaupten, trotz aller Unterstützung durch das kleine Inselvolk.

Neben der Rätselhaftigkeit des düsteren Vorgangs, die sich nur schwer lösen ließ, hatte es mich dabei gereizt, einmal fiktiver Ich-Erzähler in weiblicher Gestalt zu sein. Der Wechsel des Blickpunkts, so fand ich, braucht Anstrengung, das schützt vor der Handwerksroutine, die jedem von uns droht. Ein Reiz des Berufs liegt ja in der Chance, die Perspektive innerhalb eines Romans zu wechseln, aber auch von Buch zu Buch. Der Schauspieler tut das ebenfalls in jedem neuen Stück, wenn er seine Rolle frisch erarbeitet und probt. Ein Romanschreiber jedoch ist Autor, Darsteller, Regisseur, Kameramann, Beleuchter, Maskenbildner und Filmarchitekt zugleich. Er kann viel billiger als ein Studio Filme herstellen für das »geistige Auge« des Lesers – falls seine Schreibweise anschaulich ist und fesselt. Sein Arbeitsplatz ist im Leben der einzige Ort, wo er alle Fäden in der Hand hat (bis auf den Draht zur Druckerei). Indem er für kein Studio schreibt, verhindert er, daß man ihm dort den Stoff verdirbt. Freilich, er liefert kein Endprodukt, bloß chiffrierte Entwürfe, Skizzen, aus denen dann höchst Unterschiedliches wird. Der Leser selbst erzeugt die Filme, er schöpft aus der eigenen Phantasie, dem Fundus seiner Erfahrung. Das hilft der Literatur, im Sog der Medien zu bestehen.

Nicht nur die Ferne hat mich gelockt. In langen Jahren entstand ein Roman aus dem Hochschulmilieu der DDR, als *Der Sechste Sinn* 1987 im Mitteldeutschen Verlag erschienen. Vorverlegt auf die Jahrtausendwende, schildert er anhand eines elektronischen Geräts zur Partnersuche ein modernes Erfinderschicksal und Schwierigkeiten beim Schreiben der Wahrheit. Soviel Widerstand! Schließlich wird das nützliche Gerät, Lebenshilfe für Enttäuschte und Schüchterne, von einem der Schöpfer als Sex-Artikel mißbraucht, der die eigene Studentenschaft wie auch das Nachbarland skandalös durcheinanderbringt. Die Gefahr von Rückschlägen liegt in den Schwächen unserer Natur.

Auch am eigenen Schreibtisch scheitert manches; kürzlich mißlang mir ein Kinderbuch. Die Geschichte des Jungen aus Rostock, der anno 1915 auf ein Kriegsschiff der kaiserlichen Marine gerät, wurde zu einem Buch für Erwachsene. Der Stoff war zu schwer, der Hintergrund zu wirr und düster. Anerzogener Patriotismus und Lust auf kriegerische Aktion münden in eine Ermüdung, aus der das Nachdenken wächst. Der Erste Weltkrieg, das Schlüsselereignis dieses Jahrhunderts, steht heute im Schatten der größeren Katastrophe, die ihm folgte. Das drängte sich mir, im Rückblick auf die eigene Jugend, beim Wälzen alter Bücher auf; so entstand *Die Beute*. Mit der geplanten Fortsetzung soll der Roman 30 Jahre deutscher Geschichte von See her überschauen.

Fast vier Jahrzehnte nach meinem Erstling legt derselbe Verlag wieder einen Kriminalroman vor, *Unabwendbar*, von Ingrid Mittelstrass und mir. Die Handlung spielt im grauen Herbst an unserer Ostseeküste. Schreiben ist oft auch Selbsttherapie, meine gedrückte Stimmung färbte auf den Helden ab, ein trauriger Mann ermittelt da in banalen Einbruchssachen. Ahnungslos verliebt sich der Einsame in eine Mittäterin, und es zerreißt ihn dann zwischen Neigung und Pflicht. Ein deprimierter oder gar schwankender Kriminalist, hielt man uns entgegen, das gäbe es hierzulande nicht. Wir aber wollten gern realistisch bleiben und das Bild jener Unermüdlichen, denen ich aus meinen Anfängen einiges schulde, nicht durch geschönte Figuren entstellen... Der Versuch, sich zu einigen, dauerte ein paar Jahre.

Was steht, neben dem dritten Band nach »Suche« und »Fund«, noch auf dem Programm? Der Roman *Endzeit der Sieger*, für den ich 1987 zwei Monate in Übersee war, um dieses Amerikabuch gemeinsam mit Hubert von Blücher zu schreiben; über 30 Jahre nach unserem Teamwork bei »Tempel des Satans«. Ein Titel, dem noch anhaftet, was wir abgestreift haben: die Nervenzerrung, das Dämonisieren. Heute geht es um Klarheit. Zwei Autoren aus Ost und West, einig im Urteil über Rüstung und Krieg, schildern einen Ostwest-Konflikt, der dem Abschuß des südkoreanischen Jumbos im Herbst 1983 folgte – in seiner Schockwirkung auf Menschen in Kalifornien. Da ist kein Feindbild gefragt, nur Erkenntnis, Einsicht in ökonomische und geistige Mechanismen, die es der Menschheit erschweren, eine Welt ohne Kernwaffen, ja dereinst ohne Militär zu schaffen.

Aber Romane enthalten glücklicherweise mehr als die guten Absichten von Autoren. Das Unwägbare eines Werkes betonend, schrieb der polnische Romancier Witold Gombrowicz: »Es ist nur eine Erzählung, eine erzählte Welt, und die ist nur dann vielleicht etwas wert, wenn sie lustig, bunt, originell und anregend ist – etwas Gleißendes und Flimmerndes, das eine Menge schillernde Bedeutungen hat ... Satire, Kritik, Traktat, Spaß und Spiel, Absurdität, Drama; aber nichts davon ist es ganz und ausschließlich, denn es ist nur Ich, meine ›Vibration‹, meine Entladung, meine Existenz.«

Es mag gut sein, als Schriftsteller richtige Antworten auf Fragen der Zeit zu geben, und schön, sich in dieser Hoffnung zu wiegen. Doch es sollten keine fertigen Antworten sein. Sonst fehlte alles, was zu ihnen führt, das Suchen, die Rückschläge, der ganze Erfahrungsprozeß, der wirklich zählt – für den Autor wie für den Leser. Die seelischen, materiellen und politischen Tatsachen des Lebens sind es, die beide verbinden, in gemeinsamem Nachdenken, das am Anfang und Ende allen bewußten Handelns steht.

Ahrenshoop Wolfgang Schreyer
Anfang 1989

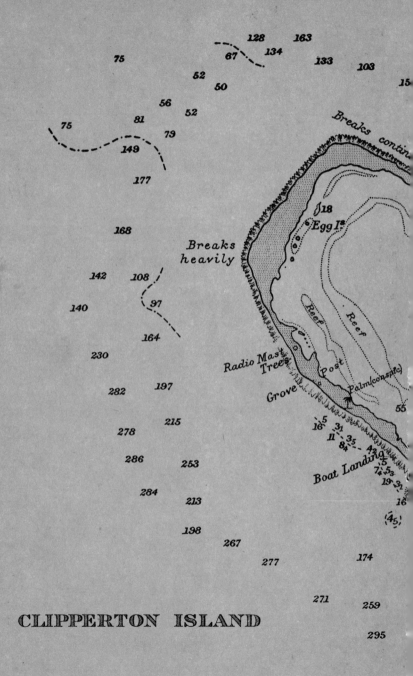